D0254796

22^{00}

Título original: *To Die For*
Editor original: Ballantine Books, Nueva York
Traducción: Armando Puertas Solano

© Copyright 2005 *by* Linda Howington.
 This translation published by arrangement with Ballantine Books,
 an imprint of Random House Publishing Group, a division of
 Random House, Inc.
 All Rights Reserved
© de la traducción: 2008 *by* Armando Puertas Solano
© 2008 *by* Ediciones Urano, S. A.
 Aribau, 142, pral. - 08036 Barcelona
 www.titania.org
 atencion@titania.org

ISBN: 978-84-96711-32-7
Depósito legal: B. 1.067 - 2008

Fotocomposición: Ediciones Urano, S. A.
Impreso por Romanyà Valls, S. A. - Verdaguer, 1 - 08786 Capellades
(Barcelona)

Impreso en España - *Printed in Spain*

Linda Howard

Morir
de amor

Titania Editores

ARGENTINA - CHILE - COLOMBIA - ESPAÑA
ESTADOS UNIDOS - MÉXICO - URUGUAY - VENEZUELA

Morir de amor

Capítulo 1

L*a mayoría de la gente no se toma en serio el trabajo de las ani-madoras en los eventos deportivos. Si sólo supieran...*

Una chica americana tradicional, ésa soy yo. Si miráis en las páginas de mis anuarios escolares de tiempos del instituto, veréis una chica de pelo largo y rubio, bronceada y con una sonrisa generosa que deja ver su blanca y perfecta dentadura, resultado de los miles de dólares gastados en aparatos y de la aplicación de enjuagues de flúor. De los dientes, claro está, no del pelo ni de la piel. Por entonces, yo poseía esa seguridad adquirida sin mayor esfuerzo, propia de la princesa adolescente de clase media alta en Estados Unidos. Nada malo podía ocurrirme. Al fin y al cabo, era animadora.

Lo reconozco. En realidad, me siento orgullosa de ello. Mucha gente cree que las animadoras son chicas superficiales y presumidas, pero es que esa gente nunca ha sido animadora. Les perdono su ignorancia. El trabajo de animadora es duro, y exige una mezcla de fuerza y destreza. Además, es un trabajo peligroso. A menudo sucede que alguien resulta herida, y hasta ha habido fallecimientos, entre las animadoras. Suelen ser las chicas las que resultan heridas. Los chicos son los que nos lanzan al aire, las chicas son las lanzadas. Técnicamente, nos llaman «voladoras», lo cual es bastante absurdo porque, evidentemente, no podemos volar. No, a nosotras nos *lanzan* al aire. Las lanzadas son las que acaban cayendo al suelo de cabeza y rompiéndose las vértebras del cuello.

Yo nunca me rompí el cuello, pero sí el brazo izquierdo y la clavícula. Y, en una ocasión, me disloqué la rodilla derecha. No podría ni contar las torceduras y magulladuras. Pero poseo un agudo equilibrio, piernas fuertes, y todavía puedo dar volteretas hacia atrás y hacer *splits* laterales. Además, estudié en la universidad gracias a una beca para animadoras. Ya me diréis si este país no es una pasada.

En fin, en cualquier caso, me llamo Blair Mallory. Ya lo sé, es como un nombre de peluche. Va todo junto con lo de ser animadora y con el pelo rubio. Pero no hay nada que yo pueda hacer, es el nombre que me pusieron mis padres. Mi padre se llama Blair, de modo que supongo que me alegro de que no me hayan puesto el nombre entero, con un *Junior* al final. No creo que hubiera salido elegida Reina de la fiesta de los Ex Alumnos si me hubieran puesto Blair Henry Mallory Jr. Me doy por satisfecha con Blair Elizabeth, gracias. Quiero decir, la gente del espectáculo ha empezado a ponerle a sus hijos nombres como *Homer*. Madre mía. Cuando esos hijos crezcan y maten a sus padres, creo que sus casos se deberían fallar como homicidio justificado.

Lo cual trae a colación lo del asesinato del que fui testigo.

En realidad, no lo trae a colación, pero al menos parece un paso lógico, quiero decir, la asociación.

A las grandes princesas animadoras de Estados Unidos también les suceden cosas malas. Al fin y al cabo, me casé, ¿no?

Eso también se presta a una asociación con lo del asesinato. Me casé con Jason Carson justo después de acabar la facultad, de modo que durante cuatro años mi nombre fue Blair Carson. Debería haber sabido que una no se casa con un hombre cuyo nombre y apellido riman, pero hay cosas que no se aprenden más que con la experiencia. Jason era un hombre metido de lleno en la política. Miembro del consejo de alumnos, activo en la campaña de su padre para un escaño en el Congreso, y en la de su tío, el alcalde, bla, bla, bla. Jason era tan atractivo que literalmente hacía tartamudear a las chicas. Es una lástima que lo supiera. Tenía un pelo espeso, besado por el sol (*rubio*, en lenguaje poético), unas facciones que parecían cinceladas, ojos azul marino, y se conservaba en una forma excelente. Pensemos en John Kennedy Jr., quiero decir, en el cuerpo.

Y ahí estábamos: la pareja del cartel publicitario para un cabello rubio y unos dientes blancos. Yo misma tenía una figura que no estaba nada mal, si se me permite decirlo. ¿Qué otra cosa podíamos hacer sino casarnos?

Cuatro años después nos separamos, y aquello fue un gran alivio para los dos. Al fin y al cabo, no teníamos nada en común, excepto nuestro atractivo, y no creo que eso sea una base razonable para casarse, ¿no os parece? Jason quería tener un bebé para que nos convirtiéramos en la gran familia americana y poder lanzar su campaña como el congresista más joven del estado. Esto, en realidad, si queréis saber la verdad, me irritó mucho, pero mucho, porque antes se había negado a tener un bebé, y ahora, de pronto, el bebé se convertía en una posible baza para su campaña. Le dije «bésame el culo». No es que no me lo hubiera besado en alguna ocasión, pero el contexto era muy diferente, ¿me entendéis?

Me porté como un asaltante de caminos cuando tuvimos que pactar el acuerdo de divorcio. Quizá debería sentir culpa. Quiero decir, no es una manera de actuar muy feminista. Levántate por tus propios medios, lucha por tus propios logros, y ese tipo de cosas. La verdad es que creo en todas esas cosas. Sólo quería hacer sufrir a Jason. Quería castigarlo. ¿Por qué? Porque lo sorprendí besando a mi hermana menor, Jennifer, el día de Año Nuevo, mientras el resto de la familia descansaba apoltronada en el estudio mirando un partido de la liga de fútbol. Jenni tenía entonces diecisiete años.

Pues, ponerme furiosa no me hace más lerda. Cuando los vi en el comedor, me fui de puntillas a buscar una de esas cámaras de usar y tirar que ese día habíamos comprado para inmortalizar la ocasión y añadir fotos al álbum de campaña de Jason, con la familia reunida, celebrando una fiesta, atiborrándose alrededor de una mesa llena de cosas ricas y fatales para el colesterol, mirando un partido de la liga. A él le gustaba tener fotos de esas reuniones familiares, porque mi familia es mucho más guapa que la suya. Si se trataba de su campaña, Jason era capaz de echar mano de lo que fuera con tal de obtener una ventaja.

En fin, tomé una muy buena foto de Jason y Jenni, con flash y todo, de modo que él sabía que yo tenía la sartén por el mango. ¿Qué iba a hacer, perseguirme, hacerme un placaje delante de mi padre y quitarme la cámara a la fuerza? No era nada probable. Para empezar, tendría que dar explicaciones, y sabía que no contaría conmigo para apoyar su versión de los hechos. Y luego, mi padre le hubiera dado de patadas por atreverse a tocarle un pelo a la niña de sus ojos. ¿No os había dicho que soy la niña de los ojos de mi padre?

De modo que presenté una demanda de divorcio y Jason me dio todo lo que quise, con una condición: que le devolviera la foto y el negativo de él y Jenni. Sí, claro, ¿por qué no? Nadie pensará que fue la única copia que mandé hacer.

Puede que Jason pensara que yo era demasiado tonta como para hacer algo así. Nunca sale a cuenta subestimar lo bajo que puede ser tu adversario. Por eso pienso que a él nunca le irá bien en política.

También le conté a mi madre que Jenni había dejado que Jason la besara. Nadie se habrá pensado que iba a dejar a esa fresca traidora salirse con la suya, ¿no? No es que no quiera a Jenni. Lo que pasa es que ella es la pequeña de la casa y cree que puede conseguir cualquier cosa y todo lo que le venga en gana. De vez en cuando, hay que demostrarle que eso no es posible. También me he dado cuenta de que *su* nombre sí que rima: Jenni Mallory. Su verdadero nombre es Jennifer, pero nunca la han llamado así, de modo que no cuenta. No sé qué es lo que tengo con los nombres que riman, pero para mí son como un pájaro de mal agüero. La diferencia está en que a Jenni la perdoné, porque es de la familia. En cuanto a Jason, no tenía ni la más puñetera intención de perdonarlo.

Así que Mamá se encargó de Jenni, que pidió perdón entre sollozos y prometió ser una buena chica, o al menos demostrar que tenía más tacto. Mi hermana Siana, que estudiaba Derecho, se encargó de las negociaciones con Jason. El nombre «Siana» es, supuestamente, la versión galesa de «Jane», pero créanme, Siana significa «devoradora de hombres, escuálo con hoyuelos». Eso es Siana.

Con las mujeres Mallory en acción, el divorcio salió en tiempo récord sin que Papá supiera jamás por qué todas estábamos tan enfadadas con Jason. Tampoco le importaba tanto. Si nosotras estábamos enfadadas, pues él también lo estaría. ¿No os parece de lo más tierno de su parte?

Lo que conseguí de Jason a través del acuerdo de divorcio fue una gran tajada de efectivo. Gracias. También me quedé con el Mercedes rojo descapotable, desde luego, pero lo más importante fue el dinero y lo que hice con él. Compré un gimnasio, un *fitness center*. Al fin y al cabo, una progresa según sus capacidades, y yo sé todo lo que hay que saber acerca de cómo mantenerse en forma. Siana sugirió que lo llamara «Blair's Beautiful Butts,* pero pensé que eso limitaría la clientela y podría dar a la gente la impresión de que también hacía liposucciones. Mamá se inventó «Cuerpos Colosales», y a todas nos gustó, así que ése fue el nombre con que acabó el antiguo gimnasio de Halloran.

Me gasté una buena pasta en la remodelación y en equipamiento, pero cuando acabé, el local prácticamente gritaba a los cuatro vientos su categoría de «primera clase». Los espejos eran biselados, los equipos eran los mejores del mercado. Mandé rehacer completamente los baños, los vestuarios y las duchas. Añadí dos saunas y una piscina, además de una sala privada para masajes. Los miembros de «Cuerpos Colosales» podían escoger entre yoga,

---

* «Las bellas nalgas de Blair». (*N. del T.*)

11

aerobic, *tae bo* o *tae-kwondo*. Si con yoga no te relajabas, podías practicar *kick ass* sin salir del local. También insistí en que todo el personal supiera hacer reanimación cardiorrespiratoria, porque nunca se sabe en qué momento un ejecutivo con una forma lamentable y el colesterol por las nubes se pondría a levantar pesas con la intención de recuperar su cuerpo de adolescente de la noche a la mañana y así impresionar a su nueva secretaria, y ya la hemos liado. Un paro cardiaco a la carta. Además, era algo que, desde el punto de vista de la publicidad, impresionaba.

Todo el dinero y el entrenamiento en reanimación cardiorrespiratoria valieron la pena. Al cabo de un mes de la inauguración, Cuerpos Colosales iba a todo dar. Ofrecía tarifas de un mes o un año, con un descuento si la opción era un año, claro está. No era mala idea, porque la gente se engancha y la mayoría viene a disfrutar de las instalaciones porque no quiere tirar el dinero. Los coches en el aparcamiento del local se perciben como señal de éxito y, bueno, ya sabemos lo que se dice a propósito de la percepción. En cualquier caso, el éxito se reproduce como los conejos. Yo estaba fascinada hasta los mismísimos calentadores de piernas (que algunos que no están en el rollo consideran pasados de moda, aunque esa gente, francamente, no tiene ni idea de cómo embellecer un par de piernas). Los tacones altos es lo que da el toque más sofisticado, pero los calentadores de piernas le siguen en la lista. Yo llevo ambos. No al mismo tiempo. Pooor favooor.

Cuerpos Colosales está abierto desde las seis de la mañana hasta las nueve de la noche, lo cual le facilita las cosas a cualquiera que se proponga hacer una pausa en su jornada de trabajo. Al principio, mis clases de yoga languidecían, y sólo tenía a unas pocas mujeres apuntadas. Contraté a varios entusiastas y guapos jugadores de un equipo de rugby universitario para que asistieran a las clases durante una semana. La multitud de machos recalcitrantes que hacían pesas y *tae bo*, no tardaron en ponerse a imitar lo que hacían mis guapetones para mantenerse en esa forma, y las mujeres no tardaron en coincidir en las mismas clases con esos mismos jóvenes guapetones. Al cabo de una semana, la lista de clientes se había duplicado. Cuando los machos descubrieron lo difícil que era el yoga y vieron sus resultados, la mayoría se quedó. Y lo mismo sucedió con las mujeres.

¿No he comentado que en la facultad seguí unas cuantas asignaturas de psicología?

Así que aquí me tenéis, varios años después. Tengo treinta años y soy dueña de un negocio que va viento en popa, un negocio que me exige mucha dedicación pero que también arroja suculentos beneficios. Cambié el descapotable rojo por uno blanco porque quería rebajar un pelín mi perfil. No es apropiado que una mujer soltera que vive sola llame demasiado la atención. Además, quería un coche nuevo, adoro el olor. Sí, ya sé que podría haber comprado un Ford, o algo así, pero a Jason le daba una rabia de mil demonios que yo me paseara por la ciudad en un Mercedes descapotable, algo que él no podía hacer porque perjudicaría su imagen en la campaña electoral. Seguro que se morirá guardándome rencor por ese Mercedes. Al menos, eso espero.

En cualquier caso, yo no aparcaba el coche en el aparcamiento de los clientes frente al gimnasio porque no quería que me lo rayaran de arriba abajo. Hice construir un aparcamiento privado en la parte trasera del local para el personal, con nuestra propia entrada, mucho más accesible. Mi plaza, lo bastante ancha para que otros coches no aparcaran demasiado cerca, estaba justo frente a la puerta. Ser la dueña tiene sus privilegios. Sin embargo, ya que soy una dueña sensible, también hice instalar un techo metálico que cubre toda la parte trasera del gimnasio, de modo que pudiéramos aparcar y estar cubiertos al ir y venir de los coches. Cuando llueve, todo el mundo aprecia el detalle.

La jefa soy yo, pero no soy de las que creen que hay que delegar todo el trabajo en los empleados. Con la excepción de la plaza de aparcamiento, no tenía ningún otro privilegio especial. Bueno, supongo que firmar sus nóminas me daba una gran ventaja. Era yo quien manejaba todo el dinero y tomaba las decisiones finales, pero los trataba bien. Teníamos un bonito paquete de seguro médico que incluía cobertura dental, les pagaba un sueldo decente (además de que tenían entera libertad para dar clases particulares en sus días libres para ganar un dinero extra) y les daba vacaciones largas. Por eso no había demasiados cambios en el personal. Siempre es inevitable una cierta rotación, porque la vida cambia y la gente se va a vivir a otros lugares, y ese tipo de cosas, pero rara vez se ha dado el caso de que alguien nos haya dejado por la competencia. La continuidad del personal es buena para el negocio. A los clientes les gusta saber que conocen a sus entrenadores y profesores.

Cerrábamos a las nueve, y yo solía quedarme para cerrar y dejar a mi personal volver a casa con sus familias, o a disfrutar de la vida social o lo que fuera. Que no se tome eso como un indicio de que no tengo vida social. Es verdad que ahora no salgo tanto como solía justo después de divorciarme, pero Cuerpos Colosales me exige horarios largos y es muy importante para mí, de modo que dedico tiempo a ocuparme del negocio. Y, además, soy creativa cuando salgo con alguien. Vamos a comer, si el tipo en cuestión resulta ser no tan fantástico como pensaba, porque «comer» es finito. Nos encontramos en algún sitio, comemos y a casa. Así, si no me atrae demasiado esa persona, no tengo que rechazarla ni inventarme patéticas excusas para no invitarla a pasar un rato en casa. Salir a comer es una buena idea, desde el punto de vista de las citas. Si el tipo me gusta de verdad, entonces hay otras opciones abiertas, como una cita en toda regla después del trabajo o los domingos, cuando Cuerpos Colosales está cerrado.

En cualquier caso, esa noche en concreto —me parece haber mencionado que fui testigo de un asesinato, ¿no?—, lo cerré todo, como de costumbre. Llevaba un ligero retraso porque me había quedado ensayando mis ejercicios de gimnasia. Una nunca sabe cuándo tendrá que dar una voltereta hacia atrás. Había hecho ejercicios un buen rato hasta quedar sudada, así que después me duché y me lavé el pelo. Luego recogí mis cosas y me dirigí a la salida del personal. Apagué las luces, abrí la puerta y salí al aparcamiento techado.

Un momento, voy demasiado rápido. Antes tengo que contar algo acerca de Nicole.

Nicole («llámame Nikki») Goodwin era una piedra en el zapato. Se apuntó a Cuerpos Colosales hace más o menos un año y enseguida me empezó a volver loca, aunque tardé un par de meses en darme cuenta. Nicole tenía una de esas voces aterciopeladas que hacen derretirse a los hombres. A mí por lo menos me daban ganas de estrangularla. ¿Qué tiene la voz de esas falsas Marilyn Monroe que a los hombres, al parecer, les seduce? A algunos hombres, en cualquier caso. Además, cuando hablaba, Nicole también añadía su falsa dulzura. Es un milagro que los que entrenaban con ella no anduvieran trepando por las paredes con un subidón de azúcar. Hay que agradecer que Nicole no añadiese a todo eso el numerito de enredarse el dedo en el pelo.

Pero eso es porque *yo* no lo hago, a menos que esté jugando con alguien, claro está. Normalmente, soy más profesional.

Veréis, Nicole era una imitadora. Y yo era la persona a quien imitaba.

Primero fue el pelo. Su color natural era tirando al rubio, pero al cabo de dos semanas de estar en Cuerpos Colosales, adquirió un tono rubio dorado, con reflejos pajizos. En realidad, como el mío. En ese momento no me di cuenta porque no tenía el pelo tan largo como yo. Pasó un tiempo antes de que los pequeños detalles empezaran a encajar y yo me percatara de que Nicole tenía el pelo del mismo color que el mío. Después empezó a sujetárselo con una coleta por encima de la cabeza para que no le molestara cuando hacía sus ejercicios. ¿Adivináis quién más se recogía el pelo cuando hacía ejercicio?

No suelo maquillarme demasiado cuando trabajo porque es una pérdida de tiempo. Si una chica tiene suficiente brillo personal, el maquillaje desaparece. Además, tengo buen color de tez y cejas y pestañas largas y oscuras, así que no me preocupa ir sin nada. Sin embargo, tengo una debilidad por la crema hidratante, que le da a mi piel un brillo sutil. Nicole me preguntó qué crema usaba y yo, la muy tonta, se lo dije. Al día siguiente, la tez de Nicole lucía un brillo parecido.

Su ropa para entrenar comenzó a parecerse a la mía: leotardos y calentadores de piernas mientras estoy dentro del gimnasio, y pantalones de yoga cuando me paseo supervisando las actividades. Nicole comenzó a usar leotardos y calentadores de piernas, cuando no se ponía los pantalones de yoga y andaba por ahí saltando. Y quiero decir realmente saltando, porque no creo que llevara sujetador. Desafortunadamente, era una de esas mujeres que *sí* deberían llevarlos. Era evidente que a mis clientes masculinos (me encanta decir eso) les gustaba el espectáculo, pero a mí todo ese zangoloteo y balanceo me producía vértigo, de modo que si tenía que hablar con ella, me concentraba en mirarla a los ojos.

Al cabo de un tiempo, Nicole se compró un descapotable blanco.

No era un Mercedes, sino un Mustang, pero da igual, era blanco y descapotable. ¿Acaso había que hacer algo más para que fuera tan evidente?

Tal vez debería haberme sentido halagada, pero no. No era como si a Nicole yo le gustara y me copiara por una cuestión de admiración. Creo que me odiaba. Solía exagerar la falsa dulzura cuando hablaba conmigo, por ejemplo. En el lenguaje de Nicole, una frase como «¡Ay, cariño, tus pendientes son maravillosos!» quería decir «Me gustaría arrancártelos de las orejas y dejarte unos muñones sangrantes, zorra». En una ocasión, una clienta del gimnasio me comentó —mirando cómo se alejaba con su zangoloteo acostumbrado:

—A esa chica le gustaría cortarte el cuello, rociarte con un bidón de gasolina, prenderte fuego y dejarte tirada en la cuneta. Luego volvería y bailaría sobre tus cenizas cuando el fuego se apagara.

Como veis, no me lo estoy inventando.

Ya que estoy abierta al público, me veía prácticamente obligada a aceptar a cualquiera que quisiera ser admitido, lo cual normalmente no representaba ningún problema, aunque quizá debería haber exigido a los clientes más peludos que primero se sometieran a unas cuantas sesiones de electrólisis. Sin embargo, había una cláusula en el acuerdo que todos firmaban al apuntarse al gimnasio, de que si tres clientes se quejaban de la conducta, del comportamiento en los vestuarios o de otras transgresiones de un determinado cliente en el curso de un año natural, a esa persona el centro no le renovaría la inscripción cuando caducara el periodo contratado.

Como profesional que soy, no le habría dado a Nicole una patada en el culo sólo porque me irritaba a más no poder. Me enfurecía ser así de profesional, pero lo conseguía. Sin embargo, Nicole sistemáticamente molestaba, insultaba o cabreaba a casi todas las mujeres con que se cruzaba durante el día. Dejaba los vestuarios hechos un desastre y siempre eran las demás las que tenían que recoger. Hacía comentarios sarcásticos a otras mujeres que no estaban en la mejor de las formas y acaparaba los equipos, aunque el límite para las sesiones individuales fuera, supuestamente, de treinta minutos.

La mayoría de las quejas eran por su mala leche, pero unas cuantas mujeres se me acercaron, enfurecidas, e insistieron en presentar una queja formal. Gracias a Dios.

El número de quejas contra Nicole superaba con creces el mínimo de tres cuando su periodo caducó. Entonces pude decirle (con mucha calma, como era de esperar) que su inscripción no era renovable y que debía vaciar su casillero.

El chirrido que produjo aquella noticia debió acojonar hasta a las vacas que pastaban en el condado vecino. Me dijo que era una zorra, una puta, una fulana, y que eso era sólo para empezar. Los insultos gritados a voz en cuello fueron aumentando de volumen, hasta llamar la atención de casi todos los que en ese momento estaban en Cuerpos Colosales, y creo que habría intentado golpearme si no hubiera sabido que yo estaba en mejor forma que ella, y que, sin duda, le habría devuelto el golpe, pero con intereses. Al final se limitó a arrasar con todo lo que había encima del mostrador (un par de plantas con sus maceteros, fichas de inscripción para los clientes, unos cuantos bolis) y a tirarlo al suelo, y salió con grandes aspavientos con la amenaza final de que su abogado se pondría en contacto conmigo.

Perfecto. Como quisiera. No tenía ningún problema para poner a mi abogado frente al suyo. Siana era joven, pero era letal, y no le importaba entrar en el juego sucio. Eso lo hemos heredado de nuestra madre.

Las mujeres que se juntaron para presenciar la pataleta de Nicole saludaron su salida con un aplauso cerrado. En cuanto a los hombres, sólo atinaban a mirar desconcertados. Yo me cabreé, porque Nicole no había vaciado su casillero, lo cual significaba que tendría que volver a dejarla entrar para sacar sus cosas. Pensé en preguntarle a Siana si podía insistir para que Nicole dijera cuándo pasaría a vaciar sus pertenencias, y tener a un policía para que fuera testigo de que, efectivamente, sacaba todas sus cosas y para que impidiera otra pataleta.

El resto del día todo fue como una seda, de maravilla. ¡Me había librado de Nicole! Ni siquiera me importaba tener que limpiar el desastre que dejó, porque se había ido, ¡se había ido para siempre!

Vale. Hasta ahí el asunto de Nicole.

Volvamos al momento en que salía aquella noche por la puerta de atrás, etc., etc.

La farola de la esquina iluminaba el aparcamiento, pero las sombras eran alargadas. Caía una llovizna incesante y, sabiendo que la suciedad de la calle me estropearía la carrocería del coche, murmuré una palabrota. Además, empezaba a formarse una ligera niebla. Lluvia y niebla no es una buena combinación. Doy las gracias por no tener el pelo rizado, así nunca tengo que preocuparme en circunstancias como ésas.

Si alguna vez una tiene la oportunidad de ser testigo ocular de un acontecimiento que saldrá en las noticias, al menos querrá lucir su mejor aspecto.

Acababa de cerrar la puerta con llave y, justo al girarme, me percaté del coche estacionado en una esquina al fondo del aparcamiento. Era un Mustang blanco. Así que Nicole me estaba esperando. Jooder.

Enseguida estuve alerta y me sentí ligeramente alarmada. Al fin y al cabo, ya había visto cómo se ponía de violenta. Di un paso atrás, con la espalda tocando la pared, de modo que no pudiera sorprenderme por detrás. Miré a izquierda y derecha, esperando que de pronto saliera de la oscuridad y se abalanzara sobre mí. Pero no ocurrió nada, y entonces volví a mirar hacia el Mustang, preguntándome si esperaba a que yo saliera. ¿Qué pretendía? ¿Seguirme? ¿Intentar sacarme de la carretera? ¿Ponerse a mi altura y dispararme? Tratándose de ella, no descartaba ninguna posibilidad.

Con la lluvia y la niebla, era imposible ver si había alguien al volante del Mustang, pero entonces discerní una figura al otro lado del coche, y vi una cabellera rubia. Busqué el móvil en mi bolso y lo encendí. Si daba un paso en mi dirección, llamaría al 911.

Vi que la figura junto al Mustang se movía y daba unos pasos inciertos. Una segunda sombra, más grande y oscura, se separó de Nicole. Un hombre. Joder, había venido con alguien para darme una paliza.

Marqué el 9 y el primer 1.

Una fuerte petardazo me hizo saltar casi medio metro, y mi primera sospecha fue que había estallado un relámpago en las cercanías. Pero no hubo ningún destello enceguecedor ni trueno que hiciera temblar el suelo. Entonces supe que el ruido venía, probablemente, de un disparo, y que el blanco era yo. Solté un chillido apagado de pánico, me dejé caer al suelo y me quedé a cuatro patas. En realidad, intentaba gritar, pero lo único que salía de mi boca era ese ruido de Minnie Mouse, que me habría avergonzado si no hubiera estado muerta de miedo. Nicole no había venido con un matón sino con un francotirador.

Se me había caído el móvil, y en la oscuridad no podía verlo. Tampoco me ayudaba mucho el hecho de mirar frenéticamente a mi alrededor, de manera que no tuve ni un momento para buscar el móvil. Desplacé la mano sobre el pavimento, intentando localizarlo. Joder, ¿qué pasaría si el tipo se acercaba a confirmar si me había dado con el primer disparo? Quiero decir, me había lanzado al suelo, por lo cual era razonable pensar que me habían dado. ¿Debía quedarme tendida fingiendo que estaba muerta? ¿Arrastrarme hasta quedar debajo del coche? ¿Intentar volver adentro y cerrar la puerta con llave?

Oí que un coche se ponía en marcha y alcancé a mirar justo cuando un sedán oscuro de cuatro puertas se alejaba por una calle lateral estrecha. Desapareció de mi campo visual cuando siguió a lo largo del edificio. Oí que ralentizaba al llegar a la esquina, se detenía en Parker, la calle grande de cuatro carriles que cruza, y luego arrancaba y se integraba al escaso flujo del tráfico. No supe hacia dónde había girado.

¿Era el francotirador? Si había alguien más en el aparcamiento, seguro que había oído el disparo y, por lo tanto, no habría cogido el coche y partido con tanta calma. El único conductor que conservaría la calma sería el francotirador, ¿no? Cualquier otra persona habría salido de ahí a toda pastilla, que era lo que yo quería hacer desesperadamente.

Era típico de Nicole contratar a un francotirador del tres al cuarto. El tipo ni siquiera se había cerciorado de que yo estaba muerta. Pero, si el francotirador había escapado, ¿dónde estaba Nicole? Esperé y agucé el oído, pero no oí pasos ni el ruido de un Mustang poniéndose en marcha.

Me tendí de lleno boca abajo y miré, semioculta, tras las ruedas delanteras. El Mustang blanco seguía estacionado en el aparcamiento, pero no había ni rastro de Nicole.

Tampoco había ningún transeúnte que se hubiera acercado rápidamente a ver si había algún herido. Cuerpos Colosales estaba situado en un buen barrio, con pequeñas tiendas y restaurantes en las inmediaciones, pero no había viviendas, y las tiendas y restaurantes servían sobre todo a las empresas de los alrededores, de modo que todos los restaurantes cerraban a las seis, y las tiendas lo hacían no mucho más tarde. Si a un cliente que saliera de Cuerpos Colosales después de esa hora le apetecía un bocadillo, el lugar más cercano quedaba a unas cinco manzanas. Hasta ese momento, no me había dado cuenta de lo aislado que quedaba el aparcamiento del personal a la hora del cierre.

Nadie más había oído el disparo. Estaba sola.

Tenía dos posibilidades. Llevaba las llaves del coche en el bolsillo. Siempre en dos llaveros, porque la cantidad de llaves que necesitaba en el gimnasio hacía que el llavero abultara demasiado y era incómodo cuando salía a hacer diligencias o iba de compras. Así que podía encontrar las llaves de mi coche en un momento, abrir el coche con el mando y meterme dentro antes de que Nicole llegara hasta donde yo estaba. A menos que me estuviera esperando al otro lado del coche, lo cual pensé improbable, aunque todo era posible. Sin embargo, un coche, sobre todo un descapotable, no parecía lo bastante solido como para mantener a raya a una psicópata imitadora. ¿Qué pasaría si era ella quien tenía el arma? Un descapotable no pararía una bala.

Mi segunda posibilidad era buscar el llavero grande del gimnasio en el bolso, palpar hasta encontrar la llave de la puerta, abrirla y refugiarme dentro. Eso me llevaría más tiempo, pero estaría mucho más segura detrás de una puerta cerrada.

Supongo que había una tercera opción, que consistía en dar con Nicole e intentar tomarla por sorpresa, cosa que quizás habría intentado de estar segura de que no tenía el arma. Y como no estaba segura, no tenía intención alguna de hacerme la heroína. Que sea rubia no significa que sea tonta.

Además, ese tipo de peleas te deja al menos dos uñas rotas. Es un dato tomado de la realidad.

Así que busqué en mi bolso hasta encontrar las llaves. El llavero tenía una de esas cosas en el medio que impiden que las llaves den toda la vuelta a la anilla, así que siempre estaban en el mismo orden. La llave de la puerta era la primera a la izquierda del chisme del medio. La cogí bien cogida y luego, avanzando a rastras, volví hasta la puerta. Es un movimiento realmente ridículo, pero un excelente ejercicio para los muslos y las nalgas.

Nadie se abalanzó sobre mí. No se oía ruido alguno, excepto el murmullo a lo lejos del escaso tráfico en la avenida Parker. De alguna manera, aquello daba más miedo que si de pronto Nicole se hubiera abalanzado sobre mí desde el techo del coche lanzando un aullido. Tampoco pensaba que Nicole pudiera saltar tanto, a menos que su destreza gimnástica fuera mucho, mucho más apurada de lo que había dado a entender. Yo sabía que eso no podía ser, sencillamente porque era la típica presumida que habría fardado de ello. Ni siquiera sabía hacer un «split» y, si hubiera tenido que hacer una voltereta hacia atrás, el peso de sus tetas la habría hecho aterrizar de cara.

Dios mío, ¡cómo me habría gustado que hubiera intentado la voltereta al menos una vez!

Las manos me temblaban, sólo un poco. Vale, me temblaban más que un poco, pero conseguí abrir la puerta al primer intento. Me deslicé como una bala por la abertura y, la verdad, desearía haber abierto un par de centímetros más porque me magullé el brazo contra el marco de la puerta. Pero ya había entrado y cerré de un portazo, pasé el cerrojo y me alejé de la entrada a rastras por si disparaba a través de la puerta.

Siempre dejo encendidas un par de bombillas de bajo consumo por la noche, pero las dos están en la parte delantera del edificio. El interruptor de la luz del pasillo trasero estaba junto a la puerta, como es natural, y yo ni pensaba en acercarme tanto a la salida. Como no podía ver por dónde iba, seguí arrastrándome por el pasillo, calculando que pasaba por el lavabo de mujeres del personal (el de los hombres estaba al otro lado del pasillo), luego la sala de descanso y, finalmente, llegué a la tercera puerta, la de mi despacho.

Me sentía como el tío que ha bateado y llega a la última base con una arrastrada final. ¡Salvada!

Ahora que tenía paredes y puertas cerradas que me separaban de esa zorra loca, me incorporé y encendí las luces del techo, cogí el teléfono y marqué furiosamente el 911. Si creía que no iba a demandarla por aquello, había subestimado gravemente lo cabreada que estaba.

Capítulo 2

Un coche de la policía de color blanco y negro se detuvo en el aparcamiento delantero con las balizas encendidas exactamente cuatro minutos y veintisiete segundos más tarde. Lo sé por qué los cronometré. Si le digo a una operadora del 911 que alguien me está disparando espero una actuación rápida del departamento de policía que mis impuestos ayudan a pagar, y había decidido que cualquier tiempo por debajo de cinco minutos era razonable. Hay algo de la diva que hay en mí que intento mantener sometida y entre cuatro paredes, porque es verdad que la gente se muestra más colaboradora si una no está dispuesta a arrancarles la cabeza (¿os lo imagináis?), y siempre me propongo ser lo más simpática que puedo con las personas —excluyendo a mi ex marido—, pero nada se puede asegurar cuando temo por mi propia vida.

Tampoco me había puesto histérica ni nada de eso. No salí corriendo por la puerta ni me lancé a los brazos de los chicos de uniforme azul. Lo habría hecho, pero ellos salieron del coche empuñando sus armas reglamentarias, y sospeché que también me dispararían a mí si salía corriendo en su dirección. Ya tenía lo suficiente de disparos por esa noche, así que aunque encendí las luces y quité la llave de la puerta principal, me quedé justo en el interior, donde pudieran verme, pero donde estaba protegida de cualquier zorra descerebrada. Además, la llovizna se había convertido en lluvia, y no quería mojarme.

Estaba tranquila. No me puse a dar saltos ni a chillar. Eso sí, la adrenalina se me había ido a la cabeza, y empecé a temblar de los pies a la cabeza. Lo que quería era llamar a Mamá, pero hice de tripas corazón y ni siquiera me eché a llorar.

—Tenemos una llamada que nos dice que aquí se han producido unos disparos, señorita —dijo uno de los polis cuando me aparté y los dejé entrar. Con la mirada alerta, el tipo ya estudiaba hasta el último detalle del área vacía de la recepción. Tendría unos treinta años, el pelo cortado casi al cero y un cuello grueso, por lo cual deduje que iba al gimnasio. Pero no era cliente mío, porque los conocía a todos. Quizá le mostraría las instalaciones aprovechando que estaba ahí, después de que hubieran detenido a Nicole y hubieran dado con su culo en un centro psiquiátrico. Hombre, nunca hay que perder una ocasión para aumentar la clientela, ¿no?

—Sólo un disparo —dije. Le tendí la mano—. Me llamo Blair Mallory y soy la dueña de Cuerpos Colosales.

Creo que no hay mucha gente que se presente correctamente ante los policías, porque estos dos, al parecer, se quedaron sorprendidos. El segundo poli era todavía más joven, un crío de poli, pero fue el primero que reaccionó y hasta me estrechó la mano.

—Señorita —dijo, muy educadamente, y sacó una pequeña libreta de su bolsillo y escribió mi nombre—. Soy el agente Barstow y aquí, mi colega, el agente Spangler.

—Gracias por venir —dije, con mi mejor sonrisa. Sí, es verdad que seguía temblando, pero la buena educación es la buena educación.

Se mostraron sutilmente menos cautelosos porque era evidente que yo no iba armada. Llevaba puesta una camiseta corta rosa sin mangas y pantalones de yoga negros, así que ni siquiera tenía bolsillos donde ocultar algo. El agente Spangler guardó su arma.

—¿Qué ha ocurrido? —me preguntó.

—Esta tarde he tenido problemas con una de mis clientes, Nicole Goodwin —el nombre quedó debidamente anotado en la pequeña libreta del agente Barstow— porque me negué a prorrogar su inscripción en el club debido a numerosas quejas presentadas por otras clientes. Se puso violenta, tiró al suelo las cosas de una mesa, me insultó… ese tipo de cosas.

—¿La golpeó? —me preguntó Spangler.

—No, pero esta noche cuando he cerrado me estaba esperando afuera. Su coche estaba en el aparcamiento de atrás, donde aparca el personal. Todavía estaba ahí cuando llamé al 911, aunque es probable que ya se haya largado. La vi a ella y a otra persona, un hombre, creo, junto a su coche. Oí un disparo, me lancé al suelo detrás de mi coche, y luego alguien, creo que era el hombre, arrancó con su coche, pero Nicole se quedó, o al menos el Mustang seguía ahí. Volví al edificio a rastras, entré y llamé al 911.

—¿Está segura de que lo que oyó era un disparo?

—Sí, desde luego. —Por favor. Estábamos en el sur, Carolina del Norte, para más señas. Desde luego que sabía cómo sonaba un disparo. Yo misma había disparado con un rifle del 22. El abuelo, el padre de mi madre solía llevarme con él a cazar ardillas cuando íbamos a visitarlo a su casa en el campo. Murió de un infarto cuando yo tenía diez años, y nadie volvió a llevarme a cazar ardillas. Aún así, no es un ruido del que una se olvide, aunque no tuviéramos la televisión para recordarnos cómo suena cada pocos segundos.

Ahora bien, los polis no van y se acercan tan alegres a un coche donde, supuestamente, los espera una zorra loca. Después de confirmar que el Mustang blanco seguía aparcado atrás, los agentes Spangler y Barstow hablaron por sus primorosos aparatos de radio, que llevaban prendidos en un hombro no sé cómo —quizá fuera con velcro— y al cabo de unos minutos llegó otro coche de policía, del cual salieron los agentes Washington y Vyskosigh. Yo había ido a la escuela con DeMarius Washington, y me lanzó una breve sonrisa antes de que su rostro oscuro y de fuertes rasgos recuperara su talante profesional. Vyskosigh era más bien bajito y ancho, casi calvo, y no era de Por Aquí, que es como los habitantes del sur se refieren a los yankis. Para un habitante del sur, esa frase lo dice todo, desde lo que se refiere a los gustos en la alimentación y el vestir hasta los modales.

Me dijeron que me quedara en el interior, ningún problema, mientras los cuatro salían a la oscuridad de la noche y la lluvia a preguntarle a Nicole qué diablos estaba haciendo.

Yo me porté muy obediente, lo que demuestra lo nerviosa que me había puesto, tanto, que seguía exactamente en el mismo lugar cuando el agente Vyskosigh volvió al interior a echarme un vistazo. Me quedé un poco desconcertada. No era el momento para ir lanzando miraditas, ¿no?

—Señorita —dijo—, ¿quiere sentarse?

—Sí, me gustaría —respondí, con el mismo tono de cortesía y me senté en uno de los asientos de la sala de recepción. Me pregunté qué estaba ocurriendo allá afuera. ¿Cuánto más podía tardar todo aquello?

Al cabo de unos minutos, llegaron más coches, y sus luces se sumaron a las que ya estaban. El aparcamiento de mi local comenzaba a parecer una convención de la policía. Dios mío, ¿acaso cuatro polis no podían con Nicole? ¿Acaso habían tenido que pedir refuerzos? La tía debería estar más loca de lo que yo me pensaba. He oído que cuando alguien se vuelve loco, puede tener una fuerza sobrehumana. Nicole decididamente había perdido la chaveta. Me la imaginé lanzando polis a diestro y siniestro mientras avanzaba hacia mí, y me pregunté si no debía refugiarme en mi despacho.

El agente Vyskosigh no tenía pinta de dejar que me refugiara. De hecho, comenzaba a pensar que el agente Vyskosigh no estaba ahí tanto para protegerme, como había pensado al comienzo, como para *vigilarme*. Como para asegurarse de que no hiciera… algo.

Ay, ay, ay.

Empezaron a discurrir por mi imaginación diversos escenarios. Si él estaba ahí para impedir que hiciera algo, ¿qué podía ser ese algo? ¿Ir al baño? ¿Revisar papeles? En realidad, tenía que hacer las dos cosas y, por eso, fue lo primero en que pensé, aunque dudo que a la policía le interesara cualquiera de las dos. Al menos esperaba que el agente Vyskosigh no estuviera interesado, especialmente, en la primera de las dos.

No quería dejarme llevar hasta ahí, así que me obligué a cambiar mentalmente de rumbo.

Tampoco les preocupaba que de repente saliera como una enajenada y atacara a Nicole antes de que pudieran impedírmelo. No soy del tipo violento, a menos que me provoquen hasta un extremo. Además, si cualquiera de ellos hubiera prestado la menor atención a mi persona, se habrían dado cuenta de que llevaba las uñas recién pintadas, de color amapola brillante, que era mi color preferido más reciente. Mis manos tenían un aspecto inmejorable, si se me permite decirlo. Nicole no se merecía que me rompiera una uña, de modo que sin duda estaba a salvo de mí.

A estas alturas habrá quedado bastante claro que puedo darle vueltas a un tema durante casi una eternidad si hay algo en lo que realmente no quiero pensar.

En realidad, no quería pensar en la razón por la que el agente Vyskosigh me estaba vigilando. Lo digo de verdad.

Por desgracia, ciertas cosas son decididamente demasiado evidentes como para ignorarlas, y la verdad acabó por penetrar en mi carrusel mental. El impacto fue casi como un golpe y, de hecho, di un respingo en mi silla.

—Dios mío. El blanco de ese disparo no era yo, ¿no es eso? —murmuré—. Ese hombre le disparó a ella, ¿no? Le disparó...

—Iba a decir a *ella*, pero, en su lugar, sentí unas náuseas calientes que me llegaron hasta la garganta, y tuve que tragar, aunque con dificultad. Me empezó a sonar un silbido en los oídos y supe que estaba a punto de hacer algo poco decoroso, como desplomarme de la silla y caer de bruces, así que incliné rápidamente la cabeza entre las piernas y empecé a respirar hondo.

—¿Se encuentra bien? —me preguntó el agente Vyskosigh. Apenas oía su voz por encima del silbido. Le hice un gesto con la mano para hacerle saber que estaba consciente y me concentré en la respiración. Dentro, fuera. Dentro, fuera, como si estuviera en una clase de yoga.

El silbido empezó a desvanecerse. Oí que se abría la puerta de la entrada y, luego, muchos pasos.

—¿Está bien? —me preguntó alguien.

Yo volví a hacer un gesto con la mano.

—Sólo déme un minuto —alcancé a decir, aunque las palabras iban dirigidas al suelo. Otros treinta segundos de respiración controlada acabaron con las náuseas y, poco a poco, volví a incorporarme.

Los recién llegados, dos hombres, iban de paisano y los dos se estaban quitando sus guantes de plástico. Tenían la ropa mojada por la lluvia y con sus zapatos sucios habían manchado mi precioso suelo brillante. Tuve un atisbo de algo rojo y húmedo en uno de esos guantes, y la habitación dio mil vueltas. No tardé en volver a inclinarme.

Vale, es verdad que normalmente no soy tan delicada, pero no había comido nada desde el mediodía, y ahora serían por lo menos las diez, incluso más tarde, así que era probable que tuviera el azúcar bajo.

—¿Necesita atención médica? —me preguntó uno de los hombres.

Negué con la cabeza.

—Me pondré bien, pero les agradecería si alguien me trajera algo de beber de la nevera que hay en la sala de descanso —dije, señalando hacia dónde quedaba—. Está allí, después de mi despacho. Debería haber una gaseosa, o una botella de té con azúcar.

El agente Vyskosigh partió en esa dirección, pero uno de los hombres dijo:

—Espera. Quiero revisar esa entrada.

El hombre se alejó y el agente Vyskosigh se quedó donde estaba. El otro recién llegado se sentó a mi lado. No me gustaron sus zapatos. Los veía con toda claridad porque seguía doblada hacia delante. Eran unos zapatos negros en punta, el equivalente en zapatos a un vestido de poliéster. Estoy segura de que hay zapatos negros en punta muy buenos en el mercado, pero tienen un estilo horrible. No sé por qué a los hombres les gustan. En cualquier caso, los de este tipo estaban mojados y tenían gotitas de agua en la superficie. La bastilla de los pantalones también estaba húmeda.

—Soy el inspector Forester —me dijo, para empezar.

Levanté la cabeza con gesto cauto, sólo un poco, y le tendí la mano derecha.

—Soy Blair Mallory. —Estuve a punto de decir: «Es un placer conocerlo», lo cual, al menos en esas circunstancias, no venía al caso.

Al igual que el agente Barstow, me la estrechó con un movimiento breve y seco. Puede que no me gustaran sus zapatos, pero me gustó su manera de estrechar la mano, ni muy fuerte ni muy floja. Se pueden decir muchas cosas acerca de un hombre por su manera de dar la mano.

—Señorita, ¿puede contarme qué ha ocurrido aquí esta noche?

También tenía buenos modales. Me incorporé del todo. Los guantes manchados de rojo no se veían por ninguna parte y suspiré con alivio. Hice una recapitulación de lo que le había contado a los agentes Barstow y Spangler. El otro hombre volvió con una botella de té azucarado, incluso desenroscó la tapa por mí antes de entregármela. Me interrumpí el tiempo necesario para darle las gracias, tomé un largo trago de té frío y volví a mi relato.

Cuando acabé, el inspector Forester me presentó al otro hombre, el inspector MacInnes, y repetimos el protocolo social. El inspector MacInnes giró una de las sillas de la sala de visitas de modo que quedó sentado frente a mí. Era apenas un poco mayor que el inspector Forester y más grueso, pelo entrecano y una barba sin afeitar de varios días. Pero aunque pareciera un poco achaparrado, tuve la impresión de que era más bien fuerte que débil.

—Cuando abrió la puerta de atrás y salió, ¿por qué no la vio la persona que estaba con la señora Goodwin? —me preguntó.

—Al abrir la puerta, apagué la luz del pasillo.

—¿Cómo puede ver lo que hace cuando apaga la luz?

—Es como un gesto automático —expliqué—. Supongo que, a veces, la luz se queda encendida una fracción de segundo cuando abro la puerta, y a veces, no. Esta noche, puse el cerrojo después de que salió mi último empleado, porque trabajé hasta tarde y no quería que nadie entrara de repente, sin más. Así que tengo las llaves en la mano derecha, mientras con la izquierda quito el cerrojo y abro la puerta, a la vez que apago la luz con el canto de la mano. —Hice un movimiento hacia abajo con mi mano derecha para enseñarle cómo lo hacía. Si una tiene algo en la mano, así es como lo haces. Cualquiera lo hace de esa manera. Si tienes manos, claro está, y la mayoría de las personas tienen manos, ¿no? Hay gente que no las tiene, y supongo que usan lo que pueden, pero yo, desde luego, tenía manos… Qué mas da, era otra vez el desvarío. Respiré hondo y puse orden en mi cerebro—. Depende de cómo se calcule el tiempo, pero lo más probable es que la mitad de las veces las luces no estén encendidas cuando abro la puerta. ¿Quiere que se lo enseñe?

—Puede que más tarde —dijo el inspector MacInnes—. ¿Qué ocurrió después de que abrió la puerta?

—Salí, la cerré y me di la vuelta. Fue en ese momento cuando vi el Mustang.

—¿No lo había visto antes?

—No. Mi coche está justo frente a la puerta y, además, cuando salgo, ya me estoy dando la vuelta para cerrarla.

Siguió haciéndome preguntas, con detalles muy minuciosos, y yo contesté pacientemente. Le conté que me había lanzado al suelo al escuchar el disparo, y le mostré las manchas de suciedad en mi ropa. Sólo entonces me di cuenta de que me había raspado la palma de la mano izquierda. Me gustaría que alguien me explicara cómo es posible que algo de lo que ni siquiera me había percatado empezara a escocerme despiadadamente en cuanto lo vi. Fruncí el ceño al verla y me arranqué la piel suelta.

—Tengo que lavarme las manos —dije, para hacer una pausa en las interminables preguntas.

Los dos inspectores me miraron con cara de polis.

—Todavía no —dijo finalmente MacInnes—. Me gustaría acabar con estas preguntas.

De acuerdo. Ya entendía. Nicole había muerto, habíamos tenido un altercado esa tarde, y yo era la única testigo. Tenían que cubrir todas las posibilidades y, considerando como estaban las cosas, yo era la posibilidad número uno, de modo que me estaban cubriendo.

De pronto me acordé de mi teléfono móvil.

—Ah, se lo iba a decir. Estaba marcando el 911 cuando oí el disparo y me lancé al suelo y se me cayó el móvil. Lo busqué a ciegas, pero no lo encontré. ¿Podría pedirle a alguien que mire alrededor de mi coche? Tiene que estar ahí.

Con un gesto de la cabeza, MacInnes envió al agente Vyskosigh, que desapareció con una linterna en la mano. Volvió al cabo de sólo un momento con mi móvil, y se lo entregó al inspector MacInnes.

—Estaba tirado boca abajo debajo del coche —informó.

El inspector miró la pequeña pantalla del teléfono. Cuando uno empieza a hacer una llamada, la pantalla se enciende, pero no se queda encendida. Al cabo de unos treinta segundos, más o menos (algo que sólo suponía porque, si bien puedo cronometrar cuánto tarda la poli, todavía no he cronometrado cuánto dura encendida la luz de mi móvil), la pantalla se apaga, pero si una ha pulsado un número, se queda escrito. Ahí en la sala de recepción bien iluminada, los números serían visibles sin siquiera tener que encender la pantalla.

Estaba cansada, sacudida, y me sentía enferma con sólo pensar que a Nicole le habían disparado prácticamente delante de mis narices. Quería que aquellos tipos se dieran prisa, que cubrieran la posibilidad número uno, que era yo, y siguieran adelante para que yo pudiera retirarme a algún lugar privado y llorar. Así que les dije:

—Ya sé que soy la única que estaba aquí y que lo único que tienen es mi palabra de que las cosas sucedieron como lo he contado, pero ¿no pueden hacer algo para acelerar un poco las cosas? ¿Una prueba con un detector de mentiras, por ejemplo? —Aquella no era la mejor idea, porque sentía que el corazón se me había acelerado como si fuera a correr el Kentucky Derby, lo cual sin duda estropearía la prueba del polígrafo. Intentaba pensar en alguna otra cosa para distraer a los inspectores en caso de que decidieran que sí, que una prueba de polígrafo realizada ahí mismo podría ser la respuesta. No sé si se hacen ese tipo de cosas, pero no quería correr el riesgo. Además, he visto series de polis en la tele y sé que tienen métodos para comprobar si una persona ha disparado o no un arma—. ¿O qué les parece una de esas pruebas con la cosa ésa?

El inspector MacInnes se succionó una mejilla hacia dentro, con lo cual daba la impresión de que tuviera la cara desequilibrada.

—¿La prueba con la cosa ésa? —me preguntó, con un tono de voz muy correcto.

—Ya saben. En las manos. Para que puedan saber si he disparado un arma.

—Ahh —dijo, cayendo en la cuenta, asintiendo con la cabeza y lanzando una mirada rápida y contenida a su compañero, que había emitido un ruido como apagado—. Esa prueba con la cosa. ¿Quiere decir buscar residuos de pólvora?

—Eso —dije. Sí, ya sé que hacían todo lo posible por no reírse de mí, pero a veces el estereotipo de la rubia tonta tiene sus ventajas. Cuanto menos amenazadora les pareciera, mejor.

Hasta que el inspector MacInnes me tomó al pie de la letra. Entró uno de esos técnicos que trabajan en la escena del crimen con una caja llena de chismes y llevó a cabo una prueba de identificación con un equipo portátil. Me frotó las manos con un algodón de fibra de vidrio, y luego puso los algodones en una solución que debía cambiar de color si tenía pólvora en las manos. No tenía pólvora. Yo creía que iban a ponerme un *spray* y luego examinarme las manos bajo una luz negra, pero cuando le pregunté al técnico me dijo que aquello era una prueba antigua. Una aprende cosas nuevas todos los días.

Aquello no impidió que MacInnes y Forester pusieran fin a los procedimientos habituales. Me siguieron haciendo preguntas (si me había fijado en los rasgos del hombre, o reconocido la marca del coche, ese tipo de cosas). Entretanto, mi coche, todo el edificio y los lugares colindantes fueron inspeccionados exhaustivamente, y sólo cuando no encontraron ninguna prenda de ropa mojada pusieron fin al interrogatorio, sin ni siquiera advertirme que no abandonara la ciudad.

Yo sabía que a Nicole le habían disparado de cerca, porque había visto al hombre a su lado. Como estaba tendida junto a su coche al otro lado del aparcamiento, bajo la lluvia, y yo era la única persona completamente seca (razón por la que habían buscado prendas mojadas, para asegurarse de que no me había cambiado de ropa), se podía deducir que yo no había estado en el exterior mientras llovía y, por lo tanto, que no podía haber sido la autora de los hechos. En la entrada no había más huellas de pisadas que las que habían dejado los agentes, y la salida de atrás estaba seca. Mis zapatos estaban secos. Tenía las manos sucias, señal de que no me las había lavado, y la ropa manchada. Mi móvil había quedado debajo del coche con el 9 y el 1 claramente visibles en la pantalla, lo cual demostraba que había comenzado a marcar el 911. En resumen, lo que ellos vieron coincidía con lo que yo había dicho, lo cual es siempre conveniente.

Me escapé al lavabo, donde me ocupé de un problema acuciante, y luego me lavé las manos. La herida que me había hecho en la piel me escocía, así que me dirigí a mi despacho, saqué mi maletín de primeros auxilios, me puse un poco de pomada antibiótica y luego cubrí la herida con una enorme tirita.

Pensé en llamar a Mamá, en caso de que alguien hubiera captado alguna transmisión por radio de la policía y la hubiera llamado, lo cual le habría dado a ella y a Papá un susto de muerte. Pero luego pensé que sería preferible preguntar a los inspectores si no había problemas con hacer una llamada. Me asomé a la puerta de mi despacho para echar una mirada, pero estaban ocupados y decidí no interrumpir.

Para ser franca, no podía más. Estaba completamente agotada. Seguía lloviendo y el ruido me hacía sentirme aún más cansada, además de las luces de las balizas que me daban dolor de cabeza. Los polis también parecían cansados y, a pesar de sus impermeables, estaban mojados hasta el tuétano. Decidí que lo mejor que podía hacer era preparar café. ¿Hay algún policía al que no le guste el café?

A mí me gustaba el café con diferentes sabores, y en mi despacho tenía una variedad para mi consumo personal. En cualquier caso, he observado que los hombres (al menos los hombres del sur) no son demasiado aventureros cuando se trata del café. Puede que un hombre de Seattle no diga ni pío si le sirven un café con sabores de chocolate y almendras, o un café con reminiscencias de frambuesa, pero a los hombres del sur normalmente les gusta el café con sabor a café y nada más. Siempre tengo a mano un café agradable y suave para los portadores del cromosoma Y, así que lo saqué del armario y comencé a llenar el filtro de papel. Luego añadí una pizca de sal, que sirve para contrarrestar el natural sabor amargo del café y, para completar la medida, añadí una cucharada de la mezcla de chocolate-almendra. Ellos no lo notarían pero le daría a la mezcla una suavidad añadida.

Mi cafetera es una de esas máquinas Bunn con dos platos que prepara toda una cafetera en unos dos minutos. No, no lo he cronometrado, pero alcanzo a ir a hacer pis mientras se prepara y siempre acabamos a la vez, lo cual significa que es bastante rápida.

Puse una jarra bajo el surtidor de la cafetera y llené la otra con agua. Mientras se preparaba el café, saqué unos cuantos vasos de plástico, la jarrita de la leche y cucharas rojas de plástico y las dejé junto a la cafetera.

El inspector Forester no tardó en asomar la nariz por mi despacho y su aguda mirada se posó sobre la cafetera nada más entrar.

—Acabo de preparar café —dije, sorbiendo de mi propia taza, que es de un alegre color amarillo y tiene una leyenda: «PERDONA A TUS ENEMIGOS: LOS CONFUNDIRÁS» inscrita en letras púrpuras en la parte inferior. Los vasos de plástico son un atentado contra los labios pintados, y por eso uso siempre una taza de cerámica. En ese momento no llevaba los labios pintados, pero eso es cuento aparte—. ¿Quiere un poco?

—¿Acaso los gatos tienen cola? —me preguntó él retóricamente, y se dirigió a la cafetera.

—Depende de si es un gato rabón o no.

—No lo es.

—Entonces, sí, los gatos tienen cola.

Sonrió mientras se servía. Seguro que los polis recurren a la telepatía para que corra la noticia de que hay café en las cercanías, porque al cabo de unos minutos había un flujo sostenido de agentes uniformados y de paisano que se acercaban a mi puerta. Dejé la primera cafetera sobre el calentador de arriba y empecé a preparar una segunda. Al cabo de nada ya volvía a cambiar las cafeteras y dejé haciéndose la tercera ronda.

Preparar el café me mantuvo ocupada y le hizo la noche más llevadera a los polis. Yo también me tomé una segunda taza. Lo más probable era que tampoco durmiera esa noche, así que, ¿por qué no?

Le pregunté al inspector MacInnes si podía llamar a mi madre, y él no dijo que no, sólo dijo que me agradecería si esperaba un momento porque, sabiendo cómo eran las madres, vendría corriendo a verme y él prefería acabar antes con el trámite de inspeccionar la escena del crimen. Ante eso —por lo visto, MacInnes era un hombre que entendía a las madres— no me quedó más remedio que quedarme sentada ante mi mesa, tomar mi café a sorbos e intentar poner fin a los temblores que no paraba de tener en los momentos más inesperados.

Debería haber llamado a Mamá de todas maneras para que viniera corriendo a cuidar de mí. La noche ya había sido bastante desastrosa, ¿no? Pues bien, resulta que, además, empeoró.

Capítulo 3

Debería haber sabido que aparecería. Al fin y al cabo, era teniente del departamento de policía, y en una ciudad relativamente pequeña como la nuestra (poco más de sesenta mil habitantes), un asesinato no era algo que ocurriera todos los días. Era probable que la mayoría de los polis que estaban de turno hubieran acudido, además de muchos otros que no estaban de turno.

Oí su voz antes de verlo, e incluso después de dos años reconocí su timbre grave, además de ese ligero acento que decía que no había vivido toda su vida en el sur. Habían pasado dos años desde que yo me quedara mirando cómo se alejaba sin siquiera decirme un «que te vaya bien en la vida», y todavía sentía que mis tripas se anudaban como si fuera montada en una noria justo al comenzar el descenso. *Dos puñeteros años...* y todavía se me aceleraba el corazón.

Por suerte todavía estaba en mi despacho cuando oí su voz. Estaba justo al otro lado de la puerta hablando con un grupo de polis, así que me dio tiempo para prepararme antes de que me viera.

En efecto, el teniente J.W. Bloodsworth y yo teníamos una historia. Dos años antes habíamos salido juntos, en tres ocasiones, para más exactitud. Lo habían ascendido a teniente hacía sólo un año, así que por aquel entonces era el sargento Bloodsworth.

¿Alguna vez habéis conocido a alguien y cada uno de vuestros instintos y hormonas se pararon, tomaron nota y os murmuraron al oído: «*Dios mío, esto sí que es suerte, échale mano ahora mismo y no tardes, ¡AHORA MISMO!*»? Así había sido desde el primer saludo. La química entre los dos era increíble. Desde el momento en que nos conocimos (nos presentó su madre, que por entonces era cliente de Cuerpos Colosales), el corazón comenzaba a darme saltos cada vez que lo veía, y lo digo literalmente. Puede que el suyo no diera esos saltos, pero concentraba su atención en mí de esa manera que tienen los hombres cuando ven algo que de verdad les gusta, ya sea una mujer o una tele de pantalla gigante de plasma. Además, existía entre los dos esa especie de conciencia superlativa del otro que me hacía sentirme ligeramente electrizada.

Pensando en el pasado, sé muy bien cómo se siente una polilla cuando se mete en una farola trampa.

Nuestra primera cita transcurrió en medio de una nebulosa de expectativas. Nuestro primer beso fue explosivo. Lo único que me impidió pasar la noche con él en nuestra primera cita fue a) que era de mal gusto, y b) que yo no estaba tomando la píldora. Detesto reconocerlo, pero «a» tenía casi más importancia que «b», porque mis hormonas estaban auténticamente desbocadas y chillando a voz en cuello: *¡Sí! ¡Quiero tener un hijo suyo!*

Hormonas de pacotilla. Deberían al menos esperar y ver cómo salen las cosas antes de comenzar su danza de cortejo.

Nuestra segunda cita fue todavía más intensa. Los besos dieron paso a un manoseo en toda regla, despojados de la mayoría de nuestras prendas. Ver «b», más arriba, para entender por qué no seguí, aunque él sacara un condón. No confío en los condones, porque cuando Jason y yo estábamos prometidos, una de esas gomas se abrió y yo sudé la gota gorda durante dos semanas hasta que me vino la regla. Tenía el vestido de novia ya listo para la prueba definitiva, y mi madre hubiera puesto el grito en el cielo si mi cintura hubiera comenzado a aumentar de volumen. Normalmente, no me inquieta que Mamá ponga el grito en el cielo, pero la planificación de una gran boda pone a cualquier mujer al borde de un ataque de nervios, aunque los tenga de acero.

De modo que, para mí, nada de condones, salvo si se trata de diversión. Ya sabéis lo que quiero decir. Sin embargo, tenía toda la intención de comenzar a tomar la píldora en cuanto me viniera la próxima regla, porque podía ver mi futuro y en él figuraba con toda claridad un Jefferson Wyatt Bloodsworth... ¡y en tamaño natural! Sólo esperaba aguantar lo suficiente para que las píldoras surtieran su efecto.

En nuestra tercera cita, era como si se hubieran apoderado de él unos invasores de cuerpos. Estuvo desatento, inquieto y no paraba de mirar el reloj, como si contara los minutos que faltaban para deshacerse de mí. Acabó la cita con un beso casto en los labios, un beso a todas luces dado a regañadientes, y se marchó sin ni siquiera decir que ya me llamaría, lo cual habría sido una mentira porque no me llamó. Tampoco dijo que se lo había pasado bien, ni *nada*. Y ésa fue la última vez que lo vi al muy cabrón.

Estaba furiosa con él, y los dos años transcurridos no habían mitigado en nada mi furia. ¿Cómo podía haberse desentendido de algo que prometía ser tan especial? Y si no había sentido lo mismo que yo, no tenía ningún derecho a quitarme la ropa. Sí, ya sé que eso es lo que hacen los hombres, y Dios los bendiga por ello, pero cuando una ha dejado atrás la adolescencia espera que haya algo más allá de lo puramente lujurioso, que la superficialidad del charco se haya transformado en algo más profundo, tal vez en un charco más profundo, supongo. Si él había decidido alejarse de mí porque en dos ocasiones yo había parado sus intentos de consumar la aventura, entonces estaría mejor sin él. Desde luego, no lo llamé después de eso para preguntarle qué había pasado, porque seguía tan enfadada que no estaba demasiado segura de poder controlarme. Tenía la intención de llamarlo cuando estuviera más calmada.

Volvamos al presente, dos años después. Todavía no lo había llamado.

Ése era mi ánimo cuando lo vi entrar en mi despacho de Cuerpos Colosales, con su metro ochenta y cinco de estatura. Llevaba el pelo oscuro un poco más largo, pero sus ojos verdes seguían siendo los mismos: observadores, agudos, inteligentes, duros, con esa dureza que los polis tienen que adquirir o, si no, más les conviene buscarse otro empleo. Aquella mirada de poli duro me pasó por encima y me dio la sensación de que se agudizaba todavía más.

No me alegré de verlo. Me dieron ganas de darle una patada en las espinillas, y lo habría hecho de no estar casi segura de que me habría detenido por agredir a un agente de policía, así que hice lo único que podría hacer una mujer que se respetara, es decir, fingí no reconocerlo.

—Blair —dijo, y se acercó hasta llegar demasiado... cerca—. ¿Te encuentras bien?

¿Y a él qué le importaba? Le lancé una mirada de sorpresa, ligeramente alarmada, como miran las mujeres cuando un extraño se les acerca demasiado o tiene una actitud demasiado familiar, y aparté discretamente mi silla de él un par de centímetros.

—Eh... sí, me encuentro bien —dije, con expresión cauta, y luego cambié sutilmente y lo miré como perpleja, como si reconociera su cara a medias pero no pudiera dar con un nombre en mi recuerdo para adjudicárselo.

Me sorprendió el destello de rabia poderosa en sus ojos verdes.

—Wyatt —dijo, seco.

Me eché hacia atrás un poco más.

—¿Wyatt qué? —inquirí, inclinándome a un lado y mirando más allá de él, como si quisiera asegurarme de que todavía había polis lo bastante cerca para llamarlos en caso de que tuvieran que protegerme si él se ponía violento. La verdad es que tenía todo el aspecto de que así sería.

—Wyatt Bloodsworth. —Las palabras cayeron de sus labios como globos de plomo. No le parecía en absoluto divertida mi farsa, pero yo me lo estaba pasando en grande.

Me repetí el nombre a mí misma en silencio, moviendo apenas los labios, hasta que dejé que el rostro se me iluminara.

—¡Oh! ¡*Oh*! Ahora recuerdo. Lo siento mucho, soy un desastre con los nombres. ¿Cómo está tu madre?

Al caer de la bicicleta, en la acera justo frente a su casa, la señora Bloodsworth se había roto la clavícula izquierda y unas cuantas costillas. Su periodo de inscripción en Cuerpos Colosales había caducado mientras estaba en recuperación, y no había vuelto a apuntarse.

Tampoco pareció muy contento al oír que lo primero que me sugería era la asociación con su madre. ¿Qué se esperaba? ¿Qué me lanzara a sus brazos, llorando como una histérica o pidiéndole que volviera a salir conmigo? Mala suerte. Las mujeres Mallory están hechas de materiales más resistentes que eso.

—Casi está recuperada del todo. Creo que más que romperse los huesos lo que le dolió fue descubrir que ya no se recupera tan rápidamente como antes.

—Cuando la veas, salúdala de mi parte. La he echado de menos. —Como llevaba la placa en el cinturón, me di un golpe leve en la frente—. ¡Qué tonta soy! Si hubiera visto la placa, habría hecho la asociación más rápido, pero ahora mismo estoy un poco distraída. El inspector MacInnes no quería que llamara a mi madre hace un rato, pero me da la impresión de que ya se ha reunido la mitad de la ciudad en el aparcamiento, así que, ¿crees que ahora le importaría si la llamo?

Él seguía sin parecer demasiado contento conmigo. Ay, Dios, ¿acaso había herido su ego? Era una verdadera lástima.

—Todavía no se ha permitido la presencia de ningún civil —dijo él—. También a la prensa la mantenemos a raya, hasta que hayan terminado las primeras investigaciones. Te agradeceríamos que no hablaras con nadie hasta que acabemos con los interrogatorios.

—Ya entiendo. —Y lo entendía de verdad. Un asesinato es un asunto serio. Yo sólo deseaba que no fuera tan serio como para requerir la presencia del teniente Bloodsworth. Me incorporé y pasé a su lado, guardando el mismo espacio que guardaría con un desconocido, y me serví otra taza de café—. ¿Cuánto más habrá que esperar?

—Es difícil saberlo.

Era una buena manera de no contestar. Vi que miraba el café.

—Sírvete tú mismo, por favor. —Cogí la jarra de plástico que había usado para llenar la cafetera, ahora que las dos cafeteras estaban llenas—. Iré a buscar un poco de agua para hacer más café. —Salí rápidamente del despacho y fui hasta el lavabo, donde llené la jarra y sentí una gran satisfacción.

Desde luego, no le gustaba la idea de haber dejado una impronta tan poco perdurable en mi recuerdo que ni siquiera lo reconociera. Si creía que me había pasado los últimos dos años recordándolo extasiada y llorando por todo lo que podría haber ocurrido, mi actitud le había aclarado las ideas. Pero, bueno, ¿qué se esperaba? ¿Un refrito de los viejos tiempos?

No en esas circunstancias, y no mientras él estuviera trabajando. Él era demasiado profesional para eso. Pero era indudable que había esperado que yo reaccionara a su presencia con la intimidad inconsciente que una demuestra cuando ha conocido a alguien personalmente, aunque la relación haya acabado.

Cuando salí del lavabo, los inspectores MacInnes y Forester hablaban con Wyatt en el pasillo en voz baja. Él se encontraba de espaldas a mí y, mientras estaba distraído con la conversación, tuve la oportunidad de echarle una buena mirada y diablos… volví a sentir que el corazón me daba un salto. Me paré en seco donde estaba, y me lo quedé mirando.

Wyatt no era un hombre guapo, no a la manera de mi ex marido. Jason era un guapo modelo, todo un cuerpo cincelado a mano. Wyatt parecía más bien desgastado, lo cual era de esperar teniendo en cuenta que había jugado un par de años como defensa en la liga de *football* profesional. Pero aunque no hubiera jugado, sus rasgos eran más bien duros. Tenía una mandíbula firme, su nariz rota mostraba una protuberancia en el medio y estaba ligeramente descentrada, y sus cejas eran unas líneas negras por encima de los ojos. Conservaba el cuerpo esbelto de un atleta para quien la velocidad y la fuerza son igualmente importantes, pero mientras Jason tenía un cuerpo que poseía la elegancia perfectamente delineada y fuerte de un nadador, el cuerpo de Wyatt estaba entrenado para servir de arma.

Sobre todo, liberaba una cantidad impresionante de testosterona. El buen aspecto es casi una cuestión sin importancia cuando un hombre tiene atractivo sexual, y Wyatt Bloodsworth lo tenía de sobras, al menos para mi gusto. Era pura química. Me es imposible explicarlo de otra manera.

Odio la química. No había podido tener relaciones serias con nadie en los dos últimos años debido a la dichosa «química».

Como los otros inspectores, llevaba vaqueros y una chaqueta deportiva con la corbata aflojada. Me pregunté por qué había tardado tanto en venir. ¿Lo habrían sorprendido en una cita con el *beeper* o el móvil apagados? No, él era demasiado responsable para eso, por lo cual se podía deducir que estaba lo bastante lejos como para haber tardado unas dos horas en presentarse. También había estado afuera bajo la lluvia porque tenía los zapatos y unos treinta centímetros de la parte baja de los pantalones empapados. Seguro que habría echado una mirada a la escena del crimen antes de entrar.

Los dos inspectores eran más bajos que él, y la expresión de MacInnes era escrupulosamente neutra. A los más viejos, pensé, no les gustaría demasiado la idea de ver a un hombre joven ascendiendo puestos tan rápido. Wyatt había ascendido como un cometa, sólo en parte porque era un buen poli. También era un Nombre, un chico del pueblo que había llegado muy lejos, una celebridad que había jugado en el equipo de los *All-Pro* de la NFL el mismo año de su debut, y luego se había marchado para trabajar de poli en su ciudad natal después de sólo dos años en la liga profesional. Ser agente de la ley era su primer amor, declaró entonces a la prensa.

Todos sabían por qué había jugado en la liga profesional: el dinero. Los Bloodsworth eran una antigua familia adinerada, lo cual significaba que en una época habían tenido dinero aunque ahora lo hubieran perdido. Su madre vivía en una centenaria casa victoriana de trescientos cincuenta metros cuadrados, que adoraba, pero el mantenimiento era una sangría constante. Su hermana mayor, Lisa, tenía dos hijos y, aunque estaba felizmente casada y ella y su marido podían con los gastos ordinarios, les sería imposible pagar las matrículas de la universidad para sus hijos. Con espíritu pragmático, Wyatt decidió que la responsabilidad de devolver el equilibrio a la cuenta corriente de la familia recaía en él, así que dejó de lado la carrera que había soñado como policía para jugar en la liga profesional de fútbol. Un par de millones de dólares al año sería una excelente baza para restablecer la situación económica de la familia, y le permitiría cuidar de su madre, pagarles la universidad a los sobrinos, etc.

A los más veteranos del cuerpo les habría molestado, un poco por lo menos. Por otro lado, se alegraban de tenerlo en sus filas porque era un buen poli, y no estaba obsesionado con alcanzar la gloria. Utilizaba su nombre cuando le convenía al departamento, no para su beneficio personal. Y conocía a personas que era importante conocer, una más de las razones por las que había ascendido tan rápido. Wyatt podía coger el teléfono y llamar al gobernador. El jefe de policía y el alcalde tendrían que haber sido ciegos para no ver los beneficios de aquello.

Llevaba un buen rato parada ahí. Empecé a caminar hacia ellos y MacInnes me vio por el rabillo del ojo y enseguida dejó su frase a medias, por lo que me hizo cavilar sobre qué conversaban que yo no podía escuchar. Los tres se volvieron hacia mí con miradas duras.

—Perdón —murmuré, y me deslicé entre ellos para entrar en mi despacho. Me mantuve ocupada preparando otra cafetera y me pregunté si, por algún motivo, había recuperado mi posición como Sospechosa Número Uno.

Quizá no fuera necesario que llamara a Mamá. Quizá tuviera que llamar a Sianna. Su especialidad no era lo penal, pero eso no importaba. Sianna era lista, era implacable y era mi hermana. Con eso bastaba.

Fui hasta la puerta de mi despacho, me crucé de brazos y lancé una mirada de rabia al inspector MacInnes.

—Si piensan detenerme, quiero llamar a mi abogado. Y también a mi madre.

Él se rascó la barbilla y miró a Wyatt, como diciendo «*Tú, ocúpate de esto*».

—El teniente Bloodsworth contestará a sus preguntas, señorita.

Wyatt alargó el brazo y me cogió por el codo, me hizo girar suavemente y me obligó a entrar en mi despacho.

—¿Por qué no te sientas? —sugirió mientras se servía otra taza de café. Seguro que se había tomado la primera de un trago.

—Quiero llamar a…

—No necesitas un abogado —interrumpió—. Hazme el favor de sentarte.

Había algo en su tono de voz, algo diferente a la mera voz de la autoridad, que me hizo sentarme.

Él cogió la silla del otro lado de la mesa y la giró para quedar mirándome, y se sentó tan cerca que nuestras piernas casi se tocaban. Yo me retiré un poco, de esa manera mecánica que tiene una de apartarse cuando alguien se acerca demasiado. No tenía derecho a invadir mi espacio personal, eso se había acabado.

Él se percató de mi movimiento, desde luego, y apretó los labios. No sé qué debió pensar, pero cuando habló, lo hizo en un tono muy formal.

—Blair, ¿estás metida en algún lío del que no sepamos nada?

Vale, puede que aquello no fuera del todo propio de un policía; era más bien del todo inesperado. Yo pestañeé.

—¿Quieres decir, aparte de pensar que me habían disparado y, en su lugar, enterarme de que he sido testigo de un asesinato? ¿No te parece suficiente?

—En tu declaración has dicho que tuviste un incidente con la víctima por la tarde cuando le comunicaste que no se le renovaría su inscripción como cliente del club, y que ella se puso violenta.

—Así es. Y hay testigos. Ya le he dado sus nombres al inspector MacInnes.

—Sí, ya lo sé —dijo él, paciente—. ¿Te amenazó?

—No, quiero decir, me dijo que su abogado se podría en contacto conmigo, pero eso no me inquietaba.

—No hizo ninguna amenaza de que te haría daño físicamente.

—No, ya les he contado todo eso a los inspectores.

—Lo sé. Pero ten paciencia. Si no te amenazó físicamente, ¿por qué pensaste que correrías algún tipo de peligro cuando viste su coche aparcado ahí atrás?

—Porque es… era… una psicópata. Copiaba todo lo que yo hacía. Se tiñó el pelo del mismo tono que el mío. Empezó a vestirse igual que yo, se hizo el mismo peinado, los mismos pendientes. Incluso se compró un descapotable blanco porque yo tengo uno igual. A mí me ponía los pelos de punta.

—Entonces, ¿te admiraba?

—No lo creo. Creo que me odiaba. Hay varios clientes que piensan lo mismo.

—Entonces, ¿por qué te imitaba?

—¿Quién sabe? Quizá no fuera capaz de adoptar un aspecto propio, así que copiaba a otras personas. No era demasiado brillante. Era lista, pero no brillante.

—Entiendo. ¿Alguien más te ha amenazado?

—Desde que me divorcié, no. —Me miré el reloj con gesto de impaciencia—. Teniente, estoy agotada. ¿Cuánto tiempo más tendré que quedarme aquí? —Para empezar, cuando todos los polis hubieran salido del edificio. Sólo entonces podría cerrar. Seguro que habrían delimitado el perímetro del aparcamiento trasero con cinta amarilla de la policía, pero supuse que antes me dejarían sacar mi coche.

Entonces pensé que era probable que acordonaran todo el edificio y los dos aparcamientos. No podría abrir al día siguiente, ni tampoco al otro. O quizá no podría abrir antes de que pasara mucho más tiempo.

—No falta mucho —dijo Wyatt, obligándome a volver mi atención hacia él—. ¿Cuándo te divorciaste?

—Hace cinco años. ¿Por qué me lo preguntas?

—¿Tu ex marido te ha creado problemas?

—¿Jason? Dios mío, no. Ni siquiera he vuelto a verlo desde el divorcio.

—Pero ¿te amenazó entonces?

—Fue un divorcio. Me amenazó con destrozarme el coche. Nunca lo hizo, por cierto.— En realidad, me amenazó con destrozarme si alguna vez yo hacía pública cierta información. Yo respondí amenazándolo que haría pública cierta información si no se callaba la boca y me daba todo lo que yo le pedía. O al menos Siana lo amenazó. Sin embargo, no creía que Wyatt debiera saber todo eso. Eso pertenece a la categoría de Demasiada Información.

—¿Tienes algún motivo para pensar que te guarda rencor por algo?

Oh, al menos eso esperaba yo. Era el motivo por el que todavía conducía el Mercedes descapotable. Pero negué con un gesto de la cabeza.

—No veo por qué. Volvió a casarse hace unos años y, por lo que sé, es muy feliz.

—¿Y nadie más te ha amenazado de ninguna otra manera?

—No. ¿Por qué me haces todas estas preguntas?

Era imposible descifrar su expresión.

—La víctima iba vestida casi idéntica a ti. Conducía un descapotable blanco. Cuando te vi y me di cuenta de las similitudes, se me ocurrió que, finalmente, era posible que el verdadero blanco fueras tú.

Me quedé mirándolo boquiabierta.

—Imposible. Quiero decir, yo *creí* que me estaban disparando, pero sólo porque pensé que Nicole estaba chalada. Es la única persona con la que he tenido problemas.

—¿No has tenido ningún enfrentamiento que quizás hayas visto como algo sin importancia pero que otra persona se haya podido tomar más en serio?

—No, ni siquiera un enfrentamiento de nada. —Como vivo sola, mi vida tiende a ser bastante apacible.

—¿Es posible que alguno de tus empleados esté enfadado contigo por algún motivo?

—No que yo sepa y, en cualquier caso, todos me conocen personalmente. Y todos conocen a Nicole. Es imposible que uno de ellos me confundiera con ella. Además, todos saben dónde aparco, y no es en la parte trasera del aparcamiento. No creo que esto tenga nada que ver conmigo, aparte de haber estado ahí en el momento indebido. No puedo ayudarte y señalarte a alguien que quizá me la tenga jurada. Además, Nicole era el tipo de persona que se metía sistemáticamente con los demás.

—¿Conoces a alguna de esas personas?

—Molestó a todas las mujeres clientes de Cuerpos Colosales, aunque a los hombres solía agradarles porque tenía esa manera de ser, como una gatita inocente. En cualquier caso, te aseguro que el que disparó era un hombre, lo cual parece un mal asunto, pero que nos trae a la cuestión de los celos. Nicole es... era... el tipo de mujer que se entregaría al juego de los celos.

—¿Conocías a alguno de sus amigos, o había alguien en especial?

—No, no sé nada de su vida privada. No éramos buenas amigas, ni mucho menos. Nunca hablábamos de cuestiones personales.

Wyatt no me había quitado la mirada de encima en ningún momento, lo cual empezaba a ponerme nerviosa. Veréis, tiene los ojos de un color muy pálido, ese tono de verde que resalta si la persona tiene el pelo y las cejas oscuras, como en este caso. En un hombre rubio, unos ojos así no se notarían tanto, a menos que se tiñera las pestañas y las cejas con tintes oscuros. Qué importa. Wyatt no era el tipo que se teñiría. En cualquier caso, su mirada era penetrante. Cuando se me quedaba mirando, me sentía como clavada.

No me gustaba tenerlo tan cerca. Me desenvolvía mucho mejor cuando guardaba cierta distancia. Si hubiéramos tenido una relación, habría sido diferente, pero no la teníamos. Y, después de mi última experiencia con él, no estaba dispuesta a jugármela en el terreno emocional con alguien que se portaba de esa manera tan radical. Sin embargo, estaba tan cerca que podía sentir el calor de sus piernas, así que me aparté otros cuantos centímetros. Mejor. No era lo ideal, pero estaba mejor.

Maldito sea, ¿por qué no se habría quedado afuera bajo la lluvia? El inspector MacInnes ya sabía cómo ocuparse de las cosas ahí dentro. Si Wyatt se hubiera quedado afuera, yo no estaría teniendo esos recuerdos tan punzantes de cómo olía su piel, de cómo sabía, los ruidos que hacía cuando se ponía…

No, prohibido internarse por ese camino. Porque cuando él se ponía… yo me ponía igual.

—¡Blair! —dijo, en un tono un tanto enérgico.

Yo di un respingo y volví a concentrarme, con la esperanza de que no se hubiera dado cuenta de por dónde divagaban mis pensamientos.

—¿Qué?

—¿Te he preguntado si viste detenidamente la cara del hombre?

—No, todo eso ya se lo he contado al inspector MacInnes —insistí. ¿Cuánto tiempo se dedicaría a hacerme preguntas que ya había contestado?—. Estaba oscuro y llovía. Yo me di cuenta de que era un hombre, pero nada más. El coche era de un color oscuro y de cuatro puertas, pero no sabría decirte ni la marca ni el modelo. Lo siento, pero aunque entrara en el despacho en este mismo momento, no sería capaz de identificarlo.

Me observó durante un minuto largo, y luego se incorporó.

—Estaré en contacto contigo —dijo.

—¿Por qué? —le pregunté, sin disimular mi desconcierto. Él era teniente. Los inspectores se ocuparían de llevar el caso. Él sólo tenía que supervisar las operaciones generales, la distribución de los recursos humanos, dar el visto bueno y ese tipo de cosas.

Volvió a apretar los labios mientras me miraba a mí, sentada. No cabía ninguna duda: era evidente que esa noche lo estaba irritando hasta cabrearlo, lo cual me procuraba una enorme satisfacción.

—Sólo te diré que no salgas de la ciudad —dijo, finalmente, aunque, en realidad, pronunció la frase como si fuera un gruñido.

—Entonces *sí* que soy sospechosa —dije. Le lancé una mirada feroz y quise coger el teléfono—. Voy a llamar a mi abogado.

Su mano cayó sobre la mía con fuerza antes de que pudiera coger el auricular.

—No eres sospechosa. —Seguía gruñendo, y ahora estaba muy, pero que muy cerca, inclinado sobre mí de esa manera, con sus ojos verdes lanzando un claro aviso de cabreo cuando me miró.

Preguntadme si acaso sé salir airosa de una situación.

—Entonces me iré donde puñeteramente me dé la gana, aunque tenga que salir de la ciudad —dije. Retiré mi mano de debajo de la suya y me quedé mirándolo de brazos cruzados.

Capítulo *4*

Fue así como acabé en la comisaría de policía a medianoche, custodiada por un teniente de policía enfurecido.

Me llevó hasta su despacho, me empujó hacia una silla y ladró:

—Ahora, ¡quédate aquí! —Y salió.

Yo misma estaba que ardía de rabia. Le había dicho lo que pensaba durante el trayecto hasta la comisaría, sin usar palabras procaces ni amenazarlo, desde luego, puesto que probablemente habría usado eso como un pretexto para detenerme de verdad. Y estoy segura de que lo habría hecho porque estaba muy enfadado. Ahora ya no tenía nada más que decir, salvo si entraba en el terreno personal, cosa que no pensaba hacer. Así que, además de estar enfadada, también me sentía frustrada.

Me incorporé de un salto en cuanto él salió y cerró la puerta y, sólo para demostrarle lo que vale un peine, fui y me senté en su silla. ¡Toma!

Ya lo sé. Era una actitud infantil. Y sabía que, infantil o no, a él le molestaría. Molestarlo se estaba convirtiendo en algo tan divertido como hacérmelo con él.

Era una silla grande. Tenía que serlo porque él era un hombre grande. Además, era de cuero, lo cual me agradó. La hice girar y me di una vuelta entera. Miré los archivos en su mesa, pero lo hice rápido, pensando que aquello era probablemente un delito, una falta, o algo. No vi nada interesante sobre nadie que conociera.

Abrí el cajón de en medio de la mesa y saqué un boli, y luego busqué una libreta en los otros cajones. Al final, encontré una, la puse sobre las carpetas en la mesa y empecé a anotar una lista de sus infracciones. No todas, desde luego, sólo las que había cometido esa noche.

Volvió con una Coca-cola *Diet*, y se quedó de piedra al verme sentada a su mesa. Cerró la puerta lenta y deliberadamente y con una voz grave, de juicio final, preguntó:

—¿Se puede saber qué haces?

—Anotando todas las cosas que has hecho para no olvidarme de nada cuando hable con mi abogado.

Dejó la Coca-cola *Diet* sobre la mesa con un golpe seco y me arrancó la libreta de las manos. La giró, leyó la primera anotación y me miró con expresión ceñuda.

—Maltratar a la testigo y causarle magulladuras en un brazo —leyó—. Éstas no son más que chorra...

Levanté el brazo izquierdo y le enseñé las magulladuras que me había dejado por detrás del brazo cuando me obligó físicamente a subir a su coche. Él se interrumpió en mitad de la frase.

—Diablos —dijo con voz suave, templando su arranque de ira—. Lo siento, no tenía intención de hacerte daño.

Sí, claro. Por eso me había dejado ir como si fuera una patata caliente dos años antes. Me había hecho daño, eso no se podía negar. Y no había tenido ni la decencia de decirme *por qué*, que era lo que más me había enfurecido.

Se sentó en el borde de la mesa con gesto brusco y siguió leyendo.

—Detención ilegal. Secuestro... ¿*Secuestro*?

—Me has sacado a la fuerza de mi despacho y me has traído a otro lugar donde yo no quería estar. A mí eso me suena a secuestro.

Él soltó un bufido y siguió leyendo mi lista de quejas, entre las que había incluido el uso de lenguaje procaz, una actitud presuntuosa y malos modales. Ni siquiera me había dado las gracias por el café. Y también incluía otros términos legales, como *coerción*, *acoso* y *abuso de autoridad*, además de impedirme llamar a mi abogado, aunque sin dejar que se colaran detalles.

Maldito sea, porque cuando llegó al final de la lista empezó a sonreír. Yo no quería que sonriera. Quería que se diera cuenta de lo bruto que había sido.

—Te he traído una Coca-cola *light* —dijo, y deslizó la lata hacia mí—. Seguro que ya has bebido demasiado café.

—Muchas gracias —dije, para remarcar la diferencia entre sus modales y los míos. Pero no abrí la lata. Ya tenía el estómago demasiado saltón después de tanta cafeína. Además, como ofrenda de paz, la Coca-cola *light* no tenía valor, sobre todo porque yo sabía muy bien que Wyatt había salido del despacho para darse un pequeño respiro antes de que perdiera el control e intentara estrangularme. La Coca-cola *light* era un subterfugio improvisado, como si quisiera dar a entender que se mostraba atento conmigo cuando, de hecho, lo único que pretendía era salvar su propio pellejo, porque seguro que estrangular a una testigo sería un manchón en su carrera. Tampoco yo era una testigo de gran calado, pero era lo único que tenían.

—Venga, sal de mi silla.

Me soplé el pelo para apartarlo de la frente.

—No he terminado mi lista. Devuélveme mi libreta.

—Blair, sal de mi silla.

Quisiera decir que me porté como una persona adulta, pero ya había pasado hacía rato la línea que marcaba la frontera. Me agarré a los brazos de la silla, le lancé una mirada furibunda y lo reté:

—A ver si me obligas.

Maldita sea, ojalá no hubiera dicho eso.

Al cabo de un forcejeo muy breve y humillante, yo había vuelto a la silla donde me había dejado al principio, él había recuperado la suya y volvía a mirarme con expresión ceñuda.

—Joder —dijo, y se rascó la barbilla, oscurecida más de la cuenta por falta de afeitado—, si no te portas… ¿Sabes lo cerca que has estado de que te sentara en mis rodillas en lugar de dejarte en esa silla?

Madre mía. ¿De dónde había salido eso? Me eché hacia atrás, alarmada.

—¿Quéé?

—No reacciones como si no supieras de qué hablo. Tampoco me trago tu actitud de antes, ¿sabes? Sé muy bien que te acuerdas de mí. Te tuve desnuda en mis brazos.

—¡Eso no es verdad! —exclamé, escandalizada. ¿Acaso me estaba confundiendo con otra? Estoy bastante segura de que me habría acordado de eso. Es verdad que nos habíamos quitado parte de la ropa, pero de ninguna manera había estado desnuda.

Wyatt me miró con una sonrisa torcida.

—Cariño, créeme. Cuando lo único que tienes puesto es una faldita de nada por encima de la cintura, a eso se le llama desnuda.

Temblé ligeramente, porque eso sí que me era más familiar. Recordaba perfectamente la ocasión. Era la segunda cita. Él estaba sobre el sofá, yo estaba a horcajadas sobre él, y él me metió los dedos, y yo había estado a un tris de decir al diablo con los anticonceptivos y dispuesta a correr el riesgo.

Me sonrojé, no de vergüenza sino porque en el despacho empezaba a hacer un calor algo incómodo. Tenían que haber subido el aire acondicionado del edificio un par de grados. Sin embargo, por el solo hecho de sentirme un poco agitada interiormente no iba a abandonar la lucha.

—Desnuda significa desvestida totalmente. De modo que, según tu propia descripción, es evidente que no estaba desnuda.

—¿Así que ahora lo recuerdas? —me preguntó, con un *rictus* de satisfacción—. Y no le busques cinco pies al gato. Aquello es lo mismo que estar desnuda.

—Sigue habiendo una diferencia —dije, sin renunciar a mi terquedad—. Y sí, recuerdo que nos estábamos morreando. ¿Y qué pasa?

—¿Quieres decir que te desnudas tan a menudo con los hombres que eso ya no significa nada? —me preguntó, entrecerrando los ojos.

Me había cansado de fingir. De todas maneras, él no se lo tragaría. Lo miré a los ojos.

—Es evidente que aquella vez tampoco tenía mayor importancia —dije.

Él hizo una mueca.

—¡Ay! Ya sé que te debo una explicación. Lo siento.

—Ahórrate las palabras. El momento de las explicaciones pasó hace mucho tiempo.

—¿Ah, sí?

—Yo he seguido adelante. ¿Tú no?

—Creía que sí —dijo él, con mirada hosca—. Pero cuando me llamaron diciendo que había un caso de asesinato en Cuerpos Colosales, y que la víctima era una mujer de pelo rubio, me... —titubeó, y guardó silencio. Luego dijo—: Mierda.

Yo lo miré pestañeando, francamente sorprendida. Ahora que lo pensaba, sus primeras palabras habían sido «*¿Te encuentras bien?*» Y se había dirigido a la escena del crimen bajo la lluvia para ver el cuerpo de Nicole antes de entrar. Seguro que a esas alturas la radio ya habría transmitido el nombre de la víctima, pero quizá no, hasta que se pudiera dar aviso a la familia. Yo no tenía ni idea de quién era la familia de Nicole, ni dónde vivía, pero seguramente había un pariente cercano anotado en la ficha de inscripción de Cuerpos Colosales, la ficha que se había llevado el inspector MacInnes.

Pobre Nicole. Lo suyo había sido convertirse en una psicótica imitadora, pero me molestaba que su cuerpo hubiera quedado tirado bajo la lluvia durante tanto tiempo mientras los polis inspeccionaban la escena del crimen. Yo sabía que las investigaciones en esos casos son largas, y que la lluvia entorpecía el trabajo de los polis. Pero daba igual, porque la habían dejado ahí tendida durante unas buenas tres horas antes de permitir que la trasladaran.

Wyatt hizo chasquear los dedos frente a mi cara.

—No paras de divagar.

Cómo me hubiera gustado morder esos dedos. Odio cuando la gente hace ese tipo de cosas, cuando sólo bastaría agitar la mano para volver a captar mi atención.

—Vaya, pues me perdonarás. Estoy agotada, y esta noche he sido testigo de un asesinato, pero ya entiendo que es muy rudo de mi parte no mantenerme concentrada en mis asuntos personales. ¿Decías?

Se me quedó mirando un momento y luego sacudió la cabeza.

—Déjalo correr. Es verdad que estás agotada y que yo tengo que ocuparme de la investigación de un asesinato. Preferiría que tú no estuvieras involucrada, pero lo estás, así que volverás a verme, te guste o no. Sólo te pido que dejes de meter tanto ruido, ¿vale? Déjame hacer mi trabajo. Lo reconozco: no puedo concentrarme cuando te tengo delante; me vuelvo loco.

—Yo no te vuelvo loco —dije, seca, irritada—. Es evidente que estabas loco antes de que yo te conociera. Y ahora, ¿puedo irme a casa?

Él se frotó los ojos, a todas luces intentando dominar su genio.

—Espera unos minutos. Yo te llevaré a casa.

—Alguien podría llevarme de vuelta a Cuerpos Colosales. Necesito recuperar mi coche.

—He dicho que te llevaré a casa.

—Y yo he dicho que necesito mi coche.

—Haré que te lo lleven mañana. No quiero que vuelvas a trastocar nada en la escena del crimen.

—De acuerdo. Llamaré un taxi para que me lleve a casa. No será necesario que vengas tú. —Me levanté, cogí mi bolso, dispuesta a salir por aquella puerta. Aunque seguía lloviendo, esperaría en la acera hasta que viniera un taxi.

—Blair. Siéntate.

Eso era lo malo de su condición de poli. Yo no sabía exactamente dónde acababa su autoridad oficial y dónde empezaba el asunto personal. Tampoco sabía con exactitud en qué terreno legal me movía. Estaba bastante segura de que podía salir y que él nada podría hacer —legalmente hablando— para detenerme, si bien siempre existía una remota posibilidad de que me equivocara, y una grandísima posibilidad de que él me obligara a quedarme, fuera o no legal. No quería seguir peleándome con él. Pelear no le hacía ningún bien a mi autocontrol.

Me senté y me contenté con quedarme mirando con rabia obstinada. Me rondaba la persistente sospecha de que él tenía la intención de volver a un terreno personal conmigo, y yo no quería volver a recorrer ese camino. Teniendo eso presente, cuanto menos contacto tuviera con él, mejor.

Tengo una regla: El que abandona, volverá a rastras. Si un hombre hace lo primero, tendrá que hacer lo segundo para volver a estar en buenos términos conmigo. Puedo manejar una discusión porque en ese caso al menos te comunicas, pero abandonar sin darme una posibilidad de aclarar las cosas, eso está muy, pero que muy mal.

Ya sé que eso suena como si tuviera que superar algo en mí misma, pero la verdad es que me sentí muy herida cuando sorprendí a Jason besando a mi hermana Jenni (y lo superé porque sabía que el divorcio sería lo mejor para los dos). No sólo porque Jenni me había traicionado, sino también porque a Jason lo había amado de verdad. Nuestros dos primeros años habían sido muy felices. Al menos yo fui feliz y creo que él también lo fue. Es verdad que nos fuimos distanciando y que yo dejé de amarlo, pero eso no significa que hubiera renunciado a nuestro matrimonio. Estaba dispuesta a hacer un esfuerzo, a intentar acercarme a él de nuevo. Pero cuando lo vi besando a Jenni, sentí como un puñetazo en el estómago, y entonces supe que seguramente hacía tiempo que me engañaba. No con Jenni. Pensé que seguramente era la primera vez que la tocaba. Pero no estaba enamorado de ella, lo cual significaba que lo había hecho sólo porque Jenni era guapa y estaba disponible. Y también significaba que era muy probable que se lo hubiera hecho con otras mujeres.

Jason ni siquiera había intentado sacar nuestro matrimonio adelante. Emocionalmente, me había abandonado hacía tiempo, sin que yo me diera cuenta. Sin embargo, una vez que me hice una composición de lugar, corté por lo sano. No me dediqué a llorar en el hombro de todo el mundo y construí para mí misma una vida nueva y muy satisfactoria. Sin embargo, eso no significa que no sufriera daños emocionales muy profundos.

Las heridas sanan. En cualquier caso, yo no soy de las que se conforman sólo con llorar. Aprendí de la experiencia y me fijé nuevos criterios y referencias. Uno de esos criterios fue que si un hombre abandonaba una relación sin intentar aclarar las cosas, no se merecía ningún esfuerzo de mi parte a menos que demostrara que se proponía seriamente pedir una segunda oportunidad.

Wyatt todavía no había demostrado nada. Y no era el tipo de hombre que volviera a rastras. De modo que la idea de que nos juntáramos nuevamente era bastante peregrina.

Empujó la lata de Coca-cola *light* hacia mí.

—Toma un trago. Puede que te ayude a refrescarte.

Qué diablos. De todas maneras, lo más probable era que no lograra conciliar el sueño esa noche. Abrí la lata y tomé un sorbo, y luego fijé mis pensamientos en cuestiones de orden más práctico.

—Supongo que será imposible abrir el gimnasio para que funcione mañana.

—Buena suposición.

—¿Cuánto tiempo pasará antes de que pueda abrir? ¿Un día? ¿Dos días?

—El tiempo varía. Intentaré mover las cosas lo más rápido posible, pero no puedo pasar nada por alto. Probablemente será un par de días. Lo lamento por tus pérdidas financieras, pero...

—No perderé dinero, no es eso. La gran mayoría de los clientes pagan una cuota anual porque es más barato que pagar una mensual. No ofrezco inscripciones por menos de un mes. Es el precio que tengo que pagar por los clientes que no me gustan; ya sé que es una nimiedad en comparación con un asesinato y, sin embargo, como dueña de una empresa, la verdad es dura, pero tengo que cuidar de mi clientela o mi negocio sufrirá las consecuencias.

Me lanzó una mirada de consideración, como si no hubiera esperado verme adoptar una actitud tan práctica. Aquello me irritó, porque había salido conmigo tres veces y, si hubiera prestado atención a algo que no fuera sólo mi cuerpo, se habría dado cuenta de que no soy una cabeza de serrín para nada.

Hasta puede que debiera sorprenderme que me reconociera, porque era evidente que dos años antes no me había mirado por encima de las tetas.

Era un recuerdo desacertado. Porque, claro que me había mirado las tetas. Y las había tocado. Y chupado. Ahora bien, lo de las tetas no es lo mío (las considero más un estorbo que una fuente de placer), pero no había manera de evitar la intimidad del recuerdo, y eso fue lo que me hizo volver a sonrojarme.

—Dios mío —dijo él—, ¿en qué estarás pensando ahora?

—¿Por qué? ¿A qué te refieres? —Como si yo fuera a contarle *a él* en qué estaba pensando.

—Ahora vuelves a sonrojarte.

—¿Ah, sí? Lo siento. Es que tengo una menopausia prematura, y me vienen estos calores. —Cualquier cosa, con tal de recuperar el terreno perdido.

—¿Calores, eh? —preguntó él, mostrando fugazmente unos dientes blancos.

—La menopausia prematura no es para las tiquismiquis.

Él soltó una carcajada y se reclinó en su gran silla de cuero para mirarme un momento. Cuanto más me miraba, más incómoda me sentía. ¿Recordáis lo que he dicho acerca de sus ojos? Me sentía como un ratón observado por un gato... por un gato malo y hambriento. En las horas que habían transcurrido no había pensado ni un solo momento en lo que llevaba puesto, pero de pronto me volví sumamente consciente del *top* rosa que llevaba y que me dejaba el vientre al descubierto, además de los pantalones ceñidos de yoga. Por su manera de mirarme, me sentí como si hubiera una proporción exagerada de mi piel a la vista y que, en ese momento, él recordaba haber visto más de lo que estaba viendo. Peor aún, que estaba pensando en volver a ver más.

Era el efecto que siempre había tenido en mí. Cuando me miraba, yo me volvía muy consciente de mi condición de mujer, y de su condición de hombre, con todos sus atributos y partes. Ya se sabe: meter la lengüeta A en la ranura B. Si me acercaba demasiado a él, lo único en que podía pensar era en lengüetas y ranuras.

Cogió el boli con el que yo había escrito mi lista y lo usó como baqueta para tamborilear sobre la mesa.

—No te gustará lo que te voy a decir.

—No me ha gustado nada de lo que has dicho, de modo que no será nada extraordinario.

—Dale un respiro —dijo, con tono seco, a modo de consejo—. Esto no tiene nada que ver con nosotros.

—Eso no lo he supuesto en ningún momento. Y no existe ningún «nosotros». —Y es que no podía permitirle ni un centímetro, ni el beneficio de la duda, ni un respiro. No quería tratar con él. Quería volver a ver al inspector MacInnes.

Era evidente que Wyatt llegó a la conclusión de que intentar razonar conmigo era una causa perdida. No suele ser así. Normalmente, soy muy razonable... excepto cuando tiene que ver con él. Por algún motivo, él no recogió ese guantazo verbal.

—Intentamos controlar toda la información que se entrega a la prensa sobre un asesinato, pero a veces es imposible. Para llevar a cabo una investigación, tenemos que hablar con la gente y preguntar si alguien vio a un hombre conduciendo un sedán de cuatro puertas de color oscuro por los alrededores de la escena del crimen. Eso ya está en marcha. Ahora bien, hemos mantenido a los reporteros lejos de la escena del crimen, pero se encuentran justo al otro lado de la cinta amarilla con sus teleobjetivos y sus cámaras.

—¿Y? —No entendía a qué quería llegar.

—No hay que ser un genio para sumar dos más dos y saber que tú podrías haber sido testigo. Estábamos en tu gimnasio, tú estabas con nosotros, salimos del lugar en mi coche…

—Pensando en esa escena, lo más probable es que crean que yo soy sospechosa.

A él le tembló la comisura de los labios, como si recordara el forcejeo antes de que yo subiera al coche.

—No, habrán pensado que estabas muy desconcertada con lo que ocurrió. —Volvió a tamborilear con el boli en la mesa—. No puedo evitar que te mencionen. Si se vio a un sospechoso, es evidente que hay un testigo. Tu identidad es igualmente evidente. Mañana estará en los periódicos.

—¿Y eso, por qué habría de ser un pro…? —Ay, me mencionarían en los periódicos como testigo de un asesinato. El que más se preocuparía sería el asesino en persona. ¿Qué hacen los asesinos para protegerse? Lo que hacen es matar a quien quiera que los amenace. Eso es lo que hacen.

Me lo quedé mirando, horrorizada.

—Mierda.

—Sí —dijo él—, es exactamente la misma conclusión a la que he llegado yo.

Capítulo 5

Mil cosas me pasaban por la cabeza. Bueno, al menos seis o siete, en cualquier caso, porque mil es mucho. Intentad contar vuestros propios pensamientos, y veréis cuánto se tarda en llegar a mil. Más allá de eso, ninguno de mis pensamientos era bueno.

—Pero ¡si ni siquiera soy una buena testigo! —chillé—. No podría identificarlo ni aunque me fuera la vida en ello. —Una vez más, no era un pensamiento muy adecuado, porque podía cumplirse.

—Eso él no lo sabe.

—Puede que haya sido su novio. Suele ser el novio o el marido, ¿no? Puede que haya sido un crimen pasional y que él no sea un verdadero asesino, así que confesará cuando le echéis el guante. —Aquello no era imposible, ¿no? ¿O acaso era demasiado pedir?

—Puede que sí —dijo él, pero su expresión no era tan esperanzadora.

—¿Y qué pasaría si no era el novio? ¿Qué pasaría si se trataba de un asunto de drogas o algo así? —Me levanté y empecé a pasearme por su despacho, que no era lo bastante amplio como para pasear en serio; había demasiados obstáculos, como archivadores y montones de libros. Más que pasear, me moví esquivando las cosas—. No puedo salir del país. Ni siquiera me dejas salir de la ciudad, lo cual en estas circunstancias es una situación bastante desagradable, ¿no te parece?

Tampoco podía impedírmelo, pensé, no sin antes detenerme o guardarme bajo custodia y, ya que yo no podría identificar al asesino, no creo que pudiera justificarlo ante un juez. Entonces, ¿por qué me había dicho que no saliera de la ciudad? ¿Y por qué me decía eso cuando la respuesta más evidente y más inteligente habría sido salir de ahí escurriendo el bulto?

Ignoró mi comentario en este sentido.

—Lo más probable es que estés en lo cierto y que la señorita Goodwin haya sido asesinada por un motivo personal. Con suerte, lo habremos solucionado en un par de días.

—En un par de días —repetí yo. En un par de días podían ocurrir muchas cosas. Para empezar, yo podía morir. No tenía ninguna intención de quedarme para ver cómo eso ocurría. A pesar de lo que me había dicho el teniente Bloodsworth, pensaba irme de la ciudad. Al diablo con su permiso, que además seguramente no necesitaba. Cuando descubriera que yo me había ido, sería demasiado tarde. Le pediría a Siana que se pusiera en contacto con él y le dijera que si me necesitaba, contactara con ella porque, desde luego, le diría a mi familia dónde estaba. En cualquier caso, era posible que Cuerpos Colosales tuviera que cerrar un par de días, así que me tomaría un pequeño descanso. Hacía tiempo que no cedía a los caprichos de la chica playera que hay en mí, así que ya era hora.

Cuando llegara a casa dormiría unas cuantas horas, si lo conseguía. Si no lo conseguía, haría las maletas. Estaría lista para partir en cuanto me devolvieran el coche.

—No puedo prescindir de ninguno de los hombres que está de turno, ni podría justificarlo ya que no hay una amenaza a la que se pueda dar crédito, sin mencionar el hecho de que no eres exactamente una testigo, ya que no puedes identificar a nadie. —Wyatt se reclinó en su silla y me lanzó una mirada amenazadora—. Entregaré un comunicado a la prensa declarando que hay unos testigos anónimos que vieron a un hombre abandonando la escena. Eso debería desviar la atención de tu persona.

—Oye, eso estaría bien —dije, recuperando mi chispa. Si había más de un testigo, entonces matarme a mí no serviría de nada, ¿no? Tampoco tenía la intención de quedarme para descubrir si daba resultado. Pensándolo bien, unos cuantos días en la playa sin hacer nada me sentarían perfecto. Tenía un estupendo biquini color turquesa que había comprado el año pasado y que no había tenido la ocasión de ponerme. Tiffany, así llamaba a la chica playera que hay en mí, casi se puso a ronronear de emoción.

Me incorporé, cogí la libreta antes de que él pudiera impedírmelo y arranqué la primera página. ¿Acaso se pensaba que iba a olvidar la lista de transgresiones? Mientras plegaba cuidadosamente la página, dije:

—Ahora estoy preparada para volver a casa. En realidad, teniente Bloodsworth me podrías haber contado todo esto en el gimnasio, ¿no crees? No tenías por qué maltratarme delante de todos y arrastrarme hasta aquí sólo para demostrar que eres un poli muy macho. —Emití unos ruidos guturales, al estilo de Tim Allen, algo de lo cual ahora me arrepiento.

Él se limitó a mirarme como si aquello le divirtiera y me hizo un gesto con el dedo.

—Entrégamela.

—A ver si te enteras —dije, con un bufido—. Aunque la rompieras, ¿crees que olvidaría lo que he escrito en la lista?

—No se trata de eso. Entrégamela.

En lugar de entregársela, guardé la lista en mi bolso y cerré la cremallera.

—Entonces, ¿de qué se trata? Porque parece que hay algo que no entiendo.

Él se incorporó con una elegancia suave y poderosa que me recordó que estaba ante todo un atleta.

—Se trata —dijo, rodeando la mesa y quitándome el bolso muy calmadamente—, de que probablemente los hombres de tu vida te dejen salirte con la tuya si cometes un asesinato, hablando en términos figurados, porque eres tan condenadamente guapa, pero yo no voy a elegir ese camino. Estás en mi territorio y te he dicho que me entregues la lista, así que si te niegas, tendré que quitártela. De *eso* se trata.

Lo miré mientras abría mi bolso y sacaba la lista, que se metió en el bolsillo del pantalón. Yo podría habérmela jugado en otra lucha poco decorosa pero, aunque hubiera salido vencedora, lo cual no era demasiado probable, quitarle la lista habría significado meter la mano en su bolsillo, y yo no nací ayer. Era una batalla que más me valía no dar. Al contrario, me encogí de hombros.

—Entonces haré una lista cuando llegue a casa, donde, por cierto, me habría gustado estar hace una hora. También deberías mirarte ese problema que tienes de convertir cualquier cosa en algo personal, teniente Bloodsworth. —No paraba de llamarle teniente Bloodsworth en lugar de Wyatt porque sabía que eso lo irritaba mucho—. En tu trabajo, podría ser un verdadero problema.

—Lo que hay entre nosotros dos es decididamente personal —respondió, y me devolvió el bolso.

—No. No me interesa. Lo siento. ¿Puedo irme a casa, por favor? —Quizá si no paraba de decirlo, se cansaría de oírlo. Acabé mi frase con un gran bostezo, y juro que no fue fingido. Me tapé con la mano, pero era uno de esos bostezos rompemandíbulas que se apoderó de mí y no paraba nunca. Tenía lágrimas en los ojos cuando acabé—. Lo siento —repetí, y me froté los ojos.

Él sonrió. Esos malditos ojos.

—Tú sigue diciendo que no te interesa y quizá cuando tengas noventa años, te lo creerás. Venga, te llevaré a casa antes de que te derrumbes —añadió y, sin darme tiempo a responder a su primera frase, me puso la mano en la cintura y fue conmigo hasta la puerta.

—¡*Por fin*! Me alegraba tanto de haber conseguido algo para volver a casa que no presté atención a dónde ponía la mano ni qué aspecto tenía ahí puesta. Se inclinó hacia adelante y me abrió la puerta. Cuando la crucé, sentí que cien pares de ojos se volvían para mirarnos. Agentes patrulleros uniformados, inspectores de paisano, unas cuantas personas que a todas luces estaban ahí contra su voluntad... El departamento de policía era un avispero lleno de actividad, a pesar de lo tarde que era. Si hubiera prestado atención, me habría percatado del murmullo de voces y de los teléfonos sonando en el exterior del despacho cerrado, pero había estado concentrada en mi batalla contra Wyatt.

Vi una multitud de expresiones, curiosidad, diversión, morboso interés. La única expresión que no vi, pensé en ese momento, fue de sorpresa. Alcancé a fijarme en el inspector MacInnes, que disimulaba una sonrisa y luego volvía a concentrarse en los papeles que tenía en la mesa.

¿Y bien? ¿Qué me esperaba? No sólo habían sido testigos de nuestro muy público desacuerdo que acabó con él metiéndome en su coche (sólo había desaparecido la parte pública de nuestro desacuerdo, el resto seguía vigente), sino que en ese momento entendí que Wyatt habría dicho algo insinuando que teníamos una relación personal. Aquella rata traicionera quería hacer caso omiso de mis objeciones, y más importante aún, se había asegurado de que ninguno de los suyos interviniera en nuestra discusión.

—Te crees muy listo —farfullé cuando entramos en el ascensor.

—No creo que lo sea porque, de otra manera, me mantendría alejado de ti —replicó él, dueño de sí mismo, mientras pulsaba el botón de la planta baja.

—Entonces, ¿por qué no te dedicas tú y tu coeficiente intelectual a perseguir a alguien a quien le apetezcas.

—Oh, a ti te apetezco, eso ya lo creo. No te agrada, pero te apetezco.

—Me apetecías. Tiempo pretérito. Como quien dice, ahora no. Tuviste tu oportunidad.

—Todavía la tengo. Lo único que hemos hecho ha sido darnos un respiro.

Me quedé boquiabierta cuando lo miré.

—¿A dos años le llamas un respiro? Tengo malas noticias para ti, grandullón. Quemaste tus posibilidades al final de nuestra última cita.

El ascensor se detuvo y se abrieron las puertas (en tres plantas no se tarda nada) y Wyatt volvió a hacer el numerito de ponerme la mano en la cintura, guiándome hacia el exterior de un pequeño vestíbulo y hacia el aparcamiento. La lluvia había parado, por suerte, aunque los cables eléctricos y los árboles todavía goteaban. Su coche, un Crown Vic blanco, estaba aparcado en la cuarta plaza, con un cartel que ponía: «Teniente Bloodsworth». El aparcamiento estaba rodeado por una valla metálica y cerrado, así que no había reporteros esperando a la entrada. En cualquier caso, tampoco serían demasiados. En nuestra ciudad había un periódico diario y uno semanal, cuatro emisoras de radio y un canal de televisión afiliado a la ABC. En el caso de que todos los periódicos y medios de comunicación mandaran un reportero, me esperarían un total de siete personas.

Sólo para hacerme la listilla, quise abrir la puerta trasera. Wyatt soltó un gruñido y me llevó hacia delante, al tiempo que abría la puerta del pasajero.

—Eres un dolor en el culo, ¿lo sabías?

—¿En qué sentido? —Me senté y me abroché el cinturón de seguridad.

—No sabes cuándo parar de presionar. —Cerró la puerta con un golpe seco y dio la vuelta hasta la puerta del conductor. Subió, puso el coche en marcha y se giró para mirarme mientras apoyaba el brazo sobre el respaldo del asiento—. Ahora no estamos en el ascensor, donde una cámara vigila todos nuestros movimientos, así que vuelve a decirme cómo es que se han acabado mis posibilidades contigo y que ya no te apetezco.

Me estaba desafiando. De hecho, me estaba provocando para que dijera algo precipitadamente y darle un motivo para hacer algo igual de precipitado, como besarme. Las luces del aparcamiento eran lo bastante intensas como para que advirtiera el brillo en sus ojos mientras esperaba mi respuesta. Me dieron ganas de dispararle una andanada verbal como respuesta, pero eso habría sido equivalente a entregarse a su juego, y yo estaba tan cansada que mis energías no eran las óptimas en ese momento. Así que decidí bostezarle en toda la cara y murmuré:

—¿Esto no puede esperar? Estoy tan cansada que ni siquiera veo claro.

Él ahogó una risilla al girarse y se abrochó el cinturón de seguridad.

—Cobarde —dijo.

Vale, conque no se lo tragaba. Lo importante era que había decidido no insistir.

Y bien, le enseñé de qué era capaz. Recliné la cabeza y cerré los ojos. A pesar de la cantidad de cafeína ingerida durante la noche, ya estaba dormida antes de que saliéramos del aparcamiento. Era un don que yo tenía. Papá lo llamaba «El Apagón Blair». Nunca he sido de las que dan vueltas y vueltas en la cama durante la noche, pero con toda la tensión, más el café, pensé que esa noche el sueño no vendría. No había de qué preocuparse. Las luces se apagaron como de costumbre.

Me desperté cuando él abrió la puerta y se inclinó para desabrocharme el cinturón. Pestañeé, medio adormecida, y lo miré, intentando enfocar la mirada.

—¿Ya hemos llegado?

—Hemos llegado. Venga, bella durmiente. —Recogió mi bolso del suelo y me ayudó a bajar del coche.

Mi casa está en el área de Beacon Hill. La urbanización se llama Beacon Hills, lo cual me parece muy original, quiero decir, con todas las calles que suben y bajan por los cerros. Los condominios de Beacon Hill se componen de once edificios diferentes, en cada uno de los cuales hay cuatro unidades de tres plantas. Yo vivo en el primer edificio, primera unidad, lo cual significa que tengo ventanas que dan a tres lados, no sólo a dos. Las unidades de los extremos son más caras que las unidades del medio, pero para mí merecía la pena por las ventanas. Otra gran ventaja es el pórtico lateral bajo el cual podía aparcar el coche. Los habitantes del medio tienen que aparcar en la calle. Sí, el pórtico lateral también encarecía el valor de las unidades de los extremos. ¿Y qué? No tenía que aparcar el Mercedes a la intemperie, así que el pórtico valía su precio. Wyatt ya había estado ahí, y aparcó el coche bajo el pórtico.

Había una entrada principal, desde luego, pero también había una puerta que conectaba el pórtico con un pequeño pasillo y un rincón en la entrada, donde tenía la lavadora y la secadora y que luego conducía a la cocina. Casi nunca usaba la entrada principal, excepto cuando alguien me traía a casa después de una cita, y las luces de la entrada lateral estaban encendidas gracias a un temporizador. Se encendían a las nueve de la noche, de manera que nunca tenía que encontrar el camino en la oscuridad.

Recuperé mi bolso y saqué mis llaves.

—Gracias por traerme a casa —dije, muy formal. Ni siquiera le insinué que habría preferido pedir un taxi.

Él se inclinó sobre mí, demasiado cerca, y yo apreté instintivamente las llaves que tenía en la mano por si acaso quería quitármelas.

—Quiero mirar las cerraduras de tus ventanas y puertas.

—Papá lo hará mañana. Está noche estaré bien, porque nadie sabrá que he sido testigo hasta que mañana salga en los periódicos.

—¿Tu padre sabe de cuestiones de seguridad?

No más que yo, pero, cuidado, tenía una alarma y era capaz de comprobar el estado de mis ventanas y puertas por mis propios medios.

—Teniente Bloodsworth —dije, con toda la firmeza de la que pude hacer acopio en medio de un bostezo—. Vete a casa. Déjame en paz. —Mientras hablaba, abrí la puerta y me moví hasta bloquearle la entrada.

Él apoyó un hombro en el marco de la puerta y me sonrió.

—No tenía ninguna intención de forzar la entrada, eso ya lo sabes.

—Me parece bien. ¿Por qué no jugamos a que eres un vampiro y que no puedes entrar a menos que te invite?

—Ya me has invitado una vez, ¿recuerdas?

—Pues, ahí queda eso. Desde entonces, lo he decorado todo de nuevo. Eso significa volver a comenzar de cero. Vete a casa.

—Eso haré. Yo también estoy muy cansado. ¿Así que lo has decorado todo de nuevo? ¿Qué había de malo en la decoración que tenías antes?

Yo entorné los ojos.

—Seguro que te interesa un montón lo de la decoración interior. *Vete a casa*. Déjame ya. Pero asegúrate de que alguien traiga mi coche a primera hora de la mañana, ¿vale? No me puedo quedar aquí aislada.

—Ya me ocuparé de ello. —Estiró el brazo y me cogió el mentón con una mano. Con el pulgar, siguió ligeramente la curva de mis labios. Me eché hacia atrás, no sin lanzarle una mirada de indignación, y él se echó a reír—. No tenía intención de besarte. En cualquier caso, todavía no. Puede que nadie ande merodeando por aquí a estas horas de la noche, o más bien de la madrugada, pero ya que tu ropa tiene la tendencia a caer al suelo cuando te beso, será mejor que esperemos hasta estar en un lugar más privado y que antes podamos dormir un poco, los dos.

Escuchándolo se diría que a mí me daba por quitarme la ropa en cuanto él me tocaba. Lo miré con una dulce sonrisa envenenada.

—Yo tengo una idea mejor. ¿Por qué no te metes...?

—No, no —avisó él, tapándome los labios con un dedo—. No querrás que esa boquita deslenguada te traiga problemas. Lo único que tienes que hacer es entrar, cerrar la puerta con llave y meterte en la cama. Te veré más tarde.

Nunca se podrá decir que no reconozco los buenos consejos cuando me los dan. Siempre reconozco un buen consejo. Lo de seguirlo o no es algo del todo diferente. Sin embargo, en este caso, hice lo más indicado, es decir, me deslicé en el interior y cerré con llave, tal como él me había dicho. Puede que él pensara que obedecía sus órdenes, pero resulta que en este caso sus órdenes coincidían con mis instintos de supervivencia.

Encendí la luz de la cocina y me quedé esperando hasta oír que se marchaba en su coche antes de apagar las luces del exterior. Me quedé sentada en medio de la cocina, tan familiar y acogedora, y dejé que todo lo que había ocurrido esa noche se me viniera encima.

Había un halo de irrealidad en todo, como si me hubiera desconectado del universo. Era el mismo ambiente de siempre, pero, por algún motivo, me parecía desconocido, como si perteneciera a otra persona. Estaba a la vez agotada y nerviosa, lo cual no es buena combinación.

Para empezar, apagué todas las luces de la planta baja y comprobé todas las ventanas, que estaban perfectamente cerradas. Hice lo mismo con las puertas. La sala del comedor tenía unas puertas ventanas dobles que daban a mi patio cubierto, donde por la noche enciendo unas pequeñas luces blancas que destacan los postes y los aleros del techo, y que he enredado en torno a los pequeños perales Bradford. Enciendo esas luces casi todas las noches cuando estoy en casa porque me encantan, pero esa noche me sentía vulnerable frente al enorme ventanal, así que cerré las cortinas gruesas.

Después de activar el sistema de seguridad, hice lo que tenía ganas de hacer desde hacía horas. Llamé a Mamá.

Contestó Papá, desde luego. El teléfono estaba en su lado de la cama porque a Mamá no le gustaba contestar.

—Hola —contestó, con una voz apagada por el sueño.

—Papá, soy Blair. Ha habido un asesinato en el gimnasio hoy, y quería hacerte saber que estoy bien.

—¿Un… qué? ¿Has dicho asesinato? —Ahora sonaba mucho más despierto.

—Han matado a una de mis clientas en el aparcamiento trasero… —Oí a Mamá que decía, con voz firme «¡*Dame el teléfono*!», y supe que a mi padre le quedaban contados segundos para hablar—. Un poco después de las nueve y yo… Ay, hola, Mamá.

—¿Blair, te encuentras bien?

—Estoy bien. No quería llamar, pero temí que fuera a hacerlo otra persona, y quería que supieras que me encuentro bien.

—Gracias a Dios que has llamado —dijo ella, y las dos nos estremecimos pensando en lo que podría haber hecho si creyera que alguno de sus hijos había resultado herido—. ¿A quién han matado?

—A Nicole Goodwin.

—¿La imitadora?

—Exacto. —En un par de ocasiones yo ya había comentado lo de Nicole en familia—. Estaba en el aparcamiento trasero esperándome… Tuvimos un pequeño altercado esta tarde…

—¿La policía cree que has sido tú?

—No, no —dije, para tranquilizarla, aunque durante unas horas había sido sin duda la Sospechosa Número Uno. Pero eso no tenía por qué contárselo a Mamá—. Esta noche, acababa de salir y poner llave a la puerta cuando un hombre le disparó. A mí no me vio, y huyó en un sedán de color oscuro.

—Ay, Dios mío, *has sido testigo.*

—En realidad, no —dije, arrepentida—. Estaba oscuro y llovía y me resultaría totalmente imposible identificarlo. Llamé al novecientos once, vino la poli y no sé nada más. Acaban de traerme a casa.

—¿Por qué han tardado tanto?

—La escena del crimen. Tardaron una eternidad en inspeccionarlo todo.— No le contaría que habría llegado a casa un par de horas antes de no ser por cierto teniente.

—¿Te han llevado a casa? ¿Por qué no has vuelto con tu propio coche?

—Porque está dentro del área que han precintado, y no me han dejado volver a buscarlo. Se supone que por la mañana me lo traerá un agente. —Por la mañana significaba en algún momento después de que amaneciera, porque, técnicamente, ya era de madrugada. Esperaba tener mi coche entre las ocho y las diez, y sería una gran suerte que me lo viniera a dejar un agente, no Wyatt—. Tendré que cerrar Cuerpos Colosales durante unos días, o más. Creo que me iré a la playa.

—Es una idea estupenda —convino ella—. Salir de ahí escurriendo el bulto.

A veces me aterra ver cómo mi madre y yo pensamos igual.

Volví a asegurarle que me encontraba bien, y que me metería en la cama porque estaba agotada y, cuando colgué, me sentía mucho mejor. No me había hecho el numerito de ponerse a gimotear ni nada, porque ella no es así en absoluto, pero yo había dejado fuera toda la comidilla bien intencionada que la habría inquietado.

Pensé en llamar a Siana, pero estaba demasiado cansada para recordar de memoria la lista de quejas que había escrito. Después de dormir un poco, volvería a escribirlas todas. Siana disfrutaría con mi relato del encuentro con el teniente Bloodsworth porque estaba enterada de nuestra relación en el pasado.

Nada quería tanto como echarme a dormir, así que apagué todas las luces, excepto los tenues apliques de la escalera. Luego subí a mi habitación, donde me desvestí y me derrumbé, desnuda, en mi maravilla de cama. Dejé escapar un gemido de alivio al estirarme... Y luego eché a perder ese momento de dicha al imaginarme a Wyatt desnudo y tendido encima de mí.

Maldita sea, aquel tipo era una amenaza. Antes de que mi imaginación se desbocara, me obligué a recordar hasta el último detalle de nuestra última cita, cuando él se había portado como un imbécil.

Y ya está. Eso funcionó.

Recuperé la calma, me di media vuelta y me dormí. El Apagón Blair.

Capítulo 6

Wyatt recordaba que a mí me gustaba la Coca-cola Light. Fue lo primero que pensé cuando me desperté a las ocho y media. Me quedé tendida entreabriendo los ojos somnolientos, mirando el ventilador del techo que giraba lentamente, mientras intentaba decidir si lo de la Coca-cola *Light* era significativo o no. La romántica que había en mí quería creer que él recordaba hasta el último detalle de mi persona, pero la mujer sensata que también hay en mí me decía que lo más probable era que tuviera buena memoria, y punto. Un poli tenía que tener buena memoria, ¿no? Era parte del perfil del poli: saber recitarle sus derechos a un detenido y todo eso.

Así que lo de la Coca-cola *Light* no tenía importancia. También pensaba que él daba por sentado que a una mujer le gustaría una gaseosa *Light*, lo cual era, en realidad, bastante sexista como suposición, y poco importaba que la mayoría de las veces acertara.

Me quedé en la cama en lugar de hacer el equipaje, así que hasta ahí llegaban mis planes para salir temprano a la playa. Tampoco importaba, porque no tenía el coche. Pero alguien (a saber, Wyatt) podía aparecer en cualquier momento con mi coche, así que dejé la cama y me metí en la ducha. Fue una ducha rápida, porque tenía tanta hambre que pensé que acabaría desmayándome. Al fin y al cabo, aquella noche me las había arreglado para no hincarle el diente a nada.

Ya, ya sé que no debería quejarme de tener hambre cuando la pobre Nicole no volvería a probar bocado. Mala suerte. Nicole estaba muerta y yo no, y no me gustaba más muerta de lo que me gustaba cuando estaba viva.

Peor aún, ella era la causante de que Cuerpos Colosales estuviese cerrado por tiempo indefinido. Si no hubiera tenido esa actitud tan de zorra, esperándome en el aparcamiento para perpetrar su agresión contra mí, no la habrían asesinado en mi propiedad. Si llevaba esa conclusión a sus últimas consecuencias, también era culpa de Nicole que me hubiera visto obligada a volver a ver a Wyatt Bloodsworth.

La noche anterior, Nicole me había dado pena. Esa mañana pensaba con más claridad y me daba cuenta de que era muy típico de ella que, aún estando muerta, me siguiera causando problemas.

Preparé el café, saqué un yogur de la nevera, que era lo más rápido, y me lo comí mientras ponía dos rebanadas de pan integral en el tostador y pelaba un plátano. Un bocadillo de crema de cacahuetes, miel y plátano y dos tazas de café más tarde, estaba mucho más contenta. A veces, cuando estoy muy ocupada en Cuerpos Colosales, a mediodía me conformo con una manzana o algo por el estilo, pero cuando tengo tiempo para sentarme, me gusta *comer*.

Cuando ya me sentí mejor y supe que no me desmayaría de hambre, recogí el periódico a la entrada y, mientras bebía una tercera taza de café, me enteré de la importancia que la prensa le daba al asesinato de Nicole. La noticia estaba en la parte inferior de la primera página, y la acompañaba una foto de Wyatt conmigo en el momento en que me sacaba de Cuerpos Colosales para meterme de mala manera en su coche. Él salía grande y serio, y yo con una pinta estupenda, con mi top rosa que dejaba ver mis músculos abdominales en forma. No se me marcaban demasiado los músculos abdominales, pero a mí no me van los cuerpos exageradamente musculosos, así que quedaba perfecto. Estaba pensando que mi vientre liso era una buena publicidad para Cuerpos Colosales cuando leí el pie de foto: «*El teniente J. W. Bloodsworth acompañando a la testigo Blair Mallory en la escena del crimen*».

«*¡Acompañando!* ¡Y un huevo! *Arrastrando* sería más apropiado. ¿Y por qué tenían que ir y poner mi nombre junto a la foto en color destacada en primera página, eh? ¿Por qué no se le había ocurrido al redactor mencionarme hacia el final de la noticia?

Leí la columna entera, y la declaración oficial de Wyatt hablando de testigos, en plural, no estaba en ninguna parte. La única testigo que mencionaban era yo. Seguro que cuando Wyatt hizo la declaración el periódico ya estaba en las máquinas. Habría una segunda noticia en el periódico del día siguiente, pero mucho me temía que el daño ya estaba hecho.

Y justo en ese momento sonó el teléfono. Miré la pantalla para ver el número y vi el nombre del periódico. Ni pensaba hablar con los periodistas, así que dejé que se ocupara de él el contestador.

Sí, desde luego, parecía un día perfecto para largarse de la ciudad.

Subí a toda prisa, me sequé el pelo, me puse los capris rosas, una camiseta blanca y unas hawaianas preciosas, con conchitas rosadas y amarillas en las tiras. ¿Acaso no es la mejor combinación para ir a la playa? Me lavé los dientes, me puse la crema hidratante y el rímel, y luego agregué un pequeño toque de color en las mejillas y de pintalabios, por si acaso. ¿Por si acaso qué? Por si Wyatt viniera a dejar el coche, desde luego. El que no quisiera que volviera no significaba que no disfrutaría mostrándole todo lo que se había perdido.

El teléfono volvió a sonar. Hable con Mamá, que sólo quería saber cómo estaba. Hable con Siana, que tenía una curiosidad irreprimible por saber lo del asesinato y lo de la foto de Wyatt conmigo, puesto que me había oído hablar pestes de él dos años antes. Salvo esas dos llamadas, no contesté el teléfono. No quería hablar con periodistas, con conocidos ni con posibles asesinos.

El tráfico en las inmediaciones de la urbanización parecía especialmente denso esa mañana. Quizá fuera mejor que mi coche no estuviera aparcado bajo el pórtico. Desde la calle, se podría pensar que no había nadie en casa. Aún así, tenía cosas que hacer y lugares donde ir. Necesitaba las ruedas.

A las diez, mi coche todavía no había llegado. Ya me estaba impacientando cuando decidí buscar el número del departamento de policía.

Quien quiera que contestó al teléfono, el sargento algo, fue muy correcto pero no me sirvió de nada. Pedí hablar con el teniente Bloodsworth. No estaba. Tampoco estaba el inspector MacInnes. El sargento me puso con otra persona, que pasó la llamada a otra persona. Cada vez me veía obligada a explicar lo ocurrido. Hasta que *por fin* conseguí hablar con el inspector Forester y volví a repetir todo el cuento.

—Déjeme mirar. Creo que el teniente no está en el despacho, pero veré si puedo averiguar algo acerca de su coche —me dijo, y dejó el teléfono.

Oí los ruidos, el tipo de ruidos que hacen un montón de voces. Oí sonar los teléfonos, ruidos de papeles manipulados. Desde luego, los días parecían tan ajetreados como las noches en el departamento de policía. Esperé. Me miré las uñas pintadas, que estaban resistiendo muy bien. Empecé a pensar en la comida, que sería un problema a menos que alguien —¡el que fuera!— me trajera el coche. Rara vez como en casa a mediodía y tengo sólo lo necesario para desayunar. Tampoco me quedaba gran cosa porque no había hecho la compra en dos semanas. Supuse que podía pedir una pizza, pero no tenía ganas de pizza. Tenía ganas de estrangular a cierto oficial de policía.

Por fin el inspector Forester cogió el teléfono.

—Señorita, el teniente Bloodsworth se ocupará de su coche.

—¿*Cuando*? —le pregunté, entre dientes—. No me puedo mover de aquí sin mi coche. Se suponía que me lo traería a primera hora de la mañana.

—Lo siento, señorita. Ha estado muy atareado esta mañana.

—Y entonces, ¿por qué no me lo puede traer un agente? O… ya sé… Yo iré en taxi hasta Cuerpos Colosales y alguien se puede encontrar conmigo ahí y sacar el coche del aparcamiento. Eso nos ahorraría tiempo y problemas a todos.

—Espere un momento —dijo, y yo esperé. Y esperé. Y esperé. Al cabo de unos diez minutos, volvió al teléfono.

—Lo siento, señorita, pero en este momento no puedo solucionar nada.

Vale, no era culpa suya. Conseguí hablar con un tono calmado.

—Ya entiendo. Gracias por preguntar. Ah, dígame, ¿tiene usted el número de móvil del teniente Bloodsworth? Lo he perdido, ya que de lo contrario lo habría llamado directamente a él en lugar de molestarlo a usted.

—No es ninguna molestia —dijo el inspector Forester y, muy correctamente, me dictó el número.

Je, je, je. Gracias a la arbitraria actuación de Wyatt la noche anterior, todos los polis pensaban que estábamos enrollados. ¿Por qué se negaría el inspector a darme el número del móvil de Wyatt? Aquello era un error táctico de su parte.

Quizás estaba en medio de algo importante, y llamarlo sería una grave distracción. Maldita sea, eso esperaba. Empecé a teclear el número y luego paré. Era probable que tuviera un identificador de llamadas y quizá no contestara si sabía que era yo quien llamaba.

Hice una mueca, colgué el teléfono inalámbrico y saqué mi propio móvil del bolso. Sí, el inspector MacInnes había tenido la gentileza de devolvérmelo la noche anterior, cuando decidió que yo no había disparado a Nicole. Lo encendí y llamé a Wyatt.

Contestó al tercer tono.

—Bloodsworth.

—¿Dónde está mi coche? —le pregunté en el tono más amenazador que pude impostar.

—Blair, ya me ocuparé —dijo, con un suspiro—. Hoy he estado un poco ocupado.

—Estoy sin poder moverme. Si anoche hubieras escuchado la voz de la razón, podrías haber sacado mi coche, y entonces no tendríamos esta conversación. Pero, no, tenías que ir y dártelas de peso pesado...

Me colgó.

Pegué un chillido, enfurecida, pero no volví a llamarlo, que era probablemente lo que esperaba. Vale, si se iba a portar como un imbécil, que se jodiera. Bueno, no literalmente. Aunque, en una ocasión, yo... no, no importa. No me proponía llegar hasta ese extremo.

Empecé a tamborilear con los dedos y pensé en las opciones que tenía. Podía llamar a Mamá y Papá y ellos me llevarían felices a hacer la compra, o incluso me prestarían uno de sus coches, lo cual sería una incomodidad para ellos. Siana también me llevaría de un lado a otro. Jenni *quizá* podría, si no tuviera algún otro plan, pero me agotaba sólo con pensar en su agenda social.

Por otro lado, podría sencillamente alquilar un coche. Había varias empresas de las marcas más conocidas que podían recogerme y llevarme a sus oficinas para firmar los papeles y recoger el coche.

No soy de las que se andan con titubeos cuando me decido por un plan de acción. Busqué el número de una empresa de alquiler de coches, llamé y quedamos en que me pasarían a buscar en una hora. Luego me puse a regar las plantas a toda carrera y a meter en una maleta la ropa que pensé que necesitaría para unos cuantos días de playa, que no era mucha. Las cosas de maquillaje y de mi neceser ocupaban mucho más espacio que mi ropa. También puse un par de libros, por si me entraban ganas de leer, y me paré en la puerta de la casa a esperar con impaciencia que apareciera el empleado de la empresa de alquiler.

El flujo del tráfico había disminuido. Quizá todos los curiosos y/o reporteros habían decidido que o bien me escondía en algún sitio, o que había salido de compras. Aún así, cuando llegó el coche no quise perder tiempo en la entrada, un blanco fácil para un reportero ávido de noticias o para un asesino desesperado. Saqué mis llaves para tenerlas preparadas y cerrar bien la puerta, y en ese momento me di cuenta de que todavía tenía las llaves del coche. Me sorprendió tanto que me puse a reír. Sería imposible que Wyatt consiguiera que me entregaran el coche porque no le había dado las llaves y él no había pensado en pedírmelas.

El coche estaría a buen resguardo en Cuerpos Colosales hasta que yo volviera. Estaba cerrado y bajo techo. En el peor de los casos, Wyatt lo habría hecho remolcar hasta el depósito municipal, lo cual no le aconsejaría porque si mi coche resultaba dañado de cualquier forma, no dudaría en demandarlo.

Un Pontiac rojo con una placa magnética en el lado que anunciaba su pertenencia a la empresa de alquiler se detuvo junto a la acera. Cogí mi bolsa de lona y salí antes de que el tipo bajara del vehículo. Sólo me detuve a cerrar la puerta, tras lo cual bajé apresuradamente las escaleras hasta donde estaba.

—Vamos antes de que aparezca alguien —dije. Abrí la puerta de atrás, lancé mi bolsa adentro y me acomodé en el asiento del pasajero.

El hombre se puso al volante. Entrecerró los ojos, confundido.

—¿Quién? ¿La sigue alguien?

—Quizá. —Si el tipo no sabía quién era yo, mucho mejor. Quizá la gente ya casi no leía los periódicos—. Tengo un ex novio que se está convirtiendo en una pesadilla, ¿sabe?

—¿Es violento? —El hombre me miró con cara alarmada.

—No, sólo gimotea que llega a dar vergüenza.

Aliviado, el tipo puso el coche en marcha y condujo hasta nuestro pequeño aeropuerto regional, donde tenían sus oficinas las agencias de alquiler. Después de hablar del coche que me querían alquilar (no quise ni oír hablar de los modelos baratos porque eran demasiado baratos; uno incluso tenía elevalunas mecánico, algo que ignoraba que todavía se fabricara en Detroit), me quedé con un Chevy negro, un todoterreno de cabina y media. El negro no es el color más indicado en el sur debido al calor, pero no se puede negar que es elegante. Si no podía salir con mi Mercedes, pensé que andar por ahí en un todoterreno negro sería simpático.

Tengo buenos recuerdos relacionados con esos chismes. El abuelo tenía uno y durante mi penúltimo año en el instituto, había salido durante dos meses enteros con un chico del último curso, Tad Bickerstaff, que conducía una de esas grandes camionetas pickups. Me había dejado conducirla, lo cual me parecía de lo más sublime. Pero nuestro romance se marchitó tan rápidamente como había florecido, y Tad y su camioneta siguieron hacia otra chica.

Con los papeles ya firmados y el tanque de gasolina lleno, metí mi bolsa en el asiento trasero y me abroché el cinturón. ¡Playa, allá voy!

Reconozco que el verano no es el mejor momento para ir a la playa si una no ha hecho una reserva. Peor aún, era viernes, el día en que todos los que salían a pasar el fin de semana hacían lo mismo que yo. Sin embargo, teniendo en cuenta que sólo era mediodía, les llevaba una buena ventaja a las muchedumbres del fin de semana, aunque también habría gente como yo que confiaban en conseguir una habitación de motel cuando llegaran a la playa. La gente hace eso sólo porque... bueno... porque suele dar resultado.

Conducir desde el oeste del estado hasta la costa del este son varias horas, sobre todo en mi caso, porque tuve que parar a comer a mediodía. Decidí que era fabuloso conducir un todoterreno porque ir sentada más alto permitía ver mucho mejor, además de que este coche en particular tenía todos los extras que pudiera desear. La conducción era suave, el aire acondicionado, de primera, el sol había salido y Wyatt Bloodsworth no tenía ni idea de dónde estaba yo. Las cosas empezaban a pintar bien.

Cerca de las tres sonó mi móvil. Miré el número en la pantalla. Yo misma lo había marcado esa mañana, así que sabía perfectamente quién llamaba. Dejé que contestara el buzón de voz y seguí conduciendo y haciendo camino.

Ya me había ilusionado con mis minivacaciones. Un par de días en la playa me sentarían la mar de bien y, además, me mantendrían lejos de la ciudad mientras el asesinato de Nicole acaparaba la atención. Normalmente, soy muy responsable, porque Cuerpos Colosales es como un bebé para mí, pero esta vez pensé que las circunstancias justificaban que me diera un respiro. Quizá debería haber puesto un cartel en la puerta principal del gimnasio anunciando a mis clientes la fecha aproximada de reapertura. Dios mío, ¡ni siquiera había pensado en mis empleados! Debería haber llamado personalmente a cada uno de ellos.

Estaba tan enfadada conmigo misma que llamé a Siana.

—No puedo creer que haya hecho esto —dije, en cuanto respondió el teléfono—. No he llamado a mi gente para decirles cuándo esperaba volver a abrir Cuerpos Colosales.

Lo mejor que tiene Siana es que, habiendo crecido juntas, aprendió a leer entre líneas y a rellenar mis espacios en blanco. Supo enseguida que no hablaba de mis clientes. Eran tantos que llamar a cada uno me habría llevado tanto tiempo como… hasta que Cuerpos Colosales hubiera vuelto a abrir, así que era evidente que hablaba de mis empleados.

—¿Tienes una lista con sus números en tu casa? —me preguntó.

—Hay una lista impresa en mi libreta de direcciones, en el cajón superior izquierdo de mi mesa de trabajo. Si la encuentras, te llamaré cuando me haya instalado y pueda anotar todos los nombres.

—No te molestes. Yo los llamaré. Como estoy aquí mismo y son llamadas locales, tiene más sentido hacerlo desde aquí que desde tu móvil. También le pediré a Lynn que actualice la grabación del buzón de voz.

—Te debo una. Piensa en lo que te gustaría que te regalase. —Adoro a esa chica. Es una maravilla tener una hermana como ella. La llamé al trabajo; ella podría haberme dicho tranquilamente que estaba ocupada y que ya vería lo que podía hacer en cuanto saliera, lo que podía ser al día siguiente. Pero Siana no es así. Se ocupó de todo lo que le pedí como si tuviera todo el tiempo del mundo. Ya os habréis dado cuenta de que no digo lo mismo acerca de Jenni, que se sigue creyendo una especie de privilegiada. Además, no he olvidado que la pillé besando a mi marido por voluntad propia. No suelo mencionarlo y, en general, nos llevamos bien, pero el recuerdo siempre está ahí, en algún rincón de mi pensamiento.

—No hagas ese tipo de promesas abiertas. Puede que te pida prestado algo más que tu mejor vestido. Por cierto, hay alguien que te anda buscando, y parece enfadado. ¿Quieres adivinar su nombre? Te daré una pista. Es teniente de policía.

Me quedé pasmada, no porque me estuviera buscando y, encima, enfadado, sino porque había llamado a Siana. En una de nuestras citas le había dicho que tenía dos hermanas, pero estoy segura que no le dije sus nombres ni le di datos personales. Por otro lado, era ridículo que aquello me sorprendiera. Wyatt era poli. Sabía cómo averiguar cosas sobre las personas.

—Vaya. No habrá empezado a quejarse, ¿no?

—No, estaba muy controlado. Dijo algo así como que seguro que yo era tu abogado. ¿De qué iba eso?

—Tengo una lista de quejas contra él. Le dije que le llevaría la lista a mi abogado.

Siana ahogó una risilla.

—¿Y qué tipo de quejas tienes? —me preguntó.

—Cosas como maltrato, secuestro, actitud presuntuosa. Me quitó la lista, así que tengo que escribir una nueva. Seguro que a medida que pase el tiempo, añadiré unas cuantas cosas más.

Ahora Siana se reía sin tapujos.

—Supongo que le habrá encantado lo de la actitud presuntuosa. ¿De verdad me vas a necesitar? ¿Te has metido en algún lío?

—No lo creo. Me dijo que no abandonara la ciudad, pero no me consideran sospechosa, así que no creo que pueda hacer eso, ¿no?

—Si no eres sospechosa, ¿por qué diría eso?

—Creo que ha decidido que vuelve a estar interesado. Pero también puede que simplemente quiera vengarse porque fingí no reconocerlo. Durante un rato, se lo creyó.

—Entonces, probablemente es una mezcla de las dos cosas. Está interesado, y quiere vengarse. Además, quiere asegurarse de que estés en algún sitio donde te pueda encontrar.

—No creo que lo haya conseguido —dije, mientras me dirigía por la Autopista 74 hacia Wilmington.

Capítulo 7

Podría haberme dirigido a Outer Banks, pero supuse que tendría más posibilidades de conseguir una habitación en la costa sur. Me daba igual, podía seguir hacia el sur hasta llegar a Myrtle Beach, si fuera necesario. En cualquier caso, no era diversión lo que buscaba, sólo un lugar donde pudiera relajarme un par de días hasta que las cosas en casa se calmaran.

Llegué a Wilmington hacia las seis de la tarde y crucé la ciudad en dirección a Wrightsville Beach. En cuanto vi el Atlántico, Tiffany (recordaréis que Tiffany es la chica playera que hay en mí) suspiró, contenta. Así de fácil es darle una alegría.

Tuve suerte y encontré una bonita cabaña en la playa en el primer lugar donde me detuve. La familia que la había alquilado acababa de cancelar la reserva. ¡Que maravilla! Prefiero mil veces una cabaña que una habitación de motel, debido a la privacidad. Era un lugar encantador, un bungalow de madera con un porche protegido por rejillas y una barbacoa en el lado izquierdo. Eran sólo tres ambientes. En la parte delantera había una cocina diminuta y un espacio para comer abierto al salón. En la parte de atrás, una bonita habitación y un cuarto de baño. El que había decorado la habitación debió pensar en mí, porque la cama estaba cubierta por una mosquitera. Me encantan esos pequeños detalles, cosas delicadas y femeninas.

Mientras sacaba las cosas de mi maleta, el móvil volvió a sonar. Era la tercera vez que veía el número de Wyatt en la pantalla y esta vez volví a dejar que respondiera el buzón de voz. El móvil no dejaba de emitir pitidos para recordarme que tenía mensajes, pero todavía no había escuchado ninguno. Pensé que si no escuchaba lo que me decía, técnicamente no había ningún desafío de mi parte, ¿no? Puede que me amenazara con detenerme, o algo así, en cuyo caso no conseguiría sino fastidiarme, así que decidí que era mejor no prestar atención a los mensajes.

Después de deshacer la maleta, fui a un excelente restaurante de mariscos y comí gambas en su caldo (un plato que adoro) hasta reventar. Era uno de esos lugares de ambiente informal y servicio rápido, y llegué justo antes de que se llenara de gente. Entré, cené y salí en cuarenta y cinco minutos. Cuando volví a mi pequeña cabaña, empezaba a anochecer y ya hacía menos calor. ¿Qué mejor momento para dar un paseo?

Estaba muy contenta. Después del paseo, llamé a Mamá para decirle dónde me podía encontrar. No me comentó que hubiera llamado el teniente Bloodsworth, así que pensé que no los había molestado.

Esa noche dormí como un tronco y me levanté al amanecer para ir a hacer *jogging* a la playa. El día anterior no había hecho ejercicio, y me pongo muy nerviosa si dejo pasar más de veinticuatro horas sin ejercitar mis músculos. Llena de energía, troté unos cinco kilómetros por la orilla, lo cual es muy bueno para las piernas. Luego me duché y busqué una tienda donde comprar leche, cereales y fruta.

Después de desayunar, me puse mi biquini color turquesa y me unté de loción solar impermeable, cogí un libro y una toalla de playa, me puse las gafas de sol y me dirigí a la playa.

Leí durante un rato. Cuando el sol empezó a quemar, me zambullí en el océano y volví a leer otro rato. Hacia las once, el calor se me hizo insoportable, así que me calcé las hawaianas, me puse el pareo, cogí mi bolso y me fui de compras. Me encanta ese detalle de los pueblos de la costa: a nadie le importa un comino que una vaya de compras vestida sólo con un biquini.

Encontré unos pantalones cortos muy monos con una blusa blanquizaul que hacía juego, y un bolso de paja con un pez bordado con hilo metálico que brillaba a la luz del sol. El bolso era perfecto para meter todas mis cosas de playa. Comí en una terraza con vistas al mar, y un tipo bastante atractivo intentó ligar conmigo. Pero yo había ido a descansar, no a tener amores pasajeros, así que no tuvo suerte.

Finalmente, volví a la cabaña. Había dejado el móvil cargándose, y cuando lo consulté, no había llamadas perdidas, así que era evidente que Wyatt se había dado por vencido. Me volví a poner loción solar y salí de nuevo hacia la playa. La misma rutina, a saber: leer, refrescarme en el mar y leer otro poco. Hacia las tres y media tenía tanto sueño que no pude mantener los ojos abiertos. Dejé el libro a un lado, me estiré y me quedé dormida.

Me desperté cuando alguien intentó levantarme. Quiero decir, literalmente. Lo curioso es que no me alarmé, al menos cuando pensé que estaba siendo raptada por algún loco de la playa. Abrí los ojos y vi un rostro duro y enfurecido que conocía muy bien. Pero incluso antes de que abriera los ojos ya lo *sabía*, no sé si por una extraña química superficial o porque reconocí inconscientemente su olor. El corazón me dio un vuelco.

Me llevaba hacia la cabaña.

—Teniente Bloodsworth —dije, como si las circunstancias exigieran un saludo.

Él me miró echando ascuas.

—Madre mía. Cállate de una vez, hazme el favor.

No me gusta que me hagan callar.

—¿Cómo me has encontrado? —Sabía que Mamá no se lo habría dicho, sencillamente porque es mi madre y habría pensado que si no era capaz de saber dónde andaba, no era su problema, y que si yo hubiera querido que él supiera dónde estaba, yo misma se lo habría dicho.

—Has pagado con tu tarjeta de crédito.

Llegó a la cabaña, que no estaba cerrada, puesto que me había instalado en la playa justo al frente, y se giró para hacerme pasar de lado. El aire acondicionado me puso la piel de gallina, en contraste con el sol que me calentaba.

—Quieres decir que le has seguido la pista a mi tarjeta de crédito, como si fuera una vulgar delincuente...

Me soltó las piernas, pero no me dejó ir por la cintura, y me cogí de su camisa para no perder el equilibrio. Acto seguido, volvió a levantarme en vilo y acercó su boca a la mía.

Creo haber mencionado que yo me derretía como si nada cada vez que Wyatt me tocaba. Habían pasado dos años, y aquello no había cambiado. Su boca era la misma y su sabor también. Estaba todo duro y caliente contra mí, y los brazos musculosos con que me rodeaba eran de acero vivo. Cada una de mis terminaciones nerviosas exigía una atención inmediata. Era como una corriente eléctrica que me traspasaba, me magnetizaba y me atraía hacia él. Hasta dejé escapar un gemido mientras le rodeaba el cuello y colgaba mis piernas alrededor de su cintura, cuando le devolvía los besos con el mismo ardor que él ponía en los suyos.

Había mil motivos para haberlo parado en ese instante, y yo hice oídos sordos a todos. La única idea coherente que me cruzó por la cabeza fue *Gracias a Dios que estoy tomando la píldora*, cosa que no había dejado de hacer desde mi anterior experiencia con él.

La parte de arriba del biquini quedó en el camino a la habitación. Con unas ganas irreprimibles de sentir su piel junto a la mía, le jalé y tiré de la camisa, y él me complació alzando primero un brazo y luego el otro para que se la quitara por encima de la cabeza. Tenía un pecho robusto y velludo, y endurecido por los músculos. Me froté contra él como una gata mientras él se apresuraba a desabrocharse el cinturón y soltarse los tejanos. Yo no era de gran ayuda, pero es que no quería parar.

Luego me dejó en la cama y me quitó la parte baja del biquini. Tenía los ojos vidriosos cuando me miró, estirada desnuda sobre la cama. Recorrió con la mirada hasta el último centímetro de mi cuerpo, y su mirada caliente se demoró en mis caderas y mis pechos. Me abrió las piernas y me miró. Me sonrojé, pero entonces él me metió suavemente dos dedos y me olvidé del sonrojo. Plegué las piernas y levanté las caderas cuando sentí que una ola de placer me recorría de arriba abajo.

—Joder —dijo, con voz tensa, y se bajó los vaqueros y los dejó caer al suelo. No sé cómo se quitó los zapatos. Supuse que se los habría quitado antes de bajar a la playa a buscarme, lo cual era lo más sensato. Pero se deshizo de los vaqueros y se puso encima. Y luego, el muy malvado me mordió un lado del cuello, justo cuando me penetró con un movimiento duro que lo llevó hasta el fondo de mí.

Yo me fui como un cohete. Si algo me quedaba de autocontrol, se desvaneció con ese mordisco.

Cuando me calmé, abrí mis tupidas pestañas y lo encontré mirándome con una expresión ferozmente triunfante. Me acarició el pelo y me lo apartó de la cara y sus labios me rozaron la sien.

—¿Necesito un condón?

Ya estaba dentro de mí, por lo cual la pregunta llegaba tarde.

—No, estoy tomando la píldora —alcancé a decir.

—Bien —dijo, y volvió a la carga por segunda vez.

Era la parte buena de dejar que la pasión estuviera por encima del sentido común. Lo malo era cuando volvía a imperar el sentido común. Sin importar el número de orgasmos que una haya tenido, si se tiene algo de sentido común, éste siempre acaba por imponerse.

El día casi se había apagado cuando me desperté, saciada de una larga siesta y miré, desconcertada, al hombre desnudo a mi lado. No era que no fuera un placer mirarlo, todo él y su cuerpo musculoso, pero es que yo no sólo había roto mis propias reglas sino que, además, tácticamente había perdido un buen trozo de terreno. Sí, la batalla de los sexos es como luchar en una guerra. Si todo funciona bien, los dos ganan. Si no funciona, una quiere ser la que pierde menos.

¿Y ahora, qué? ¡Acababa de hacer el amor con un hombre con el que ni siquiera estaba saliendo! Con el que *había* salido, sí... pero por un tiempo muy breve. Entre los dos no se había aclarado nada, y ahora yo me había rendido como una cualquiera. Él ni siquiera me había tenido que preguntar.

Qué humillante reconocer que él tenía razón. Lo único que tenía que hacer era tocarme, y yo empezaba a quitarme la ropa. No cambiaba nada el hecho de que hacer el amor con él había sido tan bueno —no, mejor— de lo que prometía la maldita química. Eso no debería ocurrir. Debería ser ilegal, o algo así porque, ¿cómo podía yo ignorarlo como me proponía si, en realidad, saber lo bien que lo pasábamos juntos era mucho peor que imaginar cómo podía ser? Si antes me había sentido tentada, ahora la sensación sería diez veces peor.

Me di cuenta de que llevaba unos buenos diez minutos mirándole el pene y, en ese rato, éste había dejado de estar suave y relajado a estar no tan suave. Lo miré y vi que él también me miraba, y que sus ojos eran a la vez somnolientos y deseosos.

—No podemos volver a hacerlo —dije, firme, antes de que él me tocara y minara mis defensas—. Con una vez basta.

—Puede que no haya bastado —dijo él, perezoso, rozándome el pezón con un dedo.

Ahí ya me tenía. Maldita sea. Nunca hay que volver para repetir el plato.

Le aparté el dedo.

—Hablo en serio. Ha sido un error.

—No estoy de acuerdo. Creo que ha sido una gran idea. —Se apoyó en el codo y se inclinó encima de mí. Sentí un leve pánico y giré la cara antes de que me besara, pero no era mi boca lo que buscaba.

Al contrario, apoyó el labio justo por debajo de mi oreja y me dejó un reguero de pequeños besos en el cuello, y siguió por los ligamentos que acababan justo en el hueco donde el cuello se junta con el hombro. Me inundó una ola de calor y aunque abrí la boca para decir «no» o algo que se le pareciera, sólo escapó un gemido.

Me lamió y me mordisqueó y me chupó y me besó, y yo me estremecí y me retorcí y me volví loca. Cuando volvió a montarse encima, yo había ido demasiado lejos como para hacer otra cosa que cogerlo y prepararme para la cabalgata.

—¡No es justo! —exclamé, cuando entré a grandes zancadas en el lavabo media hora después—. ¿Cómo lo sabías? *¡No vuelvas a hacerlo!*

Él rió y me siguió a la ducha. Yo no podía echarlo, a menos que él me dejara, así que le di la espalda y me concentré en ducharme y quitarme la embriagadora mezcla de loción solar, agua salada y hombre.

—¿Creíste que no me daría cuenta, o que quizá no lo recordaría? —Me puso una mano grande y cálida en la nuca y me acarició con el pulgar, arriba y abajo, lo cual me hizo estremecerme.

—Estabas desnuda en mis rodillas…

—Tenía puesta una falda. No estaba desnuda.

—Más o menos lo mismo. En cualquier caso, querida, sólo tuve que prestar atención. Si te acariciaba los pechos, apenas te dabas cuenta, pero cuando te besaba el cuello, estabas a punto de correrte. No se requiere nada especial para darse cuenta de eso.

No me gustaba que supiera tantas cosas de mí. La mayoría de los hombres suponen que si a una le tocan o besan los pechos, la excitan y quizá puedan convencerla para hacer algo que una no quiere hacer. Mis pechos no son casi nada para mí, en el plano del placer. A veces envidio a las mujeres que sienten placer en los pechos, pero no soy una de ellas y, además, supongo que mantener la cabeza fría compensa con creces la falta de sensibilidad.

Eso sí, cuando me besan el cuello, me derrito. Es una debilidad, porque un hombre le puede besar el cuello a una sin quitarle la ropa, así que no voy por ahí jactándome de ello. ¿Cómo es posible que Wyatt se hubiera dado cuenta tan rápido?

Era poli. Reparar en los detalles era parte de quién era y qué era. Eso está bien cuando se trata de perseguir a un criminal, pero no debería permitírsele usar esa destreza en una relación sexual.

—Mantén las manos y la boca lejos de mi cuello —le dije, y me giré para lanzarle una mirada furiosa—. Ya es hora que dejemos de hacer esto.

—Tienes un talento notable para ignorar lo evidente —dijo, y me sonrió.

—No pretendo ignorarlo. Estoy tomando una decisión ejecutiva. No quiero volver a tener relaciones sexuales contigo. No es bueno para mí.

—Mentirosa.

—... en otro sentido que vaya más allá de lo sexual —dije para terminar, y lo miré, aún más furiosa—. Tú vuelve a tu vida y yo volveré a la mía, y los dos olvidaremos que esto ha ocurrido.

—Eso no sucederá. ¿Por qué te empeñas tanto en negarte a que volvamos a estar juntos?

—Nunca hemos estado *juntos*. Esa palabra implica una relación, y nosotros nunca hemos llegado a eso.

—Deja de meterte en camisa de once varas. Yo no podía olvidarte a ti y tú no podías olvidarme a mí. De acuerdo, me doy por vencido: no verte no dio resultado.

Me di la vuelta y empecé a lavarme el pelo. Estaba tan enfadada que no sabía qué decir. Si él quería olvidarme, yo estaría feliz de echarle una mano. Quizá si le diera en la cabeza con algo pesado.

—¿No quieres saber por qué? —me preguntó, mientras me deslizaba los dedos por el pelo y me masajeaba el cuero cabelludo.

—No —dije, seca.

Se me acercó. Se me acercó tanto que su cuerpo desnudo se apretó contra mí mientras me enjabonaba el pelo.

—Entonces, no te lo diré. Algún día querrás saberlo y será el día en que hablemos de ello.

Era el tipo más exasperante que jamás he conocido. Apreté con fuerza los dientes para no pedirle que me lo contara.

Se fue acumulando la frustración y el resentimiento y, finalmente, me desahogué.

—Eres un gilipollas y un cabrón.

Él se echó a reír y me puso la cabeza bajo el chorro de la ducha.

Capítulo 8

No sé cómo acabé yendo a cenar con él. En realidad, lo sé. Se negó a marcharse.

Tenía que comer algo y estaba muerta de hambre. Así que cuando salí de la ducha lo ignoré por completo mientras me secaba el pelo y me arreglaba, lo cual no me llevó demasiado tiempo porque no me molesté en ponerme nada más que el maquillaje básico, rímel y pintalabios. Con el calor del verano, acabaría sencillamente sudando cualquier otra cosa, así que ¿para qué molestarse?

Me irritó muchísimo al darme un empujón con la cadera y apartarme del lavabo para afeitarse. Me lo quedé mirando boquiabierta porque ésa no es manera de portarse. Me miró en el espejo y me guiñó un ojo. Enfurecida, me fui a la habitación y me vestí, lo cual, una vez más, no me llevó demasiado tiempo porque, para empezar, no había traído demasiadas cosas y porque lo que tenía eran combinaciones de colores. Ahora que se había desvanecido mi estado de lujuria, vi una bolsa negra abierta en el suelo a los pies de la cama. Era evidente que de ahí habían salido la maquinilla y la crema de afeitar.

Pensándolo bien, había otras cosas en el armario…

Me di media vuelta y volví a abrirlo. Había un par de pantalones vaqueros y una camiseta.

Los saqué de los colgadores y me giré para meterlos de vuelta en la bolsa a donde pertenecían. Él salió del cuarto de baño a tiempo para decir:

—Gracias por sacarme la ropa del armario. —Me la quitó de las manos y se la puso.

Fue entonces que me di cuenta de que el tipo se había descontrolado, y que lo mejor que yo podía hacer era escapar.

Mientras él se ponía los vaqueros, crucé el salón y cogí mi bolso y las llaves al salir. Había un coche de alquiler —un Saturn blanco— junto al todoterreno, otro pequeño detalle en que no había reparado durante mi delirio anterior. Abrí la puerta de la camioneta y me puse al volante… y me deslicé, empujada por todo su peso cuando me desplazó del volante y ocupó mi lugar.

Chillé y lo empujé para que bajara. Cuando vi que no se movía, intenté empujarlo con los pies. Para ser mujer, soy fuerte, pero él era como una roca, no se movía. Y, además, el muy imbécil sonreía.

—¿Vas a alguna parte? —me preguntó, y cogió rápidamente las llaves del suelo donde yo las había dejado caer.

—Sí —dije, y abrí la puerta del pasajero. Ya me deslizaba fuera cuando él me cogió por debajo de los dos brazos y me tiró de vuelta hacia dentro.

—Hay dos maneras de hacer esto —dijo, tranquilo—. Te puedes quedar sentada como una buena chica, o te puedo poner las esposas. ¿Cuál prefieres?

—No hay dónde escoger —dije, indignada—. Es un ultimátum. No me da la gana de ninguna de las dos.

—Son las únicas dos alternativas que te ofrezco. Piensa en ello de la siguiente manera. Me he tenido que molestar en buscarte, así que tienes mucha suerte de que te haya dado al menos esta alternativa.

—¡Ja! No tenías por qué seguirme, y lo sabes muy bien. No tenías otro motivo que tu actitud de imbécil arrogante para decirme que no saliera de la ciudad, así que no actúes como si hubiera abusado de tu amabilidad. Has follado, ¿no? No he visto que actuaras como si te causara grandes problemas cuando me lanzaste sobre la cama.

Se inclinó sobre mí y cogió el cinturón de seguridad para abrochármelo.

—No soy el único en este coche que ha follado. Nos hemos divertido. Nos hemos quitado de encima las ganas. Ha sido una satisfacción mutua.

—Que no tendría que haber ocurrido. Esas relaciones sexuales pasajeras son una estupidez.

—De acuerdo, pero lo que hay entre nosotros no es pasajero.

—No me cansaré de decirte que no hay un «nosotros».

—Claro que sí. Lo que pasa es que todavía no quieres reconocerlo. —Puso en marcha el todoterreno y metió la primera—. Bonita camioneta, por cierto. Me ha impresionado. Te creía el tipo de persona que conduce coches de lujo.

Me aclaré ruidosamente la garganta y él me miró alzando las cejas. Yo miré fijamente su cinturón de seguridad, que no se había abrochado. Él soltó un gruñido y volvió a poner el cambio en punto muerto.

—Sí, señora —dijo, mientras se abrochaba.

Cuando echó marcha atrás, yo seguí discutiendo.

—Ya ves, ni siquiera sabes qué tipo de persona soy. Me gusta conducir todoterrenos. En realidad, no sabes nada acerca de mí. Por lo tanto, no hay nada entre nosotros excepto una atracción física. Eso lo convierte en una relación pasajera.

—Me temo que debo discrepar. Las relaciones sexuales pasajeras son como quitarse de encima un escozor, y nada más.

—¡Bingo! Me he quitado de encima el escozor. Ya te puedes ir.

—¿Siempre te portas así cuando alguien ha herido tus sentimientos?

Apreté los dientes y me quedé mirando hacia delante por el parabrisas. Habría querido que no se hubiera dado cuenta de que era verdad que en el fondo de mi resistencia y hostilidad hacia él había sentimientos heridos. A una tiene que importarle alguien antes de que le puedan herir los sentimientos porque, de otra manera, lo que él dijera o hiciera ni siquiera aparecería en la vieja pantalla de radar. Yo no quería sentir nada por él. No quería que me importara qué hacía ni con quién se veía, si comía adecuadamente o si dormía lo suficiente. No quería que me volvieran a herir, porque ese hombre me podía hacer mucho daño si lo dejaba acercarse demasiado. Jason me había hecho mucho daño, pero Wyatt me podía romper el corazón.

Él estiró el brazo y me puso la mano en la nuca, la masajeó suavemente.

—Lo siento —dijo, con voz queda.

Ya veía yo que, tratándose de mi cuello, iba a tener problemas con él. Era como un vampiro; se iba derecho al cuello cuando quería influir en mí. Además, lo de disculparse no era jugar limpio. Yo quería que se arrastrara y ahí estaba él, socavando mi determinación con unas simples disculpas. Aquel hombre era un tramposo.

Lo mejor que podía hacer era combatir el fuego con fuego, y decirle exactamente dónde estaba parado y cuál era el problema. Levanté una mano y me libré de la suya en mi cuello porque no podía pensar con claridad con él tocándome.

—De acuerdo, te lo diré claro —dije, con voz mesurada, concentrándome más en lo que había fuera del vehículo que en lo que había adentro—. ¿Cómo puedo confiar en que no volverás a hacerme daño? Cortaste y te largaste en lugar de decirme cuál era el problema, en lugar de intentar solucionarlo, o de darme a mí una oportunidad para solucionarlo. Mi matrimonio fracasó porque mi marido, en lugar de decirme que había un problema e intentar que trabajáramos juntos para solucionarlo, empezó a ir con otras. De modo que no tengo demasiado entusiasmo a la hora de crear una relación con alguien que no está dispuesto a hacer un esfuerzo para mantenerla y de reparar los desperfectos. Eso es lo que haces con un coche, ¿no? Así que mi lema es que un hombre tiene que cuidarme a mí tanto como cuida de su coche. Tú ni siquiera has hecho eso.

Guardó silencio mientras asimilaba lo que acababa de decirle. Yo creía que se pondría a discutir, a explicar cómo se veía la situación desde su perspectiva, pero no lo hizo.

—De modo que es una cuestión de confianza —dijo, finalmente—. Vale. Es algo a qué atenerse. —Me lanzó una dura mirada de reojo—. Eso significa que me verás a menudo. No puedo volver a ganar tu confianza si no estoy. Así que de ahora en adelante estamos juntos, ¿de acuerdo?

Yo pestañeé. De alguna manera no había previsto que él cogería el pretexto de una falta de confianza para decir que eso significaba que *tenía* que tener una relación con él para recuperar esa confianza. Os lo digo yo; había algo de diabólico en ese hombre.

—Eso que acabas de hacer es un pedo mental —le dije, con toda la amabilidad posible—. Que no confío en ti significa que no *quiero* estar contigo.

Él respondió con un bufido.

—Ya. Es por eso que cada vez que nos encontramos a una distancia en que nos podamos tocar, nos quitamos mutuamente la ropa de esa manera.

—Eso no es más que un desequilibrio químico. Una buena dosis de multivitaminas te lo quitará.

—Hablaremos de ello durante la cena. ¿Dónde quieres ir a comer?

Eso, distraédme con comida. Si no hubiera tenido tanta hambre, su truco nunca habría funcionado.

—Algún lugar con un buen aire acondicionado donde me pueda sentar y un camarero amable me traiga un margarita.

—Eso también me va bien a mí —dijo él.

Wrightsville Beach se encuentra, de hecho, en una isla, así que cruzamos el puente hacia Wilmington. Al cabo de nada, entrábamos con Wyatt en un restaurante mexicano lleno de gente, con el aire acondicionado puesto en «Frío» y con un menú anunciando un gran margarita. No sé cómo sabía de ese restaurante a menos que hubiera estado antes en Wilmington, que tampoco queda tan lejos. La gente va a la playa de la misma manera que los lemings hacen lo que sea que hacen los lemings. Hay muchas playas en Carolina del Norte, pero él probablemente habría recorrido la costa de arriba abajo en sus días de jugador de fútbol universitario, pasándoselo en grande. Yo había sido animadora y, desde luego, habíamos conocido casi todas las playas en el sudeste, desde Carolina del Norte hasta los cayos de Florida y volviendo por la costa del Golfo.

Se acercó un joven hispano con los menús y tomó nota de lo que queríamos para beber. Wyatt pidió una cerveza para él y un margarita con Cuervo Gold y hielo. Yo no sabía qué era Cuervo Gold, y no me importó. Supuse que era un tipo especial de tequila, aunque igual podría haber sido un tequila cualquiera.

El vaso en que lo trajeron no era un vaso, sino una jarra. Era enorme. No era del todo una jarra, pero tampoco lo llamaría vaso. Era como un gigantesco cuenco sostenido por un pie de copa muy delgado.

—Ay, ay —dijo Wyatt.

Yo lo ignoré y cogí el margarita con las dos manos. Todo el cuenco estaba muy frío, y tenía sal en el borde. Lo coronaban dos tajadas de lima y una pajita de plástico permitía tener acceso a su contenido.

—Será mejor que pidamos ahora   dijo.

Chupé de la pajita y tragué una cantidad considerable de margarita. El gusto a tequila no era demasiado fuerte, lo cual era una suerte. De otra manera, yo habría estado fuera de juego antes de acabar con la mitad.

—Quisiera unos burritos rancheros. De carne.

Era divertido verlo a él pedir lo que queríamos. Tomé otro trago con la pajita.

—Si te emborrachas —advirtió—, tomaré fotos.

—Te lo agradezco. Me han dicho que soy una borracha muy simpática.— No me lo habían dicho, pero él no lo sabía. De hecho, nunca me había emborrachado, lo cual probablemente significa que mi experiencia en la universidad no había sido del todo normal. Pero siempre tenía prácticas de animadora, o gimnasia, o algo inesperado como, por ejemplo, un examen, y no creía que aquello fuera una experiencia demasiado agradable con una resaca encima, así que paraba de beber antes de emborracharme.

El camarero trajo una fuente de chips de tortilla picantes y salado y dos platos con salsa, picante y normal. Yo le añadí sal a la mitad de los chips de tortilla y unté uno con la salsa picante, que estaba deliciosa y verdaderamente picante. Tres chips más tarde empecé a sudar y tuve que volver a echar mano de mi margarita.

Wyatt estiró un brazo y puso la jarra —el vaso— fuera de mi alcance.

—¡Oye! —dije, indignada.

—No quiero verte trompa.

—Me pondré trompa cuando quiera.

—Quiero hacerte unas cuantas preguntas más, y ése es el motivo por el que no quería que salieras de la ciudad.

—Ya puedes intentarlo, teniente. —Me incliné hacia adelante y recuperé mi margarita—. Para empezar, los que están a cargo del caso son los inspectores, no tú. En segundo lugar, yo sólo vi a un hombre que estaba junto a Nicole, un hombre que se alejó del lugar en un sedán negro. Ya está. Nada más.

—Que tú sepas —dijo, y volvió a quitarme el margarita justo cuando iba a ponerme la pajita en la boca para tomar otro sorbo—. A veces los detalles vienen días después. Por ejemplo, los faros delanteros del coche. O las luces traseras. ¿Las viste?

—No vi los faros —dije, segura, pero intrigada por la pregunta—. Las luces traseras… humm. Puede que sí. —Cerré los ojos y rebobiné mentalmente la escena. Apareció con detalles asombrosos y con imágenes muy vivas. En mi imaginación vi cómo pasaba el coche oscuro, y me quedé sorprendida al sentir que se me aceleraba el corazón—. La calle queda en ángulo recto con respecto a mí, recuerda, así que cualquier cosa será como una mirada de reojo. Las luces de atrás son… largas. No son de esas luces redondas.

Más bien largas y delgadas. —Abrí los ojos de sopetón—. Creo que hay unos modelos de Cadillac que tienen ese tipo de luces.

—Entre otros —dijo él. Anotaba lo que yo decía en una pequeña libreta que, naturalmente, se había sacado del bolsillo, porque estaba doblada como una libreta de bolsillo.

—Me podrías haber preguntado esto por teléfono —observé, con tono mordaz.

—Lo habría hecho si hubieras contestado el teléfono —respondió él en el mismo tono.

—Oye, fuiste tú el que me colgó a mí.

—Estaba ocupado. Ayer fue un día de mierda. No tuve tiempo de preocuparme de tu coche, que, por cierto, no pude ir a buscar porque tú no te tomaste la molestia de dejarme las llaves.

—Ya lo sé. Quiero decir, en ese momento no lo sabía. Las encontré un poco más tarde. Pero en el periódico sólo se me nombraba a mí como testigo, y eso me puso nerviosa. Tiffany no hacía más que quejarse, así que alquilé un coche y me vine a la playa.

Él guardó silencio un momento.

—¿Tiffany?

—La chica playera que hay en mí. No he tenido vacaciones en mucho tiempo.

Me miró como si tuviera dos cabezas, o como si hubiera reconocido que tenía una doble personalidad, o algo así.

—¿Hay alguien más, aparte de Tiffany, que viva en ti?

—Bueno, no hay una chica de la nieve, si te refieres a eso. En una ocasión fui a esquiar. Casi esquié. Me probé esas botas, y son tan incómodas… No puedo creer que la gente se las ponga si no tienen a nadie apuntándoles a la cabeza con una pistola. —Tamborileé con los dedos—. Solía tener a Black Bart, pero él no ha aparecido desde hace tanto tiempo… Quizá fue un juego de cuando era una niña.

—¿Black Bart? ¿Él era el… pistolero que había en ti? —Había empezado a sonreír.

—No, era mi maniática interior que un día se volvería loca e intentaría matarte si le hacías daño a una de mis Barbies.

—Tienes que haber dado mucho miedo en el patio de la escuela.

—No hay que meterse con las Barbies de una chica.

—Lo tendré presente la próxima vez que me entren ganas de coger una Barbie y pisotearla.

Me lo quedé mirando, boquiabierta.

—¿De verdad harías una cosa así?

—No lo he hecho en mucho tiempo. Creo que me quité del cuerpo las ganas de pisotear Barbies cuando tenía unos cinco años.

—Black Bart te habría hecho mucho daño.

De pronto hizo un gesto como si recordara su libreta sobre la mesa y en su cara vi una expresión de desconcierto, como si no entendiera cómo habíamos llegado de las luces del coche a las Barbies. Sin embargo, antes de que reorientara la conversación llegó el camarero con nuestros platos y los dejó en la mesa advirtiéndonos que tuviéramos cuidado porque estaban calientes.

Gracias a los chips de tortilla no había desfallecido de hambre, pero todavía tenía un apetito voraz, así que eché mano de un burrito con una mano mientras aprovechaba su distracción para volver a hacerme con mi margarita con la otra. Ser ambidextra tiene sus ventajas. Tampoco es que pueda escribir con mi mano izquierda, pero no me cuesta nada recuperar margaritas que han sido secuestrados.

Como he dicho, la bebida no era fuerte. Pero había una gran cantidad. Cuando acabé mis burritos, me había bajado casi la mitad del margarita, y estaba muy feliz. Wyatt pagó la cena y me rodeó con un brazo cuando volvimos al todoterreno. No sé por qué. No caminaba haciendo eses ni nada. Ni siquiera me dio por cantar.

Me levantó hasta el asiento como si yo no fuese capaz de sentarme sola. Lo miré con una gran sonrisa y le puse una pierna encima.

—¿Tienes ganas de marcha, grandullón?

Él se atragantó al aguantarse la risa.

—¿Puedes seguir pensando en eso hasta que lleguemos a la cabaña?

—Puede que para entonces esté sobria y me acuerde de por qué no debería.

—Me la jugaré —dijo, y me besó suavemente—. Creo que puedo conseguirlo.

Sí, claro. Mi cuello. Él sabía lo de mi cuello. Ya veía que tendría que comprarme un cuello de cisne.

Cuando cruzamos el puente y volvimos a Wrightsville Beach, el tono festivo se había desvanecido y yo tenía sueño. Sin embargo, bajé de la camioneta por mi propio pie. Me dirigía a la entrada de la cabaña cuando Wyatt me levantó en vilo y me cogió en brazos.

—¿Sigue en pie esa oferta?

—Lo siento. Se ha ido la chispa. La lujuria inducida por el alcohol es siempre pasajera. —Wyatt me llevaba como si apenas se diera cuenta de lo que pesaba, que, por cierto, estando en forma y musculosa como estaba, es más de lo que se podría pensar. Pero él era veinticinco centímetros más alto que yo y también era musculoso, lo cual significaba que pesaría al menos unos treinta y cinco kilos más.

—Me parece bien. Prefiero que tengas ganas de mí sin estar trompa.

—Mi cerebro ha recuperado el control y mi razonamiento anterior todavía vale. No quiero tener relaciones sexuales contigo. —Qué manera de mentir. Tenía unas ganas locas de él, lo cual no significaba que tuviera que poseerlo ni que las cosas funcionaran entre los dos. Nuestra breve conversación no me había dado ningún tipo de seguridad, porque los actos importan mucho más que las palabras y una tarde juntos no arrojaba gran cosa.

—Te apuesto a que te hago cambiar de opinión —me dijo, al abrir la puerta, que estaba abierta porque yo había salido de prisa para escapar y él se había dado prisa para atraparme.

Una hora más tarde, tuve un pensamiento fugaz antes de dormirme. Sería mejor olvidarse de los cuellos de cisne. Para mantenerlo a raya, necesitaría toda una armadura.

Capítulo 9

Me desperté durante la noche, con frío y desorientada. Que hiciera frío no tenía nada de raro, porque Wyatt había puesto el aire acondicionado de la ventana en posición «helado». Tal vez estaba soñando, porque me despertó bruscamente algo parecido a un disparo y, por un momento, no supe dónde estaba.

Quizá emití algún ruido, o di un respingo como a veces hacemos cuando algo nos asusta.

—¿Te encuentras bien? —me preguntó Wyatt, con una voz que enseguida estaba alerta, y se sentó en la cama. La pregunta me ayudó a salir de ese momento extraño. Lo miré en la oscuridad, y sólo alcancé a ver el perfil de su cuerpo recortado contra el fondo un poco más claro de la ventana. Estiré la mano y lo toqué, mi mano encontró la calidez de su vientre desnudo, justo por encima de la sábana que le llegaba hasta la cadera. Tocarlo fue como un gesto automático, una necesidad instintiva de contacto.

—Tengo frío —murmuré, y él volvió a tenderse. Me atrajo hacia sí y me tapó los hombros con la sábana. Apoyé la cabeza en su hombro y puse la mano sobre su vientre, consolada por la calidez y dureza de su cuerpo, por la palpable presencia suya a mi lado. No había querido dormir con él, quiero decir, no en el sentido literal, porque todavía intentaba desesperadamente conservar mis límites.

Pero me había quedado dormida en medio de la discusión y era evidente que él se había aprovechado de mi estado de incosnciencia. Sospechaba que se trataba de una táctica deliberada, a saber: agotarme con el sexo para que no pudiera mantenerme despierta. Pero ahora me alegré de tenerlo a mi lado durante la noche, estrechándome en sus brazos y dándome calor. Era exactamente lo que había querido de él antes, esta intimidad, su compañía, el vínculo. Ahora, la intensidad de mi bienestar en sus brazos era de temer.

—¿Qué estabas soñando? —me preguntó, mientras me frotaba la espalda con movimientos lentos que me apaciguaban. Su voz grave se había vuelto más ronca debido al sueño y la sensación agradable de estar ahí con él me envolvió de arriba abajo, como una manta.

—No lo sé. No recuerdo nada. Me desperté y fue uno de esos momentos que dan miedo, cuando una no sabe dónde está. Además, tenía frío. ¿He hablado en mi sueño?

—No, sólo has hecho un ruido raro, como si tuvieras miedo.

—Creo que oí un ruido muy fuerte, pero puede que haya sido en el sueño. Si es que estaba soñando.

—Yo no he oído nada. ¿Qué tipo de ruido?

—Como un disparo.

—No. Te puedo asegurar que no se ha oído ningún disparo. —Hablaba como si estuviera del todo seguro. Supuse que, gracias a su condición de poli, sabía qué ruidos eran ésos.

—Entonces estaría soñando con el asesinato. No lo recuerdo. —Bostecé y me acurruqué más cerca de él y, en ese instante, tuve el ramalazo de un recuerdo. No había soñado con el asesinato de Nicole sino con el mío, porque antes de que los polis encontraran el cuerpo de Nicole, yo había creído que el disparo iba dirigido a mí. Durante unos diez minutos, antes de que llegaran los polis, me sentí aterrorizada.

—Espera, sí recuerdo algo. Recuerdo que me disparaban, que era lo que en un principio pensé que estaba sucediendo. Supongo que es el subconsciente.

Él me estrechó con más fuerza entre sus brazos.

—¿Qué hiciste esa noche?

—Me agaché y me quedé agachada, me arrastré hasta la puerta y entré en el edificio, cerré la puerta y llamé al 911.

—Buena chica. Era exactamente lo que había que hacer.

—No te conté lo del pánico. Estaba muerta de miedo.

—Lo cual demuestra que no tienes un pelo de tonta.

—Y, además, demostraba que yo no disparé a Nicole, porque no salí bajo la lluvia a ver qué había pasado. Estaba completamente seca. Les pedí a los polis que hicieran una prueba para ver si tenía residuos de pólvora en las manos, a pesar de que estaba cansada y no tenía ganas de que me llevaran a la comisaría para interrogarme, lo que demostró ser un esfuerzo inútil porque tú me llevaste de todos modos. —Todavía estaba cabreada con esa parte.

—Sí, ya me enteré de la prueba con esa «cosa». —Su tono de voz era seco. Era evidente que Wyatt creía que había fingido ser una rubia tonta para despejar las sospechas de los inspectores. No tengo ni idea de dónde habrá sacado esa idea.

—En ese momento no me acordaba del término —dije, inocente—. Estaba muy nerviosa.— La mitad de lo que decía era verdad.

—Ajá.

Sospeché que no me creía. Enseguida continué:

—No sé por qué habré soñado ahora que me disparaban a mí. ¿Por qué no lo soñé la primera noche? Fue cuando estaba peor.

—Estabas agotada. Es probable que lo hayas soñado, pero en ese momento no te despertaste lo suficiente como para recordarlo.

—¿Y qué hay de anoche? Tampoco tuve ningún sueño.

—Por el mismo motivo. Habías conducido todo el día sin haber dormido demasiado. Estabas cansada.

—¿Qué? ¿Y no crees que estaba cansada esta noche?

—Es un tipo de cansancio diferente. —Ahora parecía que se estaba divirtiendo—. Lo de esa noche era estrés. Lo de esta noche ha sido placer.

Eso no se podía negar. Incluso pelearme con él era un tipo de placer, en cierto sentido, porque me divertía mucho. Aquello era alarmante porque daba la impresión de que él ganaba todas las batallas, pero yo todavía estaba felizmente entusiasmada con la lucha. Supongo que las polillas también están felices cuando caen volando en el fuego. Si Wyatt volvía a quemarme, no sabía qué iba a hacer. Ya había llegado mucho más lejos que las otras veces, empezando por el hecho de que yo estaba en la cama con él.

Le di un pellizco. Así, porque sí.

Él dio un salto.

—¡Auch! ¿A qué ha venido eso?

—Por no haberme ni siquiera cortejado antes de llevarme a la cama —le dije, indignada—. Me haces sentirme como si fuera una mujer fácil.

—Querida, no hay nada fácil en ti, ya puedes confiar en mí —dijo, con voz irónica.

—Debe ser que soy una fácil —dije, y conseguí poner una pizca de lacrimosidad en mi voz—. Si no puedo ganar las batallas, al menos puedo importunarte, ¿no?

—¿Estás llorando? —Sonaba como si sospechara algo.

—No. —Era la verdad. Yo no tenía la culpa de que la voz me temblara.

Me palpó la cara con su enorme mano.

—No estás llorando.

—Ya te he dicho que no. —Joder, ¿es que no se creía nada de lo que le decían? Teníamos decididamente un problema a propósito de la confianza. ¿Cómo podría contar alguna mentirilla de vez en cuando?

—Sí, pero estabas montando el numerito de la culpa. Sabes perfectamente bien que lo único que tenías que decir era «no», si de verdad no lo querías.

—Me has saboteado con los besos en el cuello. Eso tiene que parar.

—¿Qué piensas hacer, deshacerte de tu cuello?

—¿Eso significa que no vas a dejar mi cuello en paz?

—¿Bromeas? ¿Acaso tengo pinta de ser uno de esos que se cortan el cuello por voluntad propia? —Su voz ahora estaba teñida de una perezosa diversión.

—Hablo en serio cuando digo lo de no tener relaciones sexuales. Creo que es una equivocación hacerlo tan pronto. Tendríamos que haber esperado y ver si es posible una relación entre los dos.

—¿Si es posible una relación? —dijo él, como un eco—. A mí me parece que ya hemos empezado hace rato.

—En realidad, no. Aún no hemos dejado la línea de partida. Ni siquiera hemos salido juntos en una cita. Quiero decir, esta vez. Lo de hace dos años no cuenta.

—Hemos cenado juntos esta noche.

—Eso tampoco cuenta. Tú usaste tu fuerza física, me coaccionaste con tus amenazas.

Él dejó escapar un bufido.

—Eso no te habría impedido ponerte a gritar como una loca, pero decidiste que tenías hambre y que ya pagaría yo la cena.

Esa parte era verdad, desde luego. Además, en ningún momento se me había pasado por la cabeza que pudiera hacerme daño. Cuando estaba con él, me sentía notablemente segura. A salvo de cualquier cosa, excepto de él, claro está.

—Te propongo un trato. Yo salgo contigo como me gustaría salir si empezáramos de nuevo desde cero. Eso es lo que quieres, ¿no? ¿Otra oportunidad? Eso significa nada de sexo, porque el sexo crea demasiadas nebulosas.

—Y una mierda.

—Vale, a mí me crea nebulosas. Puede que cuando te conozca mejor, y tú me conozcas mejor a mí, decidamos que, en realidad, no nos sentimos tan atraídos el uno por el otro. O puede que tú decidas que yo no te gusto ni la mitad de lo que tú me gustas a mí porque, como he dicho, el sexo me crea nebulosas. Quizá los hombres no se sientan tan afectados por tener relaciones sexuales con alguien, pero las mujeres sí. Me ahorrarás una buena dosis de posible sufrimiento si damos un paso atrás y nos tomamos un tiempo para pensar.

—¿Quieres que cierre la puerta del corral cuando el caballo ya ha salido?

—Entonces, ve a buscarlo y lo metes dentro de tus pantalones de nuevo, quiero decir, de tu corral.

—Ése es tu punto de vista. El mío es que atenta contra todos los instintos no hacerte el amor con la mayor frecuencia posible, porque es así como un hombre tiene la seguridad de que una mujer es suya.

Por su voz, ahora me daba cuenta de que se había irritado. Me dieron ganas de encender una luz para que al menos pudiera verle la cara, pero entonces él también podría haberme visto la mía, así que lo dejé estar.

—Si hubiéramos llegado tan lejos en nuestra relación, estaría de acuerdo contigo.

—Por lo que sabemos, creo que ya hemos ido lejos.

Vale, estábamos los dos desnudos y juntos en la cama. ¿Y eso qué?

—Pero no es así. Nos sentimos muy atraídos mutuamente en lo físico, pero no nos conocemos. Por ejemplo, ¿sabes cuál es mi color favorito?

—Jolín. Estuve casado tres años y nunca supe cuál era el color favorito de mi mujer. Los hombres no piensan en los colores.

—No tienes por qué pensar en algo. Basta con que te des cuenta, por así decirlo. —No le presté mayor importancia al hecho de que hubiera estado casado. Desde luego, ya lo sabía, porque su madre me lo había contado antes de presentármelo, pero no me agradaba pensar en ello, no más de lo que me agradaba pensar en mi propio fracaso conyugal. Sin embargo, en el caso de Wyatt, lo que sentía era lisa y llanamente celos.

—Rosa —dijo.

—Cerca, pero no hay premio. Es mi segundo color.

—Dios mío, ¿tienes más de uno?

—Cerceta.

—¿Cerceta es un color? Creía que era una especie de pato.

—Puede que el color venga del pato, no lo sé. La cuestión es que si hubiéramos pasado mucho tiempo juntos y nos hubiéramos conocido, te habrías dado cuenta de que visto a menudo el color cerceta y puede que lo hubieras adivinado. Pero no podías adivinarlo, porque *no* hemos pasado mucho tiempo juntos.

—La solución a ese tipo de problemas es que pasemos más tiempo juntos.

—De acuerdo. Pero sin sexo.

—Me siento como si me estuviera dando cabezazos contra un muro —dijo, mirando el techo.

—Ya sé cómo te sientes. —Aquello empezaba a exasperarme—. Lo que ocurre es que me romperás el corazón si te acercas demasiado. Me da miedo enamorarme de ti y que vuelvas a desaparecer. Si en realidad me enamoro de ti, quiero saber si estás conmigo a cada paso que demos. ¿Cómo puedo saberlo cuando tenemos relaciones sexuales, sabiendo que el sexo significa tanto para una mujer y que, para un hombre, es poco más que hacerse una paja? Es química, y produce cortocircuitos en la cabeza de una mujer, como si la drogaran, de modo que ella ni se da cuenta de que está durmiendo con una rata hasta que es demasiado tarde.

Siguió una larga pausa. Hasta que habló él.

—¿Y qué pasaría si ya estuviera enamorado de ti, y me valiera del sexo para demostrártelo, y para acercarme a ti?

—Si dijeras que estás «encaprichado», tal vez te creería. Pero, insisto, en realidad, no me conoces. Por lo tanto, no puedes de verdad amarme. Lo que sentimos es lujuria, no amor. Todavía no, y quizá nunca lo sintamos.

Siguió otra larga pausa.

—Entiendo lo que dices. No estoy de acuerdo, pero lo entiendo. ¿Y tú, has entendido lo que yo he dicho a propósito de recurrir al sexo para demostrarte que me importas, y para acercarme más a ti?

—Sí —dije, alerta. ¿A qué conclusión quería llegar?— Y no estoy de acuerdo.

—Entonces son tablas. Tú no quieres tener relaciones sexuales y yo sí. De acuerdo, hagamos un trato: cada vez que yo tome la iniciativa, tú dices que no y te prometo que no iré más lejos, pase lo que pase. Puede que esté encima de ti y a punto de meterla, pero si dices no, pararé.

—¡Eso no es justo! —protesté—. Piensa en las veces que me he negado cuando se trata de decirte que no.

—Hace dos años, ganabas dos a cero. Esta vez, es cuatro a cero a mi favor.

—¡Ya lo ves! Tu registro supera al mío en dos tercios. Necesito que me des una ventaja.

—¿Cómo se dan ventajas en el sexo?

—Por ejemplo, no me puedes tocar el cuello.

—Hum. De ninguna manera. Tu cuello no puede estar fuera de juego. —Y, como si quisiera demostrarlo, tiró de mí hacia arriba hasta estar a su altura y, antes de que pudiera detenerlo, hundió la cara en la curva de mi cuello y de mis hombros y me mordisqueó. Sentí el arrebato de una descarga de placer y mis ojos se giraron en sus cuencas.

Desde luego, hacía trampa.

Después de pasado un rato, tendido sobre mí y apoyándose en los brazos, los dos sudorosos y con los pulmones tragando aire como locos, dijo, con gesto de gran satisfacción.

—Y ya van cinco a cero.

Odio a los hombres cuando se muestran así de satisfechos consigo mismos. Sobre todo cuando hacen trampa.

—Volaremos de vuelta a casa —dijo, mientras hacíamos las maletas después del desayuno.

—Pero mi todoterreno…

—Devolveremos los coches aquí. Tengo mi coche en el aeropuerto, en casa. Te llevaré a recoger el tuyo.

¡Por fin recuperaría mi coche! Esa parte del plan estaba bien.

Pero lo de volar no me gustaba. Vuelo de vez en cuando, pero prefiero conducir.

—No me gusta volar —le dije.

Él se incorporó y se me quedó mirando.

—No me digas que tienes miedo.

—No es que tenga miedo, ni me falte el aire ni nada de eso, pero no es algo que me apetezca demasiado. En una ocasión, viajaba con el equipo de animadoras a la costa oeste para un partido. Entramos en unas turbulencias y empezamos a caer, tanto que pensé que el piloto jamás lograría sacarnos de ahí. Desde entonces, siento un poco de aprehensión.

Él me miró durante otro minuto.

—De acuerdo. Conduciremos —dijo—. Sígueme hasta el aeropuerto para que pueda devolver mi coche de alquiler.

Vaya. Por un momento pensé que vendrían unos tipos y me obligarían a subir al avión. Le había contado tantas mentirillas esos días que Wyatt no tenía por qué creerme. Sin embargo, era evidente que tenía un detector de mentiras anti Blair, igual al de mi madre, y sabía que yo estaba exagerando un poco lo del miedo a volar. Sólo un poco porque, en realidad, no me da pánico ni nada de eso.

Así que lo seguí hasta el aeropuerto, donde él devolvió su coche, y esperé al volante mientras guardaba sus cosas en el maletero junto a las mías. Me sorprendió todavía más cuando subió al asiento del pasajero y se abrochó el cinturón, sin siquiera pedir que lo dejara conducir. Sólo un hombre que está seguro de su propia masculinidad deja que una mujer conduzca un todoterreno… O eso o intentaba ganarme con artes sutiles. Fuera lo que fuera, funcionaba. Me sentí mucho más relajada con él durante el largo camino de regreso a casa.

Llegamos a nuestro pequeño aeropuerto regional, donde él había dejado su coche, a última hora de la tarde. Yo devolví la camioneta de alquiler y trasladamos nuestras cosas a su Crown Vic. Desde ahí, me llevó a Cuerpos Colosales para que recuperara mi coche.

Me llamó la atención ver que la cinta amarilla de la policía todavía rodeaba la mayor parte de mi propiedad. Casi la mitad del aparcamiento estaba precintado, aparte de todo el edificio y el aparcamiento de la parte trasera. Wyatt se detuvo en la zona no precintada.

—¿Cuándo podré volver a abrir? —le pregunté mientras le pasaba las llaves del coche.

—Procuraré que acaben con la escena del crimen mañana. Si lo consigo, podrás abrir el martes… Pero no te prometo nada.

Me quedé de pie junto a su coche mientras él iba a la parte de atrás. Al cabo de un rato, apareció conduciendo mi Mercedes. Se detuvo al otro lado del Crown Vic, más cerca de la calle, y se situó al lado. Dejó el motor en marcha, bajó y metió mi bolsa en el asiento de atrás. Luego se retiró, sólo un poco, hasta quedar muy cerca de mí cuando quise subir al coche. Cuando me cogió el brazo, sentí su mano grande y cálida.

—Esta noche tendré que trabajar, mirar algunos papeles. ¿Estarás en casa de tus padres?

Aquellos dos últimos días había estado tan concentrada pensando cosas acerca de él que todo el nerviosismo que sentía ante la posibilidad de ser mencionada como la *unica* testigo del asesinato de Nicole se había desvanecido casi por completo.

—No quiero hacer nada que parezca estúpido, pero ¿existe realmente la posibilidad de que este tío intente matar a los testigos, es decir, a mí?

—No puedo descartar esa posibilidad —dijo él, con mirada grave—. No es probable, pero tampoco es imposible. Estaría más tranquilo si te fueras a casa de tus padres o si vinieras a casa conmigo.

—Iré a casa de ellos —decidí; si se pensaba que debía preocuparme, ya estaba preocupada.

—Pero tengo que ir a casa a buscar más ropa, a comprobar las facturas y ese tipo de cosas.

—Iré contigo. Saca lo que necesites y ocúpate de tu papeleo cuando estés en casa de tus padres. O, mejor aún, dime lo que necesitas y yo lo cogeré y te lo traeré.

Claro, como si fuera a dejarle registrar el cajón donde guardo mi lencería.

En cuanto pensé en esa posibilidad, sentí una especie de indiferencia. Wyatt no sólo había visto mi lencería —al menos una parte— sino que también me la había quitado. Además, me gusta tener lencería bonita, así que no encontraría nada de que avergonzarme.

—Dame tu libreta y un boli —dije. Cuando sacó ambas del bolsillo, anoté detalladamente la ropa que quería que me trajera, y dónde guardaba mis facturas. Tenía suerte de que ya llevara encima mi maquillaje, de modo que no tendría grandes dificultades.

Cuando le entregué la llave de mi casa, la miró con una expresión rara.

—¿Qué pasa? —le pregunté—. ¿Hay algo de malo en la llave?

—No, todo está bien —dijo él, e inclinó la cabeza. El beso fue largo y enjundioso y, antes de que me diera cuenta, yo ya estaba apoyada en la punta de los pies, con los brazos alrededor de su cuello, besándolo entusiasmada. Y también interesada.

Él levantó la cabeza y se lamió los labios, como saboreándome. Los dedos de los pies se me doblaron y estuve a punto de decirle que me llevara a casa con él, pero el sentido común se impuso en el último momento. Él se echó hacia un lado para dejar que yo me sentara dentro del coche.

—Tengo que decirte cómo llegar a casa de mis padres —dije, en el último momento.

—Sé dónde viven.

—¿Cómo …? Vale, lo había olvidado. Eres poli. Ya has averiguado la dirección.

—Cuando no te encontré el viernes, sí.

Lo miré con el Ojo de vidrio. Así lo llamaba Siana cuando Mamá sabía que habíamos hecho alguna travesura e intentaba sonsacarnos una confesión con sólo mirarnos.

—Creo que tienes una ventaja injusta y que no dejas de poner tu condición de poli por delante. Eso tiene que acabar.

—No es nada probable. Es lo que hago cada día —dijo, sonriendo, y se volvió para ir hacia su coche.

—¡Espera! ¿Piensas ir a mi casa y traerme las cosas o vas a ir a trabajar y me las traerás más tarde?

—Te las llevaré ahora. No sé cuántas horas tendré que trabajar.

—De acuerdo. Nos veremos allí. —Lancé mi bolsa sobre el asiento del pasajero, pero el impulso no fue suficiente. La bolsa chocó contra el salpicadero y cayó sobre el asiento del conductor. Me incliné para recogerla y volver a empujarla. En la calle resonó una fuerte descarga. Me asusté y me lancé hacia adelante, y sentí como una cuchillada que me cruzaba el brazo.

Se me vino encima una tonelada de cemento y di con la cabeza en el suelo.

Capítulo 10

El cemento era duro y tibio y despotricaba como un condenado. Y, como he dicho, pesaba una tonelada.

—¡Hijo de la gran puta! —exclamó Wyatt, con los dientes apretados, escupiendo cada palabra como si fuera una bala—. Blair, ¿te encuentras bien?

Yo no lo sabía. Había caído contra el suelo y me había golpeado la cabeza. Era como si no pudiera respirar con él encima y, además, el brazo me dolía pero que mucho. Me sentía como si el impacto me hubiera dejado sin fuerzas. Ya había escuchado esa misma detonación antes y ahora sabía qué le pasaba a mi brazo.

—Supongo —dije, no demasiado convencida.

Wyatt giró la cabeza de un lado a otro, con los sentidos alertas ante un posible asesino; se me quitó de encima, me hizo sentarme y me apoyó contra la rueda del coche.

—Quédate ahí —me dijo, como si fuera su mascota. No tenía por qué. No pensaba irme a ninguna parte.

Buscó el móvil que llevaba en el cinturón y pulsó una tecla. Habló como si sostuviera una radio, cortante y rápido. Yo sólo escuché «disparos» y luego nuestras coordenadas. Sin dejar de lanzar improperios, Wyatt se dirigió reptando hasta su coche y abrió de golpe la puerta de atrás. Buscó algo en el interior y sacó una enorme pistola.

—No puedo creer que me haya olvidado de sacar la pistola del bolso —gruñó, mientras se apretaba contra mí, de espaldas, junto a la rueda trasera de mi coche. Lanzó una mirada por encima del maletero y volvió a agacharse—. De todas las puñeteras veces…

—¿Puedes verlo? —le pregunté, interrumpiendo su rosario de palabrotas.

—Nada.

Tenía la boca seca y el corazón me martillaba en el pecho, desbocado, con sólo pensar que el asesino podría dar la vuelta al coche y dispararnos a los dos. Estábamos entre los dos coches, lo cual podría parecer seguro. Pero, por contra, yo me sentía expuesta y vulnerable, viendo que tenía dos lados desprotegidos.

El disparo había venido del otro lado de la calle. De las tiendas de la calle, muy pocas estaban abiertas el domingo, sobre todo a esa hora de la tarde, y prácticamente no había tráfico. Agucé el oído, pero no oí el ruido del coche que partía, lo que, a mi modo de ver, no era nada bueno. Que se fuera era bueno. Que se quedara era malo. Quería que el hombre se fuera. Quería llorar. Y empezaba a pensar seriamente en vomitar.

Wyatt se giró para mirarme con expresión grave y concentrada. Por primera vez, me miró detenidamente. Se le tensó todo el cuerpo.

—Ah, joder… cariño —dijo, con voz suave. Echó una segunda mirada por encima del maletero y luego se acercó hasta quedar a mi lado—. ¿Por qué no has dicho algo? Estás sangrando como una bestia. Déjame ver si es grave.

—No creo que sea nada. Sólo me ha hecho un corte. —Me di cuenta de que hablaba como un vaquero en una vieja película del oeste, asegurándole valientemente a la bonita granjera que su herida no era más que un arañazo. Quizá debería coger la pistola de Wyatt y responder a los disparos al otro lado de la calle, sólo para completar la ilusión. Por otro lado, mejor me quedaba simplemente sentada, lo cual me exigiría un esfuerzo menor.

Con su enorme mano me giró el brazo suavemente para examinar la herida. Yo no quise mirar. Con mi visión periférica, ya veía demasiada sangre, y saber que toda esa sangre era mía no me producía una sensación agradable.

—No es demasiado grave —murmuró él. Volvió a mirar a su alrededor y luego dejó su pistola un momento para sacar un pañuelo del bolsillo plegarlo y aplicármelo sobre la herida. Volvió a tener la enorme pistola en su mano en menos de cinco segundos después de haberla dejado—. Apriétalo con fuerza contra la herida —me dijo. Con la mano derecha, hice lo que me decía.

Hice un esfuerzo por no sentirme indignada. *¿No era demasiado grave?* Una cosa era que yo fuera valiente y no le prestara importancia al hecho de que me dispararan, pero él, ¿cómo se atrevía? Me pregunté si se habría mostrado igual de indiferente si fuera *su* brazo el que ahora ardía, si fuera su sangre la que le empapara la ropa y empezara a hacer un charco en el pavimento.

Ya. Eso de la sangre haciendo un charco en el pavimento no podía ser nada bueno. Quizá por eso me sentía mareada y tenía calor y náuseas. Quizá fuera mejor tenderme.

Me dejé resbalar hacia un lado y Wyatt me cogió con la mano que tenía libre.

—¡Blair!

—Sólo me quiero echar —dije, nerviosa—. Estoy mareada.

Con una mano, me ayudó a tenderme en el suelo. El asfalto estaba caliente y rugoso, y no me importó. Me concentré en respirar hondo y en mirar el azul del cielo a esa hora del final de la tarde por encima de nosotros, y el mareo comenzó poco a poco a desvanecerse. Wyatt hablaba por su móvil, o radio, o lo que fuera, pidiendo un médico y una ambulancia. Al instante, oí las sirenas, alguna unidad que respondía a una llamada avisando que su teniente se encontraba bajo fuego. ¿Cuánto tiempo había pasado desde el disparo? ¿Un minuto? No más de dos, de eso estaba segura.

A una parte de mí, todo le parecía moverse a cámara lenta, pero a la otra le parecía que estaban ocurriendo demasiadas cosas a la vez. El resultado era una noción absoluta de irrealidad, aunque todo lo veía claro como el agua. No sabía si eso era buena o mala señal. Quizá me convenía ver las cosas un poco borrosas porque, en realidad, no tenía ganas de guardar recuerdos muy nítidos de todo aquello.

Wyatt se me acercó hasta casi quedar encima mío y me puso la mano izquierda en el cuello. Madre mía, ¿acaso era el momento adecuado de comenzar a insinuárseme? Lo miré enfurecida, pero él no me vio porque había levantado la cabeza y miraba en todas direcciones, con la pistola en la mano, vigilante. Tardé un momento en darme cuenta de que me estaba tomando el pulso y vi que su semblante se volvía aún más grave.

¿Acaso me estaba muriendo? Nadie se muere de un disparo en el brazo. Eso era una tontería. Lo más probable es que sufriera un ligero estado de *shock* por la pérdida tan rápida de sangre, que era lo que sentía cuando donaba sangre a la Cruz Roja. Nada del otro mundo. Pero él había pedido una ambulancia, lo cual, a mi parecer, era para cuestiones graves. Me pregunté si veía algo que yo no podía ver como, por ejemplo, una arteria de la que brotaba sangre como del géiser Old Faithful. Yo tampoco había mirado, porque temía que eso fuera exactamente lo que viera.

Me quité el pañuelo del brazo y me lo miré. Estaba totalmente empapado de sangre.

—Blair —dijo él, con tono imperioso—, vuelve a taparte la herida.

Vale, o sea, que podía morir. Sumé dos más dos, es decir, mucha sangre, estado de *shock*, ambulancia, y no me gustó la imagen.

—Llama a Mamá —le dije. Mi madre se cabrearía mucho si yo sufriera un percance médico grave y nadie se lo hiciera saber.

—De acuerdo —dijo, y ahora habló con voz más suave.

—Ahora. La necesito ahora.

—Estarás bien, querida. Ya la llamaremos desde el hospital.

Estaba indignada. Ahí estaba tendida, desangrándome y peligrando mi vida ¡y él se negaba a llamar a mi madre! Si hubiera tenido más energía, lo habría remediado de alguna manera, pero, tal como estaban las cosas, lo único que podía hacer era quedarme tendida ahí y lanzar miradas de indignación. No habría ganado nada porque Wyatt no me estaba mirando.

Dos coches de la policía con sus balizas encendidas y sus estridentes sirenas entraron en el aparcamiento, y de cada uno de ellos bajaron dos agentes con las armas en la mano. Gracias a Dios que los que conducían apagaron las sirenas antes de detenerse. De otra manera, nos habrían dejado sordos. Además, ya había más unidades que se dirigían al lugar. Yo oía las sirenas y parecía que venían de todas las direcciones.

Dios mío, aquello sería muy perjudicial para el negocio. Intenté imaginar cómo me sentiría si fuera clienta de un gimnasio donde hubiera habido dos tiroteos en cuatro días. ¿Segura? Desde luego que no. Claro que, si me moría no tendría de qué preocuparme, pero ¿qué pasaría con mis empleados? Se quedarían sin un empleo, sin esa remuneración por encima de la normal y sin participación en los beneficios.

Tuve una visión del aparcamiento vacío, el pavimento sembrado de malezas, las ventanas rotas y el techo hundido. Las cintas amarillas de la policía colgarían tristemente de árboles y postes y los niños pasarían y señalarían el vetusto edificio.

—*No pongáis* —advertí en voz alta, tendida de espaldas— ni un centímetro más de esa cinta amarilla en mi aparcamiento. Ya está bien. Se acabaron las cintas.

Ahí estaba yo, desangrándome, y él sonreía. *Él sonreía.* Tenía que empezar a redactar otra lista. Pensándolo bien, aún tenía que volver a escribir la que me había confiscado. Wyatt me había distraído en la cama, pero ahora volvía a pensar con claridad y la lista de sus infracciones probablemente llenaría dos páginas… Suponiendo que estuviera viva para escribirlas.

Todo aquello era culpa suya.

—Si un cierto teniente me hubiera escuchado y me hubiera traído el coche el viernes, tal como yo lo pedí, esto no habría ocurrido. Estoy sangrando, y mi ropa está hecha un asco, y todo *es culpa tuya.*

Wyatt hizo un alto en medio de mi acusación y luego siguió hablando con sus hombres como si yo no hubiera dicho nada.

Genial, ahora me ignoraba.

Tuve la impresión de que a una pareja de agentes les pasaba algo, porque de pronto los dos tuvieron un acceso de tos simultáneamente. O era eso o intentaban no reírse en presencia de su teniente. No me gustó nada porque, otra vez, ahí estaba yo desangrándome hasta morir y ellos riendo. Perdón, pero ¿acaso era yo la única que no veía nada de divertido en el hecho de haber sido herida por un disparo?

—Algunas personas —dije, hablándole al cielo— son lo bastante educadas como para no reírse de alguien que ha recibido un disparo y que se está desangrando hasta morir.

—No te estás desangrando —dijo Wyatt, y noté cierta tensión en su voz.

Puede que sí, puede que no, pero al menos una pensaría que me otorgarían el beneficio de la duda, ¿no? Estaba tentada de desangrarme hasta morir sólo para demostrárselo. Aunque, bien pensado, no había ningún beneficio en ello. Además, si me moría, no podría estar ahí para hacerle la vida imposible, ¿no es verdad? Estas cosas hay que pensarlas bien.

Llegaron más coches. Oí que Wyatt organizaba una misión de búsqueda y captura, aunque él no la llamó así. Sonó más como:

—Encontrad a ese cabrón. —Pero yo sabía lo que quería decir. Una pareja de enfermeros, una mujer negra con el pelo trenzado y unos ojos color chocolate que eran los más bellos que jamás había visto, y un hombre robusto y pelirrojo que me recordó a Red Buttons, llegaron cargados con unos maletines metálicos llenos de equipos médicos de primeros auxilios y se agacharon a mi lado.

Se pusieron rápidamente a hacer lo elemental: tomarme el pulso, la presión sanguínea y ponerme un brazalete para la presión en el brazo.

—Necesito una galleta —dije.

—Todos necesitamos una galleta —dijo la mujer, con un toque de simpatía.

—Para regular el azúcar en la sangre —dije—. La Cruz Roja da galletas a las personas que donan sangre. Así que una galleta me sentaría bien. De chocolate. Y una Coca-cola.

—Ya le he oído —dijo ella, pero nadie hacía nada para ponerme en las manos lo que había pedido. Me lo tomé con calma, porque era domingo y las tiendas no estaban abiertas. Supuse que no llevarían galletas y gaseosas en la ambulancia. Pero ¿por qué no?

—Con toda esta gente que hay por aquí, cualquiera pensaría que al menos alguien tendría una galleta en el coche. O una rosquilla. Mal que mal, son polis.

—Tiene razón —dijo ella, sonriendo. Y luego gritó—: ¡Hey! ¿Hay alguien que lleve algo dulce para comer en el coche?

—No tiene por qué comer nada —dijo el pelirrojo. No me gustaba tanto como ella, ni mucho menos, a pesar de su simpática cara de Red Buttons.

—¿Por qué? Oiga, no irán a operarme, espero. —Era la única razón que se me ocurría para que me prohibieran comer.

—No lo sé. Eso lo decidirán los médicos.

—Noo. No tendrán que operarla —dijo la mujer, y el pelirrojo le lanzó una mirada de censura.

—Eso tú no lo sabes.

Yo ya veía que él pensaba que ella era demasiada laxa con las reglas y, de hecho, entendía su punto de vista. Sin embargo, *ella* me entendía a *mí*. Yo necesitaba algo que me diera seguridad, y eso era precisamente lo que haría una galleta, al conseguir que pensara en mi pérdida de sangre como en una donación a la Cruz Roja. Si había algo dulce por ahí y ellos no me lo daban, sospecharía que me encontraba en Estado Grave.

Apareció un agente, caminando agachado entre los coches, aunque no había habido más disparos y cualquier asesino con dos dedos de frente habría abandonado la escena en cuanto llegaron los refuerzos. El agente tenía un paquete en la mano.

—Tengo galletas rellenas de higo —dijo. Parecía un poco despistado, como si no entendiera por qué los enfermeros no podían esperar para comer algo.

—Con eso bastará —dijo la enfermera, y abrió el paquete.

—Keisha —dijo Red Buttons, con cara de advertencia.

—Venga, no diga nada —dije yo, y cogí una galleta del paquete. Le sonreía a Keisha—. Gracias. Creo que ahora sobreviviré.

Tres galletas de higo más tarde dejé de sentirme mareada, y me volví a sentar y a apoyarme en la rueda. A Red Buttons tampoco le gustó eso, pero él sólo pensaba en mi bienestar, así que también lo perdoné por querer negarme las galletas. Vi que ahora todos los polis que había por ahí caminaban erguidos y deduje que el autor de los disparos había desaparecido hacía rato.

A Wyatt no se le veía por ningún lado. Formaba parte de la misión de búsqueda y captura, y todavía no había regresado. Quizás esta vez hubieran encontrado alguna pista que los llevara directamente hasta la puerta del asesino.

Me transportaron a la parte trasera de la ambulancia. Levantaron el respaldo de la camilla de modo que no estuviera tendida sino sentada. No me sentía con ganas de caminar, pero sin duda era capaz de sentarme.

Da la impresión de que en una escena del crimen o de un accidente, nada se hace con demasiada prisa. Mucha gente daba vueltas por ahí, la mayoría uniformados, y otra gran mayoría no hacía otra cosa que hablar con otras personas que hacían lo mismo que ellos. Las radios graznaban y unos respondían. Era evidente que habían encontrado el lugar desde donde habían disparado, y los forenses ya examinaban el área. Red habló por radio. Keisha devolvió los equipos a los maletines. Nadie tenía demasiada prisa, y eso también me dio cierta seguridad.

—Necesito mi bolso —dije, y Keisha lo recuperó de mi coche y me lo dejó en la camilla. Como mujer, entendía que una necesita su bolso.

Lo abrí y busqué un boli y mi agenda. La abrí por las páginas del final, las que están en blanco para tomar notas y empecé a escribir. Madre mía, la lista se iba alargando.

Wyatt apareció ante las puertas abiertas de la ambulancia. Tenía la placa abrochada al cinturón y llevaba la pistola en la funda bajo la axila, por encima de su camiseta. Tenía una mirada seria.

—¿Cómo te sientes?

—Bien —dije, amablemente. En realidad, no estaba bien, porque el brazo me latía con un dolor intenso, muy intenso, y me sentía débil por la pérdida de sangre. Pero seguía enfadada y no tenía ganas de apoyarme en él. A los hombres les gusta que una se apoye en ellos porque aquello satisface sus instintos de protección, algo bastante innato. Al negarle mi simpatía, le estaba diciendo que había vuelto a la caseta del perro. Hay que saber leer estas cosas entre líneas.

Él entrecerró sus ojos verdes. Había captado el mensaje.

—Seguiré la ambulancia hasta el hospital.

—Gracias, pero no es necesario. Llamaré a mi familia.

Los ojos se hicieron aún más pequeños.

—He dicho que seguiré la ambulancia hasta el hospital. Llamaré a tu familia por el camino.

—De acuerdo. Haz lo que quieras. —Eso quería decir «Seguiré enfadada de todas maneras».

Ahí también captó el mensaje. Se llevó las manos a la cintura, todo el muy macho, masculino y malhumorado.

—Y ¿a ti qué mosca te ha picado?

—¿Quieres decir, aparte de que me hayan disparado? —pregunté, muy amablemente.

—A mí me han disparado. Y no por eso me he portado como un… —dijo, y prefirió callar, sin duda pensando en lo que había estado a punto de decir.

—¿Cómo una pesada? ¿Cómo una niña consentida? —Yo misma le di a elegir. Al volante, Red Buttons estaba sentado muy quieto mientras escuchaba la discusión. Keisha se encontraba de pie, esperando para cerrar la puerta, y fingía que miraba los pajaritos en el cielo.

—Escoge tú la que corresponda —dijo él, con una sonrisa forzada.

—Ningún problema. Yo me arreglo —dije, y anoté otra entrada en mi lista.

Él desvió la mirada hacia mi libreta.

—¿Qué haces?

—Una lista.

—Dios me libre, ¿otra lista?

—Es la misma. Sólo que agrego cosas.

—Dame eso. —Se inclinó hacia el interior de la ambulancia como si quisiera arrancármela de las manos.

Yo di un tirón.

—Es mi libreta, no la tuya. No la toques. —Giré la cabeza hacia Red—. Venga, acabemos con este numerito de una vez por todas.

—Blair, estás comportándote como una criatura…

Vale, era verdad. Cuando me sintiera mejor, puede que lo dejara. Pero mientras, creía que mi actitud estaba justificada. Vosotros me diréis, si una no puede hacer esto cuando le disparan, ¿cuándo lo hará?

—¡Ya verás si alguna vez vuelvo a dormir contigo! —le dije cuando Keisha cerró las puertas.

Capítulo *11*

—Conque duermes con el teniente Bloodsworth, ¿eh? —me preguntó Keisha, sonriendo.

—Es cosa del pasado —dije, sorbiéndome la nariz. ¿Qué importaba si el pasado era esa misma mañana?— En su lugar, no aguantaría el aliento hasta que llegara la próxima vez.— Me contrariaba un poco que se me hubiera escapado algo tan personal como los detalles de mi vida amorosa, pero la verdad es que Wyatt me había provocado.

Me daba la impresión de que Red conducía con una lentitud anormal. No sabía si siempre era tan cuidadoso (algo que quizá no convenga si llevas en la ambulancia a alguien que se está muriendo) o si sólo quería oír todo lo posible de nuestra conversación antes de que llegáramos al hospital. Al parecer, con la excepción de Keisha, nadie, absolutamente nadie pensaba que mi condición se merecía un mayor grado de preocupación o atención.

Keisha me entendía en el lenguaje del corazón. Me había dado galletas de higo y me había traído el bolso. Ella me entendía.

—Hay que ver lo que costaría tumbar a ese hombre —dijo, pensativa—. Y no pretendo hacer juegos de palabras.

—Una mujer tiene que hacer lo que una mujer tiene que hacer.

—Ya te entiendo, hermana. —Intercambiamos una mirada de complicidad. Los hombres son criaturas difíciles. No se les puede dejar que tengan la sartén por el mango. Y, gracias a Dios, Wyatt se me estaba poniendo difícil, lo cual me daba algo en que pensar, y olvidarme así de que alguien intentaba matarme. Sencillamente no estaba preparada para lidiar con ello. Por el momento estaba segura, lo cual me daba un cierto espacio para respirar, que era lo único que necesitaba. Me concentraría en Wyatt y en mi lista hasta que me sintiera mejor y fuera capaz de asumir la situación.

En el hospital me trasladaron rápidamente a un pequeño cubículo privado, es decir, con toda la privacidad que se puede tener con una cortina como puerta, y una pareja de amistosas, alegres y diligentes enfermeras cortándome la camiseta y el sujetador ensangrentados. Me dio algo cuando vi que sacrificaban ese sujetador porque era de un bonito y espumoso encaje que hacía juego con mis bragas, que ahora no me podría poner a menos que me comprara otro sujetador para hacer juego. De todos modos, el sujetador estaba estropeado, porque dudaba que algo pudiera quitar la sangre de la seda. Además, ya lo asociaba con todo aquello y de cualquier forma no me lo habría vuelto a poner. Me pusieron una bata de hospital azul claro que no tenía ningún atractivo y me hicieron tenderme mientras se aplicaban a las cuestiones preliminares.

Me quitaron el vendaje del brazo. Ya me sentía lo bastante serena como para echar una mirada al daño que había sufrido.

—Uyy —dije, haciendo un mohín.

No hay ninguna parte del cuerpo en la que nos puedan disparar sin dañarnos un músculo a excepción, quizá, de los ojos, en cuyo caso no hay de qué preocuparse porque probablemente estarás muerta. La bala había dejado un agujero en la parte exterior del tríceps, un poco por debajo de la articulación del hombro. Si hubiera sido más arriba probablemente habría roto el hueso, lo cual tendría consecuencias mucho más graves. La herida tenía mala pinta, porque yo no veía cómo la iban a cerrar con unos cuantos puntos de sutura.

—No es tan grave —dijo una de las enfermeras. Su tarjeta de identificación decía Cynthia—. Es una herida superficial; no hay nada estructural dañado. Eso sí, debe doler mucho.

Ya lo creo que sí.

Me tomaron las constantes vitales. Tenía el pulso un poco acelerado, pero ¿quién no lo tendría? La respiración era normal, la presión un poco más alta de lo que en mí era normal, pero no demasiado. Se podía decir que mi organismo sufría una reacción leve ante la agresión. Me favorecía el hecho de estar fuerte como un caballo y en una excelente forma física.

No había manera de saber en qué forma me encontraría cuando el brazo estuviera lo bastante fuerte como para volver a hacer ejercicio, pensé, desalentada. En un par de días empezaría a hacer ejercicios cardiorrespiratorios y, después, yoga. Pero nada de gimnasia ni pesas durante al menos un mes. Si recibir un disparo se parecía en algo a las otras lesiones que había tenido en el pasado, los músculos tardarían un tiempo en superar el trauma, incluso después de que desaparecieran los síntomas iniciales.

Me limpiaron la herida a conciencia, lo cual no me hizo más daño del que ya sentía. Suerte que la camiseta no tenía mangas y que no había trozos de tela incrustados en la herida. Aquello simplificaba mucho las cosas.

Finalmente llegó el médico, un tipo larguirucho con la frente arrugada y unos ojos azules muy vivaces. Su tarjeta de identificación decía MacDuff. Lo digo en serio.

—Una cita peligrosa, ¿eh? —preguntó, bromista, mientras se ponía los guantes de látex.

Sorprendida, pestañeé.

—¿Cómo lo ha sabido?

Él también se sorprendió.

—¿Quiere decir que… A mí me han dicho que ha sido un francotirador.

—Así es. Pero sucedió al final de mi cita. —Si se le podía llamar cita a que a una la siguieran hasta la playa y la sorprendieran indefensa.

—Ahora le entiendo —dijo él, riendo.

Me examinó el brazo y se frotó la barbilla.

—Esto de aquí se lo puedo suturar, pero si le preocupa la cicatriz podemos llamar a un cirujano plástico para que se ocupe de ello. El doctor Homes, que está en la ciudad, tiene muy buena mano con las cicatrices. Puede conseguir que prácticamente desaparezcan. Eso sí, tendrá que quedarse más tiempo ingresada.

Yo era lo suficientemente vanidosa como para que no me entusiasmara nada la idea de una larga cicatriz en el brazo, pero también detestaba la idea de haber sido víctima de un disparo y no poder enseñarlo. Había que pensar en ello. ¿Acaso no sería una de las batallitas que les contaría a mis hijos y a mis nietos? Además, tampoco quería quedarme en el hospital más tiempo del necesario.

—Pongámonos a ello —dije.

Me pareció levemente sorprendido por mi respuesta, pero se puso manos a la obra. Después de adormecerme el brazo, cogió con cuidado los bordes de la herida y comenzó a suturarlos. Creo que mi decisión fue todo un reto a su orgullo porque se las ingenió para hacer un trabajo ejemplar.

En medio de aquella operación, oí todo un barullo afuera y dije:

—Ha llegado mi madre.

El doctor MacDuff miró a una de las enfermeras.

—Pídale a todo el mundo que espere afuera hasta que acabe con esto. Serán sólo unos minutos.

Cynthia salió del cubículo y cerró firmemente la cortina a sus espaldas. El barullo se hizo más intenso. Luego escuché a mi madre por encima de todos los demás, con esa voz de ultimátum que tiene:

—Quiero ver a mi hija. Ahora.

—Prepárese —le dije al doctor MacDuff—. No creo que Cynthia pueda contener a Mamá. No gritará ni se desmayará ni nada de eso. Sólo quiere ver con sus propios ojos que sigo viva. Es una cuestión de madre.

Él sonrió, y sus ojos azules brillaron. Parecía un tipo tranquilo.

—Son divertidas cuando se ponen así, ¿no le parece?

—¡Blair! —Era otra vez ella, revolucionando a todo el personal de emergencias en su frenética necesidad de ver a su retoño herido, es decir, a mí.

Alcé la voz.

—Estoy bien, Mamá. Sólo me están suturando la herida. Acabaremos en un minuto.

¿Creéis que eso le dio alguna seguridad? Desde luego que no. También le había asegurado a los catorce años que mi clavícula rota era sólo una magulladura. Había tenido la idea desquiciada de que con sólo ponerme una venda Ace alrededor del hombro podría seguir entrenando. No importaba que no pudiera doblar el brazo sin chillar de dolor. No fue una de mis decisiones más acertadas.

Ahora sé evaluar mis heridas con mucha más precisión, pero Mamá nunca olvidaría lo otro y quería Ver con sus Propios Ojos. Por lo tanto, no me sorprendió que la cortina se abriera de un tirón (gracias por respetar mi privacidad, Mamá) y ahí estaba toda la familia: Mamá, Papá, Siana e incluso Jenni. Tampoco me sorprendió ver a Wyatt con ellos, todavía con expresión severa e irritada.

El doctor MacDuff los miró y estuvo a punto de decir algo como «Salgan de aquí», aunque probablemente habría dicho algo así como «Si tienen la amabilidad de esperar afuera, habremos acabado en un minuto», pero ni siquiera alcanzó a decir eso. Vio a Mamá y se olvidó de lo que iba a decir.

Era una reacción normal. Mamá tenía cincuenta y cuatro años pero aparentaba unos cuarenta. En su tiempo, había sido Miss Carolina del Norte, alta y delgada, rubia y despampanante. Es la única palabra que le queda bien. Papá estaba loco por ella, pero ningún problema, porque ella también estaba loca por él.

Vino rápido hacia mí, pero cuando vio que yo estaba más o menos de una pieza, se calmó y me acarició la frente con su mano, fresca, como si volviera a tener cinco años.

—Te han disparado, ¿eh? La de cosas que podrás contarles a tus nietos.

Ya os lo he dicho. Llega a dar miedo.

De pronto, concentró su atención en el doctor MacDuff.

—Hola, soy Tina Mallory, la madre de Blair. ¿Ha sufrido algún daño irreparable?

Él pestañeó y siguió con la sutura.

—Ni mucho menos. Sólo que no podrá hacer nada con este brazo durante un par de semanas, pero en un par de meses estará como nueva. Ya les daré algunas instrucciones para los próximos días.

—Ya sé lo que hay que hacer —dijo ella, apenas sonriendo—. Descansar, ponerse un paquete de hielo en el brazo y antibióticos.

—Exactamente —dijo él, devolviéndole la sonrisa—. Le daré una receta de algo para el dolor, pero creo que le vendrá bien cualquier tipo de analgésico. Eso sí, nada de aspirinas. No queremos que esto sangre.

Ahora se veía que hablaba con Mamá en lugar de hablar conmigo. Es el efecto que suele tener en los hombres.

El resto de la familia también se había metido en el cubículo. Papá se acercó a Mamá y la cogió por la cintura, consolándola en medio de otro episodio crítico que comprometía a una de sus hijas. Jenni se fue hacia la única silla, se sentó y cruzó sus largas piernas. El doctor MacDuff la miró y empezó nuevamente a pestañear. Jennifer se parece a Mamá, aunque tiene el pelo más oscuro.

Con un carraspeo, traje al doctor MacDuff de vuelta a la realidad.

—Hay que suturar —le murmuré.

—Ah, sí —dijo él, con un guiño—. Me había olvidado de dónde estábamos.

—Suele ocurrir —dijo Papá, con una sonrisa de simpatía.

Papá es alto y larguirucho, tiene el pelo castaño claro y ojos azules. Es un hombre tranquilo y relajado, con un sentido del humor descabellado que le sirvió mucho cuando éramos unas crías. Jugó al béisbol en la universidad, pero se licenció en ingeniería electrónica. Nunca ha tenido problemas para lidiar con la presión que significa tener a cuatro mujeres en casa. Yo sabía que había sufrido camino al hospital, pero ahora que sabía que estaba relativamente bien, volvería a ser dueño de su yo más imperturbable.

Le sonreí a Siana, que estaba junto a la cama. Ella me sonrió a su vez y miró de reojo a la derecha. Luego me miró frunciendo las cejas, lo que en lenguaje gestual significaba: *¿Qué hace aquí ese tío bueno?*

El tío bueno en cuestión, es decir, Wyatt, estaba a los pies de la camilla mirándome con auténtica furia. No, ni siquiera era furia. Tampoco era una mirada. Tenía los ojos entrecerrados y clavados en mí, y la mandíbula apretada. Estaba inclinado ligeramente hacia delante, cogido con fuerza a una barra metálica, con los poderosos músculos de su antebrazo tensados. Todavía llevaba la funda de la pistola, y la culata del arma se balanceaba bajo su brazo izquierdo.

Puede que mi familia estuviera tranquila, pero no pasaba lo mismo con Wyatt. Se veía que estaba de muy mala leche.

El doctor MacDuff acabó con la última sutura y trasladó su taburete con ruedas hasta una mesa, donde garabateó una receta y la arrancó del talonario.

—Ya está —dijo—. Sólo queda el papeleo. La receta es para unos antibióticos y unas pastillas para el dolor. Tómese todos los antibióticos, aunque se sienta bien. Y ya está. La vendaremos y podrá irse.

Las enfermeras se ocuparon del vendaje con una cantidad increíble de gasa y de esparadrapo que me cubría la parte superior del brazo y el hombro y que prácticamente me impediría ponerme ninguna de mis prendas de vestir. Hice una mueca y dije:

—Esto no irá bien.

—¿Cuántos días debemos esperar para cambiarle el vendaje? —le preguntó Mamá a Cynthia.

—Espere veinticuatro horas. Puede ducharse mañana por la noche —me dijo—. Le daré una lista de instrucciones. Y a menos que quiera esperar a que alguien vaya a buscarle ropa, puede llevarse esta magnífica bata a casa.

—Me llevo la bata —dije.

—Eso es lo que dicen todas. Yo misma no me lo explico, pero, bueno, cuando a una le gusta algo, le gusta de verdad. —Salió a ocuparse del papeleo que le esperaba y cerró la cortina a sus espaldas con un tirón bien ensayado.

La bata en cuestión estaba puesta a medias y colgando a medias. Mi brazo derecho pasaba por uno de los agujeros, pero tenía el brazo izquierdo al aire. Había conservado el pudor y procurado sostener la bata para ocultar mis pechos, pero no había manera de vestirme completamente sin dejar a todo el mundo alucinado.

—Si a los hombres no les importa retirarse —dije, y sólo me interrumpí porque mi madre cogió mi libreta, que estaba junto a mi pierna, donde Keisha la había dejado.

—¿Qué es esto? —preguntó, frunciendo el ceño mientras leía—. Detención ilegal. Secuestro. Maltrato de la testigo. Actitud presuntuosa…

—Es mi lista de las infracciones de Wyatt, Mamá. Papá, te presento al teniente J.W. Bloodsworth. La J es de *Jefferson*, la W es de *Wyatt*. Wyatt, te presento a mis padres, Blair y Tina Mallory… y a mis hermanas, Siana y Jennifer.

Él los saludó con un gesto de cabeza mientras Siana echaba mano de la agenda.

—Déjame mirar esto.

Ella y Mamá juntaron las cabezas.

—Algunas de las cosas en esta lista están penadas por la ley —dijo Siana, y sus hoyuelos ni se vieron cuando miró a Wyatt con sus ojos de abogado.

—Se negó a llamar a Mamá —leyó mi madre, y se giró para encararlo con mirada acusadora—. Esto no tiene perdón.

—Ríe mientras estoy en el suelo desangrándome —siguió Siana.

—Eso no es verdad —dijo Wyatt, y volvió a fruncir el ceño.

—Veamos, tenemos coacción, abuso de autoridad, acoso...

—¿Acoso? —preguntó él, imitando un trueno a la perfección.

—Bromea a propósito de la gravedad de mis heridas... —Siana se lo estaba pasando bomba—. Me insultó.

—Eso no es verdad.

—Me gusta la idea de llevar siempre una agenda —dijo Mamá, y recuperó la lista de manos de Siana—. Es muy eficaz, y así no te olvidas de nada.

—Pase lo que pase, nunca se olvida de nada —dijo Wyatt, agraviado.

—Muchas gracias por haberle dado a Tina esta idea de la lista —le dijo mi padre a Wyatt, y no hablaba en serio—. Hay que reconocerlo—. Le puso una mano en el brazo a Wyatt y lo hizo girarse.— Salgamos un momento para que puedan vestir a Blair y yo le explicaré un par de cosas. Me parece a mí que necesita usted un poco de ayuda.

Wyatt no quería salir, lo veía en su cara. Pero tampoco quería hacerse el presumido delante de mi padre. Ah, no, eso se lo guardaba para mí. Los dos hombres salieron y, como era de esperar, no cerraron la cortina. Eso lo hizo Jenni, que finalmente se levantó. Vi que se apretaba la nariz para no echarse a reír hasta que estuvieran fuera del radio de escucha.

—Me gusta sobre todo eso de «actitud presuntuosa» —dijo Siana, y enseguida se tapó la boca para ahogar la risa.

—¿Le habéis visto la cara? —dijo Mamá, sonriendo—. Pobre hombre.

En realidad, pobre hombre.

—Se lo merecía —alegué yo, que me había sentado y ahora intentaba encontrar el brazo izquierdo de la bata.

—Quieta —dijo mi madre—. Ya me ocupo yo.

—No muevas el brazo para nada. —Era Jenni la que hablaba, que se había acercado por detrás—. Deja que Mamá te pase el brazo por el agujero de la bata.

Eso hizo Mamá, con mucho cuidado para no tocar el grueso vendaje. De todas maneras, era tan grueso que no habría podido sentir dolor alguno, aunque el doctor MacDuff no me lo hubiera adormecido antes de empezar a suturar. Jenni me abrochó las pequeñas cintas por la espalda.

—No podrás usar ese brazo al menos durante un par de días —dijo Mamá—. Recogeremos unas cuantas cosas tuyas y te llevaremos a casa.

Eso es lo que yo imaginaba, así que asentí. Unos cuantos días con mis padres mimándome era justo lo que había recetado el médico. En fin, la verdad es que no lo había incluído en la receta, pero debería haberlo hecho.

Cuando Cynthia volvió con los papeles para que yo los firmara, además de una lista de instrucciones y un enfermero con una silla de ruedas, Papá y Wyatt también estaban allí. Puede que el ánimo de Wyatt no hubiera cambiado demasiado, pero al menos dejó de mirar a todo el mundo con mala leche.

—Iré a buscar el coche —dijo Papá, cuando llegó el enfermero con la silla de ruedas.

Wyatt lo detuvo.

—Yo iré a buscar mi coche. Se va a casa conmigo.

—¿Qué? —dije. Me había tomado por sorpresa.

—Te vienes a casa conmigo. Por si lo has olvidado, cariño, hay alguien que intenta matarte. La casa de tus padres es el primer lugar donde a alguien se le ocurriría mirar. No sólo no es un lugar seguro para ti sino que, además, te preguntaría, ¿estás dispuesta a ponerlos en peligro también a ellos?

—¿Qué quiere decir con eso de que alguien intenta matarla? —preguntó Mamá, con la cara desencajada—. Creí que se trataba de un accidente…

—Supongo que hay una pequeña probabilidad de que haya

sido un accidente. Pero ella ha sido testigo de un asesinato el jueves pasado, y su nombre ha salido en los periódicos. Si usted fuera un asesino, ¿qué tendría ganas de hacer con una testigo? En mi casa estará a salvo.

—El asesino también te ha visto a ti —dije, pensando a toda máquina. *Te vio besarme*—. ¿Qué te hace pensar que no me seguirá hasta tu casa?

—No sabe quién soy ni dónde vivo. La única manera de saberlo, habría sido quedándose ahí y, créeme, ahí no había nadie.

Diablos, tenía sentido. Yo no quería poner en peligro a nadie de mi familia (tampoco lo quería Wyatt, ya puestos), así que lo último que debía hacer era volver a casa con ellos.

—No puede ir a casa con usted —dijo Mamá—. Necesita a alguien que cuide de ella hasta que pueda usar el brazo.

—Señora —dijo Wyatt, sin amilanarse ante su mirada—. Yo cuidaré de ella.

Vale. Acababa de hacerle saber a mi familia que se acostaba conmigo. Porque todos sabíamos que «cuidar de ella» significaba bañarla, vestirla, etc. Quizá le había gritado, rodeada de sus hombres, que nunca volvería a acostarme con él, pero eso era diferente. Para mí, en cualquier caso. Eran mis padres y estábamos en el Sur, donde, por supuesto, estas cosas sucedían, pero uno no solía ir por ahí anunciándolo a todo el mundo o a la familia. Esperaba que Papá volviera a cogerlo por un brazo y lo sacara de ahí para tener otra pequeña charla, pero asintió con un gesto de la cabeza.

—Tina, ¿quién podría cuidar mejor de ella que un poli? —preguntó.

—Tiene una lista de infracciones de dos páginas —dijo Mamá, con lo cual daba a entender que dudaba de que Wyatt pudiera ocuparse de mí.

—También tiene una pistola.

—Eso zanja la cuestión —dijo Mamá, y se giró para mirarme—. Te irás con él.

Capítulo 12

—¿Sabes una cosa? —dije, cuando Wyatt me llevaba a su casa después de habernos detenido a comprar los medicamentos de mis recetas—, ese tipo vio tu coche, y a tu coche sólo le falta llevar escrita la palabra «poli» por todas partes. Si no, ya me dirás quién más conduce un Crown Vic, quiero decir, qué personas menores de sesenta años conducen un Crown Vic si no son polis.

—¿Y?

—Me besaste en el aparcamiento, ¿recuerdas? Así que no le costará nada entender que hay algo entre nosotros, que tú eres poli y, a partir de ahí, sacar sus conclusiones. No puede ser tan difícil.

—En el Departamento de Policía trabajan más de doscientas personas. Llegar a saber cuál de todos ellos soy yo podría llevarle un tiempo. Luego tendría que encontrarme. Mi número de teléfono no figura en la guía y te aseguro que nadie en el departamento daría información sobre mí ni sobre cualquier otro poli. Si alguien quiere ponerse en contacto conmigo por cuestiones de trabajo, llama aquí —dijo, y dio unos golpecitos en su móvil—. Y está registrado como teléfono del ayuntamiento.

—De acuerdo —convine—. Estoy más segura en tu casa. No totalmente segura, pero más segura. —*Alguien intentaba matarme.* A pesar de todos mis esfuerzos para no pensar en ello en ese momento, la dura realidad comenzaba a hacer mella en mí, y sabía que tendría que enfrentarme a ella tarde o temprano, como por ejemplo, al día siguiente. De alguna manera, me lo esperaba... aunque, en realidad, no, si bien la posibilidad me rondaba el pensamiento... aunque todavía no acababa de asumir el impacto de haber sido víctima de un disparo. Aquello era del todo inesperado.

De repente, sin más, tras un ¡buum!, había perdido el control sobre mi vida. No podía ir a casa, no tenía mi ropa y me dolía todo. Me sentía débil y temblorosa y sólo Dios sabía qué pasaría con mi negocio. Tenía que recuperar ese control.

Miré a Wyatt. Después de salir de la ciudad y dejar atrás la iluminación, sólo podía verle la cara por las luces del salpicadero, y tuve como un estremecimiento al ver lo duro que parecía. Toda aquella situación también era un descontrol para él. Yo había hecho todo lo posible para ponerle freno y sólo había conseguido irme con él a su casa. Al ver la oportunidad, se había lanzado sobre ella, aunque no dejaba de sorprenderme, teniendo en cuenta lo cabreado que estaba después de ver mi lista.

¿Quién habría pensado que una cosa tan banal lo molestaría tanto? Qué sensible, por Dios. Y ahí estaba yo, completamente a su merced. No habría nadie más para ver...

Me vino un pensamiento horrible a la cabeza.

—¿Qué tal se te da peinar?

—¿Qué? —preguntó, como si le hubiera hablado en otra lengua.

—Peinar. Tendrás que peinarme.

Le lanzó una mirada rápida a mi pelo.

—El jueves por la noche lo llevabas recogido en una coleta. Eso lo puedo hacer.

Vale, aquello era aceptable, y probablemente era lo mejor hasta que yo empezara a valerme por mí misma.

—Con eso bastará. En cualquier caso, ni siquiera tengo mi secador de pelo. Todavía está en el coche.

—Tengo tu bolsa. En el maletero, con la mía.

Me bajó un alivio tan grande que podría haberlo besado. Desde luego, la mayoría de las cosas de la bolsa tenían que lavarse aunque, para más seguridad, había llevado a la playa una muda extra. Tenía mi ropa interior, algo con que dormir, e incluso mi maquillaje, en caso de que quisiera ponerme algo. Gracias a Dios, también llevaba mis píldoras, aunque supuse que esa noche estaría a salvo de él. Pensándolo bien, las cosas no estaban tan mal. Hasta que Siana pudiera coger algo más de ropa para mí y encontrarse con Wyatt al día siguiente, me las podía arreglar con lo que tenía.

Habíamos recorrido varios kilómetros, y ahora no había nada a nuestro alrededor excepto alguna que otra casa, pero apartadas las unas de las otras. Empezaba a sentirme impaciente por llegar y ver qué tal iría todo.

—¿Dónde diablos vives?

—Casi hemos llegado. Quería asegurarme de que nadie nos siguiera, así que he dado algunas vueltas. Vivo justo en los límites de la ciudad.

Me moría de ganas de ver su casa. No sabía qué esperar, y por un lado me imaginaba la típica madriguera de un hombre soltero. Era verdad que había ganado dinero en la liga profesional, y pensé que podría haberse construido cualquier cosa, desde una cabaña hasta un falso *château*.

—Me sorprende que no vivas con tu madre —le dije, y era verdad. La señora Bloodsworth era una señora mayor muy simpática y con un endiablado sentido del humor, y era evidente que tenía suficiente espacio para acomodar a la mitad de los habitantes de la manzana en esa vieja casa victoriana que tanto amaba.

—¿Por qué? Tú no vives con tu madre —señaló.

—En el caso de las mujeres es diferente.

—¿Y eso, por qué?

—No necesitamos a nadie que nos cocine o que vaya recogiendo detrás de nosotros o que nos lave la ropa.

—Te daré una noticia de última hora, querida. Yo tampoco lo necesito.

—¿Te lavas tú la ropa?

—Tampoco es una cuestión de alta tecnología, ¿no? Sé leer las etiquetas y puedo programar una lavadora.

—¿Y cocinar? ¿Sabes cocinar de verdad? —Aquello empezaba a ilusionarme.

—Nada especial, pero sí, me las apaño. —Me miró de reojo—. ¿Por qué lo preguntas?

—Piensa, teniente. ¿Recuerdas haber ingerido algo en las últimas… —Miré el reloj en el salpicadero—. cinco horas? Me estoy muriendo de hambre.

—Me enteré de que habías comido galletas.

—Galletas de higo. Me comí cuatro, y era una emergencia. A eso no se le puede llamar comer.

—Son cuatro galletas más de las que he comido yo, de manera que sí se le puede llamar comida.

—Eso no tiene nada que ver. Tu deber ahora es alimentarme.

Vi que se le torcía la boca.

—¿Mi deber? ¿Cómo has llegado a esa conclusión?

—Te has apropiado de mí, ¿no?

—Alguien podría pensar que se trataba más bien de salvarte la vida.

—Son detalles. Mi madre me habría alimentado de maravilla. Tú me arrancaste de su lado, por lo cual tendrás que estar a la altura.

—Una mujer interesante, tu madre. Al parecer, adoptaste esa actitud genuina de ella, ¿no?

—¿Qué actitud? —pregunté, desconcertada.

Él estiró el brazo y me dio unos golpecitos en la pierna.

—No tiene importancia. Tu padre me contó su secreto cuando se trata de lidiar contigo.

—¡Anda, él nunca haría eso! —Me sentí sacudida. Papá no se habría pasado al bando enemigo, ¿no? Desde luego, él no sabía que Wyatt era el enemigo, y éste podría haberle dicho que éramos pareja o algo así, lo cual explicaría por qué Papá no había dicho ni pío cuando él dijo que me llevaría a su casa.

—Claro que me lo contó. Ya sabes, los hombres tenemos que ayudarnos entre nosotros.

—¡Él no haría eso! A Jason nunca le contó ningún secreto. No hay ningún secreto. Acabas de inventártelo.

—No me lo he inventado.

Saqué mi móvil y empecé a teclear furiosamente el número de mis padres. Wyatt lanzó un zarpazo y se apoderó limpiamente del aparato, pulsó la tecla de «Desconectar» y se lo metió en el bolsillo.

—¡Devuélvemelo! —Estaba gravemente impedida por mi brazo herido, ya que él iba sentado a mi izquierda. Intenté girarme en el asiento, pero apenas podía mover el brazo, que más bien parecía un estorbo, hasta que di con el hombro contra el respaldo del asiento. Por un momento, vi estrellitas.

—Tranquila, cariño, tranquila. —La suave voz de Wyatt llegó hasta mí a pesar del dolor, pero me llegó desde la derecha, lo cual me desorientó bastante.

Respiré hondo un par de veces y abrí los ojos. Vi que la voz venía de la derecha porque él estaba apoyado en el coche, de pie junto a la puerta del pasajero. El coche se había detenido en una entrada. El motor seguía encendido y, en medio de la oscuridad, vi una casa ante nosotros.

—Espero que no te me irás a desmayar —dijo, mientras me enderezaba en el asiento.

—No, pero puede que te vomite encima —contesté, y era verdad. Dejé ir la cabeza hacia atrás y volví a cerrar los ojos. Las náuseas y el dolor empezaron a remitir.

—Intenta no hacerlo.

—Probablemente ha sido una falsa alarma. Recuerda, no he comido nada.

—Exceptuando las cuatro galletas de higo.

—Hace rato que desaparecieron. Estás a salvo.

Me pasó la mano por la frente.

—Me parece bien —dijo. Cerró la puerta, rodeó el coche y se puso al volante.

—¿Ésta no es tu casa? —le pregunté, confundida. ¿Acaso se había detenido en la primera casa que había visto?

—Claro que sí, pero aparcaré en el garaje. —Pulsó un botón de un mando a distancia pegado a la visera del parabrisas. Se encendió una luz exterior y la puerta de doble hoja del garaje empezó a abrirse hacia arriba. Avanzó, hizo un giro a la derecha, entró y aparcó el coche. Volvió a pulsar el botón y la puerta comenzó a cerrarse.

El garaje estaba muy ordenado, lo cual me impresionó. Los garajes suelen convertirse en cuartos trasteros, hasta que ya no queda lugar para el coche al que estaba destinado. El de Wyatt no lo era. A mi derecha había un banquillo de herramientas, como los que tienen los mecánicos, y en la pared un despliegue de martillos, sierras y otras herramientas que usan los tíos, colgadas ordenadamente. Me las quedé mirando, preguntándome si él sabría qué hacer con todo ese instrumental. Los hombres y sus juguetes.

—Yo también tengo un martillo —dije.

—Claro que sí.

Detesto que alguien se muestre condescendiente conmigo. Ya se veía que en su opinión mi martillo no le llegaba ni a los tobillos a los suyos.

—Es de color rosa —dije.

Iba a bajar del coche, pero se quedó inmovilizado, mirándome con expresión horrorizada.

—Eso es una perversión. Eso sí que no debería ser.

—Por favor, no hay ninguna ley que diga que las herramientas tienen que ser feas.

—Las herramientas no son feas, son sólidas y funcionales. Su aspecto dice que están a la altura de la faena. Pero no son *rosa*.

—Mi martillo es rosa, y es igual de bueno que los tuyos. No es tan grande, pero sirve. Supongo que también estás en contra de que haya mujeres policías, ¿no?

—Desde luego que no. ¿Qué tiene que ver eso con un puñetero martillo rosa?

—La mayoría de las mujeres son más guapas que los hombres y generalmente no tan grandes, pero eso no significa que no puedan hacer su trabajo, ¿no?

—¡Estamos hablando de martillos, no de personas! —Salió del coche, dio un portazo y se acercó a grandes zancadas por el otro lado.

Abrí la puerta y hablé en voz alta para que me oyera.

—Creo que sientes aversión por las herramientas que son bonitas y funcionales a la vez... Mmmf. —Le lancé una mirada de odio a pesar de la mano con que me había tapado la boca.

—Será mejor que te des un respiro. Ya hablaremos de martillos cuando estemos seguros de que no te vas a desmayar. —Frunció una ceja como preguntando, a la espera de que yo me mostrara conforme, y esperó sin quitarme la mano de la boca.

Asentí con un gesto de la cabeza, malhumorada, y él quitó la mano, me desabrochó el cinturón y me sacó del coche con mucho cuidado. No se lo había pensado bien, porque si lo hubiera hecho habría abierto la puerta de la casa antes de cogerme en brazos. Pero lo consiguió con un ligero malabarismo. Yo no podía ayudarle, porque mi brazo derecho estaba aplastado entre los dos y mi brazo izquierdo estaba inutilizado. Al día siguiente podría servirme de él, pero sabía por experiencia propia que después de sufrir un trauma, los músculos sencillamente no obedecen.

Entramos y encendió las luces con el codo y me dejó sentada en una silla en un rincón de la cocina.

—No intentes levantarte bajo ningún pretexto. Sacaré las bolsas del coche y luego te llevaré a donde quieras estar.

Desapareció por el breve pasillo que conducía al garaje. Me pregunté si el médico le había dicho algo acerca de mi estado que no me hubieran comunicado a mí, porque era perfectamente capaz de caminar. Cierto que me había mareado en el coche, pero eso era por el golpe que me había dado en el brazo. Aparte de sentirme un poco grogui (y de que el brazo me dolía un horror), estaba bien. Esa sensación de temblor habría pasado al día siguiente, como cuando donaba sangre. No era un temblor exagerado, era sólo un pequeño temblor. Así que ¿a qué venía eso de «No intentes levantarte bajo ningún pretexto»?

Ya lo tenía. El teléfono.

Eché una mirada y vi que tenía un teléfono de verdad en la pared, con un cable muy largo que llegaría a cualquier lugar de la cocina. Por favor. ¿Por qué no tener un inalámbrico? Son aparatos mucho más bonitos.

Ya había marcado el número y el teléfono estaba sonando cuando apareció Wyatt con las dos bolsas al otro lado del pasillo. Le lancé una mirada y una mueca de «A mí no me engañas», y él entornó los ojos.

—Papi —dije, cuando mi padre contestó. Le llamo «Papi» cuando se trata de cosas serias, como quien usa el nombre completo de una persona—. ¿Qué fue, exactamente, lo que le contaste a Wyatt, porque cree conocer un secreto que le permitirá saber cómo tratarme? ¿Cómo has podido? —Al acabar, mi tono era de franca e indignada queja.

Mi padre se echó a reír.

—No es nada, criatura. —Mi padre nos llama a todas «criatura» porque, bueno, antes éramos sus criaturas. Nunca le llama así a Mamá. Ya sabe lo que le conviene—. No es nada que vaya a perjudicarte. Sólo se trata de algo que él quería saber en ese momento.

—¿Y qué era eso?

—Él te lo dirá.

—Es probable que no me lo diga. Es bastante testarudo.

—No, esto te lo contará. Te lo aseguro.

—Le darás una paliza si no me lo dice. —Era una vieja broma de mi padre, que decía que le daría una paliza a cualquiera que hiciera infeliz a una de sus hijas. Por eso no le conté que había visto a Jason besando a Jenni, porque pensé que en ese caso cumpliría su palabra.

—No, pero le daré una paliza si te hace daño.

Sintiéndome más segura, me despedí y me giré. Ahí estaba Wyatt, de pie y con los brazos cruzados, apoyado contra los armarios, mirándome con expresión divertida.

—¿No te lo ha contado?

—Dijo que tú me lo contarías y que, si no, te daría una paliza.

—Vale, exageré un poco la verdad, pero Wyatt no había oído lo que había dicho mi padre.

—No es nada malo. —Se enderezó y fue hacia la nevera—. ¿Qué tal algo para desayunar? Es lo que puedo preparar más rápido. Huevos, tocino y tostadas.

—Suena estupendo. ¿Qué puedo hacer para ayudarte?

—Con ese brazo, no gran cosa. Siéntate y no me estorbes. Eso ya es una gran ayuda.

Me senté y miré a mi alrededor, el pequeño rincón, la cocina, mientras él sacaba lo necesario y ponía el tocino a calentar en el microondas. Me sorprendió ver que la cocina parecía más bien antigua. Los instrumentos eran todos de primera calidad y bastante nuevos. En el centro había una cocina con una campana, pero la estancia en sí tenía ese aspecto sólido que da el tiempo.

—¿De cuándo data esta casa?

—De principios de siglo. Del siglo pasado. O sea, tiene un poco más de cien años. Antes era una granja, y ha sido remodelada un par de veces. Cuando la compré, hice una remodelación en toda regla, tiré algunas paredes, la abrí un poco para que tuviera un aspecto más moderno y añadí un par de lavabos. Hay tres lavabos arriba, y un aseo aquí abajo. Es una casa de dimensiones agradables, unos doscientos setenta metros cuadrados. Te la enseñaré mañana.

—¿Cuántas habitaciones?

—Cuatro. Antes eran seis pequeñas, con un solo cuarto de baño, así que aproveché ese espacio para los lavabos y para tener habitaciones más grandes con armarios. Así será más fácil venderla si algún día decido mudarme.

—¿Por qué habrías de mudarte? —Era un espacio bastante grande para una sola persona, pero, por lo que veía, tenía algo de muy hogareño y acogedor. Los armarios de la cocina eran de un color cálido tirando a dorado, las encimeras eran de granito verde y el suelo era de pino lustrado con unas cuantas alfombras de bonitos colores aquí y allá. No era una cocina demasiado elegante, a pesar del granito, pero parecía bien ordenada y cómoda.

Él se encogió de hombros.

—Es la ciudad donde nací y me siento cómodo aquí. Además, aquí es donde vive mi familia, pero puede que me ofrezcan un empleo mejor en otro sitio. Nunca se sabe. Puede que viva aquí el resto de mi vida, y puede que no.

Era una perspectiva razonable que yo misma había adoptado. Amaba mi casa, pero ¿quién sabe qué pasaría? Si una persona era inteligente, sabía ser flexible.

Al cabo de nada había preparado huevos revueltos, tocino y tostadas, además de sendos vasos de leche. Luego abrió el frasco de los antibióticos y dejó dos pastillas junto a mi plato, más un analgésico.

No puse ninguna objeción al analgésico. No soy tonta. Quería que me dejara de doler.

Cuando acabé de comer, ya estaba bostezando. Wyatt enjuagó los platos y los puso en el lavavajillas. Luego me levantó de la silla, se sentó él y me depositó sobre sus rodillas.

—¿Qué? —pregunté, sorprendida por mi repentina perspectiva. No soy de las que se sientan en las rodillas de los hombres (me parece poco elegante), pero Wyatt era lo bastante alto como para que nuestras caras quedaran a la misma altura. Sentir su brazo alrededor de mi cintura era muy agradable, como un apoyo.

—Tu padre me dijo que cuando tienes miedo te vuelves muy parlanchina. Tu grado de verborrea y de exigencia es directamente proporcional al miedo que sientes —dijo, y me frotó la espalda con su mano enorme—. Me dijo que es tu manera de enfrentarte a ello hasta que dejas de tener tanto miedo.

Aquello no era ningún secreto en mi familia, ni mucho menos. Me permití apoyarme en él.

—Estaba paralizada.

—Toda tú excepto la boca —dijo, y ahogó una risilla—. Ahí estábamos todos, organizándonos para iniciar la búsqueda de un asesino armado y de pronto te oigo detrás del coche pidiendo galletas.

—No hablé demasiado fuerte.

—Hablaste fuerte. Pensé que les tendría que dar de patadas en el culo a mi gente para que dejaran de reír.

—Me resulta difícil digerir el hecho de que alguien haya intentado matarme. Es imposible. Cosas como ésa sencillamente no suceden. Yo vivo una vida tranquila y agradable, y en unos pocos días todo se ha vuelto patas arriba. Quiero recuperar mi vida tranquila y agradable. Quiero que atrapes a ese tipo, y que lo hagas ya.

—Eso haremos. Ya nos ocuparemos de echarle el guante. MacInnes y Forester han investigado todo el fin de semana, siguiendo algunas pistas. Tienen un par de buenos datos.

—¿Es el novio de Nicole?

—No te lo puedo decir.

—No lo sabes o literalmente no puedes decirlo.

—Literalmente. No puedo hablar de una investigación en curso —dijo, y me besó en la sien—. Ahora te llevaré arriba y te meteré en la cama.

Es una buena cosa que yo tuviera la esperanza de que me llevara a su habitación en lugar de a una habitación de invitados, porque eso fue exactamente lo que hizo. Yo podría haber ido por mi propio pie, incluso podría haber subido las escaleras, pero él parecía tener ganas de llevarme en brazos por todas partes. ¿Y por qué no? Me dejó sentada en el gran cuarto de baño principal, con su doble lavabo, su enorme bañera y una cómoda ducha.

—Iré a buscar tu bolsa. Las toallas y la ropa de baño están ahí —dijo, señalando un armario.

Cogí una toalla y un paño para lavarme, y conseguí deshacer el nudo de la bata de hospital con la mano derecha. Sin embargo, no llegaba al segundo nudo, que estaba justo en el centro. No importaba. Dejé que la enorme prenda cayera al suelo y me la saqué por los pies.

Me miré, semidesnuda, en el espejo. Aaj. Tenía el brazo izquierdo teñido de naranja por la betadina, pero todavía tenía manchas de sangre en la espalda y debajo del brazo. Humedecí el paño y conseguí quitarme casi toda la sangre antes de que Wyatt volviera. Él cogió el paño de mi mano y acabó con la labor de limpieza; luego me ayudó a quitarme el resto de la ropa. Por suerte me había acostumbrado a estar desnuda ante él o me habría dado vergüenza. Lancé una mirada de anhelo a la ducha, pero eso quedaba del todo descartado. Sin embargo, la bañera era una opción.

—Podría meterme en la bañera —dije, con visibles ganas.

—Él ni siquiera discutió. Sólo hizo correr el agua y me ayudó a meterme dentro. Mientras yo me enjabonaba, feliz, Wyatt se desnudó y se duchó rápidamente.

Me recliné en la bañera y miré cuando él salió de la ducha y se secó. Un Wyatt Bloodsworth desnudo era un regalo para la vista, con sus anchos hombros y sus caderas estrechas, piernas largas y musculosas y un buen paquete. Mejor aún, era un paquete que sabía usar.

—¿Ya te has relajado lo suficiente? —me preguntó.

Soy capaz de quedarme repantigada, pero había acabado de bañarme, así que asentí y él me ayudó a levantarme. Me sujetó para que no resbalara al salir de la bañera. Podría haberme secado con una sola mano, con cierta dificultad, pero él cogió la toalla y amablemente me secó. Luego sacó mis productos de aseo de mi bolsa para que me pusiera crema tonificante e hidratante. El cuidado de la piel es importante, aunque tengas un asesino que va a por ti.

Tenía una camiseta para dormir, pero cuando la saqué vi que sería imposible pasar el bulto del vendaje por la manga, por no hablar del brazo, que tampoco podía levantar.

—Te pasaré una de mis camisas —dijo Wyatt y desapareció en el enorme armario empotrado que daba a la habitación. Volvió con una camisa blanca con botones y me metió el brazo por la manga con mucho cuidado. La camisa me llegaba a medio muslo y las costuras de los hombros me quedaban por los codos. Tuvo que plegar tres veces la manga antes de que aparecieran mis manos. Me giré para mirarme al espejo y ver qué tal me veía con aquello. Me encanta cómo les quedan a las mujeres las camisas de los hombres.

—Sí, tienes un aspecto brutal —dijo sonriendo. Deslizó la mano por debajo de la camisa y la dejó descansar sobre mis nalgas desnudas—. Si te portas bien el resto de la noche, mañana te besaré el cuello y te haré feliz.

—Nada de besos en el cuello. Recuerda nuestro trato. No volveremos a tener relaciones sexuales.

—Ése es tu trato, no el mío. —Y luego me cogió en brazos y me llevó a la cama. Me metió entre las sábanas de la cama tamaño gigante, me tendí sobre el lado derecho y… el Apagón Blair.

Capítulo 13

Me desperté unas horas más tarde, temblando de frío, adolorida y sintiéndome fatal. No lograba encontrar una posición cómoda por muchas vueltas que diera. Wyatt se despertó y se estiró para encender la lámpara. Una luz tenue inundó la habitación.

—¿Qué pasa? —me preguntó, y me puso la mano en la cara—. Ya.

—¿Ya qué? —pregunté, inquieta, mientras él bajaba de la cama y se iba hacia el cuarto de baño.

Volvió con un vaso de agua y dos pastillas.

—Tienes fiebre. El médico dijo que era probable que eso ocurriera. Tómate éstas. Luego iré a buscar otro analgésico.

Me senté para tomar las dos pastillas y luego me metí bajo las mantas hasta que volviera con la otra píldora. Cuando me la tomé, Wyatt apagó la luz y volvió a meterse en la cama, estrechándome en sus brazos y compartiendo el calor de su cuerpo conmigo. Apreté la nariz contra su hombro e inhalé su calor y su olor, y el corazón me dio un vuelco. Ya no había duda alguna. Tenía el don de hacer arrancar mis motores. Era probable que, aunque estuviera a las puertas de la muerte, siguiera excitándome.

Todavía tenía demasiado frío y estaba demasiado incómoda como para dormir, así que decidí que bien podríamos conversar.

—¿Por qué te divorciaste?

—Me preguntaba cuándo llegarías a esa pregunta —dijo, con voz perezosa.

—¿No te importaría hablarme de ello? ¿Hasta que me quede dormida?

—No. No hay gran cosa que contar. Ella pidió el divorcio el día en que yo dejé de jugar en la liga profesional. Pensaba que estaba loco al renunciar a millones de dólares y convertirme en poli.

—No hay mucha gente que estaría en desacuerdo con ella.

—¿Tú estás en desacuerdo?

—Verás, yo nací en la misma ciudad que tú, así que he leído los artículos en los periódicos y sé que siempre quisiste ser policía, que te especializaste en derecho penal en la universidad. Me lo habría esperado. Supongo que a ella le sorprendería, ¿no?

—Y mucho. No la culpo. Ella firmó para convertirse en la mujer de una estrella de la liga profesional de *football*, con el dinero y el *glamour*, no en la mujer de un poli, sin tener jamás suficiente dinero y sin saber nunca si el marido volvería a casa o si morirá en el trabajo.

—¿No hablasteis del futuro antes de casaros? ¿De lo que queríais hacer?

—Yo tenía veintiún años cuando nos casamos —dijo él, con un bufido—. Ella tenía veinte. A esa edad, el futuro es algo que ocurre en cinco minutos, no en cinco años. Agrégale una dosis de hormonas zapateando y ya lo tienes, un divorcio con fecha anunciada. Sólo tardamos un par de años en llegar a eso. Era una buena chica, pero queríamos cosas diferentes de la vida.

—Sin embargo, todos saben, o al menos suponen, que ganaste millones mientras jugabas. ¿Acaso no era suficiente?

—Es verdad que gané millones. Tenía cuatro kilos cuando renuncié, para ser exactos. Aquello no me convertía en Donald Trump, pero era suficiente para darle un vuelco a las cosas en la familia. Me encargué de todas las reparaciones y renovaciones de la casa de mi madre, financié un fondo para la educación universitaria de los hijos de mi hermana, compré esta casa y la renové. El resto lo invertí. No me quedó una suma enorme, pero si no lo toco hasta que me jubile, podré disfrutar de una cómoda jubilación. Fue un golpe para mí cuando las Bolsas se vinieron abajo hace cinco o seis años, pero mis acciones se han recuperado del todo, de modo que las perspectivas parecen buenas.

Bostecé y apoyé la cabeza más cómodamente en su hombro.

—¿Por qué no compraste una casa más pequeña? ¿Una casa que no necesitara tanto trabajo?

—Me gusta mucho donde está situada, y pensé que algún día podría ser una bonita casa para una familia.

—¿Tú quieres una familia? —Estaba un poco sorprendida. No es una idea que una escuche a menudo de boca de un hombre soltero.

—Claro. Algún día volveré a casarme, y tener dos o tres hijos estaría bien. ¿Y tú, qué?

Fue cómo sentir que el estómago me daba una vuelta, y tardé un momento en darme cuenta de que aquello no era una propuesta hecha a la ligera. Seguro que el analgésico estaba haciendo efecto, se notaba por mis preguntas, que eran muy incisivas.

—Claro que sí. Quiero volver a casarme —dije, con voz de sueño—. Y tener un gatito munchkin. Lo tengo todo perfectamente pensado. Podría llevar al bebé al trabajo, porque el negocio es mío y porque el ambiente es informal y relajado. Hay música, nada de televisión y un montón de adultos para ocuparse de él. ¿Qué podría ser mejor?

—Lo tienes todo planificado, ¿eh?

—Pues, no. No estoy ni casada ni embarazada, así que todo es todavía muy hipotético. Y además, soy flexible. Si las circunstancias cambian, sabré adaptarme.

Él dijo algo, pero me pilló en medio de un bostezo y no le entendí.

—¿Qué has dicho? —le pregunté, cuando pude hablar.

—No importa —dijo, y me besó en la sien—. Ya te estás durmiendo. Creí que la píldora tardaría más o menos una media hora en hacer efecto.

—Anoche no dormí mucho —dije, entre dientes—. Efecto acumulativo. —Él era el motivo por el que no había dormido demasiado la noche anterior, porque no paraba de despertarme cada dos horas para seguir dándole. El recuerdo hizo que se me retorcieran los dedos de los pies y, por un instante, pensé en cómo me sentía cuando tenía su enorme cuerpo encima de mí. Vaya, ahora no tenía ni una pizca de frío.

Me dieron ganas de montarme encima de él y ocuparme del asunto, pero le había dicho que nada de relaciones sexuales, de modo que no podía violar mi propia prohibición. Tendría que haberme puesto ropa interior antes de meterme en la cama con él, porque la camisa se me había subido hasta la cintura. Es lo que pasa cuando duermes con una camisa. Wyatt se había portado como un caballero, no me había manoseado ni nada, pero sólo porque estaba herida. Pensé que aquello cambiaría, porque eso de portarse como un caballero seguramente lo estresaba. No es que no tuviera buenos modales, que los tenía, sino que sus instintos eran agresivos y competitivos. Era lo que lo había convertido en un atleta tan bueno. Además de sus habilidades físicas, tenía el implacable impulso de montarse encima. Me preguntaba cuánto le durarían los escrúpulos con mi brazo.

Me dormí con ese pensamiento y di con la respuesta hacia las seis de la mañana, cuando él me dio suavemente la vuelta y se instaló entre mis piernas. Yo apenas estaba despierta cuando empezó, pero muy despierta cuando acabó. Tuvo mucho cuidado con mi brazo, pero se portó despiadadamente con mi cuello.

Cuando finalmente me dejó levantarme, me fui hacia el baño a grandes zancadas.

—¡Eso no ha sido justo! —Delicioso, pero no justo—. ¡Ha sido un ataque vil!

Mientras se estaba riendo, cerré de un portazo. Y, para sentirme segura, corrí el pestillo. Que usara otro baño.

Me sentía mucho mejor esa mañana. Ya no temblaba tanto y el dolor en el brazo era más bien como un pulso débil. Me miré en el espejo y vi que ni siquiera estaba pálida. ¿Cómo iba a estarlo, si Wyatt acababa de estar conmigo? Tenía las mejillas encendidas, y no era debido a la fiebre.

Me lavé, y busqué con una sola mano en mi bolsa, que seguía en medio del cuarto de baño. Encontré unas bragas limpias y conseguí ponérmelas. Luego me lavé los dientes y me cepillé el pelo. Era todo lo que podía hacer sola. Mi ropa limpia estaba arrugada y debería pasarla por la secadora pero, aunque hubiera estado recién planchada, no habría conseguido ponérmela. Ni siquiera me podía poner el sujetador. Ahora podía mover el brazo con más facilidad, pero no lo suficiente como para vestirme.

Abrí la puerta y salí como un trueno. A Wyatt no se le veía por ninguna parte. ¿Cómo esperaba que le echara la bronca si no se quedaba para escucharme?

Furiosa, recogí mi ropa limpia con el brazo derecho y bajé. Las escaleras llegaban a una sala grande con un techo de al menos tres metros, muebles de cuero y el consabido televisor con pantalla gigante. No había ni una sola planta.

El olor del café me hizo girar a la izquierda, hacia la mesa del desayuno y la cocina. Wyatt, descalzo y desnudo de la cintura para arriba, estaba ocupado en la cocina. Me quedé mirando su espalda fibrosa y sus brazos musculosos, la profunda marca de la columna y la ligera hendidura en ambos lados, justo por encima de la cintura de sus pantalones vaqueros, y el corazón volvió a darme un vuelco. Estaba metida en un problema grave, y no era sólo porque había un asesino que me buscaba para matarme.

—¿Dónde está el lavadero? —le pregunté.

Me señaló una puerta que daba al pasillo del garaje.

—¿Necesitas ayuda?

—Ya me arreglo yo. Sólo quiero quitarle las arrugas a mi ropa. —Fui hasta la habitación de la lavadora, metí la ropa en la secadora y la puse en marcha. Luego volví a la cocina y me dispuse a seguir la batalla. Vale, primero me serví una taza de café en la taza que él me había preparado. Una mujer tiene que estar alerta cuando trata con un hombre tan turbio y traicionero como Wyatt Bloodsworth.

—Tienes que dejar de hacer eso.

—¿Hacer qué? —preguntó, mientras daba la vuelta a un crepe de alforfón.

—Esos ataques por la espalda. Te he dicho que no valen.

—No me dijiste que no mientras lo hacía. Dijiste algunas cosas interesantes, pero *no* no estaba en la lista.

Me sonrojé, pero lo remedié con un gesto de la mano.

—Lo que diga mientras lo hacemos no vale. Es ese cuento de la química, y no deberías aprovecharte de ello.

—¿Por qué no? —inquirió él. Se apartó y cogió su propia taza. Me miró sonriendo.

—Es casi como violar a alguien en una cita.

Wyatt escupió el café por todo el suelo. Gracias a Dios que se había apartado de los crepes. Me miró, indignado.

—No vayas por ese camino porque no tiene nada de divertido. ¿Violar a alguien en una cita? Y una mierda. Tenemos un trato, y tú lo sabes. Lo único que tienes que hacer es decir no, y yo pararé. Hasta ahora, no lo has dicho.

—Ya he dicho un no muy claro de antemano.

—Ésas no son las reglas de nuestro compromiso. No puedes pararme antes de que empiece. Tienes que decirlo después de que me haya acercado a ti, para demostrar que de verdad no me quieres. —Seguía con el ceño fruncido, pero se giró para rescatar los crepes antes de que se quemaran. Les puso mantequilla y, con una toalla de papel, limpió el café. Luego volvió tranquilamente a la sartén que estaba utilizando y le puso otro poco de mantequilla.

—Eso es lo que pasa. No dejas de sabotearme el cerebro, y no es justo. Yo no puedo hacer lo mismo contigo.

—Quieres apostar.

—Entonces, ¿por qué ganas tú y yo pierdo?

—Porque me deseas y te estás portando como una testaruda.

—Já. Con esa lógica, tu cerebro debería estar igual de hecho polvo que el mío si estuviéramos en pie de igualdad, y en ese caso no siempre ganarías tú. Pero ganas siempre, lo cual significa que no me deseas. —Sí, ya sé que el argumento tenía sus vacíos, pero era lo único en lo que podía pensar para despistarlo.

Él inclinó la cabeza a un lado.

—Espera un momento. ¿Acaso me estás diciendo que yo follo contigo porque no te deseo?

Ahora ya se podía confiar en que él vería enseguida los vacíos y arremetería contra el argumento con su artillería verbal. Yo no veía dónde podía llegar con eso, así que eché marcha atrás.

—Lo que pasa es que, sea cual sea el razonamiento, no quiero tener más relaciones sexuales. Y tú deberías respetar eso.

—Lo haré. Cuando digas que no.

—Ahora te estoy diciendo que no.

—Ahora no cuenta. Tienes que esperar hasta que yo te toque.

—¿Quién se ha inventado esas reglas estúpidas? —exclamé, frustrada y del todo descontrolada.

—Yo —dijo él, sonriendo.

—Pues bien, no pienso regirme por ellas, ¿me has oído? Dale la vuelta a las crepes.

Él miró la sartén y les dio la vuelta.

—No puedes cambiar las reglas sólo porque vas perdiendo.

—Sí que puedo. Me puedo ir a casa y no verte nunca más.

—No te puedes ir a casa porque hay alguien que intenta matarte.

Y no había nada más que decir. Furiosa, me senté a la mesa donde él ya había dispuesto los dos servicios.

Él se acercó con la espátula en la mano y me besó en la boca, un beso cálido.

—Todavía tienes miedo, ¿eh? De eso trata todo este asunto.

Ya se enteraría Papá cuando volviera a verlo. Pensaba decirle un par de cosas a propósito de dar información al enemigo.

—Sí. No. No importa. Sigo teniendo un argumento válido.

Me revolvió el pelo y volvió a los crepes.

Me di cuenta de que discutir con él no daría ningún resultado. De alguna manera, tendría que mantener la cabeza lo bastante fría para decirle que no cuando volviera a empezar, pero ¿cómo conseguirlo si él no paraba de asaltarme mientras yo dormía? Cuando estaba lo bastante despierta para pensar, ya era demasiado tarde porque para entonces ya no *quería* decir no.

Sacó el tocino del microondas, lo repartió entre los dos platos y puso las crepes mantecosas. Antes de sentarse, volvió a llenar nuestras tazas de café, y también cogió un vaso de agua para mí. Luego me puso los antibióticos y el analgésico.

Me tomé las dos pastillas. A pesar de que el brazo estaba mejor, quería evitarme el dolor.

—¿Qué voy a hacer hoy? —le pregunté, atacando el desayuno—. ¿Me quedo aquí mientras tú vas a trabajar?

—No. No hasta que puedas usar ese brazo. Te llevaré a casa de mi madre. Ya la he llamado.

—Vale. —Su madre me caía bien, y tenía muchas ganas de conocer el interior de la vieja mansión victoriana en que vivía—. Supongo que puedo hablar con mi familia cuando quiera, ¿no?

—No veo por qué no. Pero no puedes ir a verlos, y tampoco quiero que ellos te vengan a ver a ti porque podrían conducir a ese tipo hasta donde estás.

—No entiendo por qué os está costando tanto descubrir quién es. Tiene que ser un antiguo novio.

—No me digas cómo tengo que hacer mi trabajo —advirtió—. Nicole no tenía relaciones exclusivas con nadie. Hemos comprobado con los tíos con que salía, y todos están descartados. Estamos explorando otras posibilidades.

—No eran drogas ni ese tipo de cosas —dije. Ignoré su comentario rudo acerca de no decirle cómo hacer su trabajo.

—¿Y tú cómo lo sabes? —me preguntó, levantando la mirada.

—Nicole era cliente de Cuerpos Colosales, ¿recuerdas? No

se observaba en ella ninguna de las típicas señales y estaba en buena forma. No era nada del otro mundo. No podría haber hecho un mortal hacia atrás ni aunque le fuera la vida en ello, pero tampoco era una drogota. Tiene que ser un novio. Se metía con todos los hombres, así que pienso que es una historia de celos. Puedo hablar con mis empleados, averiguar si habían notado alguna cosa...

—No, no te metas. Es una orden. Ya hemos hablado con todos tus empleados.

Me sentí ofendida porque descartaba todas mis opiniones sobre el tema, y acabé de comer en silencio. A él, como típico hombre, tampoco le gustó eso.

—Deja de enfurruñarte.

—No estoy enfurruñada. Darse cuenta de que no tiene sentido hablar no es lo mismo que estar enfurruñada.

Sonó el timbre de la secadora y yo recogí mi ropa mientras él despejaba la mesa.

—Ya puedes subir —dijo—. Yo iré en un minuto para ayudarte a vestirte.

Subió mientras yo me estaba cepillando los dientes por segunda vez, ya que las crepes me los habían dejado pegajosos. Se situó a mi lado junto al lavabo y utilizó el otro para hacer lo mismo. Ver que nos cepillábamos los dientes juntos despertó en mí un sentimiento extraño. Era algo que hacían las parejas casadas. Me pregunté si algún día me cepillaría los dientes todos los días en ese cuarto de baño o si habría otra mujer en mi lugar.

Él se agachó y me sujetó los pantalones capri para que me los pusiera y yo aguanté el equilibrio apoyando una mano en su hombro mientras me los ponía. Él los cerró y abrochó los botones, luego me quitó su camisa, me puso el sujetador y me lo abrochó.

Mi blusa era sin mangas, lo cual estaba bien, pero el vendaje era tan grueso que el hueco apenas era lo bastante grande. Wyatt tuvo que tirar del género, con lo cual empecé a hacer muecas de dolor y a agradecerle mentalmente al doctor MacDuff haberme recetado los analgésicos. Entonces me abrochó los pequeños botones que cerraban la blusa y luego me senté en la cama para ponerme las sandalias. Seguí sentada ahí, observándolo mientras se vestía. El traje, la camisa blanca, la corbata. La funda de la pistola. La placa. Las esposas prendidas en la parte de atrás del cinturón y el móvil sujeto por delante. Dios mío, el corazón se me había desbocado con solo mirarlo.

—¿Estás lista? —me preguntó.

—No, todavía no me has peinado. —Podría haberlo llevado liso, ya que ese día no iba a trabajar, pero seguía enfadada con él.

—De acuerdo. —Cogió el cepillo y yo me giré para que me recogiera el pelo en una coleta. Cuando lo tenía agarrado con una mano, me preguntó:

—¿Y qué uso para sujetarlo?

—Un coletero.

—¿Un cole qué?

—Un coletero. No me digas que no tienes coleteros.

—Ni siquiera sé qué coño es un coletero.

—Es lo que se usa para sujetar las coletas. Bobo.

—Hace bastante tiempo que no llevo coleta —dijo él, seco—. ¿Una goma elástica no bastará?

—No, las gomas rompen el pelo. Tiene que ser un coletero.

—Y ¿de dónde saco un coletero?

—Mira en mi bolso.

Se quedó muy quieto detrás de mí. Al cabo de unos segundos, me soltó el pelo y entró en el lavabo. Ahora que no podía verme, sonreí para mis adentros.

—¿A qué diablos —dijo un minuto más tarde— se parece un coletero?

—Es como una goma grande forrada de tela.

Siguió otro momento de silencio. Finalmente salió del lavabo con mi coletero blanco en la mano.

—¿Es esto?

Empezó de nuevo la operación de recogerme el pelo.

—Ponte el coletero en la muñeca —le sugerí—, así lo podrás deslizar alrededor de la coleta.

Tenía la muñeca tan gruesa que estiró mi coletero hasta el límite, pero enseguida entendió la teoría y consiguió hacerme una coleta decente. Entré en el baño y comprobé el resultado.

—Está bien. Creo que hoy no me pondré pendientes, si a ti no te importa.

Él entornó los ojos mirando al cielo.

—Gracias, Señor.

—Deja los sarcasmos. ¿Tengo que recordarte que esto ha sido idea tuya?

Mientras bajábamos las escaleras, lo oí farfullar:

—Vaya con la mierdecilla.

Volví a sonreírme. Estaba bien que supiera que me había vengado porque, de otro modo, ¿qué sentido tendría?

Capítulo 14

La casa de la señora Bloodsworth me fascinó. Era blanca, las molduras y la ornamentación color lavanda y la puerta principal de un tono azul huevo de petirrojo. Una tiene que respetar, cuando no temer, a una mujer que tiene las agallas de pintar su casa con esos colores. El porche, que abarcaba dos lados de la casa, era amplio y elegante, lleno de helechos y palmas, con unos ventiladores instalados para que corriera una suave brisa cuando la naturaleza dejaba de hacer su trabajo. Rosas de distintos tonos lanzaban destellos de color. Unas gardenias de color verde oscuro, cargadas de flores blancas, adornaban los dos lados de la escalera.

Pero Wyatt no aparcó en la calle para que entráramos por la puerta principal. Siguió por la entrada de los coches y aparcó detrás de la casa. Me condujo hasta la puerta de atrás que daba a un pequeño vestíbulo y luego a la cocina, que había sido modernizada sin sacrificar el antiguo estilo. Su madre nos esperaba ahí dentro.

Roberta Bloodsworth no era el tipo de mujer a la que se podría describir como robusta. Era alta y delgada, y llevaba el pelo corto y un peinado muy chic. Wyatt había heredado de ella los ojos verdes y penetrantes y su pelo oscuro. El de ella ya no era oscuro y, en lugar de dejar que encaneciera, se había teñido de rubio. Aunque todavía era muy temprano, ni siquiera eran las ocho, ya se había maquillado y se había puesto unos pendientes. Sin embargo, no se había vestido especialmente. Llevaba un pantalón corto color café claro, una camiseta color *aqua* y unas hawaianas normal y corrientes. Tenía las uñas de los pies pintadas de color rojo bombero y en el pie izquierdo lucía una cadenita.

Era mi tipo de mujer.

—Blair, cariño, no me lo podía creer cuando Wyatt me dijo que te habían disparado —dijo, abrazándome muy suavemente—. ¿Cómo te sientes? ¿Quieres un poco de café, o una taza de té?

Era así de sencillo, y yo tenía ganas de que me mimaran. Ya que a mi propia madre se lo tenían prohibido, la madre de Wyatt había ocupado su lugar.

—Un té me parece estupendo —dije, y ella se giró de inmediato hacia la pila, llenó de agua una tetera de diseño antiguo y la puso al fuego.

—Yo te habría preparado té si me lo hubieras pedido —dijo Wyatt, frunciendo el ceño—. Creía que te gustaba el café.

—Me gusta el café. Pero también me gusta el té. Además, ya he tomado café.

—El té da una sensación que no da el café —explicó la señora Bloodsworth—. Tú siéntate a la mesa, Blair, y no intentes hacer nada. Todavía debes sentirte un poco débil.

—Estoy mucho mejor que anoche —dije. Le obedecí y me senté a la mesa de madera—. En realidad, hoy me siento bastante normal. Anoche fue… —dije, y acabé haciendo un gesto de más o menos con la mano.

—Ya me lo imagino. Wyatt, tú vete al trabajo. Tienes que atrapar a ese chalado y no lo conseguirás quedándote aquí sentado en mi cocina. Blair estará muy bien conmigo.

Daba la impresión de que Wyatt se mostraba reacio a partir.

—Aunque tengas que ir a cualquier sitio, ella debe quedarse aquí —le dijo a su madre—. No quiero que por ahora vean a Blair en público.

—Lo sé. Ya me lo habías dicho.

—No tiene por qué hacer nada que la canse después de haber perdido tanta sangre ayer.

—Lo sé. Ya me lo habías dicho.

—Es probable que intente convencerte para que...

—¡Wyatt! ¡*Ya lo sé!* —dijo ella, exasperada—. Ya hemos hablado de todo esto por teléfono. ¿Acaso crees que me estoy volviendo senil?

—Claro que no —atinó a decir él—. Es sólo que...

—Es muy tuyo eso de mostrarte tan sobreprotector. Ya te he entendido. Blair y yo nos arreglaremos perfectamente, y yo haré uso del sentido común que me ha dado Dios y no la llevaré a pasear por la calle Mayor, ¿de acuerdo?

—De acuerdo. —Wyatt sonrió y la besó en la mejilla. Luego se acercó y me frotó la espalda antes de agacharse junto a mi silla—. Intenta no meterte en líos mientras yo no esté —dijo.

—Perdón, pero yo no tengo la culpa de nada de lo que me ha ocurrido.

—No, no es culpa tuya, pero tienes cierto talento para lo imprevisible. —Cambió la dirección de su movimiento y me pasó la mano por la columna hasta llegar a mi cuello, que rozó con el pulgar, y luego rió ante mi expresión de alarma—. Pórtate bien, ¿quieres? Te llamaré durante el día y pasaré a recogerte a última hora de la tarde.

Me besó, le dio un tirón a mi coleta, se incorporó y se dirigió a la puerta trasera. Se detuvo, con la mano en el pomo de la puerta, volvió a mirar a su madre, esta vez con cara de poli.

—Cuida muy bien de ella porque es la madre de tus futuros nietos.

—¡Eso no es verdad! —exclamé, con un chillido, al cabo de una fracción de segundo.

—Ya me lo pensaba —dijo su madre al mismo tiempo.

Él ya había salido cuando yo llegué a la puerta. La abrí de un tirón y le grité:

—¡Eso no es verdad! Lo que has hecho es un golpe muy bajo, ¡y sabes que mientes!

Él se detuvo ante la puerta abierta del coche.

—¿Hablamos o no hablamos anoche de tener hijos?

—Sí, pero no eran hijos de los dos.

—No te engañes, querida —dijo él. Se metió en el coche y partió.

Estaba tan enfadada que empecé a dar patadas en el suelo como el duende enano saltarín, y a cada patada decía «¡mierda!» Como era de esperar, los saltos hicieron que me doliera el brazo, así que mis gritos fueron algo así como:

—¡Mierda! ¡Ay! ¡Mierda! ¡Mierda! ¡Mierda! *¡Auch!*

Hasta que de pronto me di cuenta de que estaba haciendo eso delante de su madre, y me giré hacia ella, horrorizada.

—Ay, Dios mío. Lo siento mucho...

Pero ella estaba apoyada en el fregadero y no paraba de reír.

—Deberías haberte visto. ¡Ay! ¡Mierda! *¡Auch!* Habría dado cualquier cosa por tener una cámara para filmarte.

Yo sentía que me quemaba la cara de vergüenza.

—Lo siento mucho... —volví a decir.

—¿Por qué? ¿No pensarás que nunca he dicho «mierda», o incluso cosas mucho peores? Además, me encanta ver que una mujer no le aguanta ni eso a Wyatt, ya me entiendes. Que un hombre siempre consiga lo que quiere es algo que va contra el orden natural de las cosas, y Wyatt siempre consigue lo que quiere.

Sosteniéndome el brazo, volví a la mesa de la cocina.

—En realidad, no. Su mujer se divorció de él.

—Y él dijo adiós sin mirar atrás ni una sola vez. Las cosas se hacían como él quería o nada, nada de negociaciones. Ella, que por cierto, se llama Megan, aunque ahora no sé su apellido porque volvió a casarse antes de un año, siempre accedía a hacer lo que él quería. Supongo que la pobre sólo veía lucecitas porque él era una gran estrella del fútbol, y por muy duro y sucio que sea el fútbol, estar en la Liga profesional tiene mucho *glamour*. Ella no entendió y no fue capaz de lidiar con ello cuando, sin consultárselo, él dejó de jugar y le dio la espalda a todo lo que ella quería en la vida. Lo que Megan quisiera no le importó. Siempre ha sido así. Nunca ha tenido que trabajar para ganarse a una mujer, y eso me vuelve loca. Así que me parece bien ver que alguien le planta cara.

—Tampoco obtengo resultados demasiado notables —dije, algo taciturna—. Da la impresión de que él gana todas las batallas.

—Pero al menos hay una batalla y él es consciente de que hay una resistencia. ¿Qué te ha molestado tanto de lo que ha dicho?

—Creo que intenta hacer trampa conmigo y no estoy tan segura de que eso signifique algo. Le he dicho que no, y no ha dado ningún resultado. Es tan endemoniadamente competitivo que me siento como si estuviera ondeando un paño rojo delante de un toro. ¿Habrá dicho eso porque me ama o porque no soporta perder? Yo me inclinaría por la segunda opción, porque no me conoce lo bastante bien como para amarme, y eso ya se lo he dicho no sé cuántas veces.

—Me alegro por ti. —El agua empezó a hervir y la tetera lanzó un pitido. Ella apagó el fuego y el pitido cesó lentamente mientras ella ponía dos bolsitas de té en sus respectivas tazas y luego vertía el agua hirviendo—. ¿Cómo te gusta el té?

—Dos de azúcar y sin leche.

Puso el azúcar en mi taza y crema dulce en la suya y llevó las dos tazas a la mesa. Le di las gracias cuando me puso la taza delante y luego se sentó frente a mí. Frunció el ceño pensativamente y revolvió el té.

—Creo que lo estás manejando a la perfección. Oblígalo a hacer un esfuerzo por ti y acabará apreciándote mucho más.

—Como he dicho, él gana todas las batallas. —Desanimada, tomé un sorbo de té.

—Cariño, tú pregúntale si habría preferido jugar en un partido difícil y duro o si le habría gustado una victoria facilona. A Wyatt le *fascinaban* los partidos disputados hasta el último minuto, y también le fascinaba lanzar esos placajes al hombre que llevaba el balón y romperle algún hueso. Se aburriría al cabo de una semana si le pusieras las cosas fáciles.

—Aún así, él es el que siempre gana. No es justo. Yo también quiero ganar de vez en cuando.

—Si él usa malas artes, tú úsalas peores.

—Eso es como pedirme que sea más papista que el papa. —Sin embargo, de pronto me sentí más animada, porque podía hacerlo. Quizá no ganara la batalla del cuello, pero había otras batallas en que estábamos en condiciones de más igualdad.

—Tengo fe en ti —dijo la señora Bloodsworth—. Eres una mujer lista, inteligente y joven. Tienes que serlo, para haber hecho de Cuerpos Colosales un negocio tan boyante a tu edad. Además, eres muy atractiva. Él se muere por quitarte los pantalones, pero sigue mi consejo y no se lo permitas.

Conseguí no ahogarme con el té. No sabía cómo explicarle a su madre que ya me había quitado los pantalones. Estaba segura de que mis padres ya se lo habían imaginado después de que Wyatt insistiera en llevarme a su casa la noche anterior, pero no podía ir y contárselo a su madre.

Debido a un sentimiento de culpa, me desvié del tema de Wyatt y mis pantalones, y le pregunté si le importaría enseñarme la casa. Fue una buena decisión. Ella dijo que sí en seguida, se levantó de la mesa y salimos.

Lo primero que pensé era que la casa tenía al menos veinte habitaciones, la mayoría con un precioso diseño octagonal que debió de haber costado mucho construir. El salón para las visitas estaba decorado con alegres tonos amarillos y blancos, y el comedor tenía un papel de líneas de color crema y verde y muebles de una madera muy oscura. Cada sala tenía un color dominante muy definido, y tuve que admirar su inventiva para encontrar tantas soluciones originales. Al fin y al cabo, sólo hay un puñado de colores en donde elegir. En toda la casa se notaba el amor y el esfuerzo que había puesto en ella.

—Si te cansas durante el día y quieres tomarte un descanso, usa esta habitación —dijo, y me mostró una habitación de suelo de madera pulida, paredes de color malva y una cama cuyo colchón parecía una nube—. Tiene su propio cuarto de baño.

En ese momento se dio cuenta de que yo me sostenía el brazo con la otra mano, ya que todavía me dolía por la profundidad de la herida.

—Seguro que estarás mucho más cómoda con el brazo en un cabestrillo. Tengo justo lo que necesitas.

Fue a su habitación —pintada en diversos tonos de blanco— y volvió con un bello chal suave de color azul. Lo plegó y armó un cabestrillo muy cómodo, lo cual alivió en parte la tensión de los puntos de sutura.

Yo estaba convencida de que la estorbaba y que no la dejaba entregarse a su rutina normal, pero daba la impresión de que disfrutaba de mi compañía y seguimos charlando. Miramos un poco la tele, leímos un rato. Llamé a Mamá, hablé con ella y le conté lo que había hecho Papá. Con eso me daba por satisfecha. Después de comer me sentí cansada y subí para echar una siesta.

—Wyatt ha llamado para saber cómo estabas —dijo la señora Bloodsworth cuando, una hora más tarde, me desperté y bajé—. Le preocupó que le dijera que te habías hechado un rato. Me ha dicho que anoche tuviste fiebre.

—Eso es normal cuando una tiene una herida. La temperatura me subió justo lo suficiente como para que me sintiera incómoda.

—Odio eso. ¿A ti no te pasa lo mismo? Es una sensación tan desagradable. ¿Pero ahora no tienes fiebre?

—No, sólo estaba un poco cansada.

Mientras estaba tendida y semidormida, había pensado en Nicole y en cómo Wyatt había descartado mis ideas a propósito de su asesinato. ¿De dónde sacaba que sabía más sobre ella que yo, sólo porque él era poli y podía investigar a las personas? Estaba equivocado, y yo lo sabía.

Llamé a Lynn Hill, mi asistente en el despacho, y la encontré en casa. Cuando oyó mi voz, me preguntó con voz entrecortada.

—Dios mío, he oído que te han disparado. ¿Es verdad?

—Más o menos. Me han dado en el brazo. Estoy bien. Ni siquiera he tenido que quedarme en el hospital por la noche. Pero tengo que mantenerme relativamente escondida hasta que atrapen al tipo que asesinó a Nicole, y ya tengo ganas de que esto acabe. Si Cuerpos Colosales abre mañana por la mañana, ¿podrás encargarte tú?

—Claro, ningún problema. Me puedo ocupar de todo excepto de los pagos.

—Yo me ocuparé de eso y te mandaré los talones. Escucha, tú a veces hablabas con Nicole.

—Cuando me veía obligada a hacerlo —dijo Lynn, seca. Yo la entendía perfectamente.

—¿Alguna vez te habló de un novio especial?

—Siempre lanzaba unas misteriosas indirectas. Yo creo que andaba con hombres casados, porque ya sabes cómo era. Siempre quería algo que tuvieran las demás mujeres. No le habría interesado un tipo soltero, a menos que se tratara de subirse momentáneamente la autoestima. Se supone que una no debe hablar mal de los muertos, pero ella se las traía.

—Hombres casados. Humm. Tiene todo el sentido del mundo —le dije, y era verdad. Lynn había dado en el clavo con la personalidad de Nicole.

Me despedí y llame al móvil de Wyatt. Contestó de inmediato, y ni siquiera me saludó.

—¿Pasa algo?

—¿Quieres decir, aparte de que me hayan disparado y de que alguien intenta matarme? En realidad, no. —Imposible resistirse a esa réplica—. En cualquier caso, he comprobado algo: que Nicole se veía con un hombre casado.

Después de un silencio, dijo:

—Pensé que te había dicho que no te entrometieras en los asuntos de la policía. —Se percibía cierta irritación en su voz.

—Resulta un poco difícil en esta situación. ¿Piensas ser tan testarudo como para no investigar esa posibilidad?

—Supongo que no habrás salido de casa. —No contestó a mi pregunta sin hacer antes la suya.

—No, claro que no. Todavía estoy aquí, sana y salva.

—Me parece bien. Quédate ahí. Y sí, me ocuparé de que investiguen eso.

—No es algo que el tipo en cuestión vaya a reconocer, después de haber engañado a su mujer. ¿Quieres que intente averiguar algo?

—No, no. No quiero que hagas nada. ¿Me entiendes? Deja que nosotros nos encarguemos de la investigación. Ya te han disparado una vez. ¿No te parece suficiente? —dijo, y colgó.

No se había mostrado demasiado emocionado con mi pista. Vale, le preocupaba que se me fuera a ocurrir alguna otra cosa, y a mí tampoco me volvía loca la idea de exponerme nuevamente al peligro. Pero podía seguir llamando a gente, ¿no? Si hablaba por el teléfono móvil, no había manera de averiguar dónde me encontraba. Las personas normales no solían tener precisamente capacidad logística para rastrear móviles.

Y si una no puede ganar una batalla, debe buscarse otra que sí pueda ganar.

Capítulo 15

Después se me ocurrió que los inspectores ya habían hablado con todos los miembros del personal de Cuerpos Colosales, así que Lynn ya les habría contado su teoría del hombre casado. En ese caso, ¿era posible que Wyatt hubiese dicho que lo investigarían porque no quería herir mis sentimientos? La sola idea me mortificaba.

Volví a llamar a Lynn.

—¿Lo que me dijiste a propósito de Nicole de que salía con hombres casados también se lo contaste a la policía?

—La verdad es que no —reconoció—. Para empezar, no sé nada concreto. Sólo pienso que era ese tipo de mujer. Lo que el inspector me preguntó es si sabía con quién se veía, en un plano romántico, por así decirlo. Y yo le dije que no porque no lo sabía. Él no estaba en plan de charlar y preguntar: oye, ¿es el tipo de persona que haría esto o lo otro? ¿Me entiendes? Pero después me puse a pensar y entonces recordé que Nicole siempre coqueteaba con los hombres casados en Cuerpos Colosales, y aunque se insinuaba a todos en general, había algo en su manera de acercarse a los casados. Tú la viste en acción y sabes de qué hablo.

Lo sabía perfectamente. Nicole siempre andaba *tocando* a la gente, ya fuera para enderezar el cuello de una camisa, dar una palmadita en el brazo o rodearles a los hombres la cintura cuando caminaba a su lado; siempre los tocaba. Los tíos no son tontos, y sabían perfectamente lo que Nicole les ofrecía. Puede que los listos se sintieran halagados, pero no mordían el anzuelo. Los que no eran tan listos, o más más bien poca cosa, respondían, de modo que se sabía perfectamente cuándo se producía un contacto fuera de Cuerpos Colosales. Ahora bien, una vez que dejaba a un tipo, siempre estaba dispuesta a pasar a otro.

—¿Alguna vez te fijaste si había alguien al que le prestara especial atención? —le pregunté a Lynn. En Cuerpos Colosales, yo estaba siempre ocupada con el trabajo del despacho, así que Lynn veía más que yo—. También sería estupendo si averiguaras de qué color es el coche que conduce.

—Deja que piense. Últimamente, no había nadie, porque la mayoría han sido nuestros clientes regulares y se portaban bien. Pero hace un par de meses vi a Nicole que salía del lavabo de los hombres. Tenía una cara de engreída que me dieron ganas de darle un par de bofetadas. Al cabo de unos minutos salió uno de los tíos, así que supuse que se lo habían estado haciendo dentro.

—¿Por qué no me lo contaste? —chillé—. La habría echado inmediatamente.

—¿Podías hacer eso? ¿Por hacérselo en los lavabos?

—Estaba en el lavabo de los hombres. Me sorprende que nadie más los viera.

—No creo que a ella le hubiera importado. Era probable que estuvieran en los retretes. Tal vez ella le estuviera haciendo una mamada, aunque ése tampoco era su estilo. Si me preguntas, te diría que era ella quien recibía pero no daba nada.

—¿Recuerdas el nombre del tipo?

—Así, de buenas a primeras, no. No venía muy a menudo y no creo que desde entonces haya vuelto. No era uno de los regulares. Pagó por un mes y vino a hacer ejercicios un par de veces. Después, no renovó. Pero reconocería su nombre si lo viera. ¿Tienes una carpeta aparte para la gente que no renueva?

—En papel, no. Tiene que estar en el ordenador. ¿Tienes algún plan para el resto del día? Voy a llamar a la poli (mi poli, concretamente) y puede que te llamen para verte en Cuerpos Colosales y revisar los archivos del ordenador.

—No, estaré por aquí. Si no estoy, puedes encontrarme en el móvil.

—De acuerdo. Volveré a llamarte.

—Eso sonaba interesante —dijo la señora Bloodsworth, y en el brillo de sus ojos verdes se adivinaba su interés. No se molestó en disculparse por haber escuchado una conversación ajena. Al fin y al cabo, estábamos en la misma sala.

—Eso espero. Ahora, si Wyatt no vuelve a colgarme…

—¿Te ha colgado? —me preguntó. Ahora los ojos verdes echaban chispas—. Yo le he enseñado mejores modales. Deja que le diga un par de cosas.

—Oh, no. No haga eso. Pensándolo bien, será mejor que no vuelva a llamarlo. Simplemente llamaré al inspector MacInnes. —Encontré la tarjeta del inspector y marqué su número.

Cuando contestó, lo saludé alegremente.

—Hola, soy Blair Mallory…

—Eh, un momento, señorita Mallory. Llamaré al teniente…

—No, no se moleste, hablaré con usted. Lo que pasa es que acabo de hablar con mi asistente en el despacho, Lynn Hill, para que me reemplace en Cuerpos Colosales cuando vuelvan a abrir mañana… Supongo que podrá abrir mañana, ¿no? ¿Han sacado todas esas horribles cintas amarillas?

—Espere, deje que lo pregunte…

—No importa. Ya lo averiguaré más tarde. En cualquier caso, Lynn me contó que creía que Nicole tenía una especie de debilidad por los hombres casados. Ya me entiende… el desafío, quitarle algo a otra mujer. Lynn me dijo que no se lo mencionó al inspector que la interrogó porque en ese momento no pensó en ello. Pero después empezó a darle vueltas a todo el asunto y cree que es muy probable, debido al comportamiento de Nicole.

—Eh... —Intentó volver a interrumpirme pero no le di la oportunidad.

—Lynn y yo hablábamos de posibles historias y ella me contó que hace un par de meses sorprendió a Nicole y a ese tipo en los lavabos haciendo, digamos, haciéndoselo. No recuerda el nombre del tipo porque sólo vino a Cuerpos Colosales un par de veces y no ha vuelto. Pero dice que está segura que reconocerá el nombre cuando lo vea. Si usted quiere, puede encontrarse con ella en el despacho de Cuerpos Colosales y revisar los archivos de los clientes que no han renovado su inscripción. ¿Me sigue en todo esto que le cuento?

—Sí —dijo, y sonaba mucho más interesado y atento a lo que le decía.

—Vale. Es algo por donde empezar. Puede que ese tipo en concreto no tenga nada que ver, pero saber que le gustaban los hombres casados le da un nuevo giro al asunto, ¿no cree?

—Claro que sí. —Ahora parecía casi entusiasmado.

—Por si no tiene el número de Lynn, y se lo dicto —le dije—. Está esperando su llamada. Y si no está en su casa, éste es el número de su móvil. —También se lo dicté, y luego dije, con voz cantarina—: Que tenga un buen día, Inspector. —Y colgué después de escuchar su saludo automático.

—Estoy impresionada —dijo la señora Bloodsworth, sonriendo de oreja a oreja—. Haces una buena imitación de una rubia frívola, pero le dabas tanta información y tan rápido que es probable que ni siquiera haya podido anotarla.

—Entonces me devolverá la llamada —dije, con gesto despreocupado—. O alguien llamará.

Alguien llamó, desde luego, al cabo de cinco minutos. Y estaba muy cabreado.

—Si tienes alguna información acerca del caso, llámame a mí, no a uno de mis hombres —dijo, muy seco.

—¿No serás tú el que me ha colgado dos veces el teléfono? No me imagino llamándote a ti bajo ninguna circunstancia, por ningún motivo.

Un silencio portentoso como en el Gran Cañón se hizo entre nosotros. Y luego él farfulló:

—Joder. —Lo dijo como si acabara de darse cuenta de que tendría que tragarse su orgullo y pedir perdón porque, de eso no cabía duda, su actitud había sido muy ruda. Y no era sólo eso, porque sabía que yo estaba con la madre que le había enseñado modales más finos. Aquella no era más que una pequeña batalla, pero él había sufrido un ataque por los flancos y tenía una brecha abierta, lo cual me procuraba una enorme satisfacción.

Al final, suspiró ruidosamente.

—Lo siento. No volveré a colgarte nunca más. Lo prometo.

—Disculpas aceptadas —dije, con voz enérgica—. Ahora, quisiera saber si Lynn podrá abrir Cuerpos Colosales mañana. —No tenía demasiado sentido golpear a un hombre caído, ¿no creéis? Ya había ganado, y ahora tenía que comportarme como una persona adulta y seguir adelante.

—Estoy seguro de que abrirá. Hay un noventa por ciento de probabilidades.

—Vale. ¿Mi coche sigue aparcado en el mismo sitio?

—No. Esta mañana saqué las llaves de tu bolso y ordené que te lo llevaran a tu casa. Ahí lo tienes, sano y salvo.

—¿Cuándo cogiste las llaves? —le pregunté, curiosa, porque no lo había visto.

—Anoche. Estabas completamente dormida.

—Supongo que todo estaba en orden en casa, nada de disparos en las ventanas ni nada por el estilo.

—El agente lo comprobó todo, y ha dicho que todo seguía cerrado, las ventanas también y que no había agujeros de disparos, por lo que pudo ver.

—¿Saltó la verja para comprobar la puerta ventana de atrás?

—Dijo que comprobó todas las puertas. Deja que lo llame y le pregunte por esa puerta en concreto. —Dejó el teléfono y volvió al cabo de un minuto—. Simmons me acaba de decir que no tuvo que saltar la verja. Abrió la puerta y entró.

Sentí que un escalofrío me recorría la espalda.

—Siempre dejo la puerta cerrada —dije, y apreté el auricular con fuerza—. Sé que estaba cerrada.

—Mierda. Haré que alguien vuelva inmediatamente. Tú espera.

—Como si pudiera hacer alguna otra cosa —dije, irónica. Nos despedimos muy amablemente, de modo que ninguno de los dos podía acusar al otro de haber colgado. A continuación, se lo conté todo a la señora Bloodsworth.

Fue entonces que me acordé de Siana. Se suponía que esa mañana iría a mi casa a buscar algo de ropa. ¿Qué pasaría si por alguna horrible coincidencia iba a mi casa y se encontraba con quien fuera que hubiera abierto la puerta de la verja (que sólo se podría abrir desde el interior)? Siana era rubia. Era un poco más alta que yo, pero eso el asesino de Nicole no lo sabría. Ella tenía su propio juego de llaves de mi casa, en caso de que yo perdiera las mías.

Siana podría haber ido a cualquier hora a recoger mi ropa. Temprano por la mañana, a la hora de la comida, o quizás esperaría a acabar la jornada de trabajo, aunque yo sospechaba que no tardaría tanto, porque tenía que encontrarse con Wyatt en algún sitio para darle el bolso, y a veces trabajaba hasta las ocho o las nueve de la noche.

—¿Qué pasa? —me preguntó la señora Bloodsworth cuando se percató de mi expresión.

—Mi hermana —dije, con voz apagada—. Se suponía que tenía que llenar una bolsa con mi de ropa y entregársela a Wyatt. Él no lo ha mencionado, así que quizá la podrían…

La podrían haber confundido conmigo. Ay, Dios mío.

Recé como nunca había rezado en mi vida, y después volví a llamar a Wyatt. Parecía cansado cuando contestó.

—Se suponía que Siana iba a ir a mi casa a recoger algo de ropa —le dije rápidamente—. ¿Has sabido algo de ella durante el día?

—Cálmate —dijo, y su voz ahora sonó más tranquilizadora—. Se encuentra bien. Trajo la bolsa esta mañana.

—Gracias a Dios. Dios mío. —Las lágrimas me quemaban los ojos—. Me acabo de dar cuenta… Ella es rubia, y es más o menos de mi altura. El asesino no sabría ver la diferencia.— Me horrorizaba no haber pensado en eso antes y, a juzgar por la palabrota que Wyatt farfulló, me di cuenta de que él tampoco había pensado en lo de nuestro parecido, al menos no en ese contexto. La gente que nos conocía jamás nos habría confundido porque no nos parecemos tanto, pero superficialmente, para un observador cualquiera…

—¿Es posible que Siana haya abierto la puerta? —me preguntó Wyatt, que era poli.

Me sequé las lágrimas.

—La llamaré y se lo preguntaré, pero no veo por qué haría una cosa así.

—Ya la llamaré yo. Hay otras preguntas que quiero hacerle. También tengo una pregunta para ti. ¿Activaste el sistema de alarma?

Iba a decir automáticamente que sí, por supuesto, pero guardé silencio cuando de pronto recordé la última vez que había estado en casa, el viernes, esperando que viniera a recogerme el coche de la agencia de alquiler. Esperé en la puerta y, cuando vi llegar al hombre, cerré la puerta con llave. Recordaba muy bien haber cerrado la puerta con llave, pero no recordaba haber activado la alarma.

—No la activé —dije, finalmente—. A menos que Siana lo haya hecho esta mañana al salir. Tiene el código.

—De acuerdo. Ya hablaré con ella. Conserva la calma y, si hay suerte, te pasaré a buscar en un par de horas. ¿Te parece bien?

—Me parece bien. —Me alegré de que no me hubiera lanzado algún sermón por haberme olvidado de activar el sistema de alarma. ¿En qué diablos estaría pensando? Sí, claro, en la playa. Tenía prisa por salir.

El asesino podría haber entrado en cualquier momento durante el fin de semana, y se podría haber instalado cómodamente a esperar que yo volviera a casa. Pero no lo había hecho. Quizás había estado vigilando mi casa y, puesto que mi coche no estaba, llegaría a la conclusión de que me había ido a casa de alguien. Pero si hubiera vuelto a Cuerpos Colosales habría visto mi coche y entonces decidido que ése era el mejor lugar para esperarme porque seguramente tendría que volver a por él.

Ese plan había funcionado hasta cierto punto. Era una suerte que todavía estuviera viva. ¿Qué habría hecho después? No, un momento, el asesino quizás habría pensado que daba en el blanco la noche anterior al ver que yo me desplomaba, y era evidente que no se había quedado a ver el resultado. Creería que me había matado hasta que las noticias de las diez lo hubieran sacado de su equívoco, o quizá ni siquiera a esa hora. El hospital ya no extendía partes sobre el estado de sus pacientes como solía hacerlo. La noche anterior la policía habría mantenido el secreto en torno al suceso, hasta que Wyatt me hubiera dejado en algún lugar seguro (como si su cama fuera un lugar seguro, pero, en fin). Sin embargo, en las noticias de la mañana seguramente habrían dicho que, después de atenderme en el hospital, me habían dado el alta.

¿Cuál sería su próxima movida? Quizás ahora mismo estaba dentro de mi casa, esperándome. Quizás había ido a echar una mirada por el lugar, buscando una manera de entrar. La puerta ventana era la mejor opción, y la verja lo ocultaría a las miradas ajenas mientras conseguía abrirla, o lo que fuera.

Pero aquello sería un grave error. El cartel del sistema de alarma estaba muy visible en la ventana de la fachada, y el asesino no tenía manera de saber si el sistema estaba activado o no, así que, si tenía dos dedos de frente, no se arriesgaría.

La señora Bloodsworth me sacó de mis cavilaciones. Me preguntó, con expresión ansiosa, si Siana estaba bien.

—Está bien —dije, y me sequé las lágrimas—. Fue a buscar mis cosas temprano por la mañana. De modo que, como no había saltado la alarma, mi casa no había sido invadida. No había ningún asesino esperándome. Puede que saltara la verja y se acercara a mirar a la puerta ventana, pero yo había cerrado las cortinas y él no podría haber visto nada. Todo estaba en orden.

Dejé escapar un gran suspiro de alivio.

—No se puede saber a qué hora vendrá Wyatt —dijo la señora Bloodsworth—. Yo empezaré a preparar la cena. Si no llega a tiempo para cenar con nosotras, le guardaré la comida caliente.

—¿Le puedo ayudar en algo? —le pregunté, esperando que hubiera algo que hacer. Empezaba a sentirme rara sentada todo el día sin hacer nada y esperar a que alguien me sirviera.

—¿Con una mano? —me preguntó, y se rió—. Aparte de poner la mesa, no se me ocurre nada más. Ven conmigo a la cocina y hazme compañía. No suelo cocinar muy a menudo puesto que estoy sola en casa. No tiene demasiado sentido, ¿no crees? Por la noche me como un bocadillo y, a veces, en invierno, abro una lata de sopa, pero cocinar es bastante aburrido si una no tiene compañía.

La seguí hasta la cocina y me senté a la mesa. Había un comedor, desde luego, cualquier casa victoriana tiene un comedor, pero se notaba que la mayoría de las comidas se habían servido en la mesa de la cocina.

—Parece que se aburre un poco. ¿No ha pensado en volver a inscribirse en Cuerpos Colosales? Tenemos unos programas nuevos estupendos.

—He pensado en ello, pero ya sabes como son las cosas. Pensar en hacer algo y hacerlo realmente son dos historias muy diferentes. Después de mi accidente de bicicleta, me he convertido en una vaga.

—¿Quién la cuidó después de sufrir el accidente?

—Mi hija, Lisa. Fue horrible. La clavícula era soportable, pero las costillas… era una agonía. No podía moverme sin que me doliera y no podía encontrar una posición cómoda, así que no paraba de moverme. Todavía tengo el brazo izquierdo muy débil, pero he estado haciendo ejercicios y casi he recuperado mi estado normal. Seis meses es un tiempo ridículamente largo para recuperarse, pero supongo que es cuestión de la edad.

—Yo sorbí por la nariz. No era un sonido muy elegante, pero se entendía lo que quería decir.

—Yo también me rompí la clavícula, cuando estaba en el equipo de animadoras del instituto. Tuve que trabajar mucho para recuperar la forma para el año siguiente. Agradezco que mi equipo no hiciera pirámides humanas ni que nos lanzaran al aire en los partidos de básquet; no hubiera podido haberlo hecho. A mí seis meses me parece un tiempo razonable para recuperarse.

—Pero yo no hacía el pino. Tú sí.

—Por aquel entonces, no. No podía. Mi hombro sencillamente no aguantaba.

—¿Todavía puedes hacer el pino?

—Claro, y volteretas hacia atrás, y puedo hacer la rueda y *splits* laterales. Intento hacer gimnasia al menos un par de veces a la semana.

—¿Me podrías enseñar a hacer el pino?

—No veo por qué no. Es una cuestión de fuerza y equilibrio. Y de práctica. Pero antes de empezar le aconsejaría hacer un poco de pesas para fortalecer los brazos y los hombros. Lo peor sería caerse y romperse algo.

—Totalmente de acuerdo —dijo ella, convencida.

—También puedo hacer el pino con una mano —dije, muy vanidosa.

—¿Ah, sí? —Se giró hacia mí y se quedó mirando mi brazo herido, recogido en el cabestrillo con el chal azul—. Ahora, desde luego, no podrías.

—Es probable que sí pueda, porque lo hago con el brazo derecho. Es el más fuerte y, además, soy diestra. Siempre coloco el brazo izquierdo por detrás de todas maneras para que no quede colgando y me haga perder el equilibrio.

El resultado de aquella conversación fue que cuando las chuletas de cerdo, las judías verdes y el puré estuvieron listos, las dos nos moríamos de ganas de saber si podía hacer el pino con una mano. La señora Bloodsworth no paraba de decir que no, que no debería arriesgarme a sufrir otra lesión, ya que los puntos de sutura eran recientes, había perdido mucha sangre, y ese tipo de cosas, pero le señalé que con el pino toda la sangre que me quedaba se me iría a la cabeza, así que no corría el riesgo de desmayarme.

—Pero estás débil.

—No me siento débil. Esta noche temblaba, y un poco esta mañana, pero ahora me siento muy bien. —Para demostrarlo, desde luego, tenía que hacer el pino.

Ella hizo un tímido intento de impedírmelo, pero sin saber demasiado bien cómo. Por otro lado, yo la veía muy interesada. Entre las dos quitamos el cabestrillo y, aunque pudiera mover un poco el brazo, seguía sin tener demasiada movilidad, así que ella me lo puso detrás de la espalda. Y luego, tuvo la idea genial de enrollármelo a la cintura y atarme el brazo por detrás.

Me situé al otro lado de la mesa, lejos de la cocina y en la amplia entrada que daba al comedor, donde tenía espacio de sobra. Me incliné hacia delante, apoyé la mano en el suelo, el codo contra mi rodilla derecha, busqué mi centro de gravedad apoyada en el brazo y empecé a doblarme muy lentamente hasta que levanté los pies del suelo.

Así que eso fue lo que vio Wyatt cuando entró por la puerta de atrás. Habíamos estado tan abstraídas que no oímos el coche que llegaba en ese momento.

—¡Madre mía! —exclamó. La sonoridad de esas palabras que gritó nada más entrar nos hizo dar un salto a las dos.

Fue un desastre, porque me hizo perder el equilibrio. Comencé a descompensarme y la señora Bloodsworth quiso sostenerme. De un salto, Wyatt estuvo al otro lado de la mesa. De alguna manera consiguió cogerme una pierna e impedir que cayera hacia el otro lado. Me pasó el fibroso brazo por la cintura y me ayudó suavemente a poner los pies en el suelo.

En sus palabras, eso sí, no había nada de suave.

—¿Qué diablos estás haciendo? —rugió, mirándome, el rostro oscurecido por la rabia. Se giró hacia la señora Bloodsworth—. Madre, se supone que tú deberías impedir que haga estupideces, no ayudarle.

—Sólo le quería enseñar… —balbuceé.

—Ya he visto lo que hacías. Dios santo, Blair, ¡te han disparado hace sólo veinticuatro horas! ¡Has perdido mucha sangre! Ya me dirás cómo, en esas condiciones, hacer el pino es remotamente razonable.

—Ya que lo he hecho, diría que se encuentra en el dominio de lo posible. Si no me hubieras asustado, no me habría pasado nada. —Hablaba con un tono muy tranquilo porque lo habíamos asustado. Le di unos golpecitos en el brazo—. No ha pasado nada. ¿Por qué no te sientas y te traeré algo para beber? ¿Té frío? ¿Leche?

—Te sentirás mejor —dijo su madre, con tono apaciguador—. Ya sé que te has asustado pero, de verdad, lo teníamos todo controlado.

—¿*Todo controlado*? Ella… tú… —farfulló y sacudió la cabeza—. Aquí no está más segura de lo que estaría en mi casa. Con el cuello roto estará igual de muerta que con un balazo. Ya está. Tendré que esposarla en el lavabo y dejarla todo el día en mi casa.

Capítulo 16

No hay ni que decir que la cena no fue especialmente alegre. Nosotras estábamos enfadadas con Wyatt y él con nosotras. Eso no incidió en mi apetito. Tenía que recuperar toda la sangre perdida, ya me entendéis.

Su ánimo tampoco cambió cuando nos fuimos. Él ayudó a su madre a limpiar la cocina y, al despedirse, ella disparó su tiro de gracia. Me abrazó y me dijo:

—Sigue mi consejo, cariño, y no te acuestes con él.

—Vaya, madre, muchas gracias —dijo él, sarcástico, lo cual le valió un mohín y una despedida fría.

—Estoy totalmente de acuerdo con usted —dije.

—¿Volverás mañana? —me preguntó.

—No —contestó él con gesto amargo, aunque ella no se lo había preguntado a él—. Sois una mala influencia mutua. La voy a encadenar en el baño, tal como he dicho.

—No quiero ir contigo —le dije, lanzándole una mirada de rabia—. Quiero quedarme con ella.

—Mala suerte. Te vienes conmigo y no hay más que discutir. —Me cogió la muñeca con su enorme mano y me llevó hacia el coche.

Volvimos a su casa en silencio mientras yo reflexionaba sobre el alcance de esa última demostración de su mal genio. El mal genio suyo, no el nuestro. Sabía lo que pasaba entre nosotros, así que no tenía sentido pensar en ello.

Le había dado un buen susto. No un susto pasajero, como pensé al principio, como se asusta alguien al ver algo inesperado, sino un susto hasta la médula. Wyatt se había quedado paralizado por el miedo.

Era eso, y no había que darle más vueltas al asunto. Había visto cómo me disparaban delante de sus narices. Al día siguiente me había escondido en lo que le parecía el lugar más seguro de toda la ciudad, en casa de su madre. Y, después de un duro día de trabajo, había entrado y había sido testigo de cómo yo intentaba lo mejor que podía, en su opinión, romperme el cuello o al menos dar al traste con los puntos de sutura.

En *mi* opinión, una disculpa de un adulto se merecía otra. Si él podía pedir perdón, yo también podía.

—Lo siento —dije—. No era mi intención asustarte, y no deberíamos habernos unido contra ti.

Me lanzó una mirada siniestra y no contestó. Ya se veía que no aceptaba las disculpas con la misma elegancia que yo. Lo dejé correr, porque su mal humor me decía que, al fin y al cabo, Wyatt me quería de verdad. No era sólo la química sexual ni su actitud competitiva lo que despertaba su interés. Todavía quedaba en el aire la posibilidad de que él sintiera algo por mí, lo bastante como para tener una base sobre la que construir algo juntos; al menos no estaba sola en ese sentido.

Justo antes de que llegáramos a su casa, murmuró:

—No vuelvas a hacerlo nunca más.

—¿Qué? —pregunté yo, desconcertada—. ¿Darte un susto o aliarme contra ti? Supongo que no hablarás de lo de hacer el pino, porque, digamos, tú sabes que eso es lo que hago para ganarme la vida, ¿no? Hago gimnasia todas las semanas. Los clientes de Cuerpos Colosales me ven practicando y eso les da seguridad porque sé lo que hago. Es bueno para los negocios.

—Podrías matarte —gruñó él. Me di cuenta, asombrada, que

de una manera muy masculina, hablaba de lo que consideraba el verdadero motivo de su miedo.

—Wyatt, ¿tú, que eres poli, me irás a saltar un sermón sobre lo peligroso que es mi trabajo?

—Soy teniente, no soy un poli de la calle. No voy por ahí deteniendo a nadie, no me ocupo del tráfico ni tengo que investigar asuntos secretos de drogas. Los que corren peligro son los que están en la calle.

—Puede que no te dediques a ello ahora, pero lo has hecho en el pasado. Al fin y al cabo, no te graduaste en la academia con el rango de teniente. —Guardé silencio un momento—. Y si todavía fueras un poli de la calle y a mí me diera una pataleta debido al peligro que eso representa, ¿tú qué harías?

No me contestó. Llegamos a su casa y entramos en el garaje. Mientras la puerta se cerraba a nuestras espaldas, dijo, de mala gana:

—Te diría que ése es mi trabajo y que estoy dispuesto a hacerlo lo mejor que pueda. Lo cual no tiene nada que ver con que tú te pongas a hacer el pino en la cocina de mi madre un día después de que te han disparado.

—Eso es verdad —convine—. Me alegro de que lo entiendas. Tú sigue concentrado en aquello que te hace rabiar para que no nos vayamos por las ramas y nos perdamos en discusiones sobre cómo gestiono mis negocios.

Rodeó el coche para abrirme la puerta y ayudarme a bajar. Luego, cogió del asiento trasero la bolsa con la ropa que Siana me había preparado y entramos. La dejó en el suelo, me rodeó la cintura con ambos brazos y me atrajo hacia él para besarme, un beso largo y duro.

Empecé a besarlo con entusiasmo cuando, en una reacción algo tardía, saltaron mis señales de alarma. Estaba casi sin aliento, y logré echarme atrás.

—Me puedes besar, pero no podemos tener relaciones sexuales. Ahí tienes. Lo he dicho después de que me hayas tocado, así que vale.

—Quizá lo único que tenía pensado era besarte —dijo, y volvió a hacerlo.

Claro, y la aventura de Napoleón en Rusia sólo era un paseo. Ya. ¿De verdad creía que me lo tragaría?

Me besó hasta que me flaquearon las rodillas y se me retorcieron hacia arriba los dedos de los pies, y luego me soltó con expresión de tío presumido. Pero no pudo ocultar su dureza debajo de los pantalones así que yo también me sentí bastante bien.

—¿Lynn encontró el nombre de ese tipo en los archivos? —le pregunté. Quizá tendría que haberlo preguntado mucho antes, pero el asunto del pino nos había recluido en una zona de silencio durante un rato. Pero ya lo habíamos superado y ahora quería saber.

—Todavía no. MacInnes dijo que me llamaría en cuanto tuvieran el nombre y él llevara a cabo algunas investigaciones preliminares. Lynn tenía un problema con el ordenador.

—¿Qué problema? ¿Por qué no me llamó? Ella sabe cómo manejar los programas. ¿Qué ha pasado?

—El ordenador se estropeó.

—Oh, no. El ordenador no se puede estropear. Se supone que volvemos a abrir mañana. Porque, ¿abrimos mañana, o no?

Él asintió con un gesto de la cabeza.

—Hemos acabado de procesar la escena del crimen y han quitado las horribles cintas amarillas. —Dijo estas últimas palabras entrecomillándolas con gestos de la mano, y supe que MacInnes le había dado, a él y al resto del departamento de policía, una relación literal de nuestra conversación.

Pero no pensé más en eso.

—El ordenador —dije, con urgencia.

—Envié a uno de nuestros expertos informáticos a ver qué podía hacer. Eso fue justo antes de que dejara el despacho y no he sabido nada desde entonces.

Cogí mi móvil y llamé a Lynn al suyo. Cuando contestó, parecía algo distraída.

—Blair, tenemos que conseguir otro ordenador. Éste está poseído.

—¿Qué quieres decir con poseído?

—Hace cosas raras. Habla en otras lenguas, escribe en otros idiomas. Es una cosa muy rara. Ni siquiera es inglés.

—¿Qué dice el experto informático de la poli?

—Dejaré que él te lo diga.

Al cabo de un momento, se puso un hombre.

—Es un colapso total, aunque puedo salvar la mayoría de sus archivos, o quizá todos. Voy a desinstalar sus programas y luego reinstalarlos. Después veremos qué hacemos. ¿Tiene un ordenador de repuesto?

—No, pero haré que lo traigan esta noche si usted dice que es necesario. ¿Qué ha provocado el colapso?

—Ahora mismo, aparte de las cosas raras en la pantalla, está totalmente colapsado. El ratón no funciona, el teclado tampoco, nada funciona. Pero no se preocupe. Volveré a rescatarlos, ya es la tercera vez esta noche, y recuperaremos los archivos.

—¿Y qué pasa con el nuevo ordenador para esta noche?

—Estaría bien —dijo él.

Después de colgar, le expliqué la situación a Wyatt. Luego llamé a una de esas tiendas grandes de equipos informáticos, les dije lo que necesitaba, les di los datos de mi tarjeta de crédito y pedí que lo prepararan porque pasaría a buscarlo un policía. Wyatt ya hablaba por su teléfono para que alguien se encargara. Luego llamé a Lynn y le dije que traerían un ordenador nuevo. No había nada más que hacer excepto esperar a que el gurú informático de la poli tuviera éxito con su magia.

—Ahí van unos dos mil dólares que no había pensado gastar —gruñí—. Al menos se puede desgravar.

Cuando miré a Wyatt, vi que sonreía.

—¿Qué te parece tan divertido?

—Tú. Eres tan finolis. Resulta divertido oírte hablar de cualquier cosa que suene a negocios.

Estaba tan asombrada y sorprendida que estoy segura de que me quedé boquiabierta.

—¿Tan finolis?

—Finolis —dijo él, firme—. Tienes un martillo rosa. Si eso no es finolis, no sé qué es.

—No soy ninguna finolis. Soy dueña de una empresa y soy buena en lo que hago. Las finolis no hacen eso. Las finolis dejan que otras personas se ocupen de todo. —Sentía que sucumbía a una profunda ira porque no me gusta que me menosprecien, y llamarme finolis era decididamente eso.

Me cogió por la cintura con ambas manos, sin dejar de sonreír.

—Todo en ti es finolis, desde tu peinado de Pebbles Picapiedra hasta tus primorosas hawaianas con las conchitas pegadas. Siempre llevas una cadenita en el tobillo, te pintas las uñas de los dedos de color rosa chillón y tus sujetadores hacen juego con tus bragas. Pareces un helado de cucurucho, y te lamería de arriba abajo.

Vaya, pues soy un ser humano. Reconozco que me distrajo un poco aquella parte de que me lamería. Pero cuando conseguí volver a concentrarme en la discusión (al menos yo estaba discutiendo, mientras que él evidentemente se divertía), volvió a besarme, y antes de que me diera cuenta me estaba lamiendo y besando el cuello y mi fuerza de voluntad se derrumbó. Una vez más, ahí mismo, en la cocina, perdí el control y mis pantalones. Detesto cuando ocurre eso. Incluso peor, después tuvo que ayudarme a ponerme de nuevo los pantalones.

—Voy a hacer otra lista —dije, furiosa, cuando me dio la espalda y empezó a subir las escaleras con su aire de presumido, con mi bolsa a cuestas—. ¡Y ésta se la pienso mostrar a tu madre!

Se detuvo y me miró por encima del hombro, con una mirada de cautela.

—¿Has estado hablando con mi madre de nuestras relaciones sexuales?

—He hablado con ella y le he dicho que eres un insolente y un manipulador absoluto.

Él sonrió, sacudió la cabeza y dijo:

—Una finolis. —Y siguió subiendo.

—No sólo eso —grité a sus espaldas—, ¡ni siquiera tienes una planta en toda la casa y me deprime estar aquí!

—Te compraré un arbusto mañana —dijo, mirando por encima del hombro.

—¡Si fueras un policía de verdad, no tendría por qué seguir aquí mañana! —A ver si ahora era capaz de decir algo.

Cuando volvió a bajar, se había cambiado el traje y puesto unos pantalones vaqueros y una camiseta blanca. Yo había encontrado una libreta y me había instalado en el sillón de cuero reclinable del salón de la sala grande y tenía el mando de la televisión guardado en el cabestrillo. La tele estaba puesta en el canal Timelife.

Miró la televisión e hizo una mueca.

—Estás sentada en mi sillón —dijo.

—Aquí está la lámpara. Necesito luz.

—Ya hemos discutido este tema. Ésa es mi silla —dijo, y dio un paso adelante.

—Si me haces daño en el brazo, yo... —Me interrumpí para lanzar un chillido porque me cogió en vilo en sus brazos, se sentó en la silla y me dejó sobre sus rodillas.

—Así está mejor —dijo, y acercó la boca a mi nuca—. Ahora los dos tenemos silla. ¿Dónde está el mando?

Todavía lo tenía en mi cabestrillo, gracias a Dios, y ahí se quedaría. Seguía con la libreta y el boli en la mano derecha mientras intentaba ignorar lo que me hacía en el cuello. Al menos ahora estaba relativamente a salvo porque dudaba de que se le fuera a empinar tan rápido después del episodio de la cocina.

—Estaba aquí mismo —dije, convincente, y eché una mirada alrededor—. Se habrá deslizado debajo del cojín.

Él tenía que mirar, desde luego, así que me quitó de encima de sus rodillas y se puso a mirar debajo del cojín. Miró alrededor del sillón. Luego lo puso patas arriba para ver si no se había caído dentro. Se giró y me lanzó una mirada penetrante.

—Blair, ¿dónde está mi mando?

—¡Estaba por aquí! —le dije, indignada—. ¡En serio! —No mentí. Había estado ahí hasta que él me movió.

Por desgracia, era poli, y sabía todos los posibles escondrijos. Su mirada se detuvo en mi cabestrillo.

—Dámelo, pequeña traidora.

—¿Traidora? —Di un paso atrás—. Creía que no era más que una finolis inofensiva.

—Yo nunca he dicho que seas inofensiva. Dio un paso hacia mí y yo me giré y salí corriendo.

Soy una buena corredora, pero él tiene las piernas más largas y con mis sandalias no tenía suficiente tracción, así que aquello no duró mucho. Me eché a reír cuando él me cogió con un brazo y sacó el mando de su escondrijo.

Él quería ver un partido de béisbol, desde luego. A mí no me gusta el béisbol. Por lo que sé, el béisbol ni siquiera tiene animadoras, así que nunca he aprendido nada sobre ese deporte. Conozco el fútbol y el básquet, pero el béisbol es seguramente un deporte de presumidos, así que no me interesa para nada. Pero los dos nos sentamos en su enorme sillón reclinable, yo sobre sus piernas, elaborando mi lista mientras él miraba el partido. Salvo un par de ocasiones en que miró mi lista y lanzó un gruñido porque había alguna entrada que consideraba cuestionable, él se dedicó a lo suyo y yo a lo mío.

Después de acabar la lista, me empecé a aburrir (¿cuánto duran esos estúpidos partidos?) y me entró sueño. Su hombro estaba ahí mismo, su brazo me sostenía, así que me acurruqué y me quedé dormida.

Me desperté cuando me llevaba arriba. Las luces de abajo estaban apagadas y supuse que era la hora de dormir.

—Esta noche me toca ducharme —le dije—. Y cambiar los vendajes.

—Ya lo sé. Prepararé todo antes de que nos metamos en la ducha.

Preparó la gasa y los parches esterilizados y luego cortó y deshizo las gruesas capas de gasa hasta llegar al parche que cubría los puntos de sutura. Estaba totalmente pegado. Después de un suave tirón, decidí meterme bajo la ducha y dejar que el agua reblandeciera la gasa de la herida.

Él abrió la ducha para que saliera agua tibia, luego me desnudó y también se desnudó él. Teniendo en cuenta mi decisión de que no mantuviéramos relaciones sexuales (como si eso lo fuera a disuadir), no debería haberme desnudado con él, pero la verdad es que me gustaba. Mucho. Me gustaba verlo desnudo y me gustaba cómo me miraba a mí cuando estaba desnuda. Me gustaba cómo me tocaba, como si no pudiera evitarlo, cogiéndome los pechos y frotándome los pezones con el pulgar. No prestaba mucha atención a mis pechos desde que había descubierto mi cuello, pero me di cuenta de que besarme el cuello era para placer mío, y acariciarme los pechos para el suyo. Le gustaban, y me lo demostraba.

Cuando nos metimos en la ducha y estuvimos del todo mojados y resbaladizos, tuve que acercarme para que me quitara el parche del brazo, así se juntaron nuestros vientres y empezamos a frotarnos el uno contra el otro en una sensual danza del agua. Vi que ya había pasado tiempo suficiente para que volviera a ponérsele dura y enseguida dije:

—¡Nada de sexo! —Él rió, como si no importara, y empezó a lavarme. Y descubrí por qué él creía que no importaba. La verdad es que lo intenté, de verdad que lo intenté. Sólo que no me había preparado para todos los lugares donde me lavó, o el tiempo que tardaría.

—No hagas mohines —dijo, después, cuando estaba sentada en la silla y él me estaba poniendo un parche nuevo y me vendaba más cómodamente—. Me gusta que no te me puedas resistir —añadió.

—Pero estoy trabajando en ello —murmuré—. Ya verás cómo al final lo consigo.

Me soltó el pelo, que tenía recogido en una coleta, y me lo cepilló, aunque eso podría haberlo hecho yo. Bien podía cepillarme los dientes, ¿no? Pero él quería hacerlo, así que lo dejé. Seguí con la rutina del cuidado de la piel y le pedí los pantalones y la camiseta corta que quería para meterme en la cama. Él soltó un bufido.

—Como si fueras a necesitarlos —dijo, y me cogió y me llevó a la cama tal como estaba, es decir, desnuda.

Pobre inspector MacInnes. Me había olvidado de él, con las horas extras que le estaba dedicando a mi despacho mientras Wyatt estaba en casa conmigo. El teléfono sonó justo cuando nos estábamos metiendo en la cama. Cogió el auricular antes de que acabara de sonar el primer timbrazo.

—Bloodsworth. ¿Lo tienes? —Me miró y dijo—: Dwayne Bailey. ¿Te dice algo?

Me asaltó la imagen de un hombre fornido de un metro ochenta de alto y muy velludo.

—Lo recuerdo —dije—. Necesitaba una sesión de electrólisis.

—¿Es posible que sea el hombre que viste?

Tengo una buena percepción espaciotemporal, y pude imaginarme a Dwayne Bailey junto al coche de Nicole y compararlo con el hombre que vi.

—No pude verle la cara, pero es más o menos de la misma altura. Un poco más de un metro ochenta, con un ligero sobrepeso. Además, era un poco hosco, parecía tener mal genio. —Lo recordaba porque había tenido una discusión con otro cliente, uno de los regulares, a propósito del uso de una de las máquinas de pesas. Por lo visto, el tipo tenía prisa y no le gustaba esperar a que el otro acabara sus ejercicios.

—Me parece bien. Iremos a verlo por la mañana —dijo Wyatt—. MacInnes, intenta dormir todo lo que puedas.

—¿Por qué no vais a buscar a Bailey esta noche? —le pregunté, un poco indignada. Quizá fuera el hombre que había matado a Nicole y me había disparado a mí, ¿y no pensaban ir a buscarlo de inmediato?

—No podemos ir y detenerlo —me explicó Wyatt, mientras apagaba la luz y se metía bajo las sábanas—. No tenemos un motivo aparente y ningún juez de la ciudad firmaría una orden de detención. Lo interrogaremos y veremos qué conclusiones arroja eso. Así se investiga, cariño, hablando con las personas.

—Y, entretanto, el tío anda suelto por ahí disparándole a inocentes finolis. Hay algo que no acaba de encajar bien en esta historia.

Él ahogó una risa, me revolvió el pelo y luego me estrechó entre sus brazos.

—Yo nunca he dicho que fueras una inocente.

—Lo pinché en el costado.

—Piénsalo un momento —dije, con falsa emoción—. A estas horas mañana por la noche podría estar en mi propia cama.

—Pero no lo estarás.

—¿Por qué no?

—Porque la pobre finolis no puede vestirse sola —dijo él, y volvió a ahogar una risilla.

Capítulo 17

A la mañana siguiente ya podía mover mejor el brazo, pero con mucho cuidado. Mientras Wyatt preparaba el desayuno abajo, me lavé los dientes y me peiné y para demostrarle que me valía por mí misma, me vestí parcialmente. Encontré mi ropa colgada en el armario con la suya. Ver todo junto de esa manera me provocó una extraña sensación. Seguro que habría sacado mis cosas de la bolsa al subirlo la noche anterior, porque yo no había hecho nada. Busqué mi ropa interior y la encontré en un cajón, perfectamente doblada, tal como yo la habría dejado, y no toda revuelta como habría sido de esperar. Aquel hombre tenía detalles insospechados.

Miré en el resto de los cajones para ver qué hacía con su propia ropa interior, y descubrí que era un hombre ordenado. Tenía las camisetas dobladas y bien guardadas, los bóxers también doblados y los calcetines conjuntados. No había nada de especial en su ropa interior; cosas de hombres. Eso me agradó, porque una relación entre dos personas vanidosas puede realmente crear problemas con el espejo. Una de ellas tenía que ser normal.

Reconozco que soy vanidosa. Un poco. No lo soy tanto como en mis tiempos de adolescente, porque a medida que me fui haciendo mayor tuve cada vez más seguridad en cuanto a mi aspecto físico. Es curioso, ¿no? Cuando tenía dieciséis años, la edad cumbre (todos estarán de acuerdo) en cuestión de aspecto físico y belleza, pasaba horas arreglándome el pelo y poniéndome maquillaje, probándome una prenda tras otra porque no estaba segura de que estuviera lo bastante guapa. Ahora que tengo treinta años me siento mucho más cómoda, aunque sé que no soy tan guapa como a los dieciséis. Para tener una piel bien hidratada a esta edad hay que hacer un esfuerzo. Tengo que trabajar como una loca para controlar mi peso. Cuando acudo a una cita importante o a algo más formal de lo habitual, sigo haciéndome un lío con lo del pelo y el maquillaje pero, en general, no me molesto. Un poco de rímel, un poco de pintalabios brillante y ya prácticamente está.

Sin embargo, me seguía fascinando la ropa, y era perfectamente capaz de probarme cada una de las prendas que tenía para encontrar la combinación adecuada. Y algunos días me era imposible decidir de qué color sería la ropa interior que me pondría. ¿Era un día de azul o un día de rosa? ¿O rojo? ¿O negro? ¿Quizá fuera el blanco?

Era uno de esos días. Primero tenía que decidir qué me pondría, porque eso determina el color de la ropa interior. Por ejemplo, imposible ponerse bragas oscuras con un pantalón blanco, ¿no? Me sentía en un día de color, así que finalmente me decidí por unos pantalones cortos color *aqua* y lo conjunté con una camiseta corta de color rosa. Por cierto, los tirantes de mi camiseta son anchos porque no soporto los tirantes que dejan ver los del sujetador. Los encuentro horteras. En fin, con la camiseta rosa no podía ponerme nada oscuro por debajo, así que eso implicaba un color pastel. Rosa habría sido el color más indicado, pero, quizá, demasiado obvio.

Wyatt apareció en la puerta de la habitación.

—¿Por qué tardas tanto? El desayuno está listo.

—Intento decidir qué color de bragas y sujetador ponerme.

—Dios mío —dijo, y salió.

Amarillo. ¡Ya estaba! Alguien puede pensar que el amarillo no va bien con el rosa, pero era un amarillo claro y quedaba perfecto con el rosa. Tampoco lo vería nadie más que yo (en realidad, Wyatt lo vería, porque todavía no podía abrocharme el sujetador sola), pero me sentía como el helado de cucurucho del que él había hablado el día anterior. Quizá volvería a pensar en aquello de lamerme.

Tenía hambre, así que me puse las bragas y los pantalones cortos con mucho cuidado. Descolgué una camisa de Wyatt del armario para ponérmela hasta que él me ayudara con la parte de arriba. Me calcé unas hawaianas —unas con tiras que tenían lentejuelas color *aqua*— y bajé.

Él me miró cuando entré en la cocina.

—¿Has tardado media hora para decidirte por unas hawaianas y una de mis camisas?

—También me he puesto pantalones cortos —dije, y levanté la camisa para enseñárselos—. Tendrás que ayudarme con lo demás. —Me senté y él cogió un plato con un huevo y salchichas y una tostada de pan integral del calentador y me lo puso todo en la mesa. Añadió un pequeño vaso de zumo de naranja y una taza de café—. Podría acabar acostumbrándome a esto —le dije.

—¿Sabes cocinar algo?

—Por supuesto. Sólo que no me ocurre muy a menudo que me sirvan. Y suelo comer muy deprisa porque Cuerpos Colosales abre muy temprano.

—¿Eres tú la que se encarga de abrir y cerrar el negocio? —Cogió su propio plato y se sentó frente a mí—. Son jornadas muy largas.

—Desde las seis de la mañana hasta las nueve de la noche. Pero no soy la que abre y cierra todos los días. Me pongo de acuerdo con Lynn para turnarnos. Si tengo que quedarme hasta tarde, ella abre, y viceversa. Un día a la semana, abro y cierro yo para que Lynn pueda tener un fin de semana de dos días. Todos mis empleados tienen dos días libres a la semana, pero se turnan. Por eso las clases de yoga no se imparten todos los días, y ese tipo de cosas.

—¿Por qué el lunes? ¿Por qué no el sábado, si lo que quiere es un fin de semana de dos días?

—Porque el sábado es el día más pesado, y el lunes el más tranquilo. No sé por qué, pero también es así para los salones de belleza. La mayoría cierra los lunes.

Me miró como si no supiera qué hacer con esa información. En su condición de poli, una pensaría que le adjudicaría cierta importancia a ese tipo de cosas. ¿Qué pasaría si un día tenía que detener a una peluquera loca? Podría ahorrarse un tiempo y no ir a la peluquería si era lunes.

—En fin —dije, para cambiar de tema—, ¿para qué molestarme en vestirme si piensas dejarme encadenada en el lavabo? Espero que te lo hayas pensado bien, porque además de los evidentes beneficios de estar en el lavabo, ¿cómo conseguiré algo de comer?

—Te haré unos bocadillos y te los pondré en una nevera portátil —dijo, con un brillo risueño en la mirada.

—Para que lo sepas, yo no como en el lavabo. Aaj. Piensa en todos los gérmenes que estarán esperando para saltar sobre tu comida.

—Te pondré una cadena larga para que puedas llegar justo hasta la puerta.

—Eres un ángel. Eso sí, te advierto una cosa. Cuando me aburro me suelo meter en problemas.

—¿Cómo te podrías meter en problemas estando en un lavabo?

En ese momento podía pensar en unas cuantas cosas, pero no se lo conté. Aun así, él debió de ver algo en mi expresión porque sacudió la cabeza.

—Es tentador, pero no te dejaré sola durante todo el día.

—Entonces, ¿volvemos a casa de tu madre?

—Me temo que sí. Ya la he llamado esta mañana.

—Supongo que te habrás disculpado por portarte como un resentido.

—Sí, me he disculpado —dijo, con gesto cansino—. Supongo que podría hacer una grabación y dártela para que la escuches cada vez que lo creas necesario.

En mi opinión, aquello no se parecía en nada a una disculpa sincera, y se lo dije.

—De eso se trata —respondió él, y me di cuenta de que no había ganado tanto terreno como pensaba.

Esta vez le ayudé a limpiar la cocina. Tenía mucho cuidado de no mover el brazo, pero ya era hora de ejercitarlo un poco. Luego subimos a prepararnos y volví a tener esa sensación agradable e íntima, como si hubiéramos hecho eso mismo durante años. A él le gustó el sujetador amarillo e insistió en bajarme los pantalones para ver las bragas que hacían juego. Al menos ése era su pretexto. Pero la mano que deslizó dentro de mis bragas delató sus verdaderas intenciones. Juro que aquel hombre era un libidinoso.

—¡No! —dije enseguida, y con un guiño, un pellizco y una palmadita, él me sondeó con el dedo hasta que quedé de puntillas y luego retiró la mano.

Maldito sea. El corazón me iba a cien y me sonrojé. Ahora estaría todo el día excitada en casa de su madre.

Le devolví la jugada. Me incliné y lo besé hasta llegar a su bragueta. Él se sacudió y me enredó una mano en el pelo.

—Piensa —dije, en un ronroneo—, cómo te sentirías si esos pantalones no estuvieran de por medio. —Apretó la mano y sentí que temblaba. Me incorporé y dije, seca—: Pero lo están y tienes que irte al trabajo.

—Eso es un golpe bajo —gruñó, con los ojos vidriosos de deseo.

—Sólo te devuelvo la jugada —dije. Si yo voy a estar caliente todo el día, tú también lo estarás.

—Entonces, esta noche será interesante —musitó, y volvió a ajustarme la ropa.

—Puede que no. Me voy volviendo más certera a la hora de distraerte —dije, con gesto de satisfacción.

—Entonces tendré que llegar más rápido a tu cuello.

Pasé otro día anodino en casa de la señora Bloodsworth. Hablé con Lynn, que me puso al día en lo relativo a los ordenadores y me contó cuántos clientes habían venido ahora que habíamos vuelto a abrir. Me alegré con lo que me contó porque había calculado que pasarían las semanas lentas antes de que nos recuperáramos. Como era de esperar, la sala de pesas estaba llena, las máquinas de los ejercicios de cardio ocupadas y casi todos habían preguntado si yo me encontraba bien. Los comentarios sobre la muerte de Nicole eran del tipo: «A mi no me gustaba, pero no se merecía eso», o «No me sorprende». Un cliente había pedido que le prolongáramos la inscripción porque no había podido utilizar las instalaciones durante tres días. Le dije a Lynn que se la prolongara cuatro días. En todos los grupos hay un gilipollas. Cuando me dijo quién era, no me sorprendió. Era uno de los peces gordos de la ciudad que se creía un privilegiado. Lo que pasaba era que lo toleraban. A duras penas.

Llamé a Mamá y la puse al corriente. No le mencioné a Dwayne Bailey, por si el hombre era inocente. Le conté lo de mis problemas con el ordenador y ella me habló de los suyos. Mamá trabaja en una agencia inmobiliaria y guarda todos sus archivos en un ordenador en su pequeño despacho de casa. Era evidente que su equipo se había rebelado. En menos de una semana se había estropeado la impresora, había tenido que mandar a reparar la fotocopiadora y el ordenador había sufrido dos minicolapsos. Estaba preparando su declaración trimestral de impuestos y su nivel de frustración era mayor. Que a mí me hubieran disparado no le ayudaba en nada.

Le dije cosas para calmarla y le prometí que la mantendría al corriente de mi situación. Preguntó por Wyatt, lo cual me parece normal, puesto que él había insistido en llevarse a su hija a casa. Wyatt le caía bien. Dijo que era muy atractivo. Yo me lo imaginé desnudo y estuve de acuerdo con ella.

Después de ocuparme de la marcha de los negocios y de cubrir el frente doméstico, la señora Bloodsworth y yo nos preparamos para otro día sin grandes sorpresas. Ella trabajó en las flores de su jardín durante un rato, pero yo me abstuve, sólo por una cuestión de precaución. Dudaba que el asesino de Nicole fuera a pasar por la casa de la señora Bloodsworth y verme a mí sacando malezas de su jardín, pero hasta que Wyatt me dijera que el terreno estaba despejado, no quería arriesgarme. Tenía un fuerte dolor en el brazo que me recordaba lo peligroso que era ese hombre.

Leí. Miré la televisión. También miré el reloj. No llamé a Wyatt aunque estuve tentada de hacerlo. Sabía que él me llamaría si tenía alguna noticia, así que no tenía sentido importunarlo.

Hice una sesión muy ligera de yoga para mantener los músculos en forma. La señora Bloodsworth entró mientras estaba en ello y le picó la curiosidad. Se puso ropa más ligera, sacó su colchoneta de ejercicios y se sentó en el suelo junto a mí. Le enseñé algunas posiciones básicas de yoga y estiramos los músculos y nos entretuvimos hasta la hora de la comida.

Hacia las dos llamó Wyatt.

—MacInnes y Forester han interrogado a Dwayne Bailey esta mañana en presencia de su mujer. Como es obvio, ella sospechaba que él la engañaba, y se produjo una intensa escena familiar. Bailey se vino abajo y confesó. Dijo que la señorita Goodwin lo había amenazado con contárselo todo a su mujer si él no le daba un dinero que ella necesitaba, así que él decidió matarla. Ahora mismo está detenido.

Con el alivio que sentí me vino una especie de debilidad y me dejé caer en el sofá.

—Gracias a Dios. No me gusta nada esto de tener que esconderme. ¿Ahora puedo irme a casa? Y volver a Cuerpos Colosales. ¿Todo ha acabado?

—Así parece.

—¿Fue él el que abrió la puerta de mi casa?

—Él lo niega. También niega que te haya disparado a ti; es bastante listo. Un buen abogado le puede conseguir un segundo grado por el asesinato de la señorita Goodwin. Dispararte a ti sería un acto premeditado y podría significar una condena más larga.

—Pero eso lo podéis demostrar, ¿no? Con las pruebas balísticas y todo eso.

—En realidad, no podemos. Se usaron dos armas diferentes. Hemos encontrado el arma que utilizó para matar a la señorita Goodwin, pero no coincide con el calibre del arma con que te hirió a ti. Eso significa que ha ocultado la segunda arma, pero sin ella no podemos demostrar nada.

Eso no me gustó porque, supongo, yo quería una venganza oficial o algo así. Si no lo acusaban de disparar contra mí, era como salirse con la suya. Y yo quería que le dieran esa condena más larga.

—¿Lo dejarán libre con fianza?

—Es probable. Sin embargo, ahora que lo sabemos todo, no tiene sentido ir y matar a la testigo, ¿no crees?

Tenía razón, pero igual no me agradaba la idea de que hubieran dejado a ese hombre en libertad. ¿Y si le venía un ataque de locura y decidía que tenía que acabar la faena?

—Si en algo te alivia —dijo Wyatt—, el tipo no es un homicida loco. Es un hombre que se sintió desesperado al pensar que su mujer podía descubrir que la había engañado. Y luego se sintió desesperado pensando que lo acusarían de asesinato. Esas dos cosas ya han pasado, así que ha dejado de estar desesperado, y ha empezado a colaborar.

Vale, eso lo entendía. Uno sólo teme algo que todavía no ha ocurrido. Una vez que ha ocurrido, lo único que se puede hacer es enfrentarse a ello.

—¿Hay algún problema si se lo cuento a Mamá y a Papá?

—No. De todos modos, hoy saldrá en las noticias de la tele y mañana en los periódicos.

—Es una noticia estupenda —dijo la señora Bloodsworth cuando le conté lo de Dwayne Bailey—. Pero echaré de menos tu compañía durante el día. Creo que volveré a inscribirme en Cuerpos Colosales. Me aburría mucho desde mi accidente y hasta ahora no me había dado cuenta.

Llamé a Mamá y le di las buenas noticias. Después, llamé a Siana y también a Lynn. Le dije que volvería al trabajo al día siguiente, pero le pedí que volviera a abrir por la mañana. Hasta que no pudiera mover el brazo, no debía precipitarme a nada.

Pensé que Wyatt me llevaría a casa de mi madre, lo cual parecía lógico. Ella se encargaría de mimarme durante unos días hasta que pudiera vestirme sola y que las cosas volvieran a la normalidad.

Echaba en falta esa normalidad. Durante casi una semana, mi vida había estado patas arriba y ahora quería que las cosas volvieran a su cauce. Era evidente que tenía un amante, por mucho que intentara mantenerlo controlado, y seguro que aquello complicaría la situación. Pero ahora, descartada aquella amenaza, podía volver a la rutina de la vida real y ver si entre nosotros había algo sólido o si la química se desvanecería con el tiempo.

Las cosas pintaban mucho mejor. Apenas podía esperar a que comenzara esta nueva situación entre los dos, es decir, la rutina.

Capítulo 18

Me sentía como un pájaro fuera de su jaula. Aunque sólo me había visto limitada en mis movimientos menos de cuarenta y ocho horas, el tiempo me parecía mucho más largo. Todavía no era capaz de valerme por mí misma, pero al menos no me sentía tan impedida. Podía desplazarme si me apetecía, no tenía por qué quedarme encerrada. Tampoco tenía que entrar subrepticiamente por la puerta de atrás.

—Soy libre, soy libre, libre —canturreaba cuando salí casi bailando al encuentro de Wyatt al ver que llegaba a buscarme. Era más tarde que el día anterior. Estaba a punto de ponerse el sol, así que serían más de las ocho.

—No del todo —dijo Wyatt, mientras me abrochaba el cinturón de seguridad.

—¿Qué quieres decir, con lo de no del todo? —le grité. Le grité porque él estaba rodeando el coche por el exterior y, de otra manera, no me habría oído.

—A mí me parece que todavía estás incapacitada —dijo cuando se puso al volante—. No te puedes lavar, no puedes lavarte el pelo y no puedes conducir con las dos manos.

—Tú no conduces con las dos manos —señalé.

—No tengo por qué hacerlo, porque soy el que manda. Tú no mandas.

Solté un bufido, pero no hice caso de la provocación.

—En cuanto a lo demás, no me fui a casa de mi madre para empezar porque dijiste que Dwayne Bailey podía encontrarme y porque pondría en peligro a Mamá y a Papá, además de a mí misma. Ahora que han detenido a Dwayne Bailey ya no hay motivo para que vaya a por mí. Así que puedo irme a casa de mi madre.

—Esta noche no —dijo Wyatt.

—Quisiera saber por qué no.

—Porque no pienso llevarte.

—¿Tienes algo que hacer esta noche? Ella podría venir a buscarme.

—Deja de portarte como una porfiada. No me lo pienso tragar. Te tengo exactamente donde quería y no pienso soltarte.

Aquello empezaba a crisparme.

—No pienso convertirme en tu pequeño juguete sexual para que te diviertas cada vez que te entren las ganas. Tengo una rutina a la que debo volver. Mañana tengo que ir a trabajar.

—Podrás ir a trabajar mañana. Pero te llevaré yo, no tu madre.

—Eso no tiene ningún sentido. ¿Qué pasará si ocurre algo y tú tienes que salir? Supongo que te pueden llamar en cualquier momento, ¿no?

—Es posible, pero no me llaman para que acuda a la escena de un crimen muy a menudo. Para eso están mis inspectores.

—En cualquier caso, no necesito que me lleven al trabajo. Tengo un coche con cambios automáticos y me puedo abrochar el cinturón con una sola mano. Soy perfectamente capaz de conducir y no empieces otra vez con el cuento de poder conducir con las dos manos. —Estaba tan decidida a irme como él a quedarse conmigo. No estaba tan decidida como antes, pero me di cuenta de que él daba por sentado que podía decirme lo que tenía que hacer, y eso lo tenía que cortar de raíz, no cabía duda.

Guardó silencio un momento y luego minó toda mi determinación con una sencilla pregunta.

—¿No quieres estar conmigo?

Me lo quedé mirando boquiabierta.

—Claro que sí —farfullé, antes de que pudiera impedirlo. Luego se impuso la razón y dije, indignada:

—No puedo creer que seas tan bajo y rastrero. Eso es un argumento de *chicas*, y lo has usado contra mí.

—No importa. Lo has reconocido —dijo, y me miró con una sonrisa triunfante de presumido. Después, parpadeó—. ¿Qué es un argumento de *chicas*?

—Ya sabes. Se apela a las emociones.

—Jo, si hubiera sabido que iba a dar tan buenos resultados, lo habría usado antes. —Se inclinó y me dio un apretón en la rodilla—. Gracias por la sugerencia.

Me miró parpadeando y no pude sino echarme a reír. Le di una palmada en la mano para que la quitara.

—Ya sé que las circunstancias se han puesto difíciles, pero tú no has cumplido con tu parte del trato. No me has cortejado para nada. Así que quiero ir a casa.

—Me parece recordar que ya hemos tenido esta conversación. Tu idea de cortejar no es la misma que la mía.

—Quiero salir por la noche. Quiero ir al cine, a cenar, a bailar... Supongo que sabes bailar, ¿no?

—Con graves protestas de mi pareja.

—Ay, Dios —dije, y le lancé una mirada GOT. Grandes ojos tristes. En el arsenal de recursos, los GOT están justo un peldaño por debajo de las lágrimas—. A mí me encanta bailar.

Me lanzó una mirada, alarmado, y luego farfulló:

—Mierda. Vale, te llevaré a bailar. —Lo dijo como si lo estuvieran sometiendo a un gran suplicio.

—No quiero que me invites si no tienes ganas. —Era el momento perfecto para el clásico golpe bajo femenino; me lo había servido en bandeja. Si me tomaba al pie de la letra, sabía que me decepcionaría, pero si de verdad me llevaba a bailar, tendría que fingir que lo disfrutaba. Para que sepáis, ésta es una de las maneras que tienen las mujeres de vengarse de los hombres por no tener la regla.

—*Pero*... despúes de que termine la cita, haremos lo que yo quiera hacer.

Había dos posibilidades para ese «hacer». Lo miré con cara de espanto.

—¿Quieres que *pague* por una cita que contempla tener relaciones sexuales?

—Por mí está bien —dijo, y volvió a apretarme la rodilla.

—Eso no sucederá.

—Vale. Entonces no tengo que ir a bailar.

Añadí a su lista de agravios *No coopera y no está dispuesto a hacer cosas por mí*. Tal como avanzaba la lista, acabaría ocupando varios volúmenes de una enciclopedia.

—¿No tienes nada que decir? —dijo, provocador.

—Estaba pensando en algunas cosas para ponerlas en mi lista.

—¿Quieres hacer el favor de olvidarte de la maldita lista? ¿Qué te parecería si yo hiciera una lista de todos tus errores y defectos?

—La leería y trataría de solucionar los aspectos problemáticos —dije, muy ufana. Bueno, para empezar, la leería. Lo que él entendía por problema y lo que entendía yo podían ser dos cosas muy diferentes.

—Eso es una gilipollez. Yo creo que cultivas concienzudamente tus aspectos problemáticos.

—¿Cómo por ejemplo? —Mi voz adoptó un tono muy dulce.

—Lo bocazas que eres, para empezar.

Le soplé un beso.

—Te gustaba mi boca esta mañana cuando estaba besando tu bragueta hacia abajo.

Aquello le despertó un vivo recuerdo, y tuvo un estremecimiento muy visible.

—Tienes razón —dijo, con voz ronca—. Me gustó mucho.

Le entendía muy bien. Durante el día, yo también había pensado en algunas cosas que añoraba. Quería renunciar a las artimañas mientras luchábamos por ganar la mejor posición y, por una vez, comérmelo, disfrutar de él, regodearme con el sexo y el placer. Quizá cuando llegáramos a casa. Pero hasta entonces no tenía ningún sentido hacerle pensar que él había ganado.

—También te gusta mi peinado de Pebbles Picapiedra, aunque te rías de él.

—No me he reído de tu peinado. Y, sí, me gusta. Me gusta todo en ti, incluso cuando eres como un dolor en el culo. Eres un sueño húmedo andante, ¿lo sabías?

Lo miré como dudando.

—No sé si eso es bueno o no. —La imagen que tenía en mente era pegajosa y pringosa.

—Desde mi punto de vista, es bueno. Hablando en términos personales, no profesionales. Has aniquilado mi capacidad de concentración en el trabajo. Lo único en que atino a pensar durante el día es en desnudarte. Es probable que cuando llevemos casados uno o dos años, eso se acabe, pero por el momento es muy intenso.

—Yo no he dicho que me casaría contigo —le dije, pero el corazón se me había disparado y no conseguía mantenerme concentrada en la conversación porque sólo pensaba en desnudarlo a *él*.

—Es lo que va a ocurrir, y tú lo sabes. Sólo nos quedan algunos detalles por afinar, como esta historia de la confianza que te preocupa tanto, pero calculo que lo controlaremos de aquí a un par de meses y que quizá podamos tener boda para Navidad.

—Eso decididamente no ocurrirá. Aunque dijera sí, que no lo he dicho, ¿tienes la más mínima idea del tiempo que se necesita para planificar una boda? Estas navidades sería imposible. Quizá las próximas, quiero decir, sería posible planificar una boda con ese margen, y no es que quiera casarme las próximas navidades porque, si nos casáramos, tampoco sería en Navidad, ya que entonces nuestro aniversario se perdería en medio de todo el guirigay de las fiestas, y me daría mucha rabia. Los aniversarios tienen que ser algo especial.

Me miró sonriendo.

—Has dicho «nuestro aniversario». Eso equivale a un sí.

—Sólo si no entiendes lo que escuchas. He dicho «Si», no «cuando».

—El *lapsus* freudiano neutraliza eso. Es un trato hecho.

—No, todavía no lo es. Hasta que pronuncie esas dos palabritas, si lo hago, no me habré comprometido a nada.

Me miró con gesto pensativo, como si hasta ahora no se hubiera dado cuenta de que ninguno de los dos había dicho «Te quiero». No creo que los hombres le den tanta importancia a decir «Te quiero» como las mujeres. Para ellos, es más cuestión de hacer que de decir, pero aunque no entiendan por qué es importante, al menos entienden que sí es importante para las mujeres. Puede que en ese momento se hubiera dado cuenta de que yo no se lo había dicho, y entonces viera que las cosas no estaban tan claras como creía.

—Ya llegaremos a eso —concluyó, y me sentí aliviada de que no hubiera dicho «Te quiero» para invitarme a mí a decir lo mismo, porque entonces yo me habría dado cuenta de que él no lo decía en serio. Dios, todo aquel asunto entre hombre y mujer era complicado. Era como una partida de ajedrez, y estábamos emparejados como rivales. Yo sabía lo que yo quería, a saber, seguridad total de que él pensaba en aquello a largo plazo. Eso esperaba yo, pero hasta que *supiera*, me retenía. Él se estaba divirtiendo, pensé. Yo también, incluso cuando discutíamos. En algún momento, la partida de ajedrez acabaría y veríamos dónde estábamos situados.

Me cogió la mano. La mano izquierda, claro está, ya que él conducía. Así que no podía mover demasiado el brazo. Deslizó suavemente su mano bajo la mía y entrelazó los dedos. No se podía negar que el tipo era un estratega de primera.

Aquella noche fue muy diferente de las dos primeras. Wyatt se ocupó de lavar la ropa, la suya y la mía, y me impresionó al no dejarlo todo desordenado. Cortó el césped, aunque ya era oscuro cuando empezó. Su tractor cortacésped tenía faros y también encendió las luces exteriores. Yo me sentía como la señora pájaro jardinero mirando al señor pájaro jardinero construir su nido con todo tipo de objetos brillantes e interesantes que demostraban que era un buen proveedor. Luego se pasearía delante del nido intentando atraer a la señora pájaro jardinero al interior. Aquel era el Wyatt doméstico en acción. En cualquier caso, para ser justa, su césped estaba bien cuidado. Se veía que lo cortaba con regularidad.

Eran las diez cuando entró, descamisado y sucio, con el pecho brillante de sudor porque todavía hacía calor afuera aunque estuviera oscuro. Se fue directo al fregadero de la cocina y bebió un gran vaso de agua, mientras su poderosa garganta se hinchaba al tragar. Me dieron ganas de saltarle por la espalda y luchar con él hasta derribarlo, aunque el maldito brazo no me lo hubiera permitido.

Dejó el vaso en el fregadero y me miró.

—¿Estás preparada para tu ducha?

Quizá fue un error táctico, pero esa noche no me sentía demasiado esquiva. Aunque, pensándolo bien, tampoco me había mostrado demasiado esquiva con él antes. Lo que valía era la intención. Esta noche ni siquiera quería intentarlo.

—¿Puedo lavarme el pelo también?

—Claro.

—No me llevará mucho tiempo secarlo.

—No importa —dijo, sonriendo—. Disfrutaré de la escena mientras trabajo.

No hay que ser un genio para adivinar lo que ocurrió en la hora que siguió. Estábamos los dos mojados y enjabonados y calientes, y yo envié al diablo mi autocontrol —sólo esta vez— y me entregué a hacer el amor con él. Empezó en la ducha, tras lo cual se declaró un receso entre jadeos, y acabó en la cama.

Se me quitó de encima con un gruñido y se tendió de espaldas, con un brazo tapándose los ojos mientras tragaba enormes bocanadas de aire. Yo también respiraba aceleradamente, casi sin fuerzas, sumida en una mezcla de placer y agotamiento. *Casi sin fuerzas*. Encontré la energía para montarme encima de él y me estiré mientras le besaba la mandíbula, la boca, el cuello y cualquier otra parte donde pudiera llegar.

—Me doy por vencido —dijo él, con voz débil.

—¿Te das por vencido incluso antes de saber lo que quiero?

—Sea lo que sea, no puedo. Estoy prácticamente muerto. —Dejó descansar la mano sobre mis nalgas, les dio una palmadita y se abandonó a la cama.

—Es la alegría poscoital. Quiero que me abraces.

—Abrazarte sí puedo. —Los labios se le torcieron con una sonrisa—. Quizá.

—Te puedes quedar ahí tendido y yo me ocuparé de la faena.

—¿Por qué no me has dicho eso hace diez minutos?

—¿Acaso parezco tonta? —Apoyé la cabeza en el hueco de su hombro y solté un suspiro de satisfacción.

—No, ya te he dicho que pareces un cucurucho de helado.

Y la verdad es que me había lamido y relamido, recordé con un estremecimiento. Si hubiera estado de pie, me habrían temblado las piernas. Sus piernas también habrían flaqueado, pensé, con una sensación de satisfacción. Él no era el único que podía jugar esa carta.

Sonreí cuando me imaginé que volvíamos a hacerlo. En cualquier caso, no enseguida. Esperaría un rato, pensé, y las luces se apagaron en medio de nuestro abrazo.

Mamá llamó mientras desayunábamos al día siguiente. Yo no sabía que era ella. Wyatt contestó el teléfono y dijo dos veces «Sí, señora», y luego dijo «A las siete» y «Sí, señora» antes de colgar.

—¿Era tu madre? —le pregunté, mientras él volvía a comer.

—No, la tuya.

—¿Mi madre? ¿Qué quería? ¿Por qué no me has dejado hablar con ella?

—No ha pedido hablar contigo. Nos invita a cenar esta noche, a las siete. Le dije que ahí estaríamos.

—¿Ah, sí? ¿Y qué pasará si tienes que trabajar hasta tarde?

—Para citarte, ¿acaso tengo cara de tonto? Llegaré. Y tú también, aunque patalees y grites cuando venga a sacarte de Cuerpos Colosales. Arréglate con Lynn para que ella se ocupe de cerrar el local.

Entorné los ojos, lo cual a él le hizo preguntar, con tono algo irritado:

—¿Qué?

—Antes de que empiece a dar órdenes, teniente, podría preguntarme qué planes tengo yo para esta noche.

—Vale, ¿qué planes tienes para esta noche?

No era difícil entender por qué Mamá nos había invitado. Para empezar, la mitad sería para mimar un poco a su primogénita malherida y, por otro lado, quería conocer a Wyatt. Debía estar medio loca de curiosidad, y verse obligada a esperar sabiendo que él me tenía escondida lo habría empeorado. Mamá sabe muy bien cómo manejar la frustración, hasta cierto punto. Más allá de ese punto, provoca tsunamis.

Me sentía muy excitada con ese día que me esperaba. Finalmente tendría mi coche. Y luego iría a trabajar. Y, después del trabajo, me iba a mi propia casa. Había hecho las maletas, y Wyatt no había puesto objeciones, aunque tampoco parecía muy contento. Esa mañana había conseguido vestirme sola, incluso ponerme el sujetador. Todavía no podía doblar el brazo detrás de la espalda para abrocharlo, pero lo giré de manera que los ganchos quedaran por delante, me lo abroché, volví a girarlo y me puse los tirantes. No era un método tan sexy como el otro, pero funcionaba.

—Tómatelo con calma —dijo Wyatt, mientras me llevaba a casa a buscar mi coche—. Quizá deberíamos detenernos en una tienda de artículos médicos y comprar un cabestrillo, para que te acuerdes de no mover demasiado el brazo.

—Ya me acordaré —dije, irónica—. Créeme. —Cualquier movimiento rápido me recordaba enseguida los puntos de sutura en el brazo.

Al cabo de unos minutos, Wyatt dijo:

—No me gusta tenerte lejos de mí.

—Sin embargo, sabías que mi estancia en tu casa era sólo temporal.

—No tendría por qué ser temporal. Te podrías venir a vivir conmigo.

—Humm —dije, sin vacilar—. Eso no sería una buena idea.

—¿Por qué no?

—Porque.

—Ah, eso lo aclara todo —dijo él—. ¿Cómo que porque?

—Por muchas razones. Em primer lugar, sería ir demasiado deprisa. Creo que los dos necesitamos darnos una pausa y tener un poco de espacio para respirar.

—¿Estás de broma? Después de los últimos cinco días, ¿crees que venir a vivir conmigo sería darnos demasiada prisa?

—Mira todo lo que ha pasado. No hay nada de normal, no ha habido ni un solo minuto de rutina desde el jueves por la noche. Hemos vivido una especie de situación de emergencia, pero eso ha terminado. Ahora recuperaremos nuestra propia vida y tenemos que ver cómo van las cosas en esas condiciones.

No le gustó nada. Yo no estaba demasiado entusiasmada con la idea, pero sabía que ir a vivir con él sería un gran error. Personalmente, creo que una mujer nunca debería ir a vivir con un hombre, a menos que estén casados. Supongo que hay algunos tíos realmente decentes que no se aprovecharían de tener en casa a una criada y cocinera, pero ya se sabe cómo acaban esos arreglos. No señor, eso no es para mí.

Fui criada por una mujer que sabe lo que vale, y sus hijas creen firmemente que la vida es mucho mejor para una mujer cuando el hombre tiene que esforzarse para conseguirla. Está en la naturaleza humana eso de cuidar mejor de algo por lo que te has esforzado, ya sea un coche o una mujer. En mi opinión, Wyatt no había luchado lo suficiente por mí como para reparar lo que me había hecho hacía dos años. Sí, todavía estaba enfadada con él por eso. Se me empezaba a pasar, pero no lo suficiente como para irme a vivir con él, aunque no hubiera pensado que, en general, no es bueno que una mujer haga eso.

Llegamos a mi casa y ahí estaba, mi precioso descapotable blanco estacionado bajo el pórtico, como correspondía. Wyatt se detuvo detrás y sacó mis bolsas del asiento trasero de su coche. Seguía con esa expresión un poco malhumorada, pero no discutió conmigo. Al menos en ese momento no discutía. Yo sabía que la cosa no acababa ahí, pero en ese mismo instante se estaba aguantando, tal como yo se lo había pedido. Era probable que estuviera planeando un ataque por la retaguardia.

Abrí la puerta y entré. El chivato del sistema de seguridad me demostró que Siana lo había activado después de salir con mis bolsas de ropa. Lo desactivé y me quedé ahí parada, en la cocina, sintiéndome en la gloria rodeada por mis propias cosas, que había echado horriblemente de menos. En la vida de una mujer, sus cosas son importantes.

Le dije a Wyatt cuál de las habitaciones de arriba era la mía, en caso de que no fuera capaz de adivinarlo sólo con asomarse a la puerta. Él ya había entrado antes en mi casa, pero sin subir a la segunda planta. Habíamos interpretado nuestra escena de pasión en mi sofá, que desde entonces había vuelto a tapizar, no porque hubiera manchas ni nada por el estilo, ya que las cosas no habían ido tan lejos, sino porque ésa había sido mi manera de sacarme a ese hombre de la cabeza. También había cambiado la posición de los muebles y el color de las paredes. Nada en mi salón se parecía a lo que él había conocido.

El testigo de mi contestador parpadeaba. Me acerqué y vi que había veintisiete mensajes, que no era demasiado si tenía en cuenta la duración de mi ausencia y que el día que me marché los reporteros intentaban dar conmigo. Le di a la tecla de mensajes y empecé a borrarlos en cuanto veía que se trataba de un reportero. Había un par de mensajes personales, o de algún empleado que preguntaba cuándo volvería a abrir Cuerpos Colosales, pero Siana había llamado a todo el mundo el viernes por la tarde y ahora ya era un asunto sin importancia.

Luego oí una voz familiar que salía del contestador, y escuché, incrédula.

—*Blair, soy Jason, coge el teléfono si estás ahí.* —Siguió una pausa, y continuó—: *Esta mañana vi en las noticias que te habían disparado. Cariño, es horrible, aunque el reportero decía que te habían curado y dado de alta, así que me imagino que no será demasiado grave. En fin, estaba preocupado por ti y quería saber cómo te iba. Llámame.*

—¿*Cariño?* —dijo Wyatt a mis espaldas. El tono sonaba peligroso.

—¿Cariño? —pregunté a mi vez, pero con entonación de absoluto asombro.

—Creí haberte oído decir que no lo habías visto desde el divorcio.

—Y es verdad. —Me giré y lo miré, intrigada—. A menos que queramos contar la vez que lo vi con su mujer en el centro comercial. Pero como no hablamos, es como si no contara.

—¿Por qué habría de llamarte cariño? ¿No será que pretende volver a comenzar algo entre los dos?

—No lo sé. Tú has escuchado el mensaje igual que yo. En cuanto a lo de cariño, es lo que solía llamarme cuando estábamos casados, así que quizá no ha sido más que un gesto inconsciente.

—Sí, claro —dijo él, con un gruñido de incredulidad—. ¿Después de cinco años?

—No sé qué está pasando. Sabe que jamás volvería con él. Y punto. Así que no tengo ni idea de por qué habrá llamado. A menos que… conociendo a Jason, todo sea por su carrera política. Ya sabes, algo así como «El candidato mantiene una buena relación con su ex mujer, y la ha llamado después de un incidente en que ella resultó herida por arma de fuego». Ese tipo de cosas. Montándolo todo para que si un reportero me preguntaba, yo dijera que sí, que la llamada se había producido. Hace ese tipo de cosas, siempre pensando en sus futuras campañas. —Le di a la tecla para borrar su repugnante voz de mi contestador.

Wyatt me puso las manos en la cintura y me atrajo hacia él.

—Ni te atrevas a devolverle la llamada. El muy cabrón. —Sus ojos verdes se habían vuelto más pequeños y en su cara vi esa mirada dura que tiene un hombre cuando se porta como un macho territorial.

—No pensaba hacerlo. —El momento se prestaba para mostrarse dulce, no para contrariarlo, porque sé cómo se sentiría él si su ex mujer de pronto lo llamara y le dejara un mensaje como ése. Le puse los brazos alrededor del cuello y dejé descansar la cabeza en el hueco de su hombro—. No estoy interesada en nada de lo que tenga que decirme, ni en lo que sienta. Y cuando muera, no iré a su funeral. Ni siquiera le mandaré flores, al muy cabrón.

Él frotó la barbilla contra mi sien.

—Si vuelve a llamarte, seré yo quien le devuelva la llamada.

—Eso —dije—. El muy cabrón.

Él rió por lo bajo.

—Vale, ya puedes dejar correr lo de «muy cabrón». Ya entiendo lo que quieres decir. —Me besó y me dio una palmada en el trasero.

—Muy bien —dije—. Ahora, ¿puedo irme al trabajo?

Los dos salimos, subimos a nuestros respectivos coches (yo me acordé de activar el sistema de la alarma) y Wyatt salió de la pequeña entrada que daba a la calle retrocediendo lo suficiente para que yo también pudiera hacerlo y ponerme delante. Me pregunté si tenía la intención de seguirme hasta Cuerpos Colosales, quizá para asegurarse de que mi ex marido no me estaba acechando, esperando para hablar conmigo.

Retrocedí por la entrada del coche y puse el cambio en posición de *drive*. El motor ronroneó cuando lo aceleré, y Wyatt me siguió por detrás.

A unos cien metros, en la esquina con una calle transitada de cuatro carriles, había una señal de Stop. Pisé el freno y el pedal se hundió hasta el fondo. El coche no se detuvo y entré de lleno en la calle de cuatro carriles.

Capítulo 19

Mi vida no pasó por delante de mis ojos. Estaba demasiado ocupada con el volante y gritando «¡Mierda!» para mirarme el ombligo.

Perdí unos segundos preciosos bombeando desesperadamente el pedal del freno, rogando que, por algún milagro, funcionara. Pero no funcionó. Justo antes de pasar la señal de Stop, en un último intento, tiré del freno de mano y, al entrar en el cruce, el coche empezó a girar, y los neumáticos a chirriar y a echar humo. El cinturón de seguridad se tensó y me clavó de golpe en el respaldo del asiento. Intenté controlar los giros, pero un coche que se acercaba, también con los neumáticos chirriando al intentar detenerse, impactó contra mi parachoques trasero y aumentó mi impulso. Era como ir montada en un tiovivo muy rápido. En la fracción de segundo en que me encontré de cara al tráfico, tuve una visión repentina de una camioneta roja que venía en mi dirección. Luego vino una fuerte sacudida, cuando el Mercedes rebotó contra la mediana de cemento y saltó por encima y hacia atrás, y luego giró sobre el césped e invadió los otros dos carriles. Presa del terror, alcancé a mirar a la izquierda y, a través de la ventanilla del pasajero, vi la expresión de una mujer congelada por el terror. El tiempo también pareció detenerse en el momento justo antes del impacto.

Sentí que la poderosa onda del choque me golpeaba en todo el cuerpo, y el mundo se oscureció.

La oscuridad sólo duró unos segundos. Abrí los ojos y parpadeé, a la vez consciente y sorprendida de ver que seguía viva. Sin embargo, no podía moverme y, aunque hubiera querido moverme, tenía demasiado miedo para ver los daños que acababa de sufrir. No oía nada. Era como si estuviera sola en el mundo. Tenía la visión borrosa y sentía que mi cara estaba insensible, pero que al mismo tiempo me dolía.

—¡Auch! —dije, en voz alta, en el extraño silencio y, con ese ruido, todo volvió a recuperar su nitidez.

La buena noticia era que el airbag había funcionado. La mala, que había tenido que funcionar. Miré a mi alrededor, vi mi coche y casi dejé escapar un gemido. Mi pequeño y bello coche era un amasijo de hierros retorcidos. Yo estaba viva, pero mi coche no.

Ay, Dios mío. Wyatt. Él iba justo detrás de mí. Lo había visto todo. Pensaría que estaba muerta. Busqué el cinturón de seguridad con la mano derecha y lo desabroché, pero cuando intenté abrir la puerta, no se movía y no podía abrirla lanzando mi peso contra ella porque tenía el brazo herido de ese lado. Luego vi que el parabrisas se había desprendido, así que salí, con cierta dificultad, de detrás del volante (era como jugar al Twister) y trepé con cuidado hasta el capó por el espacio donde antes estaba el vidrio, evitando rozar los trozos sueltos, justo cuando Wyatt llegaba.

—Blair —dijo, con voz ronca, intentando cogerme, con las manos estiradas como si tuviera miedo de tocarme. Tenía la cara blanca como una hoja de papel—. ¿Estás bien? ¿Tienes algo roto?

—Creo que no —respondí, con un hilo de voz, temblorosa. Sangraba por la nariz. Avergonzada, me la limpié, y luego vi la mancha roja en mi mano y las gotas que me caían—. Ay, estoy sangrando de nuevo.

—Lo sé. —Me levantó con cuidado del capó y me llevó al césped de la mediana, pasando entre varios coches. El tráfico en ambas direcciones se había detenido totalmente. Del capó retorcido del coche que había chocado conmigo salía un hilillo de vapor, y otros conductores ayudaban a la mujer que estaba dentro. Al otro lado de la mediana, dos o tres coches habían quedado parados en el camino en una posición rara, pero ahí el daño se limitaba más bien a los parachoques y a unas cuantas abolladuras.

Wyatt me dejó en el suelo y me puso un pañuelo en la mano.

—Si estás bien, iré a ver a la otra conductora. —Yo asentí y le hice un gesto con la mano, dándole a entender que fuera a ver si podía hacer algo—. ¿Estás segura? —me preguntó, y yo volví a asentir con la cabeza. Me tocó apenas el brazo y se alejó mientras hablaba por su teléfono móvil, y yo quedé tendida en el césped con el pañuelo tapándome la nariz para parar la hemorragia. Recordé haberme dado un fuerte golpe en la cabeza, y pensé que habría sido el *airbag* al hincharse. Mi vida bien valía una hemorragia nasal.

Un hombre vestido de traje se acercó y se agachó a mi lado, situándose de manera que me bloqueaba el sol en la cara.

—¿Se encuentra bien? —me preguntó, con voz amable.

—Creo que sí —le dije, con un tono muy nasal, mientras me seguía apretando la nariz.

—Quédese ahí tendida y no intente levantarse, por si acaso tiene heridas más graves de lo que piensa, y todavía no las siente. ¿Tiene la nariz rota?

—Creo que no. —Me dolía. Toda la cara me dolía. Pero la nariz no me dolía más que otras partes y, al fin y al cabo, pensé que sólo era una leve hemorragia nasal.

Empezaron a salir buenos samaritanos de no sé dónde y ofrecieron su ayuda de diversas maneras. Botellas de agua y toallitas para bebés, incluso toallitas con alcohol para limpiar las heridas del *kit* de primeros auxilios de alguien, para limpiar los cortes y la sangre y ver lo graves que eran; bolsas de hielo, tiritas y gasas, teléfonos móviles y simpatía. Había siete personas con heridas leves que caminaban por ahí, incluyéndome a mí, pero la mujer que conducía el coche que me había dado a mí estaba tan gravemente herida que ni siquiera la sacaron de la cabina. Oía a Wyatt hablando con voz calmada y al mando de la situación, pero no lo que decía.

Luego vino la reacción y empecé a temblar. Me levanté lentamente, miré el caos a mi alrededor, a la gente ensangrentada sentada en la mediana conmigo, y me entraron ganas de llorar. ¿Yo había hecho eso? Era un accidente, yo lo sabía, pero, aún así… yo era la causa. Mi coche. Yo. La culpa me consumía. Siempre había mantenido mi coche en buenas condiciones, pero quizás había algo clave en el mantenimiento de lo que no me había ocupado. Quizá no le había prestado atención a alguien que me había dicho que los frenos estaban a punto de fallar.

A lo lejos se oían las sirenas y me di cuenta de que sólo habían pasado unos minutos. El tiempo pasaba tan lentamente que me sentía como si hubiera estado tendida en el césped al menos media hora. Cerré los ojos y recé para que la mujer que había chocado conmigo se pusiera bien. Como me sentía débil y un poco mareada, me volví a tender y miré al cielo azul.

De pronto tuve una sensación curiosa de *déjà vu*, y me di cuenta de cómo se parecía esa escena a la del domingo por la tarde, salvo que entonces había estado tendida sobre el cemento tibio del aparcamiento y no sobre el fragante y verde césped. Pero las sirenas chillaban y los polis estaban por todas partes, igual que ahora. Quizás había pasado más tiempo de lo que me imaginaba. ¿Cuándo habían llegado los polis?

Un enfermero se arrodilló a mi lado. No lo conocía. Quería ver a Keisha, que me daba galletas.

—Veamos qué tenemos aquí —dijo, mirando mi brazo izquierdo. Habrá pensado que la venda cubría un corte producido en ese momento.

—Estoy bien —dije—. Ésos son unos puntos de sutura de una cirugía menor.

—¿De dónde sale toda esta sangre? —Me tomó el pulso y luego me iluminó los ojos con una linterna.

—Mi nariz. El airbag me ha provocado una hemorragia.

—Considerando lo que podría haber pasado, benditos sean los *airbags* —dijo—. ¿Llevaba puesto el cinturón?

Dije que sí con la cabeza y él me miró buscando alguna lesión provocada por el cinturón y me puso un brazalete para tomarme la presión. ¿Y qué pasaba? Estaba alta. Como me encontraba bien, el enfermero pasó a ver a otra persona.

Mientras el personal médico se ocupaba de la mujer del coche y la estabilizaba, Wyatt volvió donde yo estaba y se agachó a mi lado.

—¿Qué ha pasado? —me preguntó con voz serena—. Yo iba detrás de ti y no vi nada raro, pero de pronto empezaste a dar vueltas. —Tenía una expresión sería y estaba pálido, pero el sol me daba en los ojos de nuevo, así que no estaba segura.

—Frené al llegar a la esquina y el pedal se hundió hasta el fondo. El coche no frenaba. Así que tiré del freno de emergencia y empecé a dar vueltas.

Wyatt lanzó una mirada a mi coche al otro lado de la calle con las dos ruedas delanteras sobre la acera. Yo seguí su mirada, vi los restos del coche y me estremecí. Me habían dado con tanta fuerza que el armazón había quedado doblado en forma de U, y del lado del pasajero no quedaba nada. No tenía nada de raro que hubiera saltado el parabrisas. Si no hubiera sido por el cinturón de seguridad, yo también habría salido volando.

—¿Has tenido problemas con los frenos últimamente?

—Nunca —dije, sacudiendo la cabeza—. Y lo llevo al garaje con regularidad.

—El agente que lo llevó a tu casa no informó de ningún problema. Te llevarán al hospital para una revisión…

—Me encuentro bien. De verdad. Tengo las constantes vitales estabilizadas y aparte de haberme dado en la cara con el airbag, no creo que tenga nada más.

Wyatt me acarició un pómulo con el pulgar, muy ligeramente.

—De acuerdo. ¿Quieres que llame a tu madre para que te venga a buscar? Preferiría que no estuvieras sola durante las próximas horas, por lo menos.

—Después de que se lleven los coches. No quiero que vea cómo ha quedado mi coche, le haría tener pesadillas. Sé que necesitas mis papeles del seguro y el registro —dije, afligida, sin dejar de mirar los hierros retorcidos—. Están en la guantera, si puedes encontrarla. Y mi bolso también está ahí.

Él me tocó ligeramente el hombro, se incorporó y cruzó los dos carriles para ir hasta mi coche. Miró por la ventanilla, dio vuelta alrededor del coche y volvió. Y luego hizo algo que me pareció raro. Se tendió en el pavimento y deslizó la cabeza y los hombros por debajo de las ruedas delanteras. Hice una mueca, pensando en todos los vidrios que había en el suelo y esperando que no se cortara. ¿Qué era lo que buscaba?

Se deslizó fuera pero no volvió adonde yo estaba. Al contrario, se fue hacia uno de los agentes uniformados y le dijo algo. El agente fue hasta mi coche y también se deslizó por debajo, igual que Wyatt. Le vi volver a hablar por su móvil.

Llegó un pequeño convoy de grúas que empezaron a remolcar los vehículos dañados. También una ambulancia; en ese momento los enfermeros empezaron a extraer con cuidado a la mujer de su coche. Uno de ellos tenía un gota a gota por encima de su cabeza. La mujer tenía la cara ensangrentada y le pusieron un collarín para las cervicales. Empecé a rezar de nuevo.

Pusieron unos caballetes en la calle y unos agentes empezaron a dirigir el tráfico en ambos sentidos, desviándolo. Los hombres de las grúas permanecían ahí sentados sin hacer nada, sin mover ningún coche. Llegaron más coches de la policía, utilizando la mediana para llegar al lugar del accidente. Eran coches camuflados y me sorprendió ver a mis amigos McInnes y Forester. ¿Qué hacían unos inspectores en la escena de un accidente?

Hablaron con Wyatt y con el agente que había mirado debajo de mi coche. McInnes también se tendió de espaldas en el suelo y miró debajo del coche. ¿Qué estaba pasando? ¿Por qué todo el mundo miraba ahí abajo? McInnes se deslizó fuera, le dijo algo a Wyatt y éste le dijo algo al agente. Antes de que me diera cuenta, el agente vino hasta donde yo estaba, me ayudó a ponerme de pie y me llevó hasta un coche patrulla.

Dios mío, me estaban deteniendo.

Pero me sentó en el asiento delantero. El motor estaba encendido y el aire acondicionado puesto, así que giré una rejilla para que me diera en la cara. No me miré en el retrovisor para ver qué aspecto tenía. Quizá tuviera toda la cara negra y azul, pero no quería saberlo.

Al principio el aire frío me sentó bien, pero al cabo de un minuto tenía la piel de gallina. Cerré la rejilla del aire acondicionado, pero no me sirvió de nada. Me abracé para darme calor.

No sé cuánto tiempo estuve ahí, muerta de frío. Normalmente habría bajado el aire acondicionado, pero por algún motivo no tenía la energía necesaria para apagarlo. Si hubiera sido el coche de Wyatt, lo habría hecho, pero no un coche patrulla. O quizás estaba demasiado atontada para reaccionar.

Al cabo de un rato vino Wyatt y abrió la puerta.

—¿Cómo te sientes?

—Bien. —Salvo que me sentía cada vez más rígida y el cuerpo me dolía como si me hubieran aporreado—. Pero tengo frío.

Él se quitó la chaqueta y se inclinó hacia adentro y me la puso. El tejido estaba tibio por el calor de su cuerpo y fue una alegría sentirlo. Me arropé con la chaqueta y lo miré con los ojos muy abiertos.

—¿Me han detenido?

—Por supuesto que no —dijo él, cogiéndome la cara con las dos manos y rozándome los labios con el pulgar. No paraba de tocarme, como si quisiera asegurarse de que no tenía nada roto. Se agachó junto a la puerta abierta—. ¿Te sientes capaz de acompañarnos a la comisaría y hacer una declaración?

—¿Estás seguro de que no estoy detenida? —le pregunté, alarmada.

—Totalmente seguro.

—Entonces, ¿por qué tengo que ir a la comisaría? ¿Esa mujer ha muerto? ¿Me acusarán de homicidio por conducción temeraria? —Me sentía agarrotada por el pánico y sentí que los labios me empezaban a temblar.

—No, cariño, cálmate. La mujer se pondrá bien. Estaba consciente y ha podido hablar con los paramédicos. Puede que tenga una lesión en el cuello y por eso han tenido mucho cuidado al moverla.

—Todo ha sido culpa mía —dije. Me sentía miserable y empecé a llorar.

Él sacudió la cabeza.

—Pues, eso no es verdad, a menos que tú misma hayas cortado el cable del freno —dijo, con voz grave.

Aunque Dwayne Bailey había pagado la fianza, volvieron a llevarlo a la comisaría para interrogarlo. No me permitieron estar presente en el interrogatorio, lo cual era preferible porque para entonces me había puesto muy nerviosa. Me habían cortado el cable del freno. Me habían saboteado deliberadamente el coche. Me podría haber matado. Otras personas, que no tenían nada que ver con el asesinato de Nicole, podrían haber muerto. Estaba indignada. Wyatt me tenía prohibido acercarme a Dwayne Bailey.

Entendí por qué Wyatt le había dicho al agente de policía que me llevara a su coche. Para protegerme. Había quedado totalmente expuesta, tendida ahí en el césped de la mediana, en el caso de que alguien, es decir, Dwayne Bailey, hubiera querido volver a rematarme. No lograba entender por qué querría hacer eso, o sabotear mi coche, puesto que ya había confesado y no tenía necesidad de matarme. Tampoco había sido necesario antes, pero él no lo sabía. Y bien, quizás ahora sí lo sabía, aunque dudo que los policías le hubieran dicho que de todas maneras yo no podía identificarlo.

Me lavé en el lavabo de las damas y me limpié la sangre seca de la cara y el pelo con toallas de papel. No tenía idea de cómo la sangre de la nariz había llegado hasta el pelo, pero ahí estaba. Tenía sangre en las orejas, detrás de las orejas, en el cuello y en los brazos, y otro sujetador estropeado, ¡maldita sea! Tenía sangre hasta en los pies.

También un ligero corte en el tabique nasal y las mejillas enrojecidas e hinchadas. Sospechaba que al día siguiente tendría los dos ojos ensangrentados. Intuía que me dolería todo el cuerpo por tantas partes que me olvidaría de los ojos.

Wyatt no había encontrado mi bolso, así que no tenía el móvil. El bolso tenía que estar en el coche, que ahora se encontraba en el depósito de la policía, a buen recaudo tras las rejas cerradas. El equipo forense lo había revisado en la escena del accidente, al menos por fuera, de manera que la grúa pudiera llevárselo sin destruir alguna prueba. También harían todo lo posible por revisar el interior, y Wyatt me aseguró que encontrarían mi bolso. Podía prescindir de todo lo que llevaba dentro, excepto de mi billetera y de mi talonario. Sería una tragedia tener que cambiar mis tarjetas de crédito, mi carné de conducir, la tarjeta del seguro y todas las demás, así que esperaba que lo encontraran.

Todavía no había llamado a mi madre, porque decirle que alguien había intentado matarme —otra vez— era infinitamente peor que decirle que había tenido un accidente.

Los polis no paraban de traerme cosas para comer y beber. Supuse que después de haber oído lo de las galletas el domingo, pensaron que necesitaba algo para picar. Una mujer de aspecto muy severo y ejecutiva con su uniforme azul y con el pelo recogido en un moño apretado, me trajo una bolsa de palomitas de microondas y se disculpó por no tener nada dulce que ofrecerme. Tomé café y Coca-cola *Light*. Me ofrecieron chicles y galletas de queso. Patatas chips. Cacahuetes. Me comí los cacahuetes y las palomitas y rechacé todo lo demás o habría quedado llena a reventar. Sin embargo, no me ofrecieron lo único que yo esperaba. Me disculparéis, pero ¿dónde estaban las rosquillas? Aquello era una comisaría de policía, ¡Dios me libre! Todo el mundo sabe que los polis comen rosquillas. Eso sí, teniendo en cuenta que ya era la hora de la comida, era probable que se hubieran acabado hacía rato.

El agente Adams, el principal investigador de la escena del accidente, revisó conmigo en detalle la secuencia de los hechos. Me hizo hacer unos dibujos. Él dibujó otros cuantos. Yo me aburría y también dibujaba emoticones sonriendo.

Desde luego, querían mantenerme ocupada. Y me daba cuenta. Era probable que fuera una orden de Wyatt, para que no me sintiera tentada a intervenir en el interrogatorio de Dwayne Bailey. Como si ésa fuera mi intención. Aunque cueste creerlo, sé muy bien cuándo me tengo que apartar. Sin embargo, era evidente que Wyatt tenía sus dudas.

Hacia las dos vino a buscarme.

—Te voy a llevar a tu casa para que te duches y te cambies de ropa. Luego te llevaré con tu madre, por ahora. Es una suerte que todavía tengas la maleta hecha porque vas a volver a casa conmigo.

—¿Por qué? —le pregunté, y me puse de pie. Me había sentado en su silla, delante de su mesa, mientras hacía una lista de todo lo que tenía que hacer. Wyatt frunció el ceño cuando vio la lista y le dio la vuelta para leerla. El ceño desapareció cuando vio que la lista no tenía nada que ver con él.

—Bailey jura que no ha tocado tu coche. Dijo que ni siquiera sabe dónde vives y que tiene una coartada para el tiempo que pasó a partir del jueves por la noche. McInnes y Forester están comprobándola. Pero, para estar seguros, volvemos al plan A, que consiste en mantenerte oculta.

—Bailey esta aquí, ¿no? ¿Está detenido?

Wyatt negó con la cabeza.

—Está bajo custodia pero no está detenido. Sólo podemos retenerlo unas horas si no formulamos una acusación en toda regla.

—¿Y si él está aquí, de quién me estoy escondiendo?

Wyatt me miró con expresión seria.

—Bailey es la persona más evidente, si el sabotaje se hizo antes de ayer y no nos ha dicho nada del coche, porque entonces llegaríamos a la conclusión de que fue él quien disparó el domingo y que lo del coche ha sido un intento más para asesinarte. Por otro lado, si su coartada es verdad, tenemos que pensar que hay alguien más que quiere matarte y que en esta ocasión ha actuado aprovechándose de que hay otra persona con motivos para hacerlo. Hablamos de esto la noche en que mataron a Nicole Goodwin, pero ahora tenemos que volver a hablar. ¿Has tenido algún problema con alguien?

—Contigo —dije, señalando lo evidente.

—¿Con alguna otra persona?

—No, aunque no te lo creas. No suelo discutirme con la gente. Tú eres la excepción.

—Qué suerte la mía —murmuró.

—Oye, ¿con cuántas personas te has discutido en el último mes aparte de mí? —le pregunté, indignada.

—Ya te entiendo —dijo él, frotándose la cara—. Venga, vámonos. También voy a pedir que interroguen a tu ex marido.

—¿A Jason? ¿Por qué?

—Me ha parecido un poco raro que te llamara así, después de cinco años sin haber tenido ningún tipo de contacto. No creo en las coincidencias.

—Pero ¿por qué intentaría matarme Jason? No es beneficiario de ninguna póliza de seguro mía, ni yo sé algo que él no querría que supiera… —Paré porque la verdad era que sabía algo acerca de Jason que podría perjudicar su carrera política, y tenía la foto para demostrarlo. Pero él no sabía que yo tenía la foto y yo no era la única que sabía que Jason era un tramposo y un cabronazo.

La mirada de Wyatt era una de esas miradas duras y penetrantes de los polis.

—¿Qué? —Preguntó—. ¿Qué es lo que sabes?

—No puede ser porque yo sepa que él me engañaba —dije—. No tiene sentido. Para empezar, no he dicho nada en cinco años, así que ¿por qué le preocuparía ahora, de repente? Y yo no soy la única persona que lo sabe, de manera que no ganaría nada con eliminarme.

—¿Quién más lo sabe?

—Mamá, Siana y Jenni. Papá sabe que Jason me engañaba. Es probable que Mamá se lo haya contado. Pero no sabe nada concreto. Las mujeres con que me engañaba, desde luego, lo saben. También lo sabrá su familia. Pero la noticia de que engañaba a su mujer hace cinco años, con alguien que no es su mujer en la actualidad tampoco estropearía su carrera política. La podría torcer, pero no destrozar. Ahora bien, si todo el mundo supiera que lo sorprendieron haciéndoselo con mi hermana de diecisiete años, eso sí que destrozaría su carrera porque lo tacharían de pervertido.

—Vale, eso te lo concedo. ¿Algo más?

—No se me ocurre nada más. —Como he dicho, Jason no sabe que yo tengo copias de la foto, así que por ese lado estaba a salvo—. En cualquier caso, Jason no es violento.

—Pensé que habías dicho que te amenazó con destrozarte el coche. Para mí, eso es una actitud decididamente violenta.

—Pero eso fue hace cinco años. Y me amenazó con destrozarme el coche si yo daba a conocer que me había engañado. En esa época, se presentaba a las elecciones del gobierno estatal, así que eso le habría hecho daño. Y, para ser justa, sólo me amenazó con destrozarme el coche cuando yo le dije que explicaría lo ocurrido si no me daba todo lo que le pedía en el acuerdo de divorcio.

Wyatt echó la cabeza atrás y se quedó mirando el techo.

—¿Por qué será que eso no me sorprende?

—Porque eres un hombre inteligente —dije, y le di una palmada en el trasero.

—Vale, ¿si crees que no es tu ex marido, aunque igual pienso comprobarlo, tienes alguna otra idea?

Negué con un movimiento de la cabeza.

—El único que se me ocurre que pueda tener motivos es Dwayne Bailey.

—Venga, Blair, piensa.

—¡Estoy pensando! —le dije, exasperada.

Él también comenzaba a exasperarse. Se me quedó mirando con los brazos en jarra.

—Entonces piensa otro poco. Antes eras animadora deportiva. Habrá cientos de personas que querrían matarte.

Capítulo 20

El chillido que lancé hizo callar el murmullo que venía desde el otro lado de la puerta cerrada de su despacho.

—¡*Retira lo que acabas de decir*!

—Vale, de acuerdo. Cálmate —murmuró él—. Mierda. Retiro lo dicho.

—Es mentira. ¡Lo has dicho en serio! —Como regla, nunca hay que dejar a un hombre retirar lo dicho al primer intento. El artículo tres, párrafo diez del Código de las Mujeres Sureñas establece que si uno, es decir, un hombre, se va a portar como un gilipollas, pagará por ello.

—No lo he dicho en serio. Lo que pasa es que me siento frustrado —dijo, y se inclinó hacia mí.

Yo me aparté antes de que él pudiera tocarme, abrí la puerta de un tirón y salí a grandes zancadas. Tal como pensaba, todos los que estaban en la enorme y ruidosa sala nos estaba mirando, algunos abiertamente, otros fingiendo que no miraban. Fui en silencio hacia el ascensor, y la verdad es que empecé a sentir todo tipo de dolores y magulladuras, así que salir a grandes zancadas me dolió. Habría sido mejor arrastrarse, pero no hay manera de arrastrarse dignamente. Wyatt había herido mis sentimientos, y quería que lo supiera.

Se abrieron las puertas del ascensor y salieron dos agentes uniformados. Wyatt y yo entramos sin decir nada en el ascensor, y él pulsó el botón.

—No lo he dicho en serio —repitió en cuanto se cerraron las puertas.

Le lancé una mirada de desprecio pero guardé silencio.

—He visto cómo han estado a punto de matarte dos veces en cuatro días —dijo, rastreramente—. Si no ha sido Bailey, tienes un enemigo en alguna parte. Tiene que haber una razón. Sabes algo, pero puede que no sepas que lo sabes. Intento encontrar alguna información que me oriente en la dirección correcta.

—¿No crees que deberías comprobar la coartada de Bailey —dije—, antes de llegar a la conclusión de que hay *cientos* de personas que quieren matarme?

—Puede que haya exagerado.

¿Puede que? ¿*Exagerado*?

—Ah. ¿Y cuánta gente crees, exactamente, que intenta de verdad matarme?

—Yo mismo he querido estrangularte en un par de ocasiones —dijo, mirándome con ojos encendidos.

El ascensor se detuvo, se abrieron las puertas y los dos salimos. No respondí a su último comentario porque entendí que pretendía hacerme enfadar lo suficiente como para que yo también dijera algo grosero, como, por ejemplo, acusarlo de manipular los frenos de mi coche, ya que había reconocido que había deseado matarme, y luego tendría que disculparme porque, en realidad, esa frase tampoco la habría dicho en serio, y yo lo sabía. En lugar de sacrificar mi ventaja, jugué sucio y me quedé callada.

Cuando salimos al aparcamiento, Wyatt me cogió por la cintura y me hizo girarme para encararse conmigo.

—Lo siento de verdad —dijo, y me besó en la frente—. Has vivido unos episodios muy difíciles estos últimos días, sobre todo hoy, y yo no debería haberte provocado, por muy frustrado que me sienta. —Volvió a besarme y su voz se hizo más dura—. Cuando empezaste a dar vueltas en ese cruce, creí que me iba a dar un infarto.

No tenía sentido ser mezquina, la verdad sea dicha. Apoyé la cabeza en su hombro y traté de no pensar en el terror que había experimentado esa mañana. Si para mí había sido traumático, ¿cómo lo habría sido para él? Sé cómo me habría sentido yo si hubiera ido justo detrás y de pronto asistiera, impotente, a su muerte, que fue lo que seguramente pensó él.

—Pobrecita —murmuró, y me acarició el pelo mientras me miraba.

Yo no me había pasado todo el día en la comisaría de policía esperando que se me hinchara la cara y que me quedaran los ojos ensangrentados. Uno de los polis me había dado una bolsa de plástico para bocadillos y yo la había llenado de hielo para ponérmela en la cara, así que por muy desastroso que fuera mi aspecto, no era tan malo como podría haber sido. También me había puesto una tirita en el caballete de la nariz. Parecía un boxeador que acaba de terminar una pelea.

—J.W. —dijo alguien, y los dos nos giramos al ver acercarse a un hombre de pelo canoso vestido con un traje gris. Por el color del pelo, pensé que debería haber llevado un traje con un color más vistoso, o al menos una bonita camisa azul, y así no habría dado tan mala impresión. Me pregunté si su mujer tenía alguna idea de lo que era la moda. Era un hombre bajito y robusto y tenía aspecto de ejecutivo, pero cuando se acercó, vi que tenía esa mirada penetrante e inconfundible.

—Jefe —dijo Wyatt, por lo cual deduje que se trataba del jefe de policía, el jefe de Wyatt (no tengo ni un pelo de tonta). Si alguna vez lo había visto antes, no lo recordaba. De hecho, en ese momento, ni siquiera recordaba su nombre.

—¿Es ésta la joven de la que habla todo el mundo? —preguntó el jefe, estudiándome con una curiosidad no disimulada.

—Me temo que sí —dijo Wyatt—. Jefe, le presento a mi prometida, Blair Mallory. Blair, éste es William Gray, jefe de policía.

Me resistí a las ganas de darle una patada (a Wyatt, no al jefe), y estreché la mano de Gray. Es decir, quise saludarlo de esa manera, pero el jefe Gray se limitó a sostenerme la mano como si temiera hacerme daño. Yo pensé que mi aspecto era bastante peor que la última vez que me había mirado al espejo, pensando en el «pobrecita» de Wyatt, y ahora venía el jefe de policía y me trataba como una especie de cristal delicado.

—Ha sido horrible lo de esta mañana —dijo solemnemente el jefe. No se suelen producir homicidios en esta ciudad y queremos que las cosas sigan así. Resolveremos este asunto, señorita Mallory, se lo prometo.

—Gracias —dije. ¿Qué otra cosa podía decir? ¿Hágalo de prisa? Los inspectores sabían lo que hacían y yo confiaba en su eficiencia, así como yo era eficiente en otras cosas—. El color de su pelo es fascinante —dije. Seguro que se ve fabuloso cuando se pone una camisa azul, ¿no?

Me miró desconcertado, y Wyatt me pinchó disimuladamente en la cintura. No le hice caso.

—Pues, eso no lo sé —dijo Gray, riendo de esa manera que tienen los hombres cuando se sienten halagados y, al mismo tiempo, un poco incómodos.

—¿Azul claro? —murmuró—. Yo no...

—Ya lo sé —dije, y reí—. Para un hombre, el azul es el azul y para qué molestarse con esos nombres de fantasía, ¿no?

—Así es —convino él. Carraspeó y dio un paso atrás—. J.W., mantenme informado sobre el curso de la investigación. El alcalde me ha preguntado si hay novedades.

—Eso haré —dijo Wyatt, y me llevó rápidamente hasta su coche mientras el jefe seguía hacia el edificio—. ¿Cómo es posible que se te ocurra darle consejos sobre moda al jefe de policía?

—Alguien tiene que hacerlo —dije, para defenderme—. Pobre hombre.

—Tú espera y verás cómo habla la gente cuando se entere —dijo, por lo bajo. Abrió la puerta del pasajero y me ayudó a sentarme. Me sentía cada vez más adolorida y rígida.

—¿Y eso por qué?

—Eres prácticamente la única persona de la que se habla en el departamento de policía desde la noche del pasado jueves. Y todos piensan que me lo tengo bien merecido o que soy el hombre más valiente del mundo.

Pues, yo no sabía qué pensar de eso.

Cerré los ojos cuando llegamos al cruce donde se había producido el choque. No sabía si algún día sería capaz de detenerme ante la señal de Stop sin volver a revivirlo todo. Wyatt giró hacia la calle que llevaba a mi casa y dijo:

—Ya puedes abrir los ojos.

Me sacudí los recuerdos de los neumáticos chirriando. Después de dejar atrás el cruce, todo me parecía normal, familiar y seguro. Mi edificio se alzaba a la derecha y Wyatt se detuvo bajo el pórtico. Yo miré alrededor y recordé que la puerta de la verja había quedado sin cerrar cuando el agente de policía vino a dejar mi coche. ¿Era posible que el hombre que me había saboteado los frenos (yo seguía pensando en Dwayne Bailey como el sospechoso número uno) hubiera estado merodeando? ¿Acaso había visto que me traían el coche y pensó que si no lo podía conseguir de una manera, lo intentaría por otros medios?

—Creo que me voy a mudar —dije—. Ya no me siento segura aquí.

Wyatt bajó, rodeó el coche y se acercó a abrirme la puerta. Me ayudó a bajar.

—Es una buena idea —dijo—. Mientras te recuperas, guardaremos todas tus cosas y las llevaremos a mi casa. ¿Qué quieres hacer con tus muebles?

Lo miré como si fuera un extraterrestre.

—¿Qué quieres decir con lo de qué quiero hacer con mis muebles? Necesito mis muebles donde quiera que me mude.

—Ya tengo muebles en mi casa. No necesitamos más.

Sí, es verdad que estaba un poco lenta de reflejos porque sólo en ese momento me di cuenta de lo que estaba diciendo.

—No he querido decir que me mudo a tu casa. Sólo que… me mudo. Vendo la mía y compro algo en otra parte. No creo estar preparada para una casa, porque no tengo tiempo para ocuparme de jardines ni de parterres de flores ni de nada de eso.

—¿Para qué hacer dos mudanzas si con una sola basta?

Ahora que sabía por dónde iba encaminado, podía seguirlo.

—El que le hayas dicho al jefe Gray que soy tu prometida no significa que sea verdad. No sólo estás poniendo la carreta delante de los bueyes sino que, además, te has olvidado de sacar a las pobres bestias de su establo. Todavía ni siquiera hemos salido en una cita. ¿No lo recuerdas?

—Apenas nos hemos separado en cinco días. Ya queda atrás eso de las citas.

—Eso quisieras tú. —Me detuve frente a la puerta y en ese momento me di cuenta de sopetón de que no podía entrar en mi propia casa. No tenía mi bolso, no tenía mis llaves ni controlaba mi propia vida. Le lancé una mirada, horrorizada, y rompí a llorar.

—Blair… cariño —dijo él, pero no me preguntó qué pasaba. Creo que si me hubiera preguntado le habría pegado. Al contrario, se sentó a mi lado y me cogió por el hombro y me atrajo hacia él.

—No puedo entrar —sollocé—. No tengo las llaves.

—Siana tiene un juego, ¿no? La llamaré.

—Quiero mis propias llaves. Quiero mi bolso—. Después de todo lo ocurrido durante ese día, no tener mi bolso era como el tiro de gracia, lo que me terminaba de quebrar. Al darse cuenta de que mi actitud no era demasiado razonable, Wyatt simplemente me abrazó y me meció mientras yo lloraba.

Mientras lo hacía, sacó su móvil y llamó a Siana. Por cuestiones de la investigación, nadie en mi familia se había enterado de lo ocurrido esa mañana, y Wyatt le dio a Siana una breve explicación. Le contó que yo había tenido un accidente de coche, que se había abierto el airbag y que yo había salido ilesa. Ni siquiera había ido al hospital, pero como no habían recuperado el bolso de mi coche, no podía entrar en mi casa. ¿Podía hacer el favor de venir a abrirme? Si no podía, Wyatt le dijo que mandaría a un agente a buscar las llaves.

Yo oía la voz de Siana, su tono de alarma, pero no conseguía entender lo que decía. Las respuestas de Wyatt la calmaron, y cuando colgó, me dijo:

—Llegará en unos veinte minutos. ¿Quieres volver al coche y ponemos el aire acondicionado?

Dije que sí. Me limpié la cara, con mucho cuidado, y le pregunté si tenía un pañuelo de papel. No tenía. Los hombres nunca van preparados.

—Pero tengo un rollo de papel higiénico en el maletero, si eso te sirve —avisó.

No quise saber por qué tendría un rollo de papel higiénico en el maletero, pero cambié de opinión en cuanto a lo de no ir preparado. Me distraje de mis lágrimas y lo acompañé hasta el coche y me quedé a su lado cuando abrió. Quería ver qué otras cosas tenía ahí dentro.

Lo más grande era una caja de cartón donde estaba el papel higiénico, un botiquín bastante grande de primeros auxilios, una caja de guantes de plástico, varios rollos de cinta adhesiva, fundas de plástico dobladas, una lupa, una cinta métrica, bolsas de papel y de plástico, unas pinzas, tijeras y varias cosas más. También había una pala, un pico y una sierra.

—¿Para qué son las pinzas? —le pregunté—. Las tienes a mano por si alguien quiere depilarse las cejas.

—Es para recoger pruebas —dijo, mientras desenrollaba un poco de papel y me lo pasaba—. Tenía que tenerlas cuando era inspector.

—Pero ahora ya no eres inspector —señalé—. Plegué el papel higiénico, me limpié los ojos y me soné.

—Es una cuestión de costumbre. Siempre pienso que quizá las necesite.

—¿Y la pala?

—Nunca se sabe cuándo uno tendrá que cavar un hoyo.

—Ya. —Eso al menos lo entendía—. Yo siempre llevó un ladrillo en el coche —confesé, y luego sentí que algo me dolía al recordar el estado en que había quedado mi Mercedes.

Él cerró el maletero. Tenía el ceño fruncido.

—¿Un ladrillo? ¿Para qué necesitas un ladrillo?

—En caso de que tenga que romper una ventana.

Él guardó silencio y luego se dijo a sí mismo.

—No quiero saberlo.

Esperamos sentados en su coche hasta que llegó Siana, conduciendo un modelo Camry nuevo. Bajó, toda elegante con su traje color marrón claro y una blusa de encaje rojo. Llevaba unos zapatos marrón claro con tacones estilo Lucite de siete centímetros. Su pelo rubio dorado tenía un corte hasta los hombros, y la sencillez de sus líneas le sentaba muy bien a su cara con forma de corazón. A pesar de sus enormes hoyuelos, Siana tenía una mirada que decía «Tened miedo. Tened mucho miedo». Entre mis hermanas y yo teníamos el terreno bien cubierto. Yo era bastante guapa, pero sobre todo tenía un cuerpo atlético y pinta de ejecutiva. Siana quizá tenía rasgos menos finos, pero su inteligencia brillaba en su rostro como un faro. Además, tenía unas tetas muy bonitas. Jenni era más alta que nosotras dos, con el pelo un poco más oscuro, y guapa como para dejar a los hombres atontados. No se decidía por una carrera pero, entre tanto, ganaba mucho dinero trabajando de modelo. Podría haber ido a Nueva York a probar suerte, pero no estaba lo bastante interesada.

Wyatt y yo bajamos del coche. Siana me miró, dejó escapar un breve grito y se le llenaron los ojos de lágrimas al venir hacia mí.

Era como si tuviera ganas de abrazarme, pero se detuvo, empezó a darme palmaditas y luego retiró la mano. Las lágrimas le bañaban el rostro. Yo me giré hacia Wyatt.

—¿Tan mal aspecto tengo? —le pregunté, insegura.

—Sí —dijo él, lo cual fue como una perversa confirmación de

lo contrario, porque si mi aspecto hubiera sido realmente horrible, él me habría mimado mucho más.

—No es verdad —dije, queriendo tranquilizar a Siana con una palmadita.

—¿Qué pasó? —me preguntó, secándose las lágrimas.

—Me fallaron los frenos. —La explicación en toda regla podía esperar hasta más tarde.

—¿Contra qué chocaste? ¿Un poste de la luz?

—Me dio otro coche. Del lado del pasajero.

—¿Dónde está tu coche? ¿Tiene arreglo?

—No —dijo Wyatt—. Siniestro total.

Siana volvió a poner cara de horrorizada.

Intenté despistarla con un comentario.

—Mamá nos ha invitado a cenar esta noche, y tengo que arreglarme antes de salir.

Ella asintió con la cabeza.

—Seguro. Se espantaría si te viera en este estado, con toda la ropa manchada de sangre. Espero que tengas un buen maquillaje para disimularlo. Tienes como unas manchas en la cara.

—El *airbag* —expliqué.

Siana tenía la llave de mi casa en su llavero, mezclada con todas las demás. La separó, abrió la puerta y se apartó para dejarme pasar y desactivar la alarma. Luego entró con Wyatt.

—Mamá también me ha invitado esta noche. Supuse que cuando llegara aquí y volviera al despacho, ya sería la hora de salir, así que mi jornada ha acabado. ¿Me necesitas para algo? Estoy disponible.

—No, creo que todo está bajo control.

—¿Tu seguro te deja un coche de alquiler hasta que se haya fallado la reclamación?

—Sí, por suerte. Mi agente me ha dicho que arreglaría todo para que tuviera el coche de alquiler mañana.

Como abogado que era, Siana ya estaba pensando en lo que vendría.

—¿Tienes un mecánico autorizado para que revise tu coche y te dé un certificado de siniestro total? Necesitarás una declaración notarial.

—No, no ha sido un fallo mecánico —dijo Wyatt.

—Blair acaba de decir que le fallaron los frenos.

—Le fallaron sí, pero con ayuda. Alguien cortó el cable del freno.

Siana pestañeó y luego palideció. Se me quedó mirando.

—Alguien ha intentado matarte —murmuró—. Otra vez.

Yo solté un suspiro.

—Lo sé. Wyatt dice que es porque fui animadora deportiva. —Le lancé una mirada de «ahí tienes» y subí a ducharme, sonriendo al ver que Siana acudía en mi defensa. Pero dejé de sonreír mientras subía las escaleras. Dos atentados contra mi vida eran suficientes. Aquella situación empezaba a afectarme los nervios. Más les valdría a MacInnes y Forester explicar el tiempo que Dwayne Bailey no había acabado de explicar. Unas cuantas huellas dactilares en mi pobre coche también se revelarían como una ayuda nada desdeñable.

Me quité la ropa tiesa y ensangrentada y dejé caer todas las prendas al suelo. En cualquier caso, estaban arruinadas. Me impresionaba que la sangre de la nariz pudiera causar tal desastre. Finalmente entré en el cuarto de baño y me miré entera y desnuda en el gran espejo. Empezaban a aparecer los hematomas en mis pómulos y en la nariz. Y en las dos rodillas, en los hombros, en el interior del brazo derecho y en la cadera derecha. Me dolían todos los músculos; me dolían hasta los pies. Me miré el pie derecho y vi que en el empeine había aparecido otra magulladura grande.

Wyatt entró en el cuarto de baño mientras yo inspeccionaba los daños. Sin decir nada, me miró de arriba abajo y luego me abrazó suavemente y me meció durante un rato. Por primera vez, no había nada de sexual en su abrazo, aunque tendría que haber estado bastante ciego para sentirse excitado por esa colección de moretones.

—Necesitas ponerte hielo. Mucho hielo.

—Lo que necesito —dije— es una rosquilla. Unas dos docenas. Tengo que ponerme a cocinar.

—¿Cocinar qué?

—Rosquillas. Tengo que parar en Krispy Kreme y comprar dos docenas de rosquillas.

—¿No te conformarías con una galleta?

Me aparté de él y abrí el agua de la ducha.

—Hoy, todos se han portado muy bien conmigo. Voy a hacer un pudín de pan para llevárselo mañana. Tengo una receta que se hace con rosquillas en lugar de pan.

Él se quedó quieto, mientras sus papilas gustativas empezarón a imaginarse el sabor.

—Quizá deberíamos comprar cuatro docenas para que puedas hacer dos. Así tendremos uno en casa.

—Lo siento. Por el momento, no puedo hacer cosas así, ya que tengo que tener mucho cuidado con lo que como. Sería una tentación demasiado grande si tuviera delante un pudín de pan, ahí, pidiéndome que me lo coma.

—Yo soy poli. Te puedo proteger. Ordenaré que lo pongan bajo custodia.

—No tengo ganas de hornear dos —dije, y me metí en la ducha.

Él alzó la voz para que le oyera por encima del agua de la ducha.

—Yo te ayudaré.

Volví a sonreír al oír esa voz que imploraba. No debería haberme revelado su debilidad por los dulces. Ahora ya lo tenía. Pensé en torturarlo y no dejarle probar el pudín hasta el día siguiente en la comisaría de policía, como todo el mundo, y con eso dejé de pensar en el problema de que alguien intentaba matarme. Es una especie de desvarío mental, pero a mí me funciona.

Oí que sonaba su móvil mientras me aclaraba el champú del pelo. Era un proceso lento porque me costaba mover el brazo izquierdo, pero me las arreglaba. Oí que hablaba, pero no escuché lo que decía. Acabé, cerré el agua y cogí la toalla que colgaba en la puerta de la ducha. Empecé a secarme lo mejor que podía.

—Ven aquí y yo acabaré de secarte —me dijo él, cuando salí del baño. Lo primero que vi es que volvía a tener una expresión seria.

—¿Qué ha pasado?

—Era MacInnes —dijo. Cogió la toalla de mis manos y empezó a secarme con movimientos suaves—. La coartada de Bailey es firme. En todos sus detalles. Estaba en casa con su mujer, o en el trabajo, y sólo habría tenido tiempo para ir y volver del trabajo. Según MacInnes, la mujer de Bailey ha pedido el divorcio, así que no tendría por qué mentir a su favor. Seguirán investigando, pero, al parecer, está limpio. El que intenta matarte es otro.

Capítulo 21

Llegamos temprano a casa de mis padres, aunque nos paramos a comprar las rosquillas y la leche condensada que necesitaba para el pudín de pan. Wyatt tenía todo lo demás en su casa, incluyendo los moldes que quería. Sí, moldes, en plural. Compramos cuatro docenas de rosquillas glaseadas. Con sólo olerlas se me hacía la boca agua, pero fui lo bastante fuerte como para no abrir la caja siquiera.

Papá abrió la puerta, se me quedó mirando la cara y luego dijo, con tono muy quedo:

—¿Qué ha pasado?

—He chocado, y mi coche está destrozado —dije, y me acerqué para que me abrazara. Luego fui a la cocina a que me viera Mamá. A mis espaldas, oí que Papá y Wyatt hablaban en voz baja, y supuse que Wyatt le estaba contando lo ocurrido.

Al final, no intenté ocultar las magulladuras. Llevaba unos pantalones largos, de algodón ligero con rayas blancas y rosas, y una camiseta atada con un nudo en la cintura, porque si hubiera llevado pantalones cortos que mostraran los cardenales de las piernas, alguien habría pensado que Wyatt me maltrataba, y yo no estaba de ánimos para defender su honor. Pero no disimulé los hematomas de los ojos porque me imaginé que quedarían hechos un desastre después de que mi madre hiciera lo que estaba destinada a hacer con mi cara.

Ella estaba delante de la nevera, con la puerta abierta, y miraba dentro.

—Había pensado en hacer una carne al horno —dijo, sin levantar la mirada cuando me oyó entrar. No sé si se dio cuenta de que era yo en lugar de Papá, no importa—. Pero he estado peleándome con ese maldito ordenador durante tantas horas que ahora no tengo tiempo. ¿Qué te parece algo a la plancha…? —preguntó, alzando la mirada, y la impresión la dejó boquiabierta—. Blair Mallory —dijo, en un tono acusador, como si diera por sentado que yo misma me había hecho eso.

—Un accidente de coche —dije, y me senté en uno de los taburetes altos de la barra—. Mi pobre coche ha quedado destrozado. Alguien me cortó el cable de los frenos, y me pasé un Stop y me metí en el tráfico en pleno cruce con esa calle grande que hay cerca de casa.

—Esto tiene que parar —dijo ella, con esa voz dura e irritada. Cerró la puerta de los congelados y abrió la otra—. Pensaba que la policía había atrapado al hombre que mató a Nicole.

—Sí, pero no es él. Él no me disparó. Después de disparar a Nicole, no salió de su casa excepto para ir al trabajo. Su mujer ha confirmado su coartada, y después de descubrir que su marido la engañaba, ha pedido el divorcio, de modo que no es probable que quiera protegerlo.

Mamá cerró la puerta de la nevera sin haber sacado nada, y volvió a abrir la puerta de los congelados. Mamá siempre es implacablemente eficiente, así que al verla vacilar de ese modo entendí cuánto la había descompuesto la noticia. Esta vez sacó una bolsa de guisantes congelados y la envolvió en un paño de cocina limpio.

—Ponte esto en las magulladuras —dijo, y me pasó los guisantes—. ¿Dónde más te has hecho daño?

—Son sólo magulladuras. Y me duelen todos los músculos. Un coche me dio de lleno en el lado del pasajero, así que fue una sacudida feroz. El *airbag* me golpeó en la cara y me hizo sangrar por la nariz.

—Agradece que no llevarás gafas. Sally (Sally Arledge es una de las mejores amigas de Mamá) chocó contra un lado de su propia casa y cuando el *airbag* se abrió, le rompió las gafas y la nariz.

Yo no recordaba que Sally hubiera chocado contra su propia casa, y estoy segura de que Mamá me lo habría contado. Mis hermanas y yo siempre la llamábamos «tía Sally» cuando éramos pequeñas y las dos madres hacían de todo juntas: Mamá, nosotras tres, y Sally con sus cinco hijos. Era todo un grupo cuando salíamos a algún sitio. Sally tenía cuatro hijos y una hija, que era la menor. A los cuatro hijos les había puesto nombres sacados del Evangelio, pero no encontró ningún nombre bíblico que le gustara para la hija, así que los chicos eran Matthew, Mark, Luke, John y ella era Tammy. Tammy siempre se sentía marginada por no tener un nombre bíblico, así que durante un tiempo la llamamos Rizpah, aunque ese nombre tampoco le gustaba. Personalmente, yo opinaba que Rizpah Arledge sonaba bien, pero Tammy decidió volver a ser Tammy, y ni siquiera le hizo falta ir al psicólogo.

—¿Cuándo chocó Sally contra su casa? Eso no me lo habías contado.

—Ponte los guisantes en la cara —dijo ella, y yo incliné obedientemente la cabeza y me tapé la cara con la bolsa de los guisantes congelados. Era lo bastante grande para cubrirme los ojos, los pómulos y la nariz y, Dios, estaba muy fría—. No te lo había contado por la sencilla razón de que ocurrió el sábado, mientras tú estabas en la playa y desde entonces no he tenido la oportunidad de hacerlo.

En la playa. Tuve un ramalazo de añoranza. Había sido sólo unos días antes, pero entonces mi único problema era Wyatt. Nadie había intentado matarme mientras estaba en la playa. Quizá debiera volver. A Tiffany le encantaría. A mí también, si no fuera porque alguien podría dispararme o manipular mi coche mientras estaba allí.

—¿Qué pasó? ¿Pisó el acelerador en lugar del freno? —pregunté.

—No, lo hizo a propósito. Estaba enfadada con Jazz. —El marido de Sally se llamaba Jasper, que también es un nombre bíblico, aunque nadie lo llamaba así. Siempre lo han llamado Jazz.

—Así que se estrelló contra su casa. Eso no parece eficaz desde el punto de vista de los costes.

—La verdad es que apuntaba a Jazz, pero él logró esquivarla.

Me quité la bolsa de guisantes de la cara y miré a Mamá, asombrada.

—¿Sally ha intentado matar a Jazz?

—No, sólo quería mutilarlo un poco.

—Entonces debería usar un cortacésped, o algo por el estilo, no un coche.

—Estoy más que segura de que él iría más rápido que un cortacésped —dijo Mamá, pensativa—. Aunque es verdad que ha subido un poco de peso. No, estoy segura de que iría más rápido, porque fue lo bastante rápido para apartarse cuando ella intentó atropellarlo. Así que un cortacésped no serviría.

—¿Qué ha hecho Jazz? —Tuve una imagen de Sally sorprendiendo a Jazz haciéndoselo con otra mujer, como, por ejemplo, su peor enemiga, lo cual haría que la traición fuese el doble de amarga.

—¿Conoces ese programa en la tele donde un marido o una mujer invitan a unos decoradores de interiores a que vengan a su casa y decoren una habitación para darle una sorpresa al otro? Vale, pues bien, mientras Sally fue a visitar a su madre a Mobile, la semana pasada, él hizo eso.

—Oh. Dios mío. —Mamá y yo nos miramos horrorizadas. La idea de que alguien entre en nuestra casa y deshaga algo que nosotras hemos hecho, y decorarlo luego sin tener ni idea de lo que nos gusta o no nos gusta era horrible. Me estremecí—. ¿Llamó para que viniera un decorador de un programa de la tele?

—Ni siquiera eso. Contrató a Monica Stevens, de Sticks and Stones.

No había nada que decir. Ante tamaña calamidad, me quedé muda. Monica Stevens tenía cierta predilección por el vidrio y el acero, lo cual supongo que está bien si vives en un laboratorio. Además, le gustaba el negro. Mucho negro. Por desgracia, los gustos de Sally discurren más bien por la estética propia de una acogedora cabaña.

Yo sabía cómo Jazz había elegido a Monica Stevens. Tenía el anuncio más grande de las páginas amarillas, así que debió pensar que era una persona de mucho éxito y muy popular si tenía un anuncio tan grande. Así era Jazz. También le perjudicaría no tener ni idea de lo que es el territorio de una mujer, a pesar de los treinta y cinco años que llevaba casado. Si por lo menos se le hubiera ocurrido preguntarle a Papá si era buena idea redecorar, todo ese percance se podría haber evitado, porque mi padre, se sabe al dedillo lo que es ese territorio, incluso se diría que ha convertido su conocimiento en una ciencia exacta. Es realmente un hombre listo.

—¿Cuál fue el cuarto que redecoró Monica? —me atreví a preguntar.

—Ponte los guisantes en la cara —me dijo. Le obedecí y ella me contestó—: La habitación conyugal.

No pude impedir un gemido. Sally había trabajado mucho para encontrar justo los objetos y muebles indicados para su habitación; se había pateado todos los remates de herencias y las subastas para encontrar las antigüedades perfectas. Algunas de esas antigüedades eran auténticas reliquias.

—¿Qué hizo Jazz con los muebles de Sally? —Bien pensado, también eran los muebles de Jazz, pero la que había invertido emocionalmente en ellos era Sally.

—Ésa es la parte más dura. Monica lo convenció para que los dejara en su tienda, donde fueron vendidos inmediatamente, desde luego.

—¿Qué? —Dejé caer la bolsa de guisantes y me quedé mirando a Mamá boquiabierta. No podía creer lo que acababa de escuchar. La pobre Sally ni siquiera podía redecorar su habitación—. ¡Olvídate del coche! ¡Yo habría conseguido una pala mecánica para acabar con él! ¿Cómo es que no dio marcha atrás y volvió a intentarlo?

—Porque resultó herida. Ya te lo he dicho: se rompió la nariz. Y también las gafas, así que tampoco podía ver. No sé qué les va a pasar a esos dos. Y no sé cómo podrá perdonarlo Sally... Hola Wyatt. No te había visto. Blair, no he tenido tiempo para poner la carne, así que haremos unas hamburguesas a la brasa.

Me giré y vi a los dos hombres en la puerta, escuchando. La expresión de Wyatt no tenía precio. Papá no se inmutó.

—Por mí, perfecto —dijo, con su tono afable—. Voy a preparar las brasas. —Cruzó la cocina y salió al jardín, donde tiene su súper barbacoa.

Wyatt era poli. Acababa de oír hablar de un intento de asesinato, aunque yo sabía que la verdadera intención de Sally había sido romperle las piernas a Jazz en lugar de matarlo. Era como si acabara de entrar en un universo paralelo.

—¿No puede perdonarlo? —preguntó, con voz aguda—. ¡Pero si ha intentado matarlo!

—Bueno, sí —convine.

Y Mamá dijo:

—El hombre le redecoró la habitación. —¿Acaso tendríamos que hacerle un dibujo?

—Me voy afuera —dijo Wyatt, cauteloso, y siguió a Papá. En realidad, daba la impresión de que escapaba. No sé qué se esperaba. Quizá pensaba que deberíamos hablar de mi situación personal, pero ya os he contado eso de que comienzo a divagar mentalmente para abstraerme de algo. Lo he heredado de Mamá. Era mucho más entretenido hablar de Sally intentando atropellar a Jazz que de alguien que intentaba matarme a mí.

Pero el tema era como un gorila de trescientos kilos. Lo podíamos dejar en un rincón, pero no podíamos olvidarnos de él.

Llegó Siana, que había ido a su casa para cambiarse. Ahora llevaba unos pantalones cortos y una camiseta. También llegó Jenni, que entró como si nada, muy alegre, con un vestido de color amarillo claro que le sentaba de maravilla con el tono de su piel, y tuvimos que contarle resumidamente lo del accidente de coche. Fue el tema de conversación en la mesa. Con unas hamburguesas jugosas y bien doradas. En realidad, era la mesa de picnic en el jardín, pero el principio es el mismo.

—Mañana hablaré con el marido de Blair —dijo Wyatt cuando Mamá le preguntó cuál era el plan de acción—. Blair dice que no es él, pero las estadísticas confirman que será mejor que tengamos una charla.

—Veremos qué tal te va —dije, encogiéndome de hombros—. Como te he dicho, no he visto ni he hablado con Jason desde que nos divorciamos.

—Sin embargo, llamó y dejó un mensaje en su contestador cuando salió en las noticias que le habían disparado —le explicó Wyatt a mi familia, a todas luces muy interesada.

Siana se reclinó en su silla y dijo, pensativa.

—No es demasiado descabellado pensar que quiere volver contigo. Puede que tenga problemas con su segunda esposa.

—Razón de más para que hable con él —dijo Wyatt, y en sus palabras asomó un tono seco.

—No me imagino a Jason haciendo nada violento —dijo Mamá—. Le preocuparía demasiado que saliera en las noticias. Hará lo que sea por proteger su carrera política.

—¿Sería capaz de matar para protegerla? —preguntó Wyatt, y todos guardaron silencio. Jenni jugaba con los cubiertos y no miró a nadie.

—Pero yo no soy ninguna amenaza para su carrera política —señalé—. Lo que sé de Jason es lo mismo que he sabido siempre, no hay nada nuevo. ¿Así que por qué de pronto, después de cinco años, decidiría que tiene que matarme?

—Puede que no sea tu situación la que ha cambiado sino la suya. Puede que piense presentarse a algo más importante que las elecciones legislativas del Estado, quizás a gobernador, o a congresista.

—¿Y cree que cometerá un asesinato y se saldrá con la suya? ¿Es posible eso?

—Depende. O es un tipo listo o sólo se cree listo.

Todos nos miramos. El problema era que Jason no era ningún tonto, pero tampoco era ni la mitad de listo que creía ser.

—Puede que sí —dije, finalmente—. Pero sigo sin ver el motivo.

—No se puede entender el motivo en ningún otro caso, de modo que eso no lo descarta.

—Ya entiendo. Como no puedo señalar a alguien en concreto, tienes que pensar en todos.

—Pero entretanto, hasta que no atrapéis a esa persona —dijo Mamá—, ¿cómo vas a tener a Blair a salvo? No puede ir a trabajar. No puede estar en su propia casa. Me sorprende incluso que la hayas dejado venir esta noche.

—Pensé en anular la visita —reconoció él—. Pero tenía que equilibrar eso con otras necesidades. Yo puedo vigilar cuándo va y viene del coche, y puedo asegurarme de que nadie me siga cuando vamos a algún sitio. Estamos seguros, salvo si esa persona se entera que Blair y yo tenemos una relación y de dónde vivo. ¿Alguno de vosotros lo ha contado?

—Yo ni siquiera se lo he contado a Sally —dijo Mamá—. No está en condiciones de escuchar por el momento.

—Yo no lo he contado —dijo Siana—. Hemos hablado de que le dispararon, pero no hemos hablado de cuestiones personales.

Jenni sacudió la cabeza.

—Lo mismo digo.

—Entonces estamos seguros —dijo Papá—. Jamás se me ha ocurrido hablar de la vida privada de Blair.

—Bien. Que siga así. Ya sé que mi madre tampoco se lo ha contado a nadie. Blair, ¿tú se lo has contado a alguien?

—Ni siquiera a Lynn. Tenemos otras cosas de que hablar, ¿me entiendes?

—Entonces volvemos a lo dispuesto al principio. Blair se quedará conmigo, no irá al trabajo y, después de esta noche, no volveréis a verla hasta que hayamos atrapado a ese tipo. Podéis hablar por teléfono todo lo que queráis, pero no en persona. ¿Lo entendéis?

Todos asintieron con la cabeza. Él parecía darse por satisfecho.

—Los inspectores están investigando en el barrio de Blair, hablarán con todos los vecinos, incluso con los chavales. Puede que hayan visto a alguien cerca de tu coche y que, en ese momento, nadie pensara demasiado en ello.

Yo no tenía demasiadas esperanzas en ese sentido. Como no aparcaba en la calle delante del edificio, mi coche no era tan visible como la mayoría de los otros. Alguien podría haberse acercado por la parte de atrás sin que lo vieran, a menos que a algún vecino se le hubiera ocurrido mirar por la ventana justo en ese momento, y deslizado bajo el coche sin que desde la calle se percataran.

A mi entender, y era una lástima, yo había apostado por que Dwayne Bailey fuera el hombre que intentaba matarme. Era la única persona en que podía pensar que tuviera un motivo, e incluso en ese caso no era un motivo comprobado, sencillamente porque él no sabía que yo podía identificarlo. Enterarse de que tenía una coartada que probablemente se confirmaría me confundía, ya que no se me ocurría motivo alguno por el que alguien quisiera matarme. No me metía con los hombres de otras mujeres, no engañaba a nadie y, a menos que me provocaran, intentaba ser amable con las personas. Ni siquiera me ponía zapatos blancos después del Primero de Mayo ni antes de Pascua. La verdad es que había visto esa película protagonizada por Kathleen Turner y me lo tomaba en serio. No quiero que los fanáticos de la moda se metan conmigo.

—Si no es algo personal —dije, pensando en voz alta—, entonces tiene que ver con los negocios, ¿no? El dinero. ¿Qué otra cosa hay? Pero yo no he engañado a nadie ni he provocado la ruina de nadie cuando abrí Cuerpos Colosales. El gimnasio Halloran ya había cerrado cuando compré el edificio y lo restauré. ¿Alguien tiene alguna idea de lo que puede ser?

Alrededor de la mesa de picnic, todos sacudieron la cabeza.

—Es un misterio —dijo Siana.

—¿Cuáles son los motivos habituales? —preguntó Papá, y empezó a enumerarlos con los dedos—. Celos, venganza, envidia. ¿Qué más? No cuento ni la política ni la religión porque, por lo que sé, Blair no se mete en política y tampoco siente nada especial por la religión. ¿No se tratará simplemente que alguien se ha vuelto loco y actúa sin pensarlo, ¿Wyatt?

Él negó con la cabeza.

—Los dos ataques han sido premeditados. Si jugamos a los porcentajes, los dos han sido obra de un hombre…

—¿Eso cómo lo sabéis? —le preguntó Siana, intrigada como siempre por una discusión intelectual, aunque se tratara de una discusión sobre alguien que intentaba asesinarme.

—El arma usada no es un arma corta, eso lo dice la distancia. Sabemos dónde se situó el tirador porque encontramos el casquillo. Era un rifle del veintidós, que es un arma del todo habitual en estas tierras. No tiene un gran poder de contención, pero un disparo certero puede matar. También es una bala subsónica. Cuando la bala fue disparada, Blair se inclinó y por eso le dio en el brazo en lugar de darle en una región vital. Las mujeres a veces usan armas cortas, pero no suelen usar rifles, que requieren práctica y entrenamiento, algo en lo que ellas no suelen estar demasiado interesadas.

—¿Y qué hay de los frenos? —le preguntó Mamá.

—Hay cuatro mujeres en esta mesa. ¿Alguna de vosotras sabe cuál es el cable del freno?

Mamá, Siana y Jenni miraron con expresión neutra.

—Debajo del coche —dije—. Te vi mirándolo.

—Pero ¿lo sabías antes de eso?

—No, claro que no.

—Hay varios cables y varillas en la parte baja del coche. ¿Cómo sabrías cuál cortar?

—Supongo que se lo tendría que preguntar a alguien. Lo más probable es que lo cortara todo.

—Lo cual prueba mi argumento. Es probable que las mujeres no sepan la suficiente mecánica para cortar el cable del freno.

—O conseguiría un libro que me dijera dónde está el cable del freno —le dije—. Si de verdad quisiera cortarlo, encontraría alguna manera de hacerlo.

—Vale, te haré otra pregunta. Si quisieras matar a alguien, ¿acaso pensarías en esa solución? ¿Cómo lo harías?

—Si quisiera matar a alguien —musité—. En primer lugar, tendría que estar muy, muy enfadada o muy, muy asustada, y sólo lo haría en el caso de que tuviera que protegerme a mí misma o a un ser querido. Y luego usaría lo que tuviera a mano, ya fuera una llave inglesa, una piedra o mis propias manos.

—Así son la mayoría de las mujeres, y hasta ahí llegan en su idea de la premeditación. He dicho la mayoría de las mujeres, no todas, pero estadísticamente tenemos el perfil de un hombre, ¿de acuerdo?

Todos asintieron para mostrar su acuerdo.

—Pues ahora, si estuviera de verdad cabreada con alguien, lo haría de manera diferente —acoté.

Wyatt me miró con una expresión que decía que no debería preguntar, pero me preguntó de todas maneras.

—¿Qué quieres decir?

—Sobornaría a su peluquera para hacerle algo de verdad espantoso a su pelo. O ese tipo de cosas.

Wyatt apoyó la barbilla en la palma de la mano y se me quedó mirando con una media sonrisa.

—Eres una mujer temible y viciosa —dijo. Papá soltó un bufido y una risa y le dio una palmadita en el hombro.

—Sí —dije yo—. Y no lo olvides.

Capítulo 22

Mamá no quería que me marchara hasta que me hubiera curado las magulladuras. Siana y Jenni le ayudaron y me cubrieron con bolsas de hielo, crema con vitamina K, rodajas de pepino y bolsitas de té empapadas en agua. Aparte de la crema con vitamina K, todo lo demás parecía una variante de las bolsas de hielo, pero a ellas las hacía sentirse mejor y a mí me hacían sentirme mejor los mimos y el trato especial. Papá y Wyatt tuvieron el acierto de no estorbar mientras esto sucedía y se entretuvieron mirando un partido.

—Una vez tuve un accidente —dijo Mamá—. Tenía quince años. Iba en un carro lleno de heno y lo engancharon a un camión. Conducía Paul Harrison. Tenía dieciséis años y era de los pocos en el colegio que tenía algo que conducir. El único problema era que Carolyn Deale iba a su lado en el camión. No sé qué le debió hacer, pero Paul dejó de prestar atención al camino y cayó a una zanja y el carro del heno volcó. No me hice ninguna herida, pero al día siguiente estaba tan tiesa y me dolía todo tanto, que casi no me podía mover.

—Yo ya me siento así —dije, afligida—. Y ni siquiera he montado en un carro de heno. Me lo he perdido.

—Hagas lo que hagas, no tomes aspirina, porque eso empeorará las magulladuras. Prueba con Ibuprofeno —dijo Siana—. Un masaje. Un jacuzzi. Ese tipo de cosas.

—Y ejercicios de estiramientos —dijo Jenni, que me masajeaba los hombros mientras hablaba. En una ocasión, Jenni hizo un curso de masajes, según ella para divertirse, así que a ella recurríamos cuando teníamos dolores musculares. Normalmente, Jenni no paraba de hablar, pero esa noche había estado especialmente callada. No es que hiciera mohines ni nada por el estilo, pero a veces se pone así, pensativa y retraída. Me sorprendió que se quedara para hacerme el masaje porque, por lo general, solía reunirse con un grupo de amigas, o salir con alguien, o ir a alguna fiesta.

Me encanta estar con mi familia. Normalmente estaba tan ocupada con Cuerpos Colosales que no tenía demasiado tiempo para compartirlo con ellos. Mamá nos contó sus problemas con el ordenador, lo cual incluía mucho lenguaje no técnico como «trasto» y «chisme». Se apaña muy bien con los ordenadores, pero no ve ninguna necesidad de aprender términos que considera estúpidos o ridículos, como «placa base», para los que puede usar perfectamente otras palabras. En sus lenguaje, una placa base es «esa cosa principal». Eso lo entiendo perfectamente. La asistencia técnica (qué risa) no estuvo a la altura de sus expectativas porque, como era obvio, le pidieron que desinstalara todo, volviera a instalarlo, y eso no había solucionado nada en absoluto. Según Mamá, le habían dicho que lo sacara todo y que luego volviera a ponerlo.

Finalmente llegó la hora de marcharse. Wyatt se acercó a la puerta. No dijo palabra, sólo me lanzó esa mirada que tienen los hombres cuando quieren irse, una impaciente expresión que dice: «¿Ya estás preparada?»

Siana lo miró y dijo:

—Ya tiene esa mirada.

—Ya lo sé —conteste, y me levanté con cuidado.

—¿La mirada? —Wyatt miró por encima del hombro, como esperando ver a alguien detrás suyo.

Las cuatro imitamos enseguida la expresión facial y corporal. Él murmuró algo, se dio media vuelta y volvió donde estaba Papá. Los oíamos conversar. Creo que Papá le hablaba a Wyatt de algunas de las grandes ventajas de vivir con cuatro mujeres. A diferencia de Jason, que había creído que sabía todo lo que tenía que saber, Wyatt era un hombre listo.

Sin embargo, Wyatt tenía razón y era verdad que teníamos que partir. Yo quería hacer el pudín de pan por la noche porque sabía que por la mañana me sentiría todavía peor.

Y eso sacó a relucir el tema de qué pensaba hacer conmigo al día siguiente, porque yo tenía mis propias ideas.

—No quiero ir a casa de tu madre —le dije, cuando estábamos en el coche—. No es que no me caiga bien, creo que es encantadora, pero pienso que estaré tan molida y me sentiré tan mal mañana que preferiría quedarme en tu casa para no levantarme de la cama en todo el día, si me apetece.

Por la luz del salpicadero, vi que ponía cara de preocupado.

—No me gusta la idea de dejarte sola.

—Si no creyeras que estoy segura en tu casa no me llevarías allí.

—No es eso. Es tu estado físico.

—Ya sé cómo tratar los calambres musculares. Los he tenido antes. ¿Cómo solías sentirte después del primer día de entrenamiento haciendo placajes?

—Como si me hubieran dado de porrazos.

—Los entrenamientos de las animadoras eran iguales. Después de la primera vez, aprendí a mantenerme en forma durante todo el año, así que nunca volvió a dolerme tanto, aunque la primera semana de entrenamiento no era nada divertida. —Luego recordé algo y suspiré—. Mejor será que descartes lo de quedarse en casa y descansar. Se supone que mi agente del seguro me conseguiría un coche, así que tendré que ir a recogerlo.

—Dame el nombre y el número de tu agente y yo me ocuparé de eso.

—¿Cómo?

—Que me traiga el coche a mí. Yo lo traeré a casa y luego le pediré a tu padre que me pase a buscar para volver al trabajo y recoger mi coche. No quiero que vuelvas a la ciudad hasta que encontremos a ese cabrón.

De pronto me asaltó una idea inquietante.

—¿Mi familia está en peligro? ¿Sería capaz ese hombre de servirse de ellos para llegar a mí?

—No busques más problemas. Hasta ahora, el asunto parece centrado en ti, concretamente. Alguien piensa que le has causado perjuicios y quiere venganza. Así es como se sienten estas cosas, cariño, la venganza. Ya se trate de una cuestión de negocios o un asunto personal, ese tipo quiere venganza.

Francamente, no sabía qué pensar. De alguna manera, no saber *por qué* alguien quería matarme era casi tan malo como los propios intentos. Vale, no era tan malo, ni de lejos. Aún así, me habría gustado saberlo. Si hubiera sabido por qué, habría sabido quién era.

No podía ser nada relacionado con los negocios, era imposible. Yo era muy escrupulosa, porque temía que Hacienda me echara el guante si no lo era. Por lo que a mí tocaba, Hacienda hacía que el hombre del saco fuera un chiste. A menudo, incluso hacía trampas en mi declaración de ingresos y no reclamaba todas mis deducciones, sólo para tener cierto margen de maniobra en caso de que me hicieran una auditoría. Pensaba que si algún día la hacían y tuvieran que pagarme, eso pondría fin a dichas auditorías, al menos en lo que concernía a mi negocio.

Nunca había despedido a nadie. Un par de personas habían renunciado porque se habían ido a otros empleos, pero era muy escrupulosa con las personas que empleaba, y no solía contratar a cualquiera sólo por llenar un hueco. Contrataba a gente buena y les pagaba bien. Ninguno de mis empleados me mataría, porque entonces se les iría al garete su plan de pensiones.

De modo que eso reducía el asunto a los agravios personales. Y ahí no tenía ni idea.

—Descarto todo lo que sucedió en el instituto —le dije a Wyatt. Él tosió.

—Eso probablemente tiene sentido, aunque a veces esas historias de adolescentes se vuelven muy enconadas. ¿Perteneciste a alguna pandilla?

Wyatt y yo habíamos ido a institutos diferentes, y él era unos años mayor que yo, así que no sabía nada de mis años de instituto.

—Supongo —dije—. Era animadora. Me juntaba con las otras animadoras, aunque tenía una amiga que no era animadora y que ni siquiera iba a los partidos.

—¿Quién era?

—Se llamaba Cleo Leland. Dilo tres veces muy rápido. Sus padres debieron haberse puesto ciegos de marihuana cuando la bautizaron. Era de California, así que no acababa de integrarse cuando llegó. Su madre era una de esas bellezas naturales de la madre tierra, con un discurso un poco feminista, así que no la dejaba ponerse maquillaje ni cosas por el estilo. De modo que Cleo y yo llegábamos al colegio temprano; yo llevaba mi maquillaje. Entrábamos en el lavabo de las chicas y la maquillaba para que nadie se riera de ella. No sabía nada de maquillaje cuando llegó. Era horrible.

—Ya me lo imagino —murmuró él.

—Las cosas se pusieron más difíciles cuando empezó a salir con chicos, porque tenía que ingeniárselas para maquillarse sin que su madre lo supiera. Para entonces, ya había aprendido a hacerlo sola, así que yo no tenía que maquillarla. Pero no podía esperar hasta salir con el chico, porque entonces él la vería sin maquillar, y eso habría sido un desastre.

—De eso no estoy seguro. Tú estas muy guapa sin maquillaje.

—Pero ahora ya no tengo dieciséis años. A los dieciséis, habría preferido morir que dejar que alguien viera mi cara al natural. Una se convence de que la belleza esta en el maquillaje, no en una. Conozco a algunas chicas que se sentían así. Yo no, porque tenía a Mamá. Ella nos enseñó a las tres a usar el maquillaje cuando todavía estábamos en la escuela primaria, así que para nosotras no tenía nada de especial. Verás, el maquillaje no es un camuflaje sino un arma.

—¿Me interesa saberlo? —preguntó él en voz alta.

—Es probable que no. La mayoría de los hombres sencillamente no lo entienden. Pero a los dieciséis años viví una etapa de inseguridad porque tenía que hacer grandes esfuerzos para no subir de peso.

—¿Tú eras gordita? —me preguntó él, incrédulo.

Le di una palmada en el brazo.

—¡Claro que no! Era animadora, y tenía que cuidarme el peso, pero también era una voladora.

—¿Una voladora?

Son las chicas que las otras animadoras lanzan al aire. La punta de la pirámide. Verás, yo mido uno sesenta y dos, así que soy alta para una voladora. La mayoría de las voladoras miden un metro cincuenta y siete, más o menos, y mantienen su peso en torno a los cuarenta y cinco kilos para que sea más fácil lanzarlas al aire. Yo podía tener ese peso, pero también podía pesar hasta siete kilos más, porque soy más alta. Así que tenía que cuidar mucho lo del peso.

—Dios mío, tenías que estar más delgada que un palillo —dijo, y volvió a mirarme de arriba abajo. Ahora peso unos cincuenta y seis kilos, pero soy fuerte y tengo mucho músculo, y eso me da un aspecto de pesar entre cuatro y seis kilos menos.

—Pero también tenía que ser fuerte —añadí—. Tenía que tener músculo. No puedes ser musculosa y parecer un palillo. Tenía un margen de unos dos kilos donde había más músculo, pero no era demasiado pesada, así que siempre tenía que equilibrar mi peso.

—¿De verdad valía la pena saltar por todos lados y agitar esos pompones durante los partidos?

Ya se veía que Wyatt no sabía absolutamente nada de la animación deportiva. Le lancé una mirada de indignación.

—Fui a la universidad con una beca de animadora, así que creo que sí, que valió la pena.

—¿Dan becas por eso?

—Les dan becas a unos tíos que corren por todos lados con un trozo de piel de cerdo hinchada, así que ¿por qué no?

Se mostró lo bastante sabio como para abandonar ese camino.

—Volvamos a tus días del instituto. ¿Alguna vez le robaste el novio a alguien?

Le respondí con un bufido de desprecio.

—Tenía mis propios novios, gracias.

—¿Y otros tíos no se sentían atraídos por ti?

—¿Y qué pasa con eso? Yo llevaba tiempo con un novio y no prestaba atención a nadie más.

—¿Quién era ese novio? ¿Jason?

—No, Jason fue mi novio en la universidad. En el instituto era Patrick Haley. Se mató en un accidente de moto a los veinte años. No seguimos en contacto después de que terminamos, así que no sé si salía con alguien especial o no.

—Descartemos a Patrick. ¿Y ahora, dónde vive Cleo Leland?

—En Raleigh-Durham. Es química industrial. Una vez al año quedamos para comer y luego vamos al cine. Está casada y tiene un hijo de cuatro años.

También podía descartar a Cleo. No porque estuviera muerta sino porque era mi gran amiga. Además, era mujer, y Wyatt había dicho que lo más probable es que la persona que intentaba matarme fuera un hombre.

—Tiene que haber alguien —dijo—. Alguien en quien no hayas pensado en años.

Tenía razón. Aquello era una cuestión personal, así que tenía que ser alguien que conocía. Y no conseguía pensar en nadie que quisiera matarme.

De pronto tuve un golpe de inspiración.

—¡Ya lo sé! —chillé.

Él dio un respingo, enseguida alerta.

—¿Quién?

—¡Tiene que ser una de *tus* amigas!

Capítulo 23

El coche dio un viraje brusco. Wyatt lo devolvió al camino y me miró, furioso.

—¿Cómo se te ha ocurrido eso?

—Si no soy yo, tienes que ser tú. Soy una persona agradable, y que yo sepa no tengo enemigos. Sin embargo, ¿cuándo fue el primer ataque? Justo después de que volviéramos de la playa. ¿Cuántas personas saben que me seguiste hasta allí? Después de cómo te portaste el jueves por la noche, cuando mataron a Nicole...

—¿De cómo me porté? —repitió él, con indignación y asombro.

—Le contaste a tus hombres que teníamos una relación, ¿no? Así que supongo que les mentiste y les dijiste que tú y yo salíamos.

—Yo no te maltraté.

—Deja de insistir en los detalles sin importancia. Y, además, sí, me maltrataste. Pero ¿es que no tengo razón en lo que digo? ¿Les dijiste que tú y yo nos veíamos?

—Sí, porque es verdad.

—Eso es discutible.

—Estamos viviendo juntos. Durmiendo juntos. ¿Cómo puede ser discutible que nos estemos viendo o no?

—Porque todavía no hemos empezado a salir juntos y esto es sólo transitorio. *¿Me harás el favor de no interrumpirme?* Mi pregunta es: ¿con quien te estabas viendo y a quien dejaste abandonada para dedicarte a perseguirme?

Hizo rechinar los dientes unos segundos. Lo supe porque pude oírlos. Y luego dijo:

—¿Qué te hace pensar que me estaba viendo con alguien?

Yo entorné los ojos.

—Por favor, sabes muy bien que estás de muerte. Debes tener una lista de espera llena de mujeres.

—No tengo ninguna mujer... ¿Así que crees que estoy de muerte?

Ahora sí que sonaba contento. Me entraron ganas de darme de cabezazos contra el salpicadero, salvo que me hubiera hecho mucho daño, y ya tenía suficientes males y dolores.

—¡Wyatt! —grité—. ¿Con quién estabas saliendo?

—Con nadie en especial.

—No tiene que ser nadie «en especial». Sólo tiene que ser alguien con quien salías. Porque hay mujeres que tienen expectativas que no son realistas, ¿sabes? Después de la primera cita, ya están mirando vestidos de novia. Así que dime quién fue la última mujer con la que saliste y que creyó que quizás había algo serio entre vosotros, y luego se quedó de una pieza cuando tú me seguiste a la playa. ¿Habías salido con alguien ese jueves por la noche cuando mataron a Nicole? —Hay que observar con que sutileza deslicé la pregunta, porque me picaba la curiosidad.

Habíamos llegado a su casa y él redujo la velocidad para girar en la entrada.

—No, esa noche había estado dando clases de defensa personal a un grupo de mujeres —dijo, ausente, lo cual me pareció bien—. No creo que tu teoría aguante porque han pasado... Dios mío, casi dos meses desde la última vez que salí con alguien. Como puedes ver, mi vida social no es tan agitada como, al parecer, crees.

—Esta última persona con la que estuviste. ¿Saliste con ella más de una vez?

—Un par de veces, sí —dijo. Entramos en el garaje.

—¿Te acostaste con ella?

Me miró con un dejo de impaciencia.

—Ya entiendo a dónde quieres llegar con este interrogatorio. No, no me acosté con ella, y, créeme, no congeniamos.

—Puede que tú no, pero ella sí.

—No —insistió él—. Ella tampoco. En lugar de indagar en mi pasado, deberías pensar en el tuyo. Sueles flirtear, y no sería raro que algún hombre haya pensado que la cosa iba en serio.

—¡Yo no suelo flirtear! Deja de tratar de ponerme una etiqueta.

Rodeó el coche y me abrió la puerta. Entonces se inclinó para cogerme en sus brazos y evitar que mis músculos doloridos y tiesos hicieran el esfuerzo de salir, y me dejó suavemente en el suelo.

—Te gusta flirtear. No puedes evitarlo. Lo llevas en los genes.

—Wyatt tenía una sarta de palabras que empezaban con efe para describirme, y empezaba a hartarme de oírlas. Sí, a veces flirteo, pero eso no me convierte en una coqueta. Tampoco era una finolis. No me veo a mí misma como una persona superficial, y en boca de Wyatt sonaba como la mujer más frívola del mundo… otra palabra con efe.

—Y ahora haces pucheros —dijo, rozándome el labio inferior con el pulgar. Quizás el labio se había caído un poco, imperceptiblemente. Wyatt se inclinó y me besó, un beso cálido que por algún motivo me hizo derretirme, quizá porque sabía que no era un beso con segundas intenciones, y él también lo sabía, lo cual significaba que me besaba sólo por besarme, no para acostarse conmigo.

—¿A qué venía eso? —le pregunté, un poco irritada. Tenía que ocultar el hecho de que me acababa de derretir, y él levantó la cabeza.

—Porque has tenido un mal día —dijo, y volvió a besarme. Yo suspiré y me relajé en sus brazos porque, sí, había tenido un día muy malo. Esta vez, cuando acabamos de besarnos, él me estrechó y dejó descansar la barbilla en mi cabeza—. Déjanos a nosotros el trabajo de la policía —dijo—. A menos de que de pronto te acuerdes de algún enemigo mortal que te haya amenazado de muerte, en cuyo caso, tendré mucho interés en saberlo.

Me aparté y lo miré con el ceño fruncido.

—Con lo cual quieres decir que soy una rubia tan tonta que no me acordaría de algo así enseguida.

Él contestó con un suspiro.

—Yo no he dicho eso. No lo diría, porque no eres tonta. Eres muchas cosas, pero tonta no es una de ellas.

—¿Ah, sí? ¿Y qué tipo de cosas soy? Me sentía agresiva porque estaba herida y tenía miedo y, necesitaba desquitarme con alguien, ¿no? Wyatt era un tío de una pieza, y sabría como manejar el asunto.

—Frustrante —dijo, y casi le di una patada por decir otra palabra que empezaba con efe—. Molestosa. Testaruda. Hábil. Utilizas el numerito de la rubia tonta cuando sabes que conseguirás lo que quieres, y supongo que sueles conseguirlo. Tus procesos mentales me asustan, y mucho. Eres imprudente. Divertida. Sexy. Adorable. —Me tocó la mejilla con una mano muy suave—. Decididamente adorable, y esto no es transitorio.

Jolín, yo no era la única «hábil», ¿verdad? Casi me había dado un monumental ataque de nervios. Y él me había ganado con los últimos tres adjetivos. Así que me encontraba adorable, ¿eh? Era bueno saberlo, por lo que decidí ignorar aquello de que no era transitorio. Wyatt se inclinó, me volvió a besar, y luego dijo:

—Tu también estás de muerte.

Yo lo miré pestañeando.

—Eso sólo lo dicen las chicas. Los tíos no deberían decirlo.

—¿Por qué no? —dijo, enderezándose.

—Es demasiado femenino. Tu tendrías que decir algo más estilo macho como: «Te protegería de las balas con mi propio cuerpo». ¿Ves la diferencia?

Wyatt hizo un esfuerzo por no sonreír.

—Te entiendo. Venga, entremos.

Suspiré pensando en los dos púdines de pan que me quedaban por preparar. No tenía demasiadas ganas, pero una promesa es una promesa. No, el personal de la comisaría no sabía que iba a prepararlos, pero se los había prometido mentalmente, y ya está.

Wyatt sacó las rosquillas y la leche condensada del asiento trasero, abrió el maletero y agarró una bolsa de arpillera con unos hilos verdes que colgaban. Cerró el maletero, y frunció el ceño al mirar la bolsa de arpillera.

—¿Qué es eso? —le pregunté.

—Te dije que te traería un arbusto. Aquí lo tienes.

Me quedé mirando la planta moribunda. Los hilos verdes debían de ser sus pobres ramitas.

—¿Qué haré con un arbusto?

—Dijiste que no había ni una sola planta en toda la casa y que eso la hacía inhabitable o algo así. Así que aquí tienes tu planta.

—¡Eso no es una planta de interior! Es un arbusto. ¿Me has comprado un arbusto?

—Una planta es una planta. Ponla dentro de la casa y será una planta de interior.

—Eres un despistado —dije, seca, y fui a coger el arbusto de sus manos—. ¿Lo has tenido en el maletero todo el día, con este calor? Lo has cocido. Puede que no sobreviva. Aunque quizá pueda revivirlo si lo cuido, con unos cuantos mimos y amor. Abre la puerta, ¿quieres? Habrás comprado algo de comida para plantas, ¿no?

Él abrió la puerta antes de contestar, con cierta cautela:

—¿Las plantas comen?

Lo miré, incrédula.

—Claro que las plantas comen. Si algo está vivo, come. —Luego miré la planta que tenía en la mano y sacudí la cabeza—. Aunque puede que esta pobre criatura ya no vuelva a comer.

Mi brazo herido comenzó a cansarse con el peso de la planta, aunque la sostenía sobre todo con el brazo derecho y la mantenía en equilibrio con la mano derecha. Se la podría haber pasado a

Wyatt, pero no confiaba en él. Ya se había delatado como un maltratador de plantas.

Mientras él entraba mis bolsas, puse la planta en el fregadero y la rocié con un poco de agua fría, intentando revivirla.

—Necesito un cubo —dije—. Algo que no suelas usar, porque le haré unos cuantos agujeros.

Wyatt fue a buscar el cubo azul de la fregona al lavadero, pero se detuvo al oír mis últimas palabras.

—¿Por qué querrías arruinar un cubo que está en perfecto estado?

—Porque tú has maltratado esta planta hasta el punto de que puede que no sobreviva. Necesita agua, pero las raíces no deben estar en contacto con el agua. Así que... tiene que hacerse un drenaje. A menos que tengas una bonita maceta con los agujeros ya hechos, cosa que dudo ya que no hay ni una sola planta en toda la casa, tendré que hacerlos yo.

—¿Ves? Por eso los hombres no tienen plantas en la casa. Demasiados problemas y demasiado complicadas.

—Hacen que una casa se vea bonita, se sienta bonita y conservan el aire fresco. Creo que jamás podría vivir en una casa sin plantas.

Wyatt suspiró.

—Vale, vale. Haré unos agujeros en el cubo.

Mi héroe.

Con un destornillador largo hizo unos agujeros en el cubo y, al cabo de un rato, la pobre planta estuvo instalada en la pila del lavadero, con la bola de raíces mojadas y drenándose. Esperaba que por la mañana hubiera revivido un poco. Después, encendí los dos hornos de la cocina de Wyatt y empecé a juntar lo que necesitaba para preparar los púdines de pan.

Él me cogió por los hombros y me obligó suavemente a sentarme.

—Siéntate —dijo, lo cual era del todo innecesario porque ya me había obligado a sentarme—. Yo haré los púdines. Tú dime lo que hay que hacer.

—¿Por qué? Nunca me prestas atención. —Era imposible resistirse a la tentación de decirlo.

—Haré un esfuerzo —dijo, seco—. Por esta vez.

No se puede negar que el gesto tenía grandeza. Lo menos que podía hacer, teniendo en cuenta todo lo que había pasado, era prometer solemnemente que a partir de ese día prestaría atención a lo que le dijera.

Así que supervisé la preparación del pudín de pan, que es muy sencillo. Pero mientras desmigajaba las rosquillas, Wyatt me dijo:

—Explícame una cosa. Esa gente de la que hablaba tu madre. ¿El tipo había querido hacer algo agradable por su mujer y ella intentó matarlo? ¿Cómo se explica que todas estuvierais de parte de la mujer?

—¿Algo agradable? —repetí, mirándolo horrorizada.

—El tipo hizo redecorar la habitación por un profesional para hacerle un regalo a ella. Aunque a ella no le gustara el estilo, ¿por qué no le agradeció la intención?

—¿Tú crees que es agradable que, después de llevar treinta y cinco años casados, él le haya prestado tan poca atención a su mujer que ni siquiera se haya fijado en lo mucho que ha trabajado ella para tener la habitación perfecta, y cuánto le gustaba tal como estaba? Algunas de las antigüedades que tenía Sally, y que fueron vendidas antes de que pudiera recuperarlas, eran verdaderas reliquias, y no pueden ser reemplazadas.

—Por mucho que ella las quisiera, no eran más que muebles. Él es su marido. ¿No crees que se merecía algo mejor que la mujer echándole el coche encima?

—Ella es su mujer —repliqué—. ¿No crees que se merecía algo mejor que ver que algo que ella quería tanto había sido destruido y reemplazado por algo que ella detesta absolutamente? Después de treinta y cinco años casados, ¿no crees que él al menos debería haber sido capaz de decirle a la decoradora que Sally detesta el metal y el vidrio?

Por su expresión, se veía que a Wyatt tampoco le iban los gustos ultramodernos, aunque él no lo habría dicho de esa manera.

—¿Está enfadada porque él no se ha dado cuenta del estilo que a ella le gusta?

—No, se siente herida porque se ha dado cuenta de que él no le presta ninguna atención. Está enfadada porque él se ha vendido sus cosas.

—¿Acaso no eran sus cosas también?

—¿Fue él quien se dedicó meses a buscar cada pieza? ¿Fue él quién les dio un acabado personal? Yo diría que eran de ella.

—Vale, pero eso no justifica que haya intentado matarlo.

—Bueno, verás, no intentaba matarlo, sólo quería hacerle daño en parte, como el daño que él le había hecho a ella.

—Entonces, como decías tú, debería haber usado un cortacésped en lugar de un coche. Independientemente de lo herida que se sienta, si lo hubiera matado yo tendría que haberla detenido por asesinato.

Pensé un rato en ello.

—Hay cosas por las que vale la pena que te detengan —dije. Personalmente, yo no habría ido tan lejos como Sally, pero no iba a decírselo a Wyatt. Las mujeres tienen que unirse, y pensé que aquello sería una buena lección para él: con las cosas de las mujeres no se juega. Si él era capaz de superar esa tendencia que tenía a analizar las cosas dependiendo de las leyes que se había infringido, estaba segura de que las vería razonablemente—. Las cosas de una mujer son importantes para ella, como los juguetes de los hombres lo son para ellos. ¿No hay nada que atesores de verdad, algo que haya pertenecido a tu padre? ¿O quizá un coche? —Entonces lo pensé—. ¡No tienes coche! —El único coche en el garaje era el Crown Vic, que era propiedad municipal y prácticamente era como llevar escrito encima «¡*Policía*!».

—Por supuesto que tengo un coche —dijo, con voz queda, mirando las dos grandes fuentes en que había dividido las cuatro docenas de rosquillas desmigajadas en trozos pequeños—. ¿Qué hago ahora?

—Bate los huevos. No hablo del coche de propiedad municipal —dije—. ¿Qué ha pasado con tu Tahoe? —En la época de nuestras primeras citas, hacía dos años, Wyatt tenía un Tahoe grande de color negro.

—Lo cambié —dijo, mientras batía dos huevos, luego rompió otros dos y también los batió.

—¿Por qué? El garaje está vacío.

—Es un Avalanche. Lo tengo desde hace tres meses. También es negro.

—¿Dónde está?

—Se lo presté a mi hermana, Lisa, hace dos semanas, mientras el suyo estaba en el mecánico. —Frunció el ceño—. Esperaba que ya me lo hubiera devuelto. —Cogió el teléfono inalámbrico, marcó un número y sujetó el auricular entre el hombro y el mentón—. Hola, Lise. Acabo de recordar que tienes mi coche. ¿El tuyo sigue en el mecánico? ¿Qué problema hay? —Estuvo a la escucha un momento—. Vale, ningún problema. Como te he dicho, me acabo de acordar. —Guardó silencio y escuché la voz de una mujer, pero sin entender lo que decía—. ¿Eso hizo, eh? Podría ser. —Luego rió—. Sí, es verdad. Te daré los detalles cuando hayamos solucionado los problemas. Vale. Sí. Nos vemos.

Apretó la tecla *off* y dejó el teléfono sobre la mesa. Luego revisó lo que había hecho hasta ese momento.

—¿Qué hacemos ahora?

—Una lata de leche condensada por cada fuente. —Me lo quedé mirando con aire suspicaz—. ¿Qué es verdad?

—Un problema en que estoy trabajando.

Intuía que el problema en que trabajaba era yo, pero tenía que estar muy en forma para discutir con él y ganar, así que lo dejé correr—. ¿Cuándo le entregarán su coche?

—Espera que hacia el viernes. Pero sospecho que le gusta conducir mi Avalanche. Tiene todas las sirenas y pitidos. —Me miró y me guiñó un ojo—. Ya que a ti también te gustan los todoterreno, te encantará el mío. Te verás muy mona en él.

Si no me veía muy mona, seguro que tendría que trabajar lo de mi imagen. Estaba muy cansada y le indiqué cuándo agregar los ingredientes que quedaban, a saber, la sal, la canela, más leche y un poco de polvo de vainilla. Lo mezcló todo y luego lo vertió en los moldes. Con los hornos ya calientes, colocó los moldes y puso el temporizador en treinta minutos.

—¿Ya está? —le pregunté. Si no te importa, me voy a lavar los dientes y a acostarme. Cuando suene el reloj, saca los moldes, los cubres con papel de aluminio y los dejas en la nevera. Haré el glaseado de mantequilla por la mañana. —Me levanté a duras penas. Estaba casi al borde de mi resistencia física.

A él se le suavizó la expresión y sin decir palabra me cogió en brazos.

Dejé descansar la cabeza en su hombro.

—Esto lo haces a menudo —dije, mientras me subía por las escaleras—. Quiero decir, llevarme en brazos.

—Es un placer. Sólo querría que no tuviera que ser en estas circunstancias. —La expresión suave se le borró de la cara y mutó en una más bien grave—. Me angustia mucho que estés herida. Quiero matar al hijo de perra que te ha hecho esto.

—Ajá. Ahora sabes cómo se siente Sally —dije, triunfante. Cualquier cosa para ganar un punto, aunque normalmente no recomiendo que a una le disparen ni que tenga un accidente de coche para poder apuntárselo. Por otro lado, si esas cosas habían ocurrido, ¿por qué no utilizarlas? No tiene mucho sentido renunciar a una buena carta, sin que importe cómo ha llegado a nuestras manos.

Me lavé los dientes. Luego, Wyatt me ayudó a desvestirme y me metió personalmente en la cama. Estaba dormida antes de que saliera de la habitación.

Dormí toda la noche, y ni siquiera me desperté cuando él se acostó. Me desperté cuando sonó su alarma, estiré el brazo entre sueños y le toqué el hombro cuando él se estiró para apagar el reloj.

—¿Cómo te sientes esta mañana? —me preguntó.

—No tan mal como pensaba que me sentiría. Estoy mejor que anoche. Eso sí, todavía no he intentado salir de la cama. ¿Tengo los ojos ensangrentados? —Aguanté la respiración esperando la respuesta.

—En realidad, no —dijo él, mirándome de cerca—. El hematoma no está peor que anoche. Al parecer, todas esas historias de vudú que hicisteis en la cocina han funcionado.

Gracias a Dios. Volvería a ponerme hielo durante el día, sólo para asegurarme. No me iba demasiado lo del *look* mapache.

Él no abandonó la cama enseguida, y yo tampoco. Se estiró y bostezó y volvió a tenderse, somnoliento. Había un interesante efecto tienda que aparecía por debajo de su cintura y tuve ganas de comprobarlo. Sin embargo, pensé que sería una crueldad, teniendo en cuenta mi exigencia de no querer que tuviéramos relaciones sexuales. No, no estaba bien dicho. No era que yo no lo quisiera, pero sabía que no debíamos hasta después de solucionar unas cuantas cosas. Aunque la verdad es que tenía muchas ganas.

Antes de sucumbir a la tentación —una vez más— me obligué a distraerme con otra cosa y me senté en la cama con cuidado. Sentarme me dolió. Mucho. Me mordí el labio, deslicé las piernas fuera de la cama, me puse de pie y di un paso. Y otro. Encorvada y cojeando como una anciana muy anciana, llegue hasta el cuarto de baño.

La mala noticia era que mis músculos me dolían más que la noche anterior, pero eso era previsible. Las buenas noticias eran que sabía cómo enfrentarme a ello. Al día siguiente me sentiría mucho mejor.

Me di un baño caliente mientras Wyatt preparaba el desayuno, y eso me hizo bien. También me aliviaron los dos ibuprofenos y los ejercicios de estiramiento. Y la primera taza de café. El café me ayudó en el plano de los sentimientos más que en el muscular, pero los sentimientos también tienen su importancia, ¿no?

Después del desayuno, hice el glaseado de mantequilla para bañar los púdines de pan. Fue rápido y sencillo, una barra de mantequilla y una caja de azúcar glasé, con un toque de ron. Wyatt no resistió la tentación. El glaseado de mantequilla ni siquiera se había enfriado y él ya había hundido una cuchara en el plato. Entrecerró los ojos y emitió un sonido como de canturreo.

—Chica, esto está buenísimo. Puede que me quede con los dos.

—Si te los quedas, te denunciaré.

—Vale, vale —dijo, con un suspiro—. Pero me los harás para mi cumpleaños todos los años, ¿vale?

—Pero si ahora ya sabes hacerlo solo —dije, con los ojos muy abiertos, si bien sentí que el corazón me daba un alegre vuelco al oír eso de pasar los cumpleaños juntos, año tras año—. ¿Cuándo es tu cumpleaños, concretamente?

—El tres de noviembre. ¿Y el tuyo?

—El quince de agosto. Dios mío, no es que crea en la astrología ni nada de eso, pero un Escorpión y un Leo pueden ser una combinación muy explosiva. Los dos son testarudos y tienen mal genio. En cuestiones de testarudez, eso sí, yo me acojo a la quinta enmienda.

—¿Por qué frunces el ceño? —me preguntó, rozando levemente mis cejas.

—Eres Escorpión.

—¿Y? Esto es un Escorpión, ¿no? —Me puso una mano en la cintura, me acercó a él, se inclinó y me besó en la oreja—. ¿Quieres ver mi aguijón?

—¿No quieres saber los aspectos negativos del Escorpión? Y no es que crea en la astrología.

—Si no crees, ¿qué sentido tiene que me digas qué tiene de malo ser Escorpión?

Lo detestaba cuando le entraba la vena lógica.

—Así sabrás qué hay de malo en ti.

—Ya sé qué hay de malo en mí—. Me cogió un pecho en el cuenco de su mano y me mordisqueó el cuello—. Lo que hay de malo es que me trae loco una rubia de un metro sesenta y dos, con una actitud muy suya, una boca muy guapa y un culo redondo y saltarín.

—Mi culo no salta —objeté, indignada. Trabajaba mucho para mantenerlo prieto. También tenía que esforzarme para tener esa cara de indignada, debido a lo que me estaba haciendo en el cuello.

—No te lo has visto por detrás cuando caminas.

—Muy perspicaz.

Sentí que sonreía en mi cuello. Había echado la cabeza hacia atrás y ahora estaba agarrada a sus hombros. Me había olvidado de lo que me dolía moverme.

—Se mueve arriba y abajo, como dos pelotas botando. ¿Nunca te has dado la vuelta para ver cómo se les cae la baba a los hombres?

—La verdad, sí, pero siempre he pensado que era más bien un problema evolutivo.

—Podría ser —dijo él, ahogando una risilla—. Dios, cómo quisiera que no estuvieras tan adolorida y magullada.

—Llegarías tarde al trabajo. —No me molesté en protestar para decir que no dejaría que me hiciera el amor porque ya había demostrado tener un lamentable control de mí misma cuando se trataba de él. Podía intentarlo, pero…

—Sí, y todos sabrían lo que he estado haciendo, porque llegaría con una gran sonrisa pintada en la cara.

—Entonces, me parece bien que esté dolorida y magullada porque nunca miro con buenos ojos a los que llegan tarde al trabajo. —Y si mi autocontrol no funcionaba contra él, quizá podía jugar con el problema de los dolores y magulladuras y agotar sus posibilidades. Sí, ya sé que es un poco manipulador de mi parte, pero aquello era la guerra… Y él llevaba todas las de ganar.

Volvió a mordisquearme el cuello para recordarme lo que me perdía, en caso de que lo hubiera olvidado. No lo había olvidado.

—¿Qué harás hoy mientras no esté?

—Dormir. Quizá practique un poco de yoga para estirar y relajar los músculos. Me pasearé por tu casa y miraré en todas partes. Después, si tengo tiempo, quizás ordene tus latas de conserva por orden alfabético, ponga orden en tu armario y programe tu televisor para que se encienda siempre en el canal Lifetime. —No sabía si eso era posible, pero la amenaza parecía convincente.

—Dios mío —dijo, con voz de terror—. Vístete. Te vienes a la comisaría conmigo.

—No puedes aplazarlo para siempre. Si insistes en que me quede aquí contigo, tendrás que sufrir las consecuencias.

—Ahora entiendo cómo funciona esto. —Levantó la cabeza y me miró entrecerrando los ojos.

—De acuerdo. Haz todas tus maldades. Esta noche me vengaré.

—Estoy herida, ¿lo recuerdas?

—Si puedes hacer todo eso, es que estás en mejor forma de lo que dices. Supongo que me enteraré esta noche, ¿no? —Me frotó ligeramente el trasero—. Estaré esperando el momento con ansia.

Estaba muy seguro de sí mismo.

Lo seguí a la segunda planta y lo miré mientras se duchaba y se afeitaba, y luego me senté en la cama mientras se vestía. El traje elegido ese día era de color azul oscuro, camisa blanca y una corbata amarilla con rayas azul marino y rojas muy delgadas. Vestía estupendamente, que es algo que aprecio de verdad en un hombre. Cuando acabó añadiendo la cartuchera bajo la axila y la placa abrochada al cinturón, casi fue demasiado para mi autocontrol. Toda esa autoridad y poder me ponía cachonda, lo cual no es muy feminista de mi parte, pero qué importa. Una se aprovecha de lo que la pone cuando lo encuentra y Wyatt era lo que me ponía a mí, sin importar lo que llevara puesto.

—Les llevo tu pudín de pan a los chicos y chicas. Creo que se pondrán muy contentos. Y luego iré a ver a tu ex —dijo, y se puso la chaqueta.

—Eso es perder el tiempo.

—Puede que sí, pero lo quiero ver con mis propios ojos.

—¿Por qué no hablan con él MacInnes y Forester? ¿Cómo se sentirán contigo metiendo las narices en un caso que les han asignado a ellos?

—Les ahorro un viaje y, además, ellos saben que es una cuestión personal, así que aprovecharán para tomarse un descanso.

—¿Los demás polis se han mostrado muy resentidos de tu nombramiento por encima de ellos?

—Por supuesto que sí. Jo, no habrían sido humanos si no se hubieran resentido. Yo intento no pisarles el terreno, pero al mismo tiempo soy su jefe y ellos lo saben.

Tampoco le preocupaba mucho pisarles el terreno. No lo dijo, pero tampoco tenía que decirlo. Wyatt no aguantaría gilipolleces de parte de ninguno de ellos.

Lo acompañé hasta la puerta del garaje y él se despidió con un beso.

—No tires nada de lo que encuentres cuando te pongas a hurgar y a revisar, ¿de acuerdo?

—De acuerdo. A menos que sean cartas de una antigua novia, o algo así, porque puede que accidentalmente les prenda fuego. Ya sabes cómo suceden ese tipo de cosas. —Debería saberlo. Iba a interrogar a Jason como sospechoso de asesinato. Sólo porque había escuchado el mensaje en el contestador.

—No hay cartas —dijo, sonriendo, mientras se metía en el coche.

Y las busqué, por cierto. Tenía todo un apacible día por delante. No tenía que ir a ninguna parte ni hacer nada. No tenía que hablar con nadie. Disponiendo de tanto tiempo, *tenía* que buscar. Pero no puse orden en su armario ni le ordené las latas de conserva porque para eso había que levantar las cosas y cambiarlas de sitio.

Me dediqué a consentirme. Miré la televisión. Dormí una siesta. Hice unas cuantas coladas y puse el arbusto, un poco recuperado, cerca de una ventana para que le diera algo el sol. Eso también exigía que hiciera fuerza, y dolía, pero lo hice de todas maneras porque el arbusto necesitaba toda la ayuda que pudieran darle. También llamé a Wyatt a su móvil y me salió su buzón de voz. Le dejé un mensaje diciendo que pasara a buscar un poco de abono para plantas.

Me llamó a mediodía.

—¿Cómo te sientes?

—Muy entumecida; todavía me duele, pero, estoy bien.

—Tenías razón acerca de Jason.

—Te lo dije.

—Tiene una coartada como una casa. Mi jefe y tu ex estaban jugando al golf a cuatro en el Little Creek Country Club el domingo por la tarde, así que no hay manera de que él te haya disparado. Supongo que no habrás pensado en nadie más que pueda querer matarte.

—Ni idea. —Yo también había pensado en ello, pero había sido incapaz de nombrar ni una sola persona. Llegué a la conclusión de que alguien intentaba matarme por un motivo que desconocía del todo, y eso es algo muy desagradable.

Capítulo 24

Cuando Wyatt volvió tarde a casa aquel día, lo seguía un Taurus verde. Salí del garaje, esperando ver a Papá bajar del coche de alquiler, pero en su lugar bajó Jenni.

—Hola —dije, sorprendida. Pensé que Papá traería el coche de alquiler.

—Me ofrecí voluntaria —dijo ella, y se echó el pelo detrás de las orejas. Se apartó cuando Wyatt me saludó con un beso. Su boca era cálida, y su contacto era tierno cuando me estrechó contra él.

—¿Cómo te ha ido el día? —me preguntó, cogiéndome la mejilla en el cuenco de la mano.

—Nada especial. Justo lo que necesitaba. —La paz era un bálsamo. No había ocurrido nada que me hiciera pensar en la posibilidad de morir, lo cual era un cambio agradable. Le sonreí a Jenni.

—Entra y toma un refresco. No me había dado cuenta del calor que hacía hasta que he salido.

Wyatt se apartó para dejar entrar a Jenni. Ésta miró por todas partes, sin disimular la curiosidad.

—Es una casa estupenda —dijo—. Parece antigua y moderna a la vez. ¿Cuántas habitaciones tiene?

—Cuatro —dijo Wyatt. Se quitó la chaqueta y la colgó del respaldo de una silla. Se aflojó el nudo de la corbata y se desabrochó el botón del cuello—. En total, nueve habitaciones, tres cuartos de baño y un aseo. ¿Quieres que te haga un *tour* en toda regla?

—Sólo abajo —dijo ella, y sonrió—. Así, si Mamá me pregunta cómo os arregláis para dormir, podré decir honestamente que no lo sé.

Mamá no tenía nada de mojigata (ni por asomo), pero les había enseñado a sus hijas que una mujer inteligente no dormía con un hombre a menos que tuvieran una relación comprometida, y por comprometida quería decir al menos un anillo de compromiso bien puesto. Era de la opinión de que los hombres, criaturas simples donde las haya, valoran más aquello por lo que más se esfuerzan. Estoy de acuerdo con ella en principio, aunque no del todo en la práctica. Quiero decir, bastaría con ver la relación en que estaba en ese momento. Wyatt no tenía que esforzarse para nada. Le bastaba con besarme el cuello, y yo me arrepentía del día en que había descubierto mi debilidad. Sin embargo, para ser justa conmigo misma, era el único hombre que había conocido capaz de neutralizar mi autocontrol de esa manera.

Jenni dejó caer las llaves en el mostrador de la cocina y siguió a Wyatt mientras él le enseñaba brevemente la planta baja, es decir, la cocina, la sala del desayuno, el comedor formal (que estaba vacío), el salón (lo mismo) y la sala familiar. Tenía un pequeño recibidor junto a la cocina, como había descubierto ese día, pero no se molestó en mostrárselo. Era muy pequeño, unos cuatro metros cuadrados, más adecuado para una despensa o un armario grande, pero ahí tenía lo esencial: una mesa, un archivador, ordenador, impresora, teléfono. No había nada interesante en el archivador. Estuve un rato jugando con su ordenador, pero no me metí en ninguno de sus archivos. La verdad es que tengo mis límites.

No los seguí en su recorrido, pero lo escuché detenerse en la sala familiar y encender el televisor (quizá para comprobar si yo le había manipulado el mando). No pude evitar una sonrisa. Pensé en quitarle las pilas, pero luego me dije que me guardaría ese recurso para cuando tuviéramos una discusión. No serviría de nada porque era probable que tuviera un paquete entero de pilas de repuesto. Al contrario, sería más inteligente si fuera de compras y... sin quererlo, metiera el móvil en mi bolso antes de salir. Hay que pensar en estas cosas con antelación, y luego no vacilar cuando llegue el momento. A las que vacilan las atrapan.

Cuando volvieron a la sala del desayuno, yo ya había puesto en la mesa unos vasos con té frío. Wyatt cogió uno y se tomó la mitad casi de un solo trago, y vi cómo se le hinchaba el cuello bronceado. A pesar de la afabilidad que mostraba con Jenni, yo veía en su cara las arrugas de cierta preocupación. Era evidente que las pesquisas de la policía para descubrir quién intentaba matarme no habían arrojado resultados.

Cuando por fin dejó el vaso, me miró y sonrió.

—Tu pudín de pan fue un éxito total. Se lo acabaron todo en treinta minutos, y todo el mundo andaba con un subidón de azúcar.

—¿Has hecho pudín de rosquillas? —gruñó Jenni—. Ay, ¿y no ha quedado nada?

Wyatt sonrió con una mueca.

—Precisamente, resulta que hemos hecho dos, y uno de ellos todavía está en la nevera. ¿Quieres un poco?

Jenni aceptó con el entusiasmo de una loba hambrienta y Wyatt sacó el molde de la nevera. Yo saqué dos platos y dos cucharas de los cajones.

—¿Tú no comes? —me preguntó Jenni, frunciendo ligeramente el ceño.

—No, estos días no hago ejercicio, así que tengo que cuidar la dieta. —Tampoco me lo estaba pasando demasiado bien con tanto rigor. Prefería de lejos hacer ejercicio todos los días, una o dos horas, que tener que contar las calorías. Quería probar ese pudín (tampoco era la última oportunidad que tendría de probarlo), pero no en ese momento.

Nos sentamos todos a la mesa mientras Wyatt y Jenni comían. Le pregunté a Wyatt si tenían alguna pista, y él contestó con un suspiro.

—Los forenses han encontrado una huella en el jardín de detrás de tu casa, y han hecho un molde. Es una huella de calzado atlético, y pertenece a una mujer.

—Entonces, es probable que sea mía —dije, pero él negó con la cabeza.

—No a menos que calces un treinta y nueve, y yo sé perfectamente que no es así.

Era verdad. Yo calzaba un treinta y siete. Ninguna de las mujeres de mi familia calzaba ese número. Mamá llevaba un treinta y seis y Siana y Jenni un treinta y siete y medio. Intenté pensar en alguna de mis amigas que calzaran un treinta y nueve y que pudieran haber estado en mi jardín trasero, pero no me vino nadie a la cabeza.

—Creí que, según tú, era probable que no fuera una mujer la que intentaba matarme —dije, acusadora.

—Y sigo pensando lo mismo. Disparar con un arma larga y manipular los frenos de un coche normalmente no se corresponde con los patrones femeninos.

—Entonces ¿la huella no significa nada?

—Lo más probable es que no —dijo, y se frotó los ojos.

—No puedo estar oculta indefinidamente —dije. Esta vez, no era una acusación, sino un hecho. Tenía una vida, pero no podía vivirla, por lo cual, aunque no hubiera conseguido matarme físicamente, en cierto sentido aquel chalado ya me había matado.

—Quizá no tengas que esconderte —dijo Jenni, titubeante, y se quedó mirando su cuchara como si estuviera leyendo en ella el sentido de la vida—. Quiero decir que… me ofrecí a traerte el coche de alquiler porque he estado pensando, y he elaborado un plan. Yo podría ponerme una peluca rubia y fingir que soy tú, actuar como cebo de la trampa para que Wyatt pueda atrapar a ese bicho raro y tú vuelvas a estar a salvo.

Me quedé completamente boquiabierta.

—¿Qué? —dije, con un chillido ahogado. Ni en mil años me habría imaginado a Jenni proponiendo algo tan absurdo. Jenni era muy hábil buscando ser el blanco de todas las miradas, y eso no correspondía para nada a mi propia manera de ser—. ¡Puedo ser mi propio cebo y sin necesidad de usar peluca!

—Deja que lo haga por ti —imploró Jenni, y luego me sorprendí al ver las lágrimas que asomaban en sus ojos—. Deja que te compense por lo que te hice. Sé que nunca me has perdonado y no te culpo por ello. Fui una niñata egoísta y no pensé en todo el daño que te haría. De verdad que he reflexionado sobre ello, y quisiera que tú y yo estuviésemos más cerca la una de la otra, como tú y Siana.

Me quedé tan pasmada que no sabía qué decir, y eso no ocurre todos los días. Abrí la boca y volví a cerrarla cuando me encontré con la mente en blanco.

—Tenía celos de ti —siguió ella, hablando muy rápido, como si tuviera que confesarlo todo antes de que le faltara el valor—. Eras tan popular, y hasta mis amigas decían que eras la chica más guai que conocían. Todas querían llevar un peinado como el tuyo y comprarse el mismo tono de pintalabios. Daban pena.

Ésa era la Jenni que yo conocía. Me sentí reconfortada, segura de que los alienígenas no se habían apoderado del cuerpo de mi hermanita. Con mirada reconcentrada, Wyatt escuchaba en silencio cada una de sus palabras. Habría querido que nos dejara solas, pero se veía que no tenía ninguna intención de hacerlo.

—Eras la mejor animadora del equipo, eras muy mona, eras atlética, eras la que leía los discursos de presentación cada año, habías ido a la universidad con una beca de animadora, sacaste muy buenas notas y te licenciaste en administración de empresas. Y luego te casaste con el hombre más guapo ¡que había visto en mi vida! —chilló—. Algún día será gobernador, quizá llegará a senador, o incluso a presidente, ¡y a ti te cayó en las manos como una fruta madura! Yo estaba celosa, y pensaba que por muy guapa que fuera nunca llegaría a hacer todo lo que tú habías hecho, y pensaba que Mamá y Papá te querían más a ti. ¡Hasta Siana te quiere más a ti! Por eso, cuando Jason me lanzó los tejos, yo le respondí enseguida. Porque si él me miraba a mí, quería decir que, al fin y al cabo, tú no eras la más espectacular.

—¿Qué pasó? —preguntó Wyatt, con voz queda.

—Blair nos sorprendió a Jason y a mí besándonos —confesó ella, con la voz quebrada—. Fue lo único que pasó, y ésa fue la primera vez, pero todo explotó enseguida y se divorciaron. Todo ha sido culpa mía y quiero compensarle por ello.

—Tendrás que encontrar otra manera de hacerlo —dijo Wyatt, dándolo por sentado. No te pienses ni por un momento que tú o Blair podéis actuar como cebos. Si decidiéramos recurrir a ese plan, una de nuestras agentes se haría pasar por Blair. Nunca arriesgaríamos el pellejo de otra persona.

Jenni parecía muy decepcionada al ver que su plan era rechazado no sólo por mí sino también por Wyatt. Al fin y al cabo, la opinión que contaba era la de él, porque tenía la autoridad para rechazar el plan o llevarlo a la práctica. Su respuesta fue que no.

—Tiene que haber algo que pueda hacer —dijo, y una lágrima rodó por su mejilla. Me miró como implorándome.

—Veamos —dije. Por fin conseguía hablar. Con la uña, me di golpecitos en el labio inferior mientras pensaba—. Podrías lavar mi coche todos los sábados durante el próximo año. Después de que compre un coche, claro está. O podrías pintar mi cuarto de baño, que es algo que detesto hacer.

Me miró pestañeando, incapaz de hacerse una idea de lo que yo decía. Luego soltó una risilla. En medio de la risilla, tuvo un hipo acompañado de un sollozo, lo cual es una combinación sumamente extraña. A mí me hizo soltar una risilla tonta también, algo que he intentado suprimir del todo, por cuestiones de imagen. Soy rubia y, en realidad, no debería reír de esa manera.

En fin, acabamos dándonos un abrazo y las dos reímos, y Jenni me pidió perdón otras cinco o seis veces. Le dije que era de la familia y que la escogería a ella en lugar de a Jason Carson con los ojos cerrados, porque el tío era un cabrón capaz de tirarle los tejos a su cuñada de diecisiete años y ya me estaba bien librarme de él.

Ay. Los dramas familiares me dejan agotada.

Wyatt tuvo que llevar a Jenni a casa. Me preguntaron si quería ir, pero preferí quedarme porque sentía que necesitaba un momento a solas para calmar mis emociones. Había intentado perdonar a Jenni y, hasta cierto punto, lo había conseguido, porque la parte del león de la culpa se la llevaba Jason. Él era un hombre adulto y casado, mientras que las adolescentes no son precisamente las campeonas del comportamiento racional. Sin embargo, la idea de que mi hermana pequeña me hubiera traicionado siempre me rondaba la cabeza. Intentaba portarme con normalidad con ella, pero supongo que ella sabía ver la diferencia entre el antes y el después. Lo que más me sorprendía era que le importara. No, lo que más me sorprendía de verdad era que alguna vez hubiera tenido celos de mí. Jenni es una chica preciosa, siempre ha sido preciosa, desde que nació. Yo soy inteligente, pero no tanto como Siana. Soy guapa, pero no pertenezco a la misma categoría que Jenni. Por lo tanto, mi posición en la familia era como intermedia. ¿Por qué habría de tener celos de mí?

Iba a llamar a Siana para hablarlo con ella, pero decidí que lo mantendría como una cuestión privada entre Jenni y yo. Si de verdad ella tenía la intención de reparar nuestra relación, y digo *de verdad*, no iba a ser yo quien saboteara esa oportunidad hablando por los codos de algo que ella no quería que los demás supieran.

Wyatt volvió al cabo de una hora. Tenía el ceño fruncido como anticipo de una reprimenda cuando entró por la puerta.

—¿Por qué diablos no me dijiste que habías chantajeado a tu marido para que te diera todo lo que pediste con el divorcio? ¿No te parece que eso ya podría considerarse todo un motivo?

—Sí, salvo que no fue Jason el que me disparó —señalé—. Además, cree que tiene el negativo de la foto.

Él me miró con esa mirada de visión nocturna.

—¿*Cree*?

Yo le respondí parpadeando y con la más inocente de las expresiones.

—Quiero decir, *sabe* que tiene el negativo.

—Ya. ¿Y *sabe* que tiene todas las copias?

—Eeeh, creo que piensa que sí, y eso es lo que importa, ¿no crees?

—¿De manera que lo chantajeaste y luego lo traicionaste?

—Yo lo veo más bien como un seguro. En cualquier caso, nunca he tenido que utilizar la foto, y él ni siquiera sabe que existe. No he tenido ningún contacto con él desde que se falló el divorcio, y eso sucedió hace cinco años. Por eso sabía que no era Jason el que intentaba matarme, sencillamente porque no tendría motivo alguno.

—Excepto que sí tiene un motivo.

—Lo tendría si supiera lo de la foto, pero no lo sabe.

Wyatt se apretó la nariz, como si le acabara de provocar un dolor de cabeza.

—¿Dónde están las copias?

—En la caja fuerte de un banco. No hay manera de que alguien las vea por accidente, y nadie más sabe que las tengo, ni siquiera mi familia.

—Vale, yo te recomiendo encarecidamente que, cuando todo esto acabe y tú puedas salir de tu escondite, cojas esas copias y las destruyas.

—Puedo hacerlo.

—Ya sé que puedes. La pregunta es: ¿las destruirás? ¿Me lo prometes?

Lo miré, enfurecida.

—He dicho que lo haría.

—No, has dicho que podías hacerlo. Hay una diferencia. Prométemelo.

—Vale, de acuerdo, lo prometo. Destruiré las fotos.

—Sin hacer más copias.

Dios mío, no se podía decir que fuera el tipo más confiado del mundo. Me cabreó que también pensara en esa posibilidad. O Papá seguía dándole algún tipo de consejo o Wyatt tenía una mente inusualmente suspicaz.

—*Sin volver a hacer copias* —insistió.

—¡Vale! —dije, seca, y pensé que algún día su mando a distancia caería por accidente en la taza del váter.

—Bien —dijo, y cruzó los brazos sobre el pecho—. Ahora bien, ¿tienes algún otro pequeño secreto del que no me hayas hablado, como haber chantajeado a alguna otra persona, o alguna venganza que no hayas mencionado porque no le prestas mayor importancia?

—No, Jason es la única persona que he chantajeado en mi vida. Y se lo merecía.

—Se merecía algo peor que eso. Merecía que le patearan el culo hasta los hombros.

Me encogí de hombros, ligeramente consolada por esos sentimientos.

—Es lo que habría hecho Papá, y por eso no le contamos por qué nos divorciamos Jason y yo. Era para proteger a Papá, no a Jason. —Jason no se merecía que a mi padre lo detuvieron ni un minuto por agresión, que es lo que habría ocurrido, ya que Jason es del tipo petulante, y no habría dudado en presentar una denuncia.

—De acuerdo. —Wyatt se me quedó mirando un momento. Luego sacudió la cabeza, como lamentándolo todo, y me abrazó. Me sentí reconfortada en sus brazos, le rodeé la cintura y apoyé la cabeza en su pecho. Él dejó descansar el mentón sobre mi cabeza—. Ahora entiendo por qué necesitas estar tan segura —murmuró—. Debió ser un golpe duro para ti ver a tu marido besando a tu hermana.

Si hay algo que detesto es que la gente se apiade de mí. En este caso, no había ninguna necesidad. Ya había superado el episodio y Jason era polvo del pasado. Sin embargo, no podía decir «En realidad nunca me preocupó demasiado», porque eso habría sido una mentira muy gorda y él se habría dado cuenta; habría pensado que todavía me dolía tanto que no podía reconocerlo. Así que murmuré:

—Lo he superado. Y conseguí el Mercedes. —Salvo que ahora ya no tenía el Mercedes, que había quedado convertido en un amasijo de hierros.

—Puede que hayas superado el dolor, pero no has superado la experiencia. Te volviste recelosa.

Ahora parecía que a sus ojos era un pajarito herido. Me aparté y le lancé una mirada dura.

—No soy recelosa. Soy lista. Hay una diferencia. Sólo quiero estar segura de que hay algo sólido entre nosotros antes de acostarme contigo…

—Demasiado tarde —dijo él, y sonrió.

—Ya lo sé —contesté, con un suspiro, y volví a apoyar la cabeza en su pecho—. Un caballero no se regocija con el mal ajeno.

—¿Qué te dice eso?

Me decía que él era demasiado presumido y que yo tendría que reforzar mis defensas. Pero había un problema, y es que no quería reforzarlas. Quería arrasarlas. El sentido común me decía que más me valía renunciar a mi prurito de no acostarme con él porque no hacía más que desperdiciar saliva. Por otro lado, era contraproducente complacerlo en todo.

—Me dice que lo mejor sería que me fuera a un motel en otra ciudad —dije, sólo para que dejara de sonreír de esa manera.

Y funcionó.

—¿Qué? —preguntó, sobresaltado—. ¿De dónde has sacado una idea tan descabellada?

—Debería encontrarme perfectamente a salvo en otra ciudad, ¿no crees? Podría firmar con un nombre falso, y…

—Olvídalo —dijo él—. Ni te pienses que dejaré que te vayas—. Luego se dio cuenta de que ahora tenía un coche y que no podría ejercer ningún control sobre mis actividades durante el día, mientras estaba en el trabajo. En cualquier caso, ya no me podía controlar porque si quería irme, me bastaba con coger el teléfono y llamar a cualquiera de mi familia y vendrían a buscarme. Hasta su propia madre vendría a buscarme.

—Ah, mierda —concluyó.

Wyatt era así de elocuente.

Capítulo 25

Esa noche tuve una pesadilla, lo cual no era nada raro si se tiene en cuenta todo lo que me había ocurrido. Puede que ya hubiera tenido varias pesadillas, pero mi subconsciente descarta ciertas cosas con la misma facilidad con que yo lo hago en estado consciente. No suelo tener pesadillas. Mis sueños suelen ser sobre cuestiones de todos los días, con pequeños detalles curiosos porque para eso están los sueños, ¿no? Por ejemplo, yo estoy en Cuerpos Colosales con un montón de papeleo de que ocuparme, pero los clientes no paran de interrumpirme porque la mitad quiere que los deje desnudarse para hacer los ejercicios en las bicicletas estáticas, mientras que la otra mitad opina que aquello sería una grosería, lo cual es verdad. Ése es el tipo de cosas con que sueño.

No soñé que me disparaban. No había nada que soñar con eso, excepto el ruido y la quemazón en el brazo, lo cual no da para mucho. Sin embargo, el accidente de coche conservaba miles de detalles en mi subconsciente. No soñé que me saltaba otra señal de Stop. Al contrario, iba con mi Mercedes rojo, el que tenía cuando me divorcié de Jason y que luego cambié por el blanco. Iba por un puente colgante muy alto cuando, de pronto, perdía el control del coche y empezaba a dar vueltas. Todos los otros coches me golpeaban y cada golpe me acercaba más y más al borde del puente. Y de pronto supe que el próximo que me diera me lanzaría al vacío. Vi cómo se acercaba ese último coche a cámara lenta. Después, el impacto, un golpe muy fuerte que empujaba el Mercedes hasta la barrera y lo hacía caer.

Me desperté con un sobresalto, con el corazón desbocado y temblando de pies a cabeza. Era yo la que temblaba, no mi corazón. Quizá también temblara mi corazón, pero no había manera de saberlo. Sólo sentía que me martilleaba. Y Wyatt estaba inclinado sobre mí, su gran sombra protectora en la oscuridad de la habitación.

Me acarició el vientre, me cogió por la cintura y me estrechó en sus brazos.

—¿Una pesadilla?

—A mi coche lo empujaban por un puente —murmuré. Seguía medio dormida—. Un desastre.

—Ya, me lo imagino. —Wyatt tenía su propia técnica para reconfortarme, que consistía en taparme con su propio cuerpo. Le rodeé la cintura con las piernas y lo acerqué a mí.

—¿Te sientes bien como para hacer esto? —inquirió, aunque era un pelín tarde para preguntar porque sentí que ya se deslizaba dentro de mí.

—Sí —contesté de todos modos.

Tuvo mucho cuidado, o al menos lo intentó. Se mantuvo apoyado sobre los antebrazos, moviéndose lenta y regularmente, hasta el final, cuando dejó de ser lento y regular. Pero no me hizo daño. Y si me hizo daño, estaba demasiado excitada para darme cuenta.

El día siguiente fue una especie de repetición del día anterior, con la diferencia de que hice más estiramientos y yoga y me sentí mucho mejor. El brazo izquierdo todavía me dolía si intentaba recoger alguna cosa, lo cual forzaba el músculo, pero podía manejarlo bastante bien si lo hacía con movimientos lentos y sin gestos bruscos.

Vi que el arbusto que Wyatt me había comprado sobreviviría, si bien necesitaría una semana entera de cuidados y mimos antes de que aguantara el brusco cambio de plantarlo en el jardín. Puede que Wyatt no entendiera la idea de planta de interior, pero la había comprado para mí y le tomé cariño a la pobre criatura. Empezaba a tener una especie de claustrofobia debido a mi estado de inactividad, así que salí al jardín y miré dónde podría plantarlo. Debido a lo antigua que era la casa, la vegetación de los alrededores estaba muy crecida, pero sólo había arbustos y ninguna flor, y pensé que vendría bien algo de color. No eran la estación adecuada para las flores. Quizás el próximo año...

El calor y el sol le agradaron a mi piel. Estaba aburrida de ser una inválida y ansiaba sentir el subidón de unos buenos ejercicios. Tenía tantas ganas de volver al trabajo que me dolía y me enfadaba no poder satisfacer mi deseo.

El sueño de la noche anterior seguía dándome vueltas en la cabeza. No era el hecho de caer desde lo alto del puente, sino el que se tratara del Mercedes rojo, que había cambiado hacía más de dos años. Si una cree en el carácter profético de los sueños, era probable que aquello tuviera un significado, pero no tenía ni idea de lo que podía ser. ¿Quizá me arrepentía de no haber comprado otro coche rojo? ¿Acaso pensaba que el blanco era demasido aburrido? No estaba de acuerdo y, de todos modos, debido al calor, el blanco era más práctico para el sur.

En términos de calidad, no de temperatura, incluso pondría el rojo en tercer lugar, por detrás del negro, primero, y del blanco, segundo. Hay algo en un coche negro que es como una declaración de poder. El rojo era deportivo, el blanco sexy y elegante, y el negro era poderoso. Quizá mi próximo coche sería negro, si algún día llegaba a comprarlo.

Para combatir el aburrimiento, me dediqué a redecorar la sala, moviendo los muebles con la pierna y el brazo derecho. Nada más que por ganas de cambiar, saqué el sillón de Wyatt de su lugar de honor frente al televisor. No había nada de malo en cómo lo tenía dispuesto él, ni tampoco me importaba que el sillón estuviera en el lugar principal pero, como he dicho, me aburría.

Desde la inauguración de Cuerpos Colosales, apenas había tenido tiempo para mirar la tele, salvo las noticias de las once de la noche, a veces, por lo que había perdido la costumbre. Eso Wyatt no lo sabía. Quizá me divertiría reclamando ver mis programas favoritos, que, por descontado, siempre pasarían en los canales de Lifetime, Home & Garden, y Oxygen. Lo malo era que si yo ganaba la batalla por el mando, tendría que mirar esos programas. Siempre hay un pero.

Salí a la calle y cogí el periódico del buzón. Después, me senté en la cocina y leí una noticia tras otra. Necesitaba unos libros. Tenía que salir y comprar algo de maquillaje y un par de zapatos. El maquillaje y los zapatos nuevos siempre me suben el ánimo. Tenía que enterarme de cómo le iba a Britney esos días, porque la vida de esa chica era tal desastre que, comparada con ella, recibir un disparo era de lo más sano.

Wyatt ni siquiera tenía café aromatizado. Sumando una cosa y otra, aquella casa estaba pésimamente equipada para que yo viviera con comodidad.

Cuando él volvió a casa esa tarde yo estaba que me subía por las paredes. Por una cuestión de pura frustración, comencé a hacer otra lista de sus transgresiones y el agravio número uno era que no tenía mi café favorito. Si me tenía que quedar ahí durante la convalecencia, tenía que estar cómoda. También necesitaba más ropa, y mi gel de baño preferido y mi champú de esencias y todo tipo de cosas.

Me saludó con un beso y dijo que subiría a cambiarse de ropa. Para llegar a la escalera, hay que pasar por la sala. Me quedé en la cocina y oí que sus pasos se detenían en seco cuando se dio cuenta de los cambios.

—¿Qué ha pasado con los muebles? —preguntó, en voz alta.

—Me aburría.

Murmuró algo indescifrable para mí y escuché que subía las escaleras.

No soy un mero objeto de decoración. También había revisado el interior de la nevera y sacado un poco de carne de entre los congelados. Preparé un guiso con la carne y una salsa para la pasta. Ya que Wyatt nunca volvía a casa a la misma hora, no había puesto a hervir los espaguetis, y eso fue lo que hice en ese momento. No tenía panecillos, pero tenía pan de molde. Unté las tostadas con mantequilla y un poco de ajo en polvo y queso. También me percaté de que no tenía nada para preparar una ensalada verde. No era lo que yo consideraba una comida sana, pero teniendo en cuenta los contenidos de su despensa y su nevera, o era eso o eran judías en lata.

Bajó vestido sólo con unos pantalones vaqueros y se me hizo la boca agua cuando lo vi, con sus abdominales compactos y su pecho musculoso y velludo. Para no ponerme a babear y dejarme a mí misma en evidencia, me di la vuelta y metí los panes con queso en el horno. Cuando estuvieran bien dorados, los espaguetis estarían hechos.

—Huele muy bien —dijo, mientras ponía la mesa.

—Gracias. Pero a menos que hagamos una compra, no hay nada más que cocinar. ¿Qué sueles comer por la noche?

—Suelo comer fuera. El desayuno, aquí. La cena, fuera. Así es más fácil, porque al final del día estoy cansado y no tengo ganas de entretenerme cocinando.

—Yo no puedo cenar fuera —me quejé.

—Si vamos a otra ciudad, sí. ¿Quieres que lo hagamos mañana? Podría contar como una cita.

—No, no cuenta. —Creía que habíamos tratado esa parte en la playa—. Tú comes de todos modos. Una cita sería si hacemos algo que tú normalmente no haces, como ir a ver una obra de teatro, o un concurso de bailes de salón.

—¿Qué te parece un partido de béisbol?

—En estos momentos no hay nada más que béisbol, y es un

deporte estúpido. No hay animadoras. Cuando comience la liga de fútbol, ya hablaremos.

Dejó pasar mi insulto sobre el béisbol, puso hielo en nuestros vasos y luego los llenó con té.

—Los forenses encontraron algo hoy —me soltó, de sopetón.

Apagué el fuego de los espaguetis. Wyatt hablaba como intrigado, como si no supiera que pensar de lo que habían encontrado los forenses.

—¿Qué han encontrado?

—Unos cuantos pelos, cogidos en la parte baja del coche. Es un milagro que todavía estuvieran ahí, teniendo en cuenta que tu coche ha quedado reducido a la nada.

—Y ¿qué te pueden decir unos cuantos pelos? —le pregunté—. Si tuvieras un sospechoso, podrías hacer una prueba de ADN, sería un elemento a favor. Pero no tienes a nadie.

—Son pelos oscuros, así que nos dicen que la persona en cuestión es morena. Y tienen unos veinticinco centímetros, de modo que nos hacen pensar que, efectivamente, se trata de una mujer. No necesariamente, ya que hay muchos hombres que llevan el pelo largo, pero analizarán los pelos en busca de lacas, gel para peinarse y ese tipo de cosas. Eso debería decirnos algo, porque no todos los hombres por aquí usan esos productos.

—Jason sí los usa —dije.

—Jason es un cabrón afeminado con más vanidad que materia gris. —Fue una opinión clara y concisa.

Jason no le gustaba nada. Aquello me alegraba el corazón.

—¿Conoces a alguna mujer de pelo largo y oscuro que quiera matarte? —me preguntó.

—Conozco a muchas mujeres de pelo oscuro. La segunda parte es la que me desconcierta —dije, y me encogí de hombros sintiéndome impotente. Todo aquello era un rompecabezas—. Ni siquiera he tenido una discusión por una multa de aparcamiento en muchos años.

—Puede que el motivo no sea reciente —dijo Wyatt—. Cuando mataron a Nicole Goodwin y a ti te mencionaron como testigo, es probable que alguien viera en ello una oportunidad para matarte y culpar al asesino de Nicole. Pero ahora que Dwayne Bailey ha confesado que él es culpable, no hay motivo para que quiera matarte.

—Entonces, ¿por qué esa persona no ha desistido cuando detuvieron a Bailey? Ya no puede cargarle la culpa.

—Tal vez como no la han atrapado, piensa que puede hacerlo y salirse con la suya de todos modos.

—¿Has pensado en las mujeres con que has salido últimamante, más o menos? —pregunté—. ¿Hay alguna de pelo moreno entre ellas?

—Sí, claro, pero ya te lo he dicho. No fueron nada serio.

—Búscalas e interrógalas de todas maneras —dije, exasperada. Seguro que era una cuestión personal, porque no había revisado ninguno de los otros motivos que suelen aducirse cuando alguien es asesinado.

—¿Y qué hay de los tíos con que has salido tú? Puede que uno de ellos tuviera una antigua novia que estaba loca por él, y lo importante aquí es la palabra «loca». Quizá desde entonces ha cultivado un odio superlativo hacia ti cuando su tío empezó a salir contigo.

—Puede que sea una posibilidad —dije, pensando en ello—. Lo que pasa es que no recuerdo a nadie que haya mencionado a una ex novia que estuviera loca. Nadie me habló de sentirse acosado, y esta persona corresponde a una acosadora, ¿no?

—Puede que sí, puede que no. Ahora tenemos que analizarlo todo, así que necesitaré una lista de todos los hombres con que hayas salido en los últimos dos años.

—Vale, empecemos contigo —dije, sonriéndole dulcemente—. Veamos quiénes son tus amigas.

Ya se veía que así no conseguiríamos nada, así que lo dejamos correr mientras cenábamos y lavábamos los platos. Después, Wyatt se instaló en su sillón de respaldo reclinado frente a la televisión, y empezó a leer el periódico, feliz de la vida. Me paré frente a él y lo miré indignada hasta que finalmente dejó el periódico y preguntó:

—¿Qué pasa?

—Me aburro. Hace dos días que no salgo de esta casa.

—Eso porque eres lista. Alguien intenta matarte, así que deberas quedarte en un sitio donde no te puedan encontrar.

¿Acaso pensaba que eso me iba a disuadir?

—Hoy podría haber salido, ir a otra ciudad, pero pensé que te preocuparías si salía sola.

—Y tienes razón —dijo, con un leve asentimiento de la cabeza.

—Pero ahora estás aquí.

—Vale. ¿Qué quieres hacer? —me preguntó, con un suspiro.

—No sé. Algo.

—Eso reduce las posibilidades. ¿Qué te parece una pelicula? Podemos llegar a la sesión de las nueve, en Henderson. Cuenta como una cita, ¿no?

—De acuerdo. —Henderson era una ciudad a unos cincuenta kilómetros. Eran casi las siete, así que subí a arreglarme. Las magulladuras de la cara empezaban a cobrar un tono amarillento, gracias a Mamá, y me puse suficiente maquillaje para disimularlo. Luego me puse unos pantalones largos y una blusa de manga corta, y me la até la cintura. Me cepillé el pelo, me puse unos pendientes, y ya estaba lista.

Wyatt seguía leyendo el periódico. Y seguía semidesnudo.

—Estoy lista —anuncié.

Él miró su reloj.

—Todavía tenemos tiempo de sobras—dijo, y volvió a su periódico.

Encontré mi lista y escribí *No presta atención*. Cualquiera habría pensado que querría causar mejor impresión, tratándose de nuestra primera cita en dos años. Ya sabía yo que acostarse con él tan pronto sería un grave error. Wyatt ya me daba por adquirida.

—Creo que me trasladaré a otra habitación —reflexioné, en voz alta.

—Dios me valga. Venga, nos vamos. —Dejó el periódico en el suelo y subió las escaleras de dos en dos.

Cogí el periódico y comencé a hojearlo. Ya lo había leído, desde luego, pero no sabía qué películas figuraban en la cartelera. La página correspondía a nuestra ciudad, pero supuse que en Henderson pondrían lo mismo.

Tenía ganas de reír, y pasaban una nueva comedia romántica que parecía a la vez simpática y sexy. Wyatt bajó las escaleras abrochándose una camisa blanca. Se detuvo, se bajó la bragueta, se metió la camisa y volvió a subírsela.

—¿Qué te apetece ir a ver? —me preguntó.

—*Prenup* —dije—. Parece divertida.

—Yo no pienso ir a ver una peli de chicas.

—¿Qué quieres ver?

—Ésa de la mafia que persigue al tío superviviente tiene buena pinta.

—¿*Final del camino*?

—Ésa, sí.

—Entonces, tenemos un problema. —La elección de Wyatt era una típica peli de acaba con ellos, con un héroe que lucha por su vida en las montañas y, por supuesto, con una bellísima mujer medio desnuda que él rescata, aunque no sé por qué se molesta si la chica es monumentalmente estúpida. Pero si a Wyatt le gustaba, era su elección.

Subimos al Taurus, y yo suspiré con alivio ante el cambio de escenario. El sol estaba muy bajo, las sombras de la tarde eran alargadas y el calor era todavía tan intenso que el aire acondicionado estaba al máximo. Dirigí la salida del aire hacia mi cara porque no quería que el sudor me corriera el maquillaje con que ocultaba mis hematomas.

Llegamos al cine casi media hora antes de la sesión, así que dimos un paseo por las calles durante un rato. Henderson tenía unos quince mil habitantes, justo lo bastante grande como para tener un cine con cuatro salas. Era agradable, y había sido renovado unos años antes para disponer los asientos en gradas. Como el típico hombre que era, Wyatt detestaba tener que esperar antes de que empezara la película, así que llegamos al cine cuando quedaban sólo unos cinco minutos.

—Yo invito —dije, sacando dinero y acercándome a la ventanilla—. Una para *Prenup* y otra para *Final del camino* —dije, y pasé un billete de veinte dólares por la ranura.

—*¿Qué?* —Era Wyatt a mis espaldas. Estaba enfurecido, pero yo lo ignoré. El cajero me pasó las dos entradas por la ventanilla con el cambio.

Me giré y le pasé la suya.

—Así los dos podemos ver lo que queremos —dije, con tono razonable, y entré la primera. Por suerte, las dos películas empezaban con una diferencia de minutos.

Parecía furioso, pero entró en la sala a ver su película y yo me senté sola en la oscuridad y me lo pasé muy bien, mirando travesuras tontas y sin preocuparme de si él se aburría o no. Además, las escenas de sexo eran tal como me gustaban a mí, vibrantes y excitantes. Me hicieron pensar en tomar por asalto a Wyatt en el trayecto de vuelta a casa. No había vuelto a hacérmelo con un chico en un coche desde que era adolescente, y el Taurus tenía un asiento trasero bastante respetable. No era un asiento magnífico, pero sí respetable. Además, tenía una buena suspensión.

Cuando la película acabó, salí, sonriente, después de disfrutar de la hora y cincuenta minutos. Tuve que esperar un rato a que acabara la peli de Wyatt, pero me entretuve mirando todos los carteles.

A Wyatt, la película no le mejoró en nada el ánimo. Seguía con cara de tormenta cuando salió, unos diez minutos más tarde. Sin decir palabra, me cogió por el brazo y me llevó hasta el coche.

—¿Qué diablos ha pasado? —ladró cuando ya estábamos en el coche y nadie podía oírlo—. Creí que íbamos a ver la misma película.

—No, tú no querías ver la peli que me interesaba a mí y yo no quería ver la tuya. Somos dos personas adultas, y podemos entrar solos en una sala de cine.

—Se trataba de pasar un rato juntos, salir en una *cita* —dijo, apretando la mandíbula—. Si no querías ver la película conmigo, podríamos habernos quedado en casa.

—Pero yo quería ver *Prenup*.

—Podrías haberla visto más tarde. La pondrán en la televisión en un par de meses.

—Lo mismo se puede decir de *Final del camino*. No tenías por qué quedarte sentado ahí si no tenías ganas. Podrías haber visto la otra conmigo.

—¿Y aburrirme como un extraterrestre con una peli de chicas?

Su actitud empezaba a enervarme. Me crucé de brazos y le lancé una mirada furiosa.

—Si tú no estás dispuesto a ver una peli de chicas, dame una buena razón por la que yo debería ver una película de pollas contigo. A menos que yo también quiera verla, desde luego.

—¿Y eso significa que hay que hacerlo todo a tu manera?

—Espera un momento, joder. Yo estaba perfectamente feliz viendo la peli sola. No he insistido en que me acompañes. Si hay alguien que insiste en que las cosas se hagan como uno quiere, ése eres tú. Es decir, como «él» quiere.

Él volvió a apretar los dientes.

—Sabía que sería así. Es que lo sabía. Eres redomadamente caprichosa, ¿lo sabías?

—¡Eso no es verdad! —De pronto me entró tal enfado con él que podría haberle dado una bofetada. El problema es que soy una persona no violenta. La mayoría de las veces.

—Cariño, si miras la palabra «caprichosa» en el diccionario, la verás ilustrada con tu propia foto. ¿Quieres saber por qué me desentendí hace dos años? Porque sabía que sería así y, si abandonaba a tiempo, pensaba que me evitaría un montón de problemas.

Estaba tan enfadado que era como si escupiera las palabras. Me quedé boquiabierta.

—¿Renunciaste porque soy una *caprichosa*? —le pregunté con un chillido de voz. Yo creía que tendría motivos profundos, importantes, como, por ejemplo, que le hubieran asignado una tarea como agente secreto y que prefería terminar su relación conmigo por si acaso lo mataban, o algo por el estilo. Pero resulta que me había dejado porque pensaba que era demasiado caprichosa.

Cogí el cinturón de seguridad y lo retorcí con todas mis fuerzas para no tener que hacer lo mismo con su cuello, o al menos intentarlo. Ya que Wyatt pesaba unos treinta y cinco kilos más que yo, no sabía cómo podía acabar eso. Aunque la verdad es que sí lo sabía, y por eso opté por estrangular el cinturón de seguridad.

—¡Si soy demasiado caprichosa ya no tienes de qué preocuparte! —le grité—. ¡Porque no dependo de nadie! ¡Sé cómo ocuparme de mí misma y ya está! No me meteré más en tus asuntos y así podrás volver a tu vida tranquila y apacible…

—Hay que joderse —dijo él, y me besó. Yo estaba tan furiosa que intenté morderlo. Él se echó hacia atrás, soltó una risa y volvió a besarme. Me enredó los dedos en el pelo y tiró de mi cabeza hacia atrás, dejando al descubierto mi cuello.

—¡Ni te atrevas! —Intenté escurrirme. Solté el cinturón y lo empujé hacia atrás por los hombros.

Pero él optó por atreverse.

—No quiero una vida tranquila y apacible —dijo, contra mi cuello, al cabo de un rato—. Eres un problema muy gordo, pero yo te quiero y no hay más que hablar.

Luego me dejó en mi asiento, puso el coche en marcha y salió del aparcamiento antes de que llamáramos la atención y alguien nos denunciara a la policía. Yo seguía haciendo pucheros y estaba al borde de las lágrimas. No sé cuánto rato condujo hasta que se salió del camino y aparcó el coche detrás de unos árboles grandes donde no podían vernos.

Sí, el Taurus tenía una muy buena suspensión.

Capítulo 26

Cualquiera pensaría que después de haberme dicho que me quería, yo estaría como unas pascuas, pero él lo había dicho como si yo fuera una dosis de algún remedio de sabor insoportable. No importa que me hubiera hecho el amor en el asiento trasero de un coche como si quisiera comerme viva. Había herido mis sentimientos. No sólo era eso. Además, cuando tuve un momento para pensar en ello, me preocupaba el estado de ese asiento trasero. Quiero decir, tratándose de un coche de alquiler, no había manera de saber qué se habría cocinado ahí atrás. Ahora mi trasero desnudo se añadía a la lista.

No hablé con él durante todo el trayecto de vuelta a casa. En cuanto llegamos, subí corriendo a darme una ducha, por si me hubiera contagiado alguna cosa. En realidad, subí de prisa, porque todavía no estaba en forma como para correr. También cerré la puerta del cuarto de baño con llave para que no se metiera conmigo en la ducha, porque ya sabía cómo acabaría aquello y detesto que sea tan fácil convencerme.

Debería haberlo pensado mejor y llevar ropa limpia al cuarto de baño, pero no se me había ocurrido, así que tuve que ponerme lo que acababa de quitarme. Ni pensar en salir con sólo una toalla para taparme. Conocía a Wyatt Bloodsworth y su lema: Aprovecha la oportunidad.

Me esperaba cuando salí del baño, apoyado en la pared, pacientemente, como si no tuviera nada más que hacer con su tiempo. No se amilanaba ante las discusiones, de eso ya me había dado cuenta.

—Esto no funcionará —me apresuré a decir—. Ni siquiera podemos ir al cine sin que tengamos una tremenda discusión, que tú luego intentas ignorar recurriendo al sexo.

—¿Conoces una manera mejor? —me preguntó él, frunciendo una ceja.

—Es precisamente lo que diría un hombre. A las mujeres no les agrada disfrutar del sexo cuando están enfadadas.

El ceño se volvió más pronunciado.

—Pues, a mí me has engañado —dijo, con voz de suficiencia. No era lo más inteligente que podría haber dicho.

—No deberías echármelo en cara —dije, a pesar de que me temblaba el labio inferior—. No es culpa mía que conozcas mis puntos débiles, pero cuando sabes que no me puedo resistir a ti, actúas como un auténtico presumido después de aprovecharte de esa manera.

En su boca asomó una ligera sonrisa y dejó de apoyarse en la pared.

—¿Tienes alguna idea de la excitación enorme que siento cuando reconoces que no puedes resistirte? —Rápido como una víbora, me cogió por la cintura con un brazo y me atrapó—. ¿Sabes en qué pienso durante el día?

—En el sexo —dije, mirándolo directamente al pecho.

—Bueno, sí. Algunas veces. A menudo. Pero también pienso en cómo me haces reír y lo agradable que es despertarme a tu lado por las mañanas y volver a verte por la noche. Te quiero, y cambiarte por la mujer más equilibrada, sin complicaciones y no caprichosa del mundo no me haría feliz porque la chispa no estaría.

—Ya, claro —dije, sarcástica—. Por eso me dejaste y desapareciste durante dos años enteros.

—Me entró algo —dijo, encogiéndose de hombros—. Lo reconozco. Después de sólo dos citas me di cuenta de que no habría un minuto de paz contigo, así que decidí cortar por lo sano antes de involucrarme demasiado. A la velocidad que íbamos, supuse que estaríamos en la cama al cabo de una semana y casados antes de que yo supiera qué había pasado.

—¿Y esta vez qué ha cambiado, cuál es la diferencia? No soy yo.

—Gracias a Dios. Te quiero tal como eres. Supongo que acepté el hecho de que por muy problemática que fueras, merece la pena. Por eso te perseguí cuando te fuiste a la playa, y por eso no me fui del cine aunque estaba tan enfadado que no recuerdo nada de la película, y por eso soy capaz de remover cielo y tierra para tenerte a salvo.

Yo no estaba preparada para dejar de estar enfadada, pero sentía que el malhumor se despejaba. Intenté aferrarme a él, y le miré la camisa con rabia para que no se diera cuenta de que sus dulces palabras surtían efecto.

—Cada día que pasa aprendo algo más de ti —murmuró, acercándome para rozarme la frente con la boca. Yo encogí los hombros para que no tuviera acceso a mi cuello, y el rió por lo bajo—. Y cada día que pasa me siento más enamorado. También has hecho disminuir la tensión en el departamento de policía porque los tíos que antes me rechazaban ahora me tienen simpatía.

Se agudizó mi ceño fruncido, pero esta vez era de verdad. ¿Wyatt despertaba la simpatía de los demás porque me amaba?

—Tan mala no soy.

—Eres el infierno en persona, cariño, y ellos creen que me pasaré el resto de mi vida yendo de un lado para otro apagando tus incendios forestales. No dejan de tener razón —dijo, y me besó en la frente—. Pero nunca estaré aburrido, y tu padre me enseñará las claves para sobrevivir en medio de una tormenta. Venga —dijo, con tono cariñoso, y sus labios se desplazaron a mi oreja—. He sido el primero en enfrentarme al peligro. Ya puedes ir y decirlo tú también: tú también me quieres. Sé que me quieres.

Yo jugué con lo que tenía a mano, me hice la remolona, pero su abrazo era cálido y el olor de su piel empezaba a marearme de las ganas que me daban. Al final, dejé escapar un suspiro.

—De acuerdo —dije, ceñuda—. Te quiero. Pero no pienses ni por un minuto que eso significa que me convertiré en una mujer sumisa.

—Antes de que eso ocurra volarán los cerdos —dijo él, irónico—. Pero puedes jugarte lo que quieras que acabarás siendo mi mujer. Desde el comienzo, lo he dicho muy en serio… es decir, desde el segundo comienzo. Pensar que podrían haberte matado fue lo que de verdad me abrió los ojos.

—¿Cuál de las veces? —pregunté, pestañeando—. Han sido tres.

Me apretó contra él.

—La primera vez. He tenido suficientes sustos esta semana como para toda una vida.

—¿Ah, sí? Deberías estar en mi pellejo.— Me di por vencida y apoyé la cabeza en su pecho. Mi corazón se había desbocado, sólo como él era capaz de hacerlo desbocar, pero esta vez en estéreo. Confundida, presté oído y de pronto me di cuenta de que también oía sus latidos mientras que los míos sólo los intuía. Y el suyo también iba desbocado.

Experimenté una especie de dicha que florecía en mí, que me llenaba como el agua llena un globo, hasta que me sentí hinchada, que quizá no sea una gran metáfora pero parece lo bastante elocuente, porque me sentía como si mi interior fuera demasiado grande para la piel que lo contenía. Eché la cabeza hacia atrás y lo miré con una sonrisa enorme.

—¡Me amas! —exclamé, triunfante.

—Lo sé —dijo él, con una mirada de leve cautela—. Yo mismo lo he dicho, ¿no?

—Sí, pero ¿lo dices en serio?

—¿Pensabas que te mentía?

—No, pero escuchar y sentir son dos cosas muy diferentes.

—Y tú sientes… —Guardó silencio, invitándome a rellenar el espacio en blanco.

—Los latidos de tu corazón —dije, y le di una palmadita en el pecho—. Está desbocado, igual que el mío.

Su expresión cambió, se volvió más tierna.

—Es lo que hace cada vez que estoy cerca de ti. Al principio, pensé que tenía una arritmia, pero luego me di cuenta de que ocurre sólo cuando tú estás cerca. Estaba a punto de hacerme un electrocardiograma.

Lo suyo era una exageración, pero a mí no me importaba. Me amaba. Había añorado y esperado y soñado con ese momento prácticamente desde el día en que lo conocí, cuando él me había destrozado dejándome tirada de esa manera. Me habría destrozado con cualquier modalidad de abandono, pero la verdad es que me había jugado una muy mala pasada al no decirme los motivos. Yo le había puesto las cosas muy difíciles esa última semana, pero se lo merecía por haberme tratado de esa manera, y no me arrepentía ni un segundo. Sólo me arrepentía de no haberle puesto las cosas aún más difíciles, de haber cedido cada vez que él me tocaba, pero qué le vamos a hacer. A veces simplemente hay que ir con la corriente.

—¿Quieres casarte lo más pronto posible o quieres planear algún tipo de celebración? —me preguntó.

Yo no tenía duda alguna de por dónde iban sus preferencias. Incliné la cabeza a un lado y pensé en ello un momento. Yo me habría casado por la Iglesia y disfrutado de cada instante, pero las bodas por la Iglesia ocasionan muchos problemas y cuestan mucho dinero, además de que hay que planearlas con tiempo. Me alegraba haber vivido la experiencia una vez, aunque luego el matrimonio no hubiera funcionado, pero no sentía necesidad de volver a repetir toda la pompa y la ceremonia. Por otro lado, deseaba tener algo más que una boda exprés.

—Celebración —dije, y él consiguió ahogar un gruñido—. Le di un golpecito en el brazo.— Pero que no sea demasiado ostentosa. Tenemos que pensar en nuestras familias y ocuparnos de algunas cosas, pero no necesitamos esculturas de hielo ni fuentes llenas de champán. Algo pequeñito, no más de treinta personas, si es que llegamos a eso, quizás en el jardín de tu madre. ¿Crees que le gustaría o le aterraría la idea de que le pisoteen las flores?

—Le encantaría. Adora mostrar su casa.

—Estupendo. Espera, ¿qué pasará si no puedes descubrir a la persona que me disparó y que manipuló mi coche? ¿Qué pasará si tengo que estar escondida hasta Navidad? Para entonces, ya no habrá flores y, además, hará demasiado frío para celebrar la boda en el jardín. ¡Ni siquiera podemos elegir una fecha! —reclamé, llorosa—. No podemos planear nada hasta que hayamos solucionado esto.

—Si es necesario, nos llevaremos a toda la familia a Gatlinburg y nos casaremos en una de esas iglesias pequeñitas, especiales para bodas.

—¿Quieres que me vista de novia en un motel? —le pregunté, y sólo el tono ya le dijo que la idea no me parecía demasiado brillante.

—No veo por qué no. No estarás pensando en llevar uno de esos vestidos largos y acampanados.

No pensaba en eso, pero aún así… Quería tener mis cosas a mi alrededor cuando llegara el momento de arreglarme. ¿Qué pasaría si necesitaba algo que se me había olvidado meter en la maleta? Cosas como esa pueden estropear los recuerdos que una mujer tiene de su boda.

—Tengo que llamar a Mamá —dije y me separé de él para ir hasta el teléfono.

—Blair, son más de las doce.

—Lo sé, pero se sentirá dolida si no se lo cuento enseguida.

—¿Y cómo lo sabrá? Llámala por la mañana y le dices que lo hemos decidido a la hora del desayuno.

—Ella verá enseguida que miento. Uno no decide que se va a casar durante el desayuno. Decides casarte después de una cita caliente, y después de haberlo hecho y cosas así.

—Sí, me gusta sobre todo lo de las «cosas así» —dijo él, soñador—. Hacía dieciocho o diecinueve años que no lo hacía en el asiento trasero. Me había olvidado de lo puñeteramente incómodo que es.

Empecé a marcar el número.

—¿Le contarás a tu madre lo de las «cosas así»?

Lo miré como diciendo: ¿estás de broma?

—Como si a estas alturas no se hubiera dado cuenta.

Mamá contestó al primer timbrazo.

—¿Blair? ¿Ocurre algo?

Los sistemas para identificar al que llama son un invento fantástico. Ahorran mucho tiempo y se puede prescindir del saludo introductorio.

—No, sólo te quería contar que Wyatt y yo acabamos de tomar la decisión de casarnos.

—¿Y qué hay de nuevo en eso? Él nos lo contó cuando nos conocimos en el hospital, cuando te dispararon, nos dijo que ibais a casaros.

Giré la cabeza como un resorte y lo miré indignada.

—Eso hizo, ¿eh? Es curioso, pero a mí no me lo había dicho hasta esta noche.

Wyatt se encogió de hombros, como si aquello no fuera con él. Ya veía que sería un hueso duro de roer en los años que nos esperaban. Era un individuo demasiado seguro de sí mismo.

—Yo ya me preguntaba por qué tú no decías nada —dijo Mamá—. Empezaba a sentirme dolida.

—Ya pagará por ello —dije, con voz grave.

—Ah, mierda —dijo Wyatt, sabiendo perfectamente que hablaba de él, aunque sin saber con certeza de qué transgresión se trataba. Era probable que lo dejáramos entrar en el terreno de juego, ya que sabía de qué hablábamos, pero todavía no sabía lo grave que era jugar con los sentimientos de Mamá.

—Hay dos escuelas de pensamiento en relación con estas cosas —dijo Mamá, con lo cual quería decir que se podía mirar desde dos perspectivas—. Una es que seas dura con él para que aprenda a manejar las cosas y no vuelva a cometer el mismo error. Y la segunda es que se lo dejes pasar porque para él todo esto es nuevo.

—¿Qué lo deje pasar? No sé cómo se hace eso.

—Ésa es mi chica —dijo ella, que a todas luces aprobaba su decisión.

—¿Por qué estás despierta a estas horas? Has contestado tan rápido que se diría que estabas durmiendo junto al teléfono. —Me picaba un poco la curiosidad porque Mamá siempre dormía con el teléfono a su lado cuando estaba preocupada por alguna de nosotras. Era una costumbre que había adoptado desde que yo empecé a salir con chicos a los quince años.

—No he dormido con el teléfono desde que Jenni se graduó en el instituto. Lo que pasa es que sigo trabajando en estos famosos impuestos trimestrales, y este estúpido ordenador se me sigue colapsando, y no puede leer sus programas. Ahora está imprimiendo una jerga incomprensible. Me encantaría enviar la declaración escrita con ese código porque las instrucciones del departamento de Hacienda son tan claras que ni siquiera ellos saben lo que hacen. ¿Cómo crees que quedaría?

—No quedaría bien. Hacienda no tiene sentido del humor.

—Ya lo sé —dijo ella, triste. De haber sabido que esta máquina me dejaría tirada, habría hecho todo esto a mano mucho más rápido, pero tengo todos mis archivos en el ordenador. A partir de ahora voy a guardar copias en papel.

—¿No tienes copia de seguridad?

—Claro que sí. Pregúntame si funciona.

—Entonces creo que tienes un problema muy gordo.

—Ya lo sé, y estoy harta de todo este pastel. Pero se ha convertido en una cuestión de honor, y no dejaré que me venza este monstruo descerebrado.

Eso quería decir que iría mucho más allá del punto en que una persona normal habría tirado la toalla y llevado el bicho a una clínica informática.

Luego se me ocurrió algo y miré a Wyatt.

—¿Puedo contarle a Mamá lo de los pelos que habéis encontrado?

Él se lo pensó un momento y luego asintió.

—¿Qué pelos? —me preguntó Mamá.

—Los forenses han encontrado unos pelos de color oscuro, de unos veinticinco centímetros de largo, en los bajos de mi coche. ¿Se te ocurre alguien con ese largo de pelo que quisiera matarme?

—Humm. —Era el ruido que decía que Mamá estaba pensando—. ¿Es pelo negro o simplemente oscuro?

Le transmití la pregunta a Wyatt. Él puso esa cara que decía que quería saber qué diferencia había, pero luego pensó en ello y vio la diferencia.

—Yo diría que negro.

—Negro —dije.

—¿Natural o teñido?

Mamá se había enrollado.

—¿Natural o teñido? —le pregunté a Wyatt.

—Todavía no lo sabemos. Tienen que analizar las pruebas.

—Todavía lo están mirando —le dije a Mamá—. ¿Se te ha ocurrido alguien?

—Por ejemplo, Malinda Connors.

—Mamá, eso ocurrió hace quince años, el día que le pegué, en la fiesta de la Reina de la Fiesta. Seguro que a estas alturas se le habrá pasado.

—No estoy tan segura. A mí siempre me pareció que esa chica era de naturaleza vengativa.

—Pero demasiado impaciente. No podría haber esperado tanto tiempo.

—Es verdad. Humm. Tiene que ser alguien que tiene celos de ti por algún motivo. Pregúntale a Wyatt con quién salía antes de que empezarais todo esto.

—Ya hemos pensado en eso. Según él, no hay candidatas.

—A menos que haya vivido como un monje, hay candidatas.

—Ya lo sé, pero ni siquiera quiere darme los nombres para que yo lleve a cabo mis investigaciones.

Wyatt vino a sentarse a mi lado en la cama.

—¿De qué estáis hablando?

—De ti y tus mujeres —dije, dándole la espalda y apartándome para que no escuchara la conversación.

—No tengo mujeres —dijo, exasperado.

—¿Has oído eso? —le pregunté a Mamá.

—Lo he oído. Sólo que no me lo creo. Pregúntale cuánto tiempo duró su abstinencia antes de conocerte.

Hay que señalar que mi madre suponía que su abstinencia ya había concluído. El hecho de que le importara tan poco mi actual vida amorosa era una señal de que aprobaba a Wyatt en toda regla, lo cual no es poca cosa. Contar con la aprobación de Mamá es un elemento fundamental de la sana y alegre convivencia en familia.

Lo miré por encima del hombro.

—Mamá quiere saber cuánto tiempo estuviste sin probar nada, antes de que nos comprometiéramos.

Su expresión era de auténtica alarma.

—No es verdad. Ella no ha dicho eso.

—Sí que lo ha dicho. Toma. Te lo dirá en persona.

Le pasé el teléfono y él lo cogió con gesto cauto.

—Hola —dijo, y luego escuchó. Ví que en sus mejillas comenzaban a brotar dos manchas rojas. Se tapó los ojos, como si quisiera esconderse de la pregunta.

—Eh… ¿seis semanas? —dijo, con voz tímida—. Puede ser. Tal vez un poco más. Le paso a Blair.

Me devolvió el teléfono con un movimiento rapidísimo. Lo cogí y pregunté:

—¿Qué piensas?

—Seis semanas es un tiempo largo de espera si estás loca por alguien o tienes una fijación con él —dijo Mamá—. Lo más probable es que esté limpio. ¿Y tú? ¿Has tenido algún medio novio que luego se haya metido con alguna chalada que cultivara unos celos intensos hacia sus antiguas relaciones?

Medio novio significa un par de citas, pero nada serio entre medio, y cada cual acababa alejándose de la órbita del otro. Desde Wyatt, había salido con unos cuantos de ésos y, en ese momento, ni siquiera estaba segura de que pudiera recordar sus nombres.

—No he seguido manteniendo los contactos, pero supongo que puedo averiguarlo —dije. Eso, si lograba recordar los nombres.

—Es la única posibilidad que se me ocurre —dijo Mamá—. Dile a Wyatt que arregle este asunto rápido, porque se acerca la fecha del cumpleaños de tu abuela y no podremos celebrarlo si tú sigues escondida.

Después de colgar, le transmití ese último mensaje y él asintió, como si tomara nota de ello, pero estoy bastante segura de que Wyatt todavía no entendía quién era la abuela. No tenía ni idea de la ira que se abatiría sobre nuestras cabezas si le hacíamos el más mínimo desaire. La abuela decía que ya no le quedaban muchos cumpleaños por celebrar, así que si de verdad la queríamos, tendríamos que sacarle todo el partido posible. La abuela, la madre de mi madre, como habréis adivinado, cumplirá setenta y cuatro años el próximo cumpleaños, así que ni siquiera es tan vieja, pero sabe manipular lo de su edad para conseguir lo que quiere.

Así es. Es una cosa curiosa la genética, ¿no os parece?

Le lancé una mirada encendida.

—Venga, dímelo, ¿cómo se llama?

Él sabía perfectamente de qué le hablaba.

—Lo sabía —dijo, sacudiendo la cabeza. Sabía que te pegarías a ese detalle como una sanguijuela. No fue nada. Me encontré con una vieja amiga… en una conferencia y… no fue nada.

—Salvo que te acostaste con ella —dije, con tono acusador.

—Tiene el pelo rojo —dijo—. Y trabaja como inspectora en… joder, no pienso decir dónde trabaja. Tan tonto no soy. Mañana estarías llamándola por teléfono para acusarla de intento de asesinato o para intercambiar vuestras impresiones acerca de mí.

—Si es poli, sabe disparar.

—Blair, confía en mí, por favor. Si pensara que hubiera la más mínima posibilidad de que ella hiciera algo así, ¿crees que vacilaría un segundo antes de detenerla para interrogarla?

Respondí con un suspiro. Tenía una manera de decir las cosas que me dejaba escaso margen de maniobra, y se había dado cuenta rápidamente de ello.

—Pero se trata de alguien que tiene celos de mí —dije—. Mamá tiene razón. Yo tengo razón. Se trata de un asunto personal.

—Estoy de acuerdo. —Se incorporó y empezó a quitarse la ropa—. Pero son más de las doce. Estoy cansado, y tú también, y podremos hablar de esto cuando tengamos los resultados de los análisis del pelo. Sabremos si nos las vemos con un pelo moreno de verdad o con alguien que se lo ha teñido para disimular su aspecto antes de pasar a la acción.

Tenía razón en lo de estar cansados, así que decidí que también tenía razón con esto otro. Me quité la ropa y me metí desnuda entre las sábanas frías. Él puso el termostato en Hipotermia Segunda Fase, apagó las luces y se metió en la cama conmigo. En ese momento descubrí que había mentido con lo de estar cansado.

Capítulo 27

Esa noche volví a soñar con mi Mercedes rojo. En este sueño no había puente, sólo una mujer que me apuntaba frente a mi coche con una pistola. Observé que su pelo no era negro. Era de un color castaño claro, un tono casi rubio pero que no llegaba a ser rubio. Lo curioso era que yo estaba estacionada delante del piso donde vivíamos con Jason cuando nos casamos. No vivimos mucho tiempo allí, puede que un año, antes de comprar una casa. Cuando nos divorciamos, no tuve problemas para dejarle la casa a Jason y los pagos pendientes a cambio del capital con que comencé Cuerpos Colosales.

Aunque en el sueño la mujer me apuntaba con la pistola, yo no tenía miedo. Más que asustada, me sentía exasperada con ella por ser tan tonta. Al final, bajaba del coche y me alejaba caminando, lo cual demuestra lo absurdos que son los sueños, porque yo nunca abandonaría así mi Mercedes.

Me desperté sintiéndome intrigada, que es una manera muy rara de sentirse al despertar. Desde luego, todavía estaba en la cama, así que nada había ocurrido que pudiera intrigarme.

Hacía tanto frío en la habitación que temí que el trasero se me fuera a congelar si salía de la cama. No sé por qué a Wyatt le gustaba poner el aire acondicionado tan alto por la noche, a menos que tuviera algo de esquimal. Levanté la cabeza para mirar el reloj: las cinco y cinco de la madrugada. Faltaban todavía veinticinco minutos para que sonara la alarma, pero si yo estaba despierta, no veía motivo alguno para que Wyatt siguiera durmiendo, así que le di en un costado.

—Ah. Auch —dijo, con voz pastosa, y se dio la vuelta. Con su mano enorme me frotó el vientre—. ¿Estás bien? ¿Otra pesadilla?

—No, he tenido un sueño, pero no era una pesadilla. Estoy despierta y la habitación está fría como una nevera industrial. Me da miedo levantarme del frío que hace.

Emitió un ruido, una mezcla de gruñido y bostezo, y miró el reloj.

—Todavía no es la hora de levantarse —dijo, y volvió a hundirse en la almohada.

Le volví a dar en el costado.

—Sí que es la hora. Tengo que pensar en una cosa.

—¿No puedes pensar mientras yo duermo?

—Claro que podría, si no insistieras en que todo se congele por la noche, y si tuviera una taza de café. Creo que deberías subir el termostato a, digamos, unos cuatro grados, y así podré empezar a derretirme y, ya que estás levantado, podrías prestarme una de tus camisas de franela para abrigarme.

Él volvió a gruñir y se tendió de espaldas.

—Vale, vale. —Farfulló un par de frases, dejó la cama y salió al pasillo, donde estaba el termostato. Al cabo de unos segundos, el aire frío paró. El aire seguía frío, pero al menos no circulaba. Luego Wyatt volvió a la habitación y se metió en el fondo del armario, de donde salió con algo largo y oscuro. Lo tiró encima de la cama y luego volvió a meterse bajo las sábanas.

—Nos veremos en veinte minutos —murmuró, y volvió a dormirse con la misma facilidad.

Cogí la prenda larga y oscura y me envolví con ella. Era una bata, agradable y gruesa. Cuando bajé de la cama y me puse de pie, los pesados pliegues de tela me llegaban hasta los tobillos. Me apreté el cinturón al salir de puntillas de la habitación (no quería molestarlo) y encendí las luces de la escalera para no romperme el cuello al bajar.

La cafetera estaba programada para encenderse a las cinco y veinticinco, pero yo no quería esperar tanto. Le di al interruptor, se encendió el testigo rojo y el trasto empezó con sus pitidos y borboteos que anunciaban que ya llegaban los refuerzos.

Cogí una taza del armario y me quedé esperando. Cuando mis pies descalzos entraron en contacto con el suelo, sentí tanto frío que los dedos se me doblaron hacia arriba. Si teníamos hijos, pensé, Wyatt tendría que renunciar a la costumbre de poner el aire acondicionado tan alto por las noches.

Sentí una especie de sacudida en el estómago, como sucede cuando uno llega a la parte de arriba de la montaña rusa, y me creí atrapada en una sensación de irrealidad. Era como ocupar dos planos de existencia a la vez: el mundo real y el mundo de los sueños. El sueño era Wyatt, lo era desde el momento en que lo conocí, y yo había aceptado haber perdido la oportunidad. Ahora, de pronto, el mundo de los sueños también era el mundo real, y me estaba costando trabajo asimilarlo.

En poco más de una semana, todo se había invertido. Wyatt me dijo que me amaba. Que nos íbamos a casar. Yo le creí las dos cosas, puesto que les había dicho lo mismo a mis padres, a su madre y a todo el cuerpo de policía. Y no sólo eso, de hecho, si él sentía por mí lo mismo que yo sentía por él, entendía que al principio le hubiera entrado el miedo, porque ¿cómo se enfrenta uno a un problema como ése?

Las mujeres pueden lidiar mejor que los hombres con esas cosas, porque somos más duras. Al fin y al cabo, la mayoría de nosotras crece pensando que algún día se quedará embarazada y tendrá hijos, y cuando una piensa en lo que eso significa de verdad para el cuerpo de la mujer, es un milagro que les dejemos acercarse a menos de un kilómetro.

Los hombres se creen sometidos a una gran presión porque

tienen que afeitarse todos los días. Y yo os pregunto: comparado con lo que deben soportar las mujeres, ¿no es eso una prueba de que los hombres son unos blandengues?

Wyatt había perdido dos años porque pensaba que yo era una caprichosa. No soy una caprichosa. Para caprichosas, la abuela. Desde luego, ella ha tenido mucha más práctica. Espero ser igual que ella cuando tenga esa edad. Por ahora, sólo soy una mujer adulta razonable y lógica que gestiona su propio negocio y cree en una relación compartida entre dos personas al cincuenta por ciento. Resulta que habrá veces en que yo tendré los dos cincuenta por ciento, como ahora, cuando me han disparado o cuando esté embarazada. Pero ésas son ocasiones especiales, ¿no?

Había suficiente café en la cafetera para llenar mi taza. Gracias a Dios por la interrupción automática de las cafeteras modernas. Cuando la saqué, sólo cayó una gota en la placa caliente. Me serví y devolví la cafetera a su lugar y me apoyé contra los armarios mientras me entretenía especulando sobre lo que me intrigaba tanto de mi sueño.

Tenía los pies congelados, así que al cabo de un rato entré en la sala y cogí la libreta donde había anotado las transgresiones de Wyatt y me instalé en su sillón con la bata enrollada alrededor de los pies.

Lo que mi madre había dicho la noche anterior, es decir, hacía pocas horas, había activado todo un hilo de pensamiento. El problema era que los eslabones no estaban conectados todavía, así que, técnicamente, supongo que no había una cadena, porque los eslabones tienen que estar unidos para formar una cadena. No, ahí estaban los fragmentos esparcidos para que alguien viniera y los uniera.

Mamá había dicho más o menos lo que yo misma pensaba, pero lo había dicho de manera algo diferente. Y había regresado muy atrás en el tiempo, hasta el período de mi último año en el instituto, cuando Malinda Connors tuvo un ataque de ira porque a mí me nombraron reina de la fiesta, aunque ya fuera también jefa de las animadoras y ella opinaba que no era justo que yo detentara ambos títulos. Tampoco habrían elegido reina a Malinda porque, aunque tuviera una muy elevada opinión de sí misma y pensara que yo era el único obstáculo en su camino, su aspecto se parecía, digamos, al de la chica del cartel de Fulanas S.A.

Sin embargo, no había intentado matarme. Malinda se había casado con un imbécil y se había ido a vivir a Minneapolis. Me parece que hay una canción con esa letra.

Aun así, mi madre me hizo pensar que las raíces de aquello podían remontarse a tiempos del pasado remoto. Yo intentaba pensar en algo reciente, como la última novia de Wyatt, o mi último novio, lo que no tenía mayor sentido, porque Wyatt había sido el único que importaba y, técnicamente, no se podía definir como novio porque le habían entrado las dudas tan rápido.

Empecé a escribir cosas en la lista. Seguían siendo eslabones perdidos, pero tarde o temprano daría con aquello que me permitiría convertirlo en una cadena.

Oí la ducha arriba y supe que Wyatt se había levantado. Encendí la tele para ver el tiempo —caluroso— y luego me quedé mirando la libreta mientras pensaba en lo que haría durante el día. Ya estaba harta de quedarme sentada en casa sin hacer nada. El primer día había sido estupendo, pero ayer ya no lo había sido tanto. Si tenía que volver a quedarme en casa, me metería en todo tipo de problemas, por puro aburrimiento.

Además, me sentía bien. Llevaba siete días con los puntos de sutura y el músculo se estaba recuperando muy bien. Incluso podía vestirme sola. Los dolores después del accidente se habían suavizado, en gran parte gracias al yoga, a las bolsas de hielo y a mi experiencia en general con los músculos doloridos.

Al cabo de unos quince minutos, Wyatt bajó por las escaleras y me vio sentada frente al televisor.

—¿Ocupada con otra lista? —me preguntó con mirada de cautela al acercarse.

—Sí, pero no es de las tuyas.

—¿También llevas una lista de las transgresiones de otras personas? —Hablaba como si se sintiera agraviado, como si creyera que él era el único que se merecía una lista.

—No, es una lista de las pruebas.

Se inclinó y me saludó con un beso. Después, leyó la lista.

—¿Por que figura en la lista tu Mercedes rojo?

—Porque he soñado dos veces con él. Tiene que tener algún significado.

—Quizá porque el blanco ha quedado destrozado y te gustaría recuperar el rojo —aventuró, y me volvió a besar—. ¿Qué te gustaría comer esta mañana? ¿Otra vez crepes? ¿Huevos con salchichas?

—Estoy cansada de la comida para tíos —dije. Me levanté y lo seguí a la cocina—. ¿Por qué no tienes comida para chicas? Necesito comida para chicas.

Él se quedó quieto con la cafetera en la mano.

—¿Las mujeres no comen lo mismo que los hombres? —inquirió, como dudando. De verdad, acababa siendo exasperante.

—¿Estás seguro de que has estado casado? ¿Acaso no sabes nada de nada?

Terminó de servir el café y devolvió la cafetera a su lugar.

—Por aquel entonces no prestaba demasiada atención. Tú has comido lo mismo que yo.

—Sólo para no ser maleducada, ya que te molestabas tanto por alimentarme.

Pensó en lo que le dije un momento y luego replicó:

—Deja que me tome el café y volvemos a hablar de esto. Entretanto, voy a preparar el desayuno, y tú te lo comerás porque es lo único que tengo y me niego a que te mueras de hambre.

Madre mía, se pone a cien por cualquier cosa.

—Fruta —dije, amablemente—. Melocotones, pomelos, tostadas de pan integral. Y yogur. A veces, un poco de cereales. Eso es comida para chicas.

—Tengo cereales —dijo.

—Hablo de cereales *sanos*. —Sus gustos en cereales iban de Froot Loops a Cap'n Crunch.

—¿Por qué preocuparse de comer cosas sanas? Si puedes comer yogur y sobrevivir, puedes comer cualquier cosa. Es asqueroso, casi tan malo como el requesón.

Estaba de acuerdo con él en lo del requesón, así que no salí en su defensa. Al contrario, dije:

—No tienes por qué comerlo. Sólo tienes que tener comida para chicas y me la comeré yo. Quiero decir, si es que voy a quedarme.

—Te vas a quedar, ésa no es la cuestión. —Se metió una mano en el bolsillo y sacó algo y me lo lanzó—. Toma.

Era una pequeña caja forrada de terciopelo. La di vueltas en mi mano pero no la abrí. Si era lo que yo pensaba… se la lancé enseguida de vuelta. Él la cogió al vuelo con una mano y se me quedó mirando con el ceño fruncido.

—¿No lo quieres?

—¿Querer qué?

—El anillo de compromiso.

—Ah, ¿es eso lo que hay en la caja? ¿Me has *lanzado* así el anillo de compromiso? —Madre mía, aquello era una transgresión tan grave que pensé que la escribiría en letras mayúsculas ocupando toda una página. Se la mostraría a nuestros hijos cuando crecieran para que aprendieran a cómo *no* hacer ciertas cosas.

Wyatt inclinó la cabeza a un lado mientras pensaba en ello un instante. Luego me miró, de pie y descalza, empequeñecida por su bata, con los ojos entrecerrados y esperando a ver qué hacía él. Me sonrió brevemente y se me acercó, me cogió la mano derecha y se la llevó a los labios. Luego se arrodilló con gesto elegante y me volvió a besar la mano.

—Te amo —dijo—. ¿Te quieres casar conmigo? —me preguntó, con voz grave.

—Sí, quiero —dije, con una voz igual de grave—. Y luego me lancé en sus brazos, con lo cual le hice perder el equilibrio. Quedamos los dos tendidos en el suelo, salvo que esta vez él quedó abajo, así que se estaba bien. Nos besamos unas cuantas veces y luego yo me desprendí de la bata y lo que se puede imaginar que ócurriría ocurrió.

Tras aquello, el recuperó la caja de terciopelo de cerca de la puerta, donde había ido a parar al dejarla caer, y la abrió de golpe. Sacó un diamante sencillo y solitario, sobrecogedoramente bello. Me cogió la mano izquierda y deslizó suavemente el anillo en mi dedo cordial.

Miré el diamante y los ojos se me llenaron de lágrimas.

—Oye, no llores —dijo él, y me alzó el mentón para besarme con gesto cariñoso—. ¿Por qué lloras?

—Porque te amo y es bello —dije, y me tragué las lágrimas. A veces hacía las cosas justo como debía ser y cuando eso sucedía, era más de lo que yo podía soportar—. ¿Cuándo lo has comprado? No se me ocurre en qué momento has podido tener tiempo.

Él replicó con un bufido.

—El viernes pasado. Lo he llevado conmigo más de una semana.

¿El viernes pasado? ¿Un día después del asesinato de Nicole? ¿Antes de seguirme a la playa? Me quedé boquiabierta.

Él me puso un dedo bajo el mentón y me lo empujó hacia arriba, hasta cerrarme la boca.

—Entonces ya estaba seguro. Estuve seguro en cuanto te vi el jueves por la noche, sentada en tu despacho con tu pelo recogido en una coleta y con esa camiseta rosa que tenía a todos los hombres arrastrando la lengua por el suelo. Sentí tanto alivio al saber que no eras tú la víctima que casi me flaquearon las rodillas. Supe en ese momento que lo único que había hecho durante los últimos dos años era rehuir lo inevitable. Y ahí mismo me propuse acorralarte lo antes posible y al día siguiente compré el anillo.

Intentaba asimilar lo que me decía. Mientras yo me ocupaba de protegerme a mí misma hasta que él decidiera que me quería como ya sabía que podía quererme si se lo permitía, él ya se había decidido e intentaba convencerme a mí. Una vez más, la realidad había sido alterada. A ese ritmo, acabaría el día sin tener una clara noción de qué era real y qué no.

Puede que los hombres y las mujeres pertenezcan a la misma especie, pero para mí aquello era una prueba positiva de que no eramos iguales. Eso, en realidad, no importaba, porque él hacía verdaderos esfuerzos. Me había comprado un arbusto, ¿no? Y un anillo precioso.

—¿Qué piensas hacer hoy? —me preguntó mientras desayunábamos huevos revueltos, tostadas y salchichas. Yo comía más o menos una tercera parte de lo que comía él.

—No lo sé —le dije, enredando las piernas en las patas de la silla—. Estoy aburrida. Haré algo.

Él hizo una mueca.

—Es lo que me temía. Vístete y ven conmigo a trabajar. Así al menos sabré que estás a salvo.

—No quiero ofenderte, pero estar en tu despacho es más aburrido que estar aquí.

—Eres una mujer dura —dijo él, sin una pizca de simpatía—. Lo soportarás.

No quería aceptar un no como respuesta. Su registro en ese plano era puñeteramente insistente. Así que decidí que me dolía el brazo después de habernos revolcado por el suelo, y él tuvo que ayudarme a ponerme maquillaje en los pómulos magullados. Luego, me fue imposible arreglarme el pelo como quería y le dije que me tendría que hacer un moño. Al cabo de dos intentos, soltó un gruñido, dijo una palabrota y añadió:

—Ya está. Ya me has castigado lo suficiente. Tenemos que irnos o llegaré tarde.

—Tendrías que aprender a hacer moños —le dije, mirándolo con mis Ojos Grandes—. Sé que nuestra hija pequeña a veces llevará el pelo recogido en un moño, y querrá que se lo haga su papá.

Él casi se derritió bajo la arremetida de los Grandes Ojos y ante la mención de la hija pequeña, pero enseguida se repuso. Aquel hombre tenía un carácter muy fuerte para haber aguantado la doble sacudida.

—Sólo tendremos hijos —aseveró, y me hizo levantarme—. Nada de niñas. Necesitaré todos los refuerzos posibles antes de que traigas al mundo a otra peleona como tú.

Alcancé a coger mi libreta antes de que me levantara en vilo y me llevara hasta el garaje y literalmente me depositara en el Crown Vic. Si tenía que ir a pasar el rato en una comisaría de policía, podía aprovechar para trabajar en las pistas que tenía.

Cuando llegamos al ayuntamiento y él me hizo entrar en la comisaría de policía, la primera persona que vi fue al agente Vyskosigh. Iba vestido de paisano, así que supuse que en ese momento acababa su turno. Se detuvo y me saludó con un leve gesto de la mano.

—He disfrutado del postre que nos mandó, señorita Mallory —dijo—. Si no hubiera tardado en acabar mi turno, no me habrían dejado nada. A veces las cosas pasan para que suceda lo mejor.

—Me alegro de que le haya gustado —dije, sonriéndole—. Si no le importa que se lo pregunte, ¿adónde va a hacer ejercicio? Ya veo que va al gimnasio.

La pregunta lo cogió por sorpresa, y enseguida se recuperó adoptando cierto aire interesante.

—En la YMCA.

—Cuando acabe todo esto y yo pueda volver al trabajo, me gustaría enseñarle Cuerpos Colosales. Ofrecemos algunos servicios que la YMCA no tiene, y nuestras instalaciones son de primera.

—Eché una mirada la semana pasada —dijo, asintiendo con la cabeza—. Me impresionó lo que vi.

Wyatt me empujaba discretamente con todo el cuerpo y, cuando doblamos por el pasillo para ir hasta el ascensor, miré hacia atrás.

—Adiós —le dije al agente Vyzcosigh.

—Deja ya de flirtear —gruñó Wyatt.

—No estaba flirteando. Me ocupaba de los negocios, y ya está.

Se abrieron las puertas del ascensor y entramos.

Wyatt pulsó el botón de su planta.

—A eso se le llama flirtear. Así que déjalo.

El jefe Gray estaba hablando con un grupo de inspectores, entre los cuales vi a MacInnes y Forester, y levantó la vista cuando vio a Wyatt que se dirigía conmigo a su despacho. El jefe llevaba un traje marrón oscuro y una camisa azul clara. Lo saludé con una gran sonrisa y con los pulgares hacia arriba, y él se alisó la corbata con gesto tímido.

—Puede que no haya sido una idea brillante traerte aquí —dijo Wyatt, y me senté en su silla—. Pero ahora ya es demasiado tarde, así que quédate sentada y dedícate a escribir listas, ¿vale? Aquí hay tíos que tienen el colesterol alto, así que procura no sonreírles ni provocarles un infarto. No flirtees con nadie que tenga más de cuarenta años, o que tenga sobrepeso, o esté casado, que tenga menos de cuarenta años o esté soltero. ¿Entendido?

—Yo no flirteo —le dije a la defensiva, y saqué mi libreta. Me costaba creer que su actitud fuera tan de perro del hortelano. Quizá valiera la pena anotarlo.

—Las pruebas dicen lo contrario. Desde que le dijiste al jefe Gray que le sentaba mejor el azul, se ha puesto una camisa azul todos los días. Quizá deberías sugerirle otros colores.

—Qué tierno —dije, con una gran sonrisa—. Las debió comprar ese mismo día.

Wyatt se quedó mirando el techo un rato, y luego me preguntó:

—¿Quieres una taza de café? ¿O una Coca-cola *diet*?

—No, gracias, estoy bien. ¿Dónde estarás tú, ahora que yo ocupo tu mesa?

—Por ahí —dijo, sin demasiado ánimo de cooperar, y salió.

No tuve tiempo de aburrirme. Entraron varias personas en el despacho para agradecerme el pudín de pan, y me pidieron la receta. Es decir, las mujeres preguntaron por la receta, a los hombres no se les pasó ni por la cabeza. Entre las interrupciones, dibujé garabatos en mi libreta y escribí otras cosas que quizá fueran relevantes, quizá no. Pero no lograba dar con ese mágico cabo suelto que acabaría de dar sentido a todo aquello.

Hacia mediodía apareció Wyatt con una bolsa blanca que contenía dos bocadillos y dos refrescos. Me hizo levantarme de su silla (no sé que tiene con sus sillas, es incapaz de compartirlas) y revisó mi lista de garabatos y de claves mientras comíamos.

No parecía impresionado con mi progreso. Le gustó ver que había escrito su nombre con un corazón al lado y una flecha que lo atravesaba. Pero frunció el ceño cuando llegó a la lista con sus últimas transgresioes.

—Los del laboratorio han dicho que los pelos son naturales, no teñidos —dijo, cuando acabamos de comer—. Y son de origen asiático, lo cual es toda una novedad. ¿A cuántas asiáticas conoces?

Ahora sí que estaba intrigada. En esta zona del país no hay muchas personas de origen asiático. Y aunque había tenido unas cuantas amigas de Asia en la universidad, no habíamos mantenido contacto.

—Desde la universidad, a ninguna que recuerde.

—Recuerda que los habitantes nativos de estas tierras son de origen asiático.

Aquello arrojaba una luz completamente nueva, porque con la Reserva Cherokee del Este en las cercanías, había muchos cherokees. Yo conocía a muchos descendientes de cherokees, pero no podía pensar en nadie que quisiera matarme.

—Tendré que pensar en ello —le dije—. Haré una lista.

Cuando se marchó, fue precisamente lo que hice: una lista de todos los habitantes nativos que conocía. Pero antes de que la acabara ya sabía que era una pérdida de tiempo. Ninguna de ellas tenía motivos para matarme.

Volví a mi lista de claves. Escribí *pelo asiático*. ¿No era el pelo de Asia el que se utilizaba para hacer las mejores pelucas del mundo? El pelo de las asiáticas era pesado, liso y brillante. Se podía hacer cualquier cosa con ese pelo, en lo que se refería a rizarlo y teñirlo. Escribí *peluca*, y dibujé un círculo alrededor.

Si la persona que intentaba matarme había sido lo bastante lista para ponerse una peluca, entonces no deberíamos pensar en el color del pelo. Aquello volvía a abrir el abanico de los posibles sospechosos. Me asaltó una idea descabellada y escribí un nombre con un signo de interrogación al lado. Aquello era llevar los celos a su extremo, pero quería pensar más detenidamente en esa persona.

Hacia las dos, Wyatt asomó la cabeza por la puerta.

—Quédate aquí —dijo, con tono seco—. Hemos recibido una llamada de un asesinato con suicidio. Enciende tu móvil y te llamaré en cuanto pueda.

Cuando llevo mi móvil conmigo, siempre está encendido. La pregunta era ¿a qué hora volvería? Yo ya había visto cuánto tardaban en analizar el escenario de un crimen. Quizá no volviera a buscarme hasta medianoche. Nada bueno puede ocurrir cuando una no cuenta con su propio coche.

El ruido constante que había en la sala fuera del despacho de Wyatt había disminuido notablemente. Cuando me acerqué a la puerta, vi que se habían ido casi todos. Era probable que todos hubieran acudido al escenario del crimen y suicidio. Si me hubieran dado a elegir, yo también habría ido.

A mi derecha oí el timbre del ascensor, señalando que llegaba alguien. Miré justo cuando la persona salía y me quedé paralizada por la impresión cuando, de todas las personas posibles, vi aparecer a Jason. Bueno, si se trata de ser literal, paralizada no es la palabra, es una reacción demasiado fuerte. Fue más bien una sorpresa.

Pensé en volver a meterme en el despacho de Wyatt, pero Jason ya me había visto. Apareció una gran sonrisa en su rostro y se me acercó a grandes pasos.

—Blair, ¿recibiste mi mensaje?

—Hola —dije, con mucho menos entusiasmo, y no me molesté en contestar a su pregunta—. ¿Qué haces aquí?

—Busco al jefe Gray. ¿Y tú, qué haces?

—Tenía que aclarar unos cuantos detalles —dije, con gesto vago. Era la primera vez que hablaba con él en cinco años y me sentía incómoda al tener que hacerlo. Estaba tan decididamente fuera de mi vida que apenas recordaba el tiempo que habíamos pasado juntos.

Todavía mantenía su atractivo, pero a mí su aspecto no me decía nada. La legislatura del gobierno estatal estaba en receso, pero ahora que era representante del Estado, Jason se dedicaba a ciertas actividades como jugar al golf con el jefe de policía, e incluso cuando vestía informalmente, como ahora, lo hacía con más elegancia que antes. Llevaba unos pantalones vaqueros y unos mocasines (sin calcetines, por supuesto), pero con una chaqueta de lino color avena. Hay unas mezclas de lino que se llevan ahora que no se arrugan tan horriblemente. Pero él no había sido lo bastante listo para encontrar uno de esos modelos. Daba la impresión de que había dormido con la chaqueta puesta toda la semana, aunque era probable que se la hubiera puesto esa misma mañana.

—No he visto al jefe desde esta mañana —le dije, dando un paso atrás para cerrar la puerta y poner fin a la conversación.

En lugar de seguir su camino él dio un paso adelante hasta quedar en el marco de la puerta.

—¿Hay una sala de descanso donde iría a tomar un café o algo así?

—Es el jefe —dije—. Es probable que tenga cafetera propia. Y a alguien que se lo sirva.

—¿Por qué no me acompañas mientras lo busco? Podríamos ponernos al día sobre nuestras vidas.

—No gracias, tengo que ocuparme de unos papeles. —Hice un gesto hacia la mesa de Wyatt, donde todos los papeles eran suyos, excepto mi libreta. Como era natural, había vuelto a revisar todos sus papeles, de modo que, en cierto sentido, también eran míos.

—Venga —dijo Jason, como si quisiera convencerme. Se llevó la mano al bolsillo y sacó una pistola de cañón recortado—. Camina conmigo. Tú y yo tenemos mucho de qué hablar.

Capítulo 28

Es evidente que nunca lo habría acompañado si no me hubiera puesto esa pistola en el costado, pero como lo hizo, lo acompañé. Me encontraba en una especie de estado de *shock*, procurando entender qué pasaba. Esta vez no sacaría nada con pensar en otra cosa hasta que mi subconsciente estuviera dispuesto a asimilar mi situación. Para cuando caí en la cuenta de que Jason no me habría disparado ante testigos (y, en efecto, todavía quedaban unas cuantas personas en la sala), ya era demasiado tarde, porque estaba dentro de su coche.

Me obligó a ponerme al volante, mientras me apuntaba con la pistola. Pensé en estrellarme contra un poste de teléfono, o algo así, pero me estremecí al pensar en otro accidente de coche. Mis pobres huesos aún estaban recuperándose del primero. Tampoco quería que me estallara otro airbag en toda la cara. Sí, ya sé que una magulladura es pasajera y que una bala puede ser para siempre, así que quizá no tomé la mejor decisión. Sin embargo, en caso de que tuviera que arremeter contra un poste de teléfono como último recurso, miré el volante para asegurarme de que tenía airbag. El coche era un modelo Chevrolet reciente, así que, desde luego, lo tenía, pero después de la semana que había vivido, quería cerciorarme.

Lo curioso es que me sentía alarmada, pero no aterrorizada. Ocurre que lo primero que hay que saber de Jason es que haría cualquier cosa para proteger su imagen. Toda su vida se ha construido a partir de su carrera política, de las encuestas y de su ambición. No entendía cómo habría pensado que podía matarme y salirse con la suya cuando al menos dos personas me habían visto salir con él.

Seguí sus instrucciones mientras esperaba que se diera cuenta de esa verdad, pero, de alguna manera, daba la sensación de que Jason flotaba en una realidad diferente. No sabía dónde me llevaba. En realidad, parecía que íbamos de un lado a otro, sin un destino definido, mientras él pensaba adónde ir. No dejaba de tirarse del labio inferior, lo cual, según recordaba, era una señal de que algo le preocupaba.

—Te has puesto una peluca negra, ¿no? —le pregunté, como despreocupada—. Cuando cortaste el cable de mis frenos.

—¿Cómo lo sabes? —me preguntó, después de lanzarme una mirada nerviosa.

—Quedaron unos pelos atrapados en los bajos. Los forenses los encontraron.

Me miró con una expresión vagamente intrigada, y luego asintió.

—Ah, sí, recuerdo que la peluca se me quedó como prendida de algo. No pensé que hubieran quedado pelos porque no sentí el tirón.

—Ahora mismo están verificando una lista de las personas que han comprado pelucas negras —mentí. Él volvió a mirarme, nervioso. En realidad, no era una gran mentira. Cuando Wyatt encontrara mi libreta con la palabra «peluca» en un círculo, sin duda lo comprobaría.

—Me han visto salir contigo —señalé—. Si me matas, ¿cómo piensas explicarlo?

—Ya pensaré en algo —murmuró.

—¿Qué? ¿Cómo te desharás de mi cadáver? Además, te engancharan a un detector de mentiras tan rápido que te dará vueltas la cabeza. Aunque no obtengan las pruebas suficientes para llevarte a juicio, la publicidad dará al traste con tu carrera.

Veréis, conozco a Jason. Tiene pesadillas con cualquier cosa que pueda amenazar su carrera. Y aunque fuera capaz de cortar el cable de los frenos, no me lo imaginaba matándome con sus propias manos.

—Será mejor que me sueltes —seguí—. No sé por qué intentas matarme… ¡*espera un momento*! Puede que hayas sido tú el que cortó el cable del freno, pero es imposible que me dispararas el domingo pasado. ¿Qué está ocurriendo? —Me giré bruscamente para mirarlo y el coche zigzagueó. Él soltó una imprecación y yo enderecé el volante.

—No sé a qué te refieres —dijo, mirando hacia el frente y olvidando de apuntarme con la pistola. Ya dije que Jason no tiene pasta de criminal.

—Otra persona me disparó —dije, mientras mi mente iba a mil por hora, y todos los eslabones ahora comenzaban a unirse y a formar una cadena—. ¡*Tu mujer*! Tu mujer ha intentado matarme, ¿no?

—La están matando los celos —dijo, precipitado—. No puedo hacer que pare. Ni puedo razonar con ella. Esto me arruinará la vida si la pillan, y la pillarán, porque no sabe lo que hace.

Ya eran dos los que no sabían.

—Así que pensaste que mejor me matabas tú para que no tuviera que hacerlo ella. ¿Llegar antes que ella a la fiesta?

—Algo así —dijo. Con gesto nervioso se pasó la mano por su melena rubia—. Si tú estás muerta, dejará de obsesionarse contigo.

—¿Y por qué diablos tiene que obsesionarse conmigo? Estoy totalmente fuera de tu vida. Es la primera vez que hablo contigo desde nuestro divorcio.

Él murmuró algo y yo lo miré, furiosa.

—¿Qué? Habla de una vez.— Jason murmuraba cuando se sentía culpable de algo.

—Puede que sea culpa mía —murmuró, esta vez más inteligible.

—¿Ah, sí? ¿Y cómo es eso? —Procuraba sonar como una voz de apoyo cuando lo que de verdad habría querido era romperle la cabeza contra el pavimento.

—Cuando discutimos, a veces digo cosas acerca de ti —confesó, y miró por la ventanilla del pasajero. Hay que ver. Pensé en estirar la mano y arrebatarle la pistola, pero él tenía el dedo puesto en el gatillo, y eso hubiera sio una estupidez a menos que fuera un experto en armas, y Jason no lo era. Si lo hubiera sido, me hubiera estado vigilando como un ave rapaz en lugar de mirar por la ventana.

—Jason, qué tontería —gruñí—. ¿Por qué vas a hacer algo tan estúpido como eso?

—Ella siempre intentaba ponerme celoso —dijo él, a la defensiva—. Quiero a Debra, la quiero de verdad, pero no es como tú. Es una pegajosa y una insegura, hasta que me cansé de sus intentos de ponerme celoso, e hice lo mismo que ella. Sabía que se enfadaría, pero jamás me imaginé que se trastornaría. El domingo pasado, cuando volví de jugar al golf y descubrí que te había disparado, tuvimos una pelea horrible, y ella juró que te mataría aunque fuera lo último que hiciera. Creo que te ha vigilado en tu casa, o algo así, intentando descubrir si hay algo entre nosotros. Nada de lo que he dicho le importa. Está muerta de celos y si te mata, es probable que no salga reelegido como congresista del estado. Ya me puedo despedir del puesto de gobernador.

Dediqué un instante a pensar en ello.

—Jason, detesto tener que decirte esto, pero te casaste con una chalada. Aunque, en realidad, tiene sentido —añadí, con tono reflexivo.

Él me miró.

—¿Qué quieres decir?

—Que ella también se casó con un chalado.

Aquello lo puso de mal humor un rato, hasta que finalmente soltó un gruñido.

—No sé qué hacer —dijo—. No quiero matarte, pero si no te mato, Debra seguirá intentándolo y arruinará mi carrera.

—Tengo una idea. ¿Por qué no la ingresas en una institución para enfermos mentales? —le sugerí, con un dejo de sarcasmo. Y lo decía en serio. Aquella mujer era un peligro para los demás, es decir, para mí, y cumplía con los requisitos. Con lo que fuera.

—¡No puedo hacer eso! La amo.

—Escucha, a mí me parece que tienes una opción. Si ella me mata, arruinará tu carrera. Pero si me matas tú, el problema será mucho más grave porque ya lo has intentado antes. Y a eso se le llama premeditación, lo cual te meterá en aguas muy turbias. No sólo eso. Además, estoy prometida con un poli, y te matará. —Solté la mano izquierda del volante para enseñarle el anillo.

—Guau, es toda una joya —dijo, con cara de admiración—. No sabía que los polis tuvieran tanto dinero. ¿Quién es?

—Wyatt Bloodsworth. Te interrogó hace unos días, ¿lo recuerdas?

—Ah, por eso estaba tan impertinente. Ahora entiendo. Es el ex jugador de fútbol, ¿no? Supongo que está forrado.

—Se las arregla —dije—. Pero si algo me ocurre a mí, no sólo te matará, y te aseguro que los demás polis harán la vista gorda porque me aprecian, sino que quemará tus aldeas y rociará tus campos con sal. —Pensé que quedaba bien esa amenaza bíblica para advertirle de las graves consecuencias.

—Yo no tengo campos —dijo él—. Ni aldeas.

A veces Jason era maravillosamente literal.

—Ya lo sé —dije, con ademán de paciencia—. Era una metáfora. Lo que quise decir es que te destruirá total y absolutamente.

Él asintió con un gesto de la cabeza.

—Sí, eso ya lo veo. Tienes muy buen aspecto. —Reclinó la cabeza contra el respaldo y gruñó—. ¿Qué puedo hacer? No se me ocurre nada que pueda salir bien. Llamé para avisar del asesinato y suicidio para que todos los polis salieran de la oficina, pero no acudieron todos. Tienes razón, ha habido testigos. Si te mato a ti, tendría que matarlos a ellos también. Y no creo que lo consiga porque los polis ya habrán descubierto que era una falsa alarma y regresado a la comisaría.

Como respondiendo a su afirmación, sonó mi móvil. Jason dio un respingo. Empecé a buscar el aparato en mi bolso, pero Jason me advirtió:

—¡No contestes! —y yo retiré la mano del bolso.

—Es Wyatt —dije—. Montará en cólera cuando se entere de que he salido contigo.— No era una cita bíblica, pero lo parecía. Y era cierta.

Vi que el sudor comenzaba a perlarle la frente.

—Le diras que sólo estábamos hablando, ¿de acuerdo?

—Jason, entérate. Has intentado matarme. Tenemos que solucionar esto o le diré a Wyatt que te me insinuaste y te destrozará, te hará polvo.

—Ya lo sé —dijo—. Vayamos a mi casa para que podamos hablar. Y montar algún plan.

—¿Debra está en casa?

—No, está vigilando la casa de tus padres, pensando que tarde o temprano aparecerás por allí.

¿Acechaba a mis padres? A esa zorra le arrancaría el cuero cabelludo. Me sentí embargada por una ira que me quemaba, pero me controlé. Tenía que conservar la cabeza fría. Había intentado ganar tiempo hablando, pero conocía a Jason y no le tenía ni el más mínimo miedo. Por otro lado, era evidente que su mujer estaba como una cabra, y no sabía qué haríamos con ella.

Conduje hasta la casa de Jason que, por cierto, es la casa que compramos juntos y que yo le cedí con el divorcio. No había cambiado gran cosa en cinco años. La vegetación había crecido, pero era casi lo único diferente. Era una casa de ladrillos rojos de dos plantas, con puertas y ventanas blancas. Era un estilo moderno, con interesantes detalles arquitectónicos, pero no había nada en ella que la hiciera destacar entre las casas que la rodeaban. Creo que los promotores no tienen más de cinco plantillas y estilos en su cartera, de modo que las subdivisiones tienen aspecto de producción en serie. Las puertas del garaje estaban cerradas, así que Debra no estaba en casa.

Cuando me detuve en la entrada, lo miré reflexionando.

—¿Sabes? Habría sido más acertado mudarse en lugar de creer que a Debra le gustaría vivir aquí.

—¿Por qué dices eso?

Como he dicho, Jason no da pie con bola.

—Porque aquí vivimos mientras estuvimos casados —le dije, paciente—. Es probable que ella sienta que ésta es mi casa, no la suya. Ella necesita su propia casa. —Era curioso, pero por primera vez sentía un dejo de simpatía por Debra.

—Esta casa no tiene nada de malo —protestó—. Es una buena casa, agradable y moderna.

—Jason. ¡Cómprale otra casa a tu mujer! —le chillé. A veces es la única manera de llamar su atención.

—Vale, vale, no tienes por qué gritar —me dijo, irritado.

Si hubiera tenido un muro a mi alcance, me habría dado de cabezazos.

Entramos y no pude evitar entornar los ojos al ver que todavía tenía los mismos muebles. Aquel hombre no tenía remedio. Era a él a quien debía matar Debra.

Ahora bien, yo sabía que llegaría la caballería. El primer lugar donde buscaría Wyatt y su gente sería en la casa de Jason, ¿no? Sabían que él no me había disparado, pero Wyatt vería mis notas y sumaría dos más dos, como lo había hecho yo. La persona que me tenía esos celos era la nueva mujer de mi ex marido, aunque no era tan nueva, ya que llevaban cuatro años casados. Más evidente no podía ser. Jason no me había disparado, pero me había dejado ese mensaje al día siguiente,después de cinco años sin ningún tipo de contacto. Quizá Wyatt no adivinaría enseguida que Jason había cortado el cable de los frenos, pero eso no importaba. Lo que importaba era que esperaba que dentro de cinco minutos empezara a sonar la sirena del primer coche de la policía.

—Vale —dijo Jason, mirándome como si yo tuviera todas las respuestas—. ¿Qué haremos con Debra?

—*Qué quieres decir, con qué haremos con Debra.*

Aquel grito me hizo dar un salto de medio metro, no sólo porque no me lo esperaba, sino porque era obvio que, a pesar de todo, ella estaba en casa. De todas las cosas que no estaban bien, ésa era la primera en la lista.

Jason también dio un salto, y soltó la pistola que, gracias a Dios, no se disparó, porque probablemente me habría dado un infarto. En cualquier caso, mi corazón estuvo a punto de dejar de latir cuando me giré y me encontré frente a la antigua Debra Schmale, ahora señora Jason Carson, que, al parecer, se tomaba muy en serio lo de su nombre. Sostenía un rifle y tenía la culata apoyada en el hombro y, por el lado, le tocaba la mejilla, como si supiera lo que hacía.

Tragué saliva y empecé a hablar, aunque mi cerebro seguía como paralizado.

—Quería decir, cómo podíamos convencerte de que no hay motivos para tener celos de mí. Es la primera vez que hablo con Jason desde nuestro divorcio, así que él sólo pretendía vengarse de ti por intentar ponerlo celoso, hablándote de mí para darte celos y, en realidad, deberías dispararle a él y no a mí porque pienso que el suyo ha sido un golpe muy bajo, ¿no crees?

Teniendo en cuenta las circunstancias, fue un discurso magistral, si se me permite decirlo, pero ella ni pestañeó. Siguió apuntándome directamente al pecho.

—Te odio —dijo, con una voz grave y agresiva—. Es lo único que oigo… Blair, Blair, Blair. Blair esto y Blair lo otro, hasta que me entran ganas de vomitar.

—Lo cual, debo señalar, no es culpa mía. Yo no tenía ni idea de que él hacía eso. Te lo digo en serio. Dispárale a él, no a mí.

Por primera vez, Jason dio a entender que se percataba de mis palabras.

—¡Oye! —dijo, indignado.

—A mí no me vengas con «oye» —le dije, seca—. Tú eres el que ha provocado todo esto. Deberías ponerte de rodillas y pedirnos perdón a las dos. Casi has hecho enloquecer a esta pobre mujer y a mí casi me habéis matado. Todo esto es culpa tuya.

—No soy una *pobre mujer* —ladró Debra—. Soy una mujer guapa e inteligente, y él debería apreciarme, pero está tan enamorado de ti que no puede pensar con claridad.

—Eso no es verdad —dijo Jason, y dio un paso hacia ella—. Te quiero a ti. A Blair no la he querido en años, desde antes de que nos divorciáramos.

—Eso es verdad —intervine yo—. ¿Te ha contado alguna vez que me engañaba? A mí eso no me suena a demostración de amor. ¿Y a ti?

—Él te quiere a ti —repitió ella. Era evidente que no estaba dispuesta a entender razones—. Insistió en que viviéramos en esta casa.

—Te lo había dicho —le dije a Jason de soslayo.

—*Deja de hablar con él.* No quiero que vuelvas a hablarle en tu vida. No quiero que vuelvas a respirar. —De pronto se me acercó tanto que el cañón del rifle casi me tocó la nariz. Retrocedí ligeramente porque los hematomas del airbag estaban desapareciendo, y ya no quería más heridas—. Tú lo tienes todo —añadió, en medio de un sollozo—. Ya sé que Jason conservó la casa, pero no ha querido cambiarla, así que es como si te la hubieras quedado. Tienes el Mercedes. Vas por la ciudad como si fueras una mujer espectacular, mientras que yo tengo que conducir un Taurus porque él dice que es bueno para su imagen que conduzcamos coches de marcas nuestras.

—El Taurus tiene muy buena suspensión —dije, intentado distraerla. Ya veis, de alguna manera mi subconsciente sabía que el coche era importante.

—¡*Me importa una mierda la suspensión*!

Bueno, vale. Pensé que debería probarlo antes de ser tan despectiva.

Me pareció oír un ruido afuera, pero no me atreví a girar la cabeza. Además de los accesos normales de la casa, la puerta principal y la puerta trasera, había unas puertas ventanas que daban al jardín por el comedor. Desde donde estaba, alcanzaba a verlas, y me pareció que algo se movía, pero no quise mirar directamente porque ella se hubiera dado cuenta de que pasaba algo.

Jason, que estaba a mi derecha, no tenía el mismo ángulo y no podía ver nada excepto las escaleras. Debra podía ver por la ventana del salón, pero su perspectiva era limitada debido al ángulo de la casa y los visillos que estaban cerrados para dejar entrar la luz del sol y, a la vez, brindar cierta privacidad. Yo era la única que sabía que el rescate era inminente.

Pero, ¿qué pasaría si entraban de golpe, como suelen entrar los polis, y asustaban a Debra, y ésta apretaba el gatillo? Yo moriría, eso es lo que pasaría.

—¿Cómo aprendiste a disparar con un rifle? —le pregunté, no porque me importara sino porque quería que Debra hablara, que pensara en algo que no fuera dispararme, justo en ese momento.

—Solía salir a cazar con mi padre. También hago tiro olímpico, así que soy bastante buena. —Me miró la venda del brazo—. Si no te hubieras agachado, habrías visto lo buena que soy. No, en realidad, no lo habrías visto. Estarías muerta.

—Quisiera que pararas de hablar de la muerte —dije—. Es aburrido. Además, no lograrás salirte con la tuya.

—Claro que sí. Jason no dirá nada, porque no le gusta la publicidad negativa.

—No tendrá por qué hablar. Dos polis vieron cómo me secuestraba.

—¿Secuestro? —preguntó, entornando los ojos.

—Además, ha intentado matarme —dije—. Para que no te descubran a ti. Como ves, es verdad que te quiere, porque yo no haría eso por nadie.

—¿Es verdad? —preguntó ella, vacilante, después de lanzarle una mirada fugaz.

—Corté el cable de los frenos de su coche —reconoció él.

Ella se quedó muy quieta un momento, y unas lágrimas asomaron a sus ojos.

—Es verdad que me amas —dijo, finalmente—. Me amas de verdad.

—Claro que sí. Estoy loco por ti —le aseguró él.

Loco era una palabra muy adecuada en esas circunstancias, ¿no creéis?

Dejé escapar un suspiro de alivio.

—Me alegro que eso se haya aclarado —dije—. Que tengáis una buena vida. Creo que ya es hora de que me vaya…

Di medio paso atrás, y fue como si varias cosas sucedieran al unísono. Cuando me moví, Debra reaccionó automáticamente y giró el rifle en mi dirección. A sus espaldas, hubo un ruido de vidrios rotos cuando la puerta ventana fue abierta de una patada y, como a cámara lenta, vi que Debra se sobresaltaba. Cuando giró el rifle en mi dirección, mi cuerpo reaccionó solo, sin que yo le hubiera dado la orden. Es la memoria de los músculos. Ella se giró, yo me eché hacia atrás y entonces intervinieron años de entrenamiento. Seguí con el impulso, tensando las piernas para crear el resorte que me haría girar, con los brazos extendidos para conservar el equilibrio. La sala entera se giró, y las piernas y los músculos de la espalda tomaron el relevo y proporcionaron el impulso y el giro.

Como voltereta hacia atrás, fue un desastre. Lancé las dos piernas al aire; Debra estaba muy cerca. Con el pie izquierdo le di en el mentón, y con el derecho le hice volar el rifle de las manos. Desafortunadamente, tenía el dedo en el gatillo y el movimiento provocó el disparo. El ruido del estallido fue ensordecedor. Con ella en medio, no pude completar la rotación y caí de espaldas, una caída dura. Al darle en el mentón, ella perdió el equilibrio y se fue hacia atrás con los brazos girando como aspas. No consiguió recuperarlo, cayó de culo y resbaló por el suelo de madera lustrosa.

—¡Auch! —grité, frotándome el dedo gordo del pie izquierdo. Llevaba unas sandalias, que no es el calzado más adecuado para darle a alguien en el mentón.

—¡Blair! —De pronto la casa se había llenado de polis, que entraban por todas partes. Polis de uniforme, polis de paisano, y

Wyatt. Era él quien le había dado a la puerta ventana cuando pensó que Debra iba a dispararme. Me ayudó a incorporarme y me estrechó con fuerza contra su pecho, hasta que casi no pude respirar.

—¿Estás bien? ¿Te ha dado? No veo sangre.

—Estoy bien —alcancé a decir—. Salvo que tu abrazo es mortal. —La cinta de hierro de sus brazos se aflojó levemente, y dije—: Me he hecho daño en el dedo gordo.

Él se apartó y me miró, como si no pudiera creer que estaba de una pieza y que no hubiera sufrido ni un rasguño. Pensando en los episodios de esa semana, quizá temía encontrarme sangrando con media docena de balazos en el cuerpo.

—¿El dedo gordo? —preguntó—. Dios mío, esto se merece una galleta.

¿Lo veis? Ya os había dicho que aprendía rápido.

Epílogo

¿Sabéis quién resultó herido? Jason. ¿Se os ocurre alguien que se lo mereciera más? El disparo perdido de Debra le rozó la cabeza, ya que el cañón del rifle apuntaba hacia arriba al salir volando, y ella tiró del gatillo. Jason cayó al suelo como si lo hubieran fulminado. Todo el mundo dice eso, pero no sé cómo será caer fulminado.

Debra no lo mató, pero sangraba como un cerdo empalado, porque eso es lo que tiene la cabeza, que sangra mucho cuando se rasga el cuero cabelludo. Los dos empezaron a discutir, como si se culparan mutuamente pero, a la vez, intentando asumir la culpa a solas. Nada de eso tenía sentido, así que le expliqué todo a McInnes y a Forester y a Wyatt, incluso al jefe Gray que, por algún motivo, también había venido. Creo que estaba todo el cuerpo de policía. Estaban las fuerzas de intervención rápida, los SWAT, con sus uniformes negros y, cuando llegaron los paramédicos, mi colega Keisha también se encontraba entre ellos. Nos saludamos como viejas amigas.

Tardarían un rato en aclarar las cosas, así que fui a la cocina y preparé café para todos. Cojeaba un poco porque me dolía el dedo, pero no creía que estuviera roto.

Hacia las seis de la mañana, Wyatt me llevó a casa.

—Hazme un favor —me dijo, mientras íbamos hacia allá—. Durante todo el tiempo que vivamos juntos, no me hagas pasar otra semana que se parezca ni remotamente a ésta, ¿vale?

—Nada de esto ha sido culpa mía —dije, indignada—. Y soy yo la que se ha llevado la peor parte, ya lo sabes. Me han disparado, me han herido y machacado, y si entretanto tú no me hubieras distraído, es probable que hubiera llorado bastante.

Él estiró el brazo, me cogió la mano y la apretó.

—Dios, cómo te quiero. Los chicos recordarán toda la vida ese golpe de kárate que le diste. Hasta los del SWAT se quedaron impresionados, y eso que ellos siempre son tíos muy duros. ¿Dónde aprendiste eso?

—Doy todo tipo de clases en Cuerpos Colosales —dije, con discreta timidez. No creeréis que le iba a contar que la voltereta hacia atrás me salió como un reflejo y que mi intención no era dar ese golpe. No mientras viva.

Sin embargo, esto demuestra sin la sombra de una duda, que nunca se sabe cuándo tendremos que hacer una voltereta hacia atrás.

Llamamos a toda la familia y les contamos que la crisis había pasado, lo cual exigía muchas explicaciones, pero Wyatt y yo no queríamos compañía. En esta ocasión me había salvado por los pelos, casi demasiado por los pelos, porque hay algo más directamente palpable que tener un rifle apuntándote a la cara, y un accidente de coche, aunque el accidente ya había sido bastante horroroso y por eso soñaba con él. Nunca soñé con el rifle, quizá porque quien recibió el disparo fue Jason, así que era un buen final, ¿no? Esa noche Wyatt y yo la pasamos abrazados y besándonos, haciendo planes para el futuro, medio mareados del alivio que sentíamos. Y los planes no fue lo único que hicimos. Hablo de Wyatt, el hombre más cachondo de todo el país. Si estaba feliz, quería sexo. Si estaba enfadado, quería sexo. Todo lo celebraba con el sexo.

Yo me imaginaba una vida muy feliz y satisfecha a su lado.

Al día siguiente me llevó a comprar un coche. Su hermana, Lisa, le devolvió su Chevy Avalanche; le agradeció habérselo prestado y me hizo miles de preguntas. Fue una suerte que me cayera bien enseguida y, como se parecía bastante a su madre, no hubo motivos para que no me gustara. También me gustó su camioneta todoterreno y en ella fuimos hasta el concesionario de Mercedes Benz.

Desde luego, yo quería otro Mercedes. No pensaríais que dejaría que Jason y la loca de su mujer me impidieran comprar mi coche favorito, ¿no? Imaginadme en un descapotable negro. El negro es una declaración de poder, recordadlo. La compañía de seguros todavía no me había pagado el talón y, como era domingo, el banco no estaba abierto, pero el vendedor me prometió que me guardaría el coche hasta el lunes por la tarde. Cuando llegamos a casa de Mamá y Papá me sentía en la gloria.

Papá abrió la puerta y se llevó un dedo a los labios.

—Shh… —advirtió—. Hemos tenido otro desastre y Tina se ha quedado muda.

—Oh —dije, y tiré de Wyatt para que entrara—. ¿Qué ha ocurrido?

—Finalmente consiguió reparar el ordenador, o eso cree, y esta mañana la pantalla se apagó. Acabo de volver de la tienda con una pantalla nueva y la he dejado en su despacho. Está enchufándola.

Entró Jenni en el salón y me dio un fuerte abrazo.

—No puedo creer lo que ha hecho ese imbécil de Jason —dijo.

—Yo sí puedo. ¿Has oído algo al pasar por el despacho de Mamá?

—Nada —dijo Jenni, que parecía preocupada. Cuando Mamá está enfadada, murmura para sí misma. Cuando está más que enfadada, guarda un silencio absoluto.

Oímos a Mamá que venía por el pasillo y todos nos quedamos callados cuando pasó sin decir palabra, sin siquiera mirar en nuestra dirección. Llevaba un rollo grueso de plástico, y fue hasta el garaje. Volvió con las manos vacías y pasó nuevamente a nuestro lado sin hablar.

—¿Qué es ese plástico? —preguntó Wyatt, y todos nos encogimos de hombros con el clásico gesto de «¿Quién sabe?»

Oímos un ruido sordo y luego el roce de algo que se deslizaba. Mamá volvió por el pasillo con expresión seria y concentrada. Tenía una cuerda gruesa en una mano y arrastraba la pantalla culpable. La miramos en silencio mientras la llevaba hasta la puerta del garaje, bajaba los dos peldaños con sendos golpes sordos y la dejaba en medio del plástico que había desplegado sobre el suelo.

Fue hasta donde Papá guarda sus herramientas, colgadas de un tablero grande en una pared del garaje. Sacó un martillo, lo sopesó y lo devolvió a su sitio. Escogió lo que parecía un mazo de tamaño mediano. No conozco las herramientas, así que no sé qué era. Mamá lo descolgó del tablero, lo sopesó y se dio visiblemente por satisfecha. Luego volvió donde estaba la pantalla sobre el plástico y la aporreó hasta hacerla añicos. Le dio de martillazos hasta que no quedó más que un montón de trozos. Hizo volar el vidrio y astilló el plástico. La machacó hasta casi pulverizarla. Luego devolvió tranquilamente el mazo a su lugar, se sacudió las manos y volvió a entrar en la casa con una sonrisa en la cara.

Wyatt miraba con una expresión rarísima, como si no supiera si reír o salir corriendo. Papá lo cogió por el hombro.

—Eres un hombre inteligente —le dijo, con gesto alentador—. No dejes de consultar regularmente tu lista de transgresiones para saber si hay problemas mayores de los que deberías ocuparte, y todo irá bien.

—¿Me lo aseguras? —preguntó Wyatt, serio.

Papa rió.

—Jo, eso sí que no. Yo ya tengo lo que me toca. Si te metes en problemas, estás solo.

Wyatt se giró y me guiñó un ojo. No, no estaba solo. Estábamos en ello los dos juntos.

Dedicatoria

Dedico este libro a una querida amiga, muy «caprichosa», que acabó con una pantalla de ordenador precisamente de esa manera y que me aportó momentos de mucha inspiración para escribir este relato. Esta vez no daré nombres.